KRISTEN
CALLIHAN

SAMANTHA
YOUNG

Forever AND EVER

ROMAN

Aus dem Englischen von
Nicole Hölsken

mtb

Die Originalausgabe erschien 2019 unter dem Titel
Outmatched

2. Auflage 2021

Deutsche Erstausgabe

Gesetzt aus der Stempel Garamond
von GGP Media GmbH, Pößneck
Druck und Bindung von GGP Media GmbH, Pößneck
Printed in Germany
ISBN 978-3-7457-0167-8
www.mira-taschenbuch.de

Klimaneutral
Druckprodukt
ClimatePartner.com/15109-2009-1001

MIX
Papier
FSC FSC® C014496

1. Kapitel

Rhys

Mein Dad sagte einmal zu mir, dass die meisten Leute gar nicht die Absicht hätten, sich das Leben zu versauen; sie träfen nur eine Reihe von dummen Entscheidungen. Damals hatte er in seinem zerschlissenen Ledersessel gesessen, die breiten Schultern über seinen Chefschreibtisch aus Rosenholz gebeugt, der der Stolz seines Büros gewesen war. Es war derselbe Sessel, in den ich mich nun hatte hineinfallen lassen, hinter eben jenem riesigen Schreibtisch.

Müßig strich ich mit dem Finger über die Kante. Das ehemals schimmernde Holz war nun stumpf und mit Kerben übersät. Als Kind war es mir merkwürdig vorgekommen, dass Dad einen solch kunstvoll verzierten Tisch hatte haben wollen, der eher in eine Rechtsanwaltskanzlei gepasst hätte, jedoch für ihn das Herzstück eines simplen Fitness-Studios gewesen war, in dem Boxstunden und Kampfsport angeboten wurden. Als ich ihn darauf angesprochen hatte, hatte er auf seine typisch verhaltene Weise nur gelächelt.

»Lights Out ist mein ganzer Stolz und meine Freude, Junge.« Er hatte seine großen vernarbten Hände auf die schimmernde

Tischplatte gelegt. »Und dies ist der Ort, an dem ich es repräsentiere. Ob es dir gefällt oder nicht, das äußere Erscheinungsbild ist immer entscheidend.«

In seiner Welt zählten Taten genauso viel wie Worte. Geh entschlossen vor, vertritt ehrlich deine Meinung und triff immer die richtigen Entscheidungen.

Was er wohl von meinen Entscheidungen gehalten hätte?

»Nicht viel«, murmelte ich und presste die Fingerkuppen auf meine schmerzenden Augen. Im Moment war ich allerdings auch nicht allzu froh über die Aktionen meines Dads.

Er war seit vier Jahren tot. Der Schmerz hatte ein wenig nachgelassen, aber das hohle Gefühl blieb. Es war die ständig vorhandene glühende Wut auf ihn, die mich in den Wahnsinn trieb. Dad war nicht perfekt gewesen. Das hatte ich schon früh mitbekommen. Nach Moms Tod war er in ein dunkles Loch gefallen, das er sich selbst geschaufelt hatte. Doch dieser Schlamassel, den er mir hinterlassen hatte, war eine ganz andere Geschichte, das machte es mir nicht gerade leicht, zu vergeben und zu vergessen.

Shit, ich *konnte* auch gar nicht vergessen. Dafür würde die Bank schon sorgen.

Ich hatte keine Ahnung gehabt, dass meine Finanzen und das Studio so tief in der Tinte steckten, bis zu jenem Tag, als ich meinen Dad über seinen Schreibtisch gebeugt vorgefunden hatte. Der Tag, an dem er mir hatte gestehen müssen, dass er alles heruntergewirtschaftet hatte – eine fatale Kette von Fehlinvestitionen und Glücksspiel – und dass sein Fitness-Studio nun mit einer Hypothek belastet war, weil er versucht hatte, damit die Kosten zu decken.

Einen Monat später war Dad tot gewesen. Herzinfarkt. Der Stress und die Scham über seine Machenschaften hatten ihn auf die schlimmstmögliche Weise eingeholt. Und so wurde ich der neue Besitzer von Lights Out und einem Haufen Schulden.

Ich biss die Zähne zusammen, da mich der Zorn wieder übermannte. Am liebsten wäre ich aufgestanden und hätte alles hier stehen und liegen gelassen, ohne mich noch einmal umzusehen. Aus der Halle draußen drang das Gelächter von Jugendlichen zu mir herein. Die Teenager trainierten Capoeira, ein neues Angebot unseres Studios. Die Kurse waren alle ausgebucht, doch nur die Hälfte der Jungen konnte es sich leisten, dafür zu bezahlen. Natürlich hätte ich sie wegschicken können, was ich aber nie über mich gebracht hätte. Dieses Studio war ihr Rettungsanker in einer Welt, die ihnen jede Freude nehmen und sie von innen völlig aushöhlen konnte.

»Du machst aber ein ganz schön verkniffenes Gesicht.« Carlos stand an der Tür, die ich versehentlich offen gelassen hatte. Er grinste. »Hast du gerade irgendwo einen fiesen Ausschlag oder so was entdeckt?«

»Ja, direkt unter meinen Eiern«, konterte ich ruhig. »Willst du mal sehen?«

»Das überlasse ich lieber deinen Freundinnen.«

Carlos wusste, dass ich schon eine ganze Weile keine *Freundinnen*, wie er es nannte, mehr gehabt hatte. Um keine Missverständnisse aufkommen zu lassen – Gelegenheiten waren da, ich hatte nur keine davon ergriffen. Mir war einfach nicht nach … na ja, in letzter Zeit eigentlich nach gar nichts. Zuerst Dads verdammte Schulden, dann die Sache mit Jake – ich wollte nicht an Jake denken.

Carlos stieß sich von der Tür ab und ließ sich auf den Stuhl fallen, der vor meinem Schreibtisch stand. »Also«, drängelte er, »warum ziehst du so ein Gesicht?«

Ich rieb mir den schmerzenden Nacken. »Das Übliche. Geld.«

Carlos beugte sich vor und stützte die Arme auf die Knie. Sein entspanntes Lächeln war wie weggeblasen. Die meisten Menschen sahen Carlos nie ohne sein Lächeln. Ihn betrachtete man als den

Glücklichen von uns beiden, zumal seine großen braunen Welpenaugen die Frauen anzogen wie der Honig die Bienen. Er spielte seine Rolle gut, verbarg von jeher die Dunkelheit in seinem Innern, sodass beinahe niemand darum wusste. Dass er mir genug Vertrauen entgegenbrachte, um mir hin und wieder einen Blick auf sein wahres Ich zu gewähren, wusste ich zu schätzen.

»Keine Verbesserung?«, fragte er.

»Nicht genug. Ich bin ein paar Monate mit den Hypothekenzahlungen im Rückstand. Die Bank sitzt mir im Nacken.«

»Was ist mit diesem Kyle Garret?«

Vor sechs Monaten hatte mich ein Typ namens Kyle Garret kontaktiert, weil er das Studio kaufen wollte. Nach ein paar Nachforschungen hatten Carlos und ich herausgefunden, dass er ein riesiger Immobilienhai war, der in ganz Boston und an der Ostküste Land und Häuser aufkaufte und sie in protzige Eigentumswohnungen oder Apartmentsiedlungen umwandelte.

»So verzweifelt bin ich nun auch wieder nicht.« Okay, war ich doch. Aber in meiner Jugend war dieses Studio einfach alles für mich gewesen. Es war voll mit den Geistern meiner Vergangenheit, und obwohl manche davon eine ziemliche Heimsuchung waren, sorgten die anderen dafür, dass ich weitermachte. Ich musste nur einmal durch das Studio gehen, und schon kamen die Erinnerungen hoch: an die Saftbar in der Lobby, wo Mom Jake, Carlos und mich nach der Schule mit Bananenshakes und breit lächelnd begrüßt hatte. Studio B, wo Jake und ich unsere ersten Schläge parierten und danach von Grund auf lernten, warum Boxen als *Sweet Science* bezeichnet wurde.

Mein Bruder Dean und ich pflegten uns unter Dads Schreibtisch zu verstecken, um »Spione« zu spielen. Was so viel hieß, dass Dean auf Geheimmission war und ich ihm zuliebe mitmachte. Das ging bis zu dem Tag, als meine Eltern sich heimlich auf einen Quickie ins Büro zurückzogen und nicht ahnten, dass wir unter dem

Tisch hockten. Einige Erinnerungen sind nicht besonders schön, aber sie gehörten mir, und sie waren alles, was mir geblieben war. Das wollte ich nicht auch noch verlieren.

Carlos seufzte. »Du weißt, wenn du wieder ins Spiel einsteigen würdest, könnte ich ein Match arrangieren …«

»Nein.« Das war kein Aufschrei gewesen, obwohl es sich in meinem Kopf so anfühlte. Kalter Schweiß lief mir den Rücken hinunter, während ich Carlos wütend anfunkelte. Er wusste verdammt genau, dass ich mit der Boxerei abgeschlossen hatte. Ein für alle Mal.

Er machte ein mitfühlendes Gesicht. »Hör zu, Mann, ist mir klar. Aber ich glaube nicht, dass Jake das gewollt hätte …«

»Ich sagte Nein.«

Allein schon der Gedanke an Jake ließ mich das tiefe Loch in meiner Brust fühlen. Mein bester Freund seit Sandkastenzeiten, dem ich damals näher gestanden hatte als meinem eigenen Schwachkopf von Bruder. Immer hielten wir uns gegenseitig den Rücken frei. Wir beide boxten. Waren beide auf dem Weg zum Erfolg. Zum Teufel, wir hatten es fast erreicht. Bis ein unglücklicher Schlag gegen die Schläfe sein Leben beendet hatte.

Ich spürte vor Entsetzen und Scham plötzlich einen zähen Kloß im Hals. Ihn zu verlieren, war schon schlimm genug gewesen; herauszufinden, dass Dad scheißviel Geld verloren hatte, weil er auf Jake gesetzt hatte, befleckte nicht nur das Andenken beider Männer, sondern auch den Boxsport selbst für mich.

Jake hatte seine Frau Marcy und ihr kleines Mädchen Rose hinterlassen. Zum Teufel, ich war mit Marcy zusammen aufgewachsen und hatte sie und Rose jetzt schon seit Monaten nicht mehr gesehen. Jedes Mal wenn ich sie besuchte, war ich hinterher tagelang wie gelähmt vor Schuld und Trauer.

»Ich bin fertig damit«, erklärte ich Carlos, was völlig unnötig war. Denn er wusste es.

Plötzlich überkam mich der Drang, mich abzuschrubben. Ich hatte erst zwei Stunden vorher geduscht, doch ich fühlte mich schmutzig. Alles klebte vor Reue und Wut. Dads Scham war irgendwie auf mich übergegangen; ich wurde sie einfach nicht mehr los.

Erschöpft lächelte Carlos. »Ja, ich weiß. Aber auch für mich ist das Studio wichtig. Wenn es futsch ist, verlieren wir alle unser Zuhause.«

Ich konnte nicht mehr einfach so dasitzen. Also sprang ich auf und tigerte in dem kleinen Raum auf und ab. »Wir müssen das Geschäft weiter ankurbeln. Nein, was wir eigentlich brauchen, ist ein Sponsor.« Und ein verdammtes Wunder.

Carlos rieb sich das Kinn und beobachtete, wie ich auf und ab ging. »Das wäre eine Idee, aber warum sollte einer Interesse daran haben?«

»Zum Teufel, wenn ich das nur wüsste.« Ich seufzte und ließ die Schultern hängen. »Steuerliche Abschreibung? Die Freude, unseren Jugendlichen helfen zu können?«

In Carlos' Augen blitzte Galgenhumor auf. »Deine fehlende Begeisterung ist nicht gerade überzeugend.«

»Weil ich eben nicht gut darin bin, Bullshit zu erzählen. Ich bin ein mieser Verkäufer.«

»Stimmt, Bro«, sagte jemand von der Tür her.

Dean, mein kleiner Bruder und Experte in Sachen Scheißebauen, stand lässig vor dem Büroeingang. Ich hatte echt keine Ahnung, wie um alles in der Welt ich mit so einem verwandt sein konnte. Vor allem trug er nicht Jeans und T-Shirt wie jeder andere hier, sondern einen dreiteiligen Anzug, der mit Sicherheit mehr kostete als seine Miete – die Miete, die im Übrigen ich bezahlte. Der kleine Pisser.

Außerdem war er einfach viel zu hübsch. Schon in der Grundschule waren die Mädchen ganz verrückt nach seinen blauen Augen und dem aschblonden Haar gewesen. Prince Fucking Charming. Ich verdrängte den Gedanken, dass er aussah wie meine Ma. Die vermisste ich jeden Tag.

Das war die eigentliche Hölle. Ich vermisste zu viele Menschen.

»Was ist los mit dir?«, fragte Dean und schlenderte in mein Büro. Er blieb stehen und schenkte mir ein breites, idiotisches Fake-Lächeln. »Heute, meine ich.«

Ich warf Carlos einen kurzen warnenden *Halt-bloß-deine-verdammte-Klappe*-Blick zu. Er blinzelte, hatte also verstanden. Ich hielt Dean aus geschäftlichen Problemen raus. Er hatte durchaus Potenzial zu was Großem – wenn er nur irgendwann mal den Arsch hochbekommen und sich einen Job suchen würde.

Carlos stand auf und ließ den Kopf auf den Schultern kreisen. »Rhys hat einen schlappen Schwanz.«

Ich stieß Carlos mit dem Ellbogen so heftig in die Rippen, dass er zur Seite taumelte. »Verzieh dich verdammt noch mal. Willst du mir so einen Scheiß anhexen, oder was?«

Carlos schnaubte und warf Dean einen Blick zu. »Willst du das übernehmen, Collegeboy? Kleiner Rat gefällig, wie man's macht?«

»Nachdenken und beten?«

»Ihr seid beide echt saukomisch.« Aber unsere Masche hatte gewirkt. Dean war abgelenkt.

Nachdem Carlos sich verabschiedet hatte, lehnte ich mich gegen die Kante meines Schreibtischs und musterte Dean. »Was soll der Aufzug? Hast du ein Vorstellungsgespräch?«

Bitte, lass es so was sein. Der Junge hatte einen Abschluss in Informatik von der Boston University, hatte die Aufnahmeprüfung zum Medizinstudium mit Bravour geschafft und diverse Angebote von Graduierten-Studiengängen im ganzen Land, doch er wurstelte sich durch, arbeitete als Kellner und machte in seiner Freizeit mit Frauen herum.

Er grinste wie ein kleiner Junge am Weihnachtsmorgen. »Etwas in der Art.«

Blödmann. »Ist es jetzt ein Vorstellungsgespräch oder nicht?«

»Oh, ich hab den Job.« Sein Grinsen wurde noch breiter. »Heute Abend gibt's den Probelauf.«

Boxkämpfer müssen sich auf ihren Instinkt verlassen, und bei mir klingelten sofort die Alarmglocken. »Probelauf? Wovon zum Teufel sprichst du, Deanie?«

Sein Lächeln verblasste etwas. Er hasste es, wenn ich ihn Deanie nannte.

»Was für ein zwielichtiger beschissener Job, in dem man Anzüge tragen muss, hat Probeläufe?«, forschte ich nach, als er störrisch schwieg. »Oder fängt erst um … sechs Uhr abends an?«

»Sieh mal, eigentlich habe ich mich total darauf gefreut, es dir zu erzählen, denn es ist fucking fantastisch. Aber wenn du mir jetzt die Hölle heiß machst …«

»Erzähl. Auf der Stelle.«

»Na gut.« Dean holte sein Handy hervor und kam zu mir herüber. »Ich hab diese megacoole App gefunden, in die du dein Foto und deine Fähigkeiten reinstellst. Die sucht für dich Leute, die Jobs vergeben.«

»Das ist … gut.« Und doch standen mir immer noch die Nackenhaare zu Berge. Irgendetwas an seiner Art fand ich verdächtig.

»Also dachte ich mir, was zum Teufel, keiner stellt Leute wegen irgendwelcher Abschlüsse ein. Aber in manchen Dingen bin ich eben gut.«

»Was für Dinge?« Dieser verdammte Kerl. Nur neun Jahre jünger als ich, aber mit jedem Jahr, in dem ich mich mit ihm rumschlagen musste, war ich um weitere zehn gealtert.

Er zuckte mit den Schultern. »Wie Frauen charmant zu unterhalten. Ihnen ein gutes Gefühl zu geben.«

Langsam richtete ich mich zu voller Größe auf. »Frauen ein gutes Gefühl zu geben.«

»Ja«, antwortete er, als sei ich begriffsstutzig. »Ich kann super mit Frauen.«

»Was ist das für ein Job, Dean?«

Gelassen tippte er auf sein Handy. »Also, durch diese App hab ich diese süße Parker kennengelernt, die … und jetzt hör zu … bezahlt mich, damit ich sie begleite.« Seine Augen leuchteten auf. »Volltreffer, oder? Ich kann's kaum glauben. Sie zahlt mir eine Wahnsinnskohle. Leicht verdientes Geld, und das alles für das, was ich sowieso gern mache. Und das Beste daran? Die Geschichte ist unbefristet.«

Das Blut schien mir aus dem Kopf zu sacken, bevor es in einer Woge zorniger Hitze wieder nach oben flutete. »Du prostituierst dich? Meinst du etwa *das*?«

Was hatte ich nur falsch gemacht?

»Was?« Entrüstet runzelte er die blonden Augenbrauen. »Nein! Ich leiste ihr nur Gesellschaft. Ich gehe mit Parker auf Dates, begleite sie zu irgendwelchen Veranstaltungen und Partys. So ein Kram halt. Ich meine, ich sag bestimmt nicht Nein, wenn sie mich fragt, ob …«

»Nein, verdammt noch mal. Unter gar keinen Umständen«, stieß ich knurrend hervor und ballte die Hände zu Fäusten. »Ich hab nicht achtzigtausend Dollar für deine Ausbildung ausgegeben, damit du dich für so eine snobistische reiche Tussi als Escort-Boy verdingst …«

»Oh, na klar, jetzt kommt *die* Leier, dass du meine Ausbildung bezahlt hast. Mal wieder.« Wütend und verletzt funkelte er mich an.

»Weil es nun mal so ist!« Ich fuhr mir mit der Hand durchs Haar und zerrte daran. Ich war kurz davor, es mir auszureißen. »Ich habe jeden Cent, den ich übrig hatte, in dieses Studio und in dich gesteckt. Hab ich gern getan. Sehr gern sogar.« Das war das Mindeste, was ich hatte machen können; Dean brauchte eine Richtung, eine Ausbildung, einen Ausweg. »Verdammt will ich sein, wenn meine Bemühungen das Klo runtergespült werden wegen der Launen eines hirnlosen, bescheuerten …«

»Hey, Parker ist echt smart. Schau dir das an.« Er schob mir das Handy vors Gesicht. »Sie hat sogar das MIT besucht …«

Ich schnaubte. »Hätt ich mir denken können.«

»Und ihre Familie ist in Dutzenden von Wohltätigkeitsorganisationen.«

»Vögelt sich also durch die Lande, würd ich sagen.« Ich nahm das Smartphone – ich hatte keine andere Wahl, so dicht, wie er es mir vor die Nase hielt – und überflog den Artikel, den er geöffnet hatte. Eine süße, hübsche Frau, etwa von der Größe meines Daumens, mit großen braunen Augen unter sehr geraden Augenbrauen lächelte mich an. Es war ein gezwungenes Lächeln und ähnelte in nichts dem strahlenden, glücklichen Grinsen des älteren Paares neben ihr. Bei den beiden handelte es sich offensichtlich um ihre Eltern, und sie alle standen auf einer hügeligen Wiese, von der aus man den Ozean überblickte. Im Hintergrund konnte ich eine Villa im Cape-Cod-Stil erkennen.

»Mein Gott«, murmelte ich. »Die kommen aus New York, Dean.«

»Ja und?« Er lachte. »Was hast du gegen New Yorker?«

»Die Reichen … sind Arschlöcher.«

In dem Artikel ging es darum, dass Mr. und Mrs. Brown »den Sommer am Cape verbrachten« und für eine Kampagne zur Bildung bedürftiger Kinder Geld sammelten. Was nett war, allerdings noch lange nicht hieß, dass *sie* nette Menschen waren.

»Hätte dich nie für einen Snob gehalten, Bruder.«

Ich umklammerte das Handy. »Weißt du eigentlich, wie viele von diesen Typen ich getroffen habe, als ich noch im Ring stand?

Sie reden nur davon, dass sie den kleinen Leuten etwas zurückgeben wollen, dass sie dein Freund sind. Doch in Wirklichkeit betrachten sie Leute wie uns lediglich als Frischfleisch. Bestenfalls als amüsant. Und wenn sie uns nicht mehr unterhaltsam finden, lassen sie uns fallen.«

Wo waren denn all meine so genannten Freunde? Nachdem Jake gestorben war und ich mich aus dem Geschäft zurückgezogen hatte, waren sie alle mir nichts, dir nichts von der Bildfläche verschwunden.

»So ist Parker nicht. Sie ist nett. Eigentlich sogar schüchtern.« Dean reckte das Kinn. »Und wenn sie mich als ihren persönlichen hübschen Begleitwelpen nutzen will und mir im Gegenzug einen Batzen Geld dafür bezahlt, dann lass ich sie.«

»Dean …«

»Ich hab dir das nur erzählt, weil ich dachte … ach, Scheiß drauf. Worauf's ankommt, ist, dass das hier mein Leben ist und meine Angelegenheit. Ich zahl dir alles auf meine Weise zurück.«

Endlich bekam mein Bruder etwas Biss. Jahrelang hatte ich den Vater für ihn gespielt – mehr als Dad. Wegen dieser Verantwortung hatte ich ihm häufig sagen müssen, was er zu tun oder zu lassen hatte. Ich *wollte*, dass er zurückschlug, dass er die Verantwortung für sein Leben übernahm. Nur nicht auf diese Weise. Dafür war er einfach zu klug. Ich war derjenige, der sich im Schlamm wälzte. Dean musste unbedingt sauber bleiben.

Den Gesichtsausdruck, den er jetzt aufsetzte, kannte ich. Er meinte es ernst. Nichts würde ihn vom Gegenteil überzeugen. Trotz all unserer Unterschiede waren wir in diesem Punkt gleich – wir waren beide störrische Esel.

Er wandte sich zum Gehen, aber ich hielt die Hand hoch. »Warte.«

Dean erstarrte und verharrte.

Ich steckte sein Handy in die Tasche, so beiläufig, dass er es nicht merkte. »Wenn du darauf bestehst …«

»Ich *werde* es tun.«

Ich knirschte mit den Zähnen. *Entspann dich. Bleib locker.* »Dann solltest du dir vor eurem ersten Treffen wohl besser noch mal die Beißerchen putzen.«

Dean blickte so entsetzt drein, dass ich gelacht hätte, wäre ich nicht so angepisst gewesen. »Hab ich was zwischen den Zähnen?« Er fuhr sich mit der Zunge darüber.

Seine Zähne waren sauber, doch Dean aß eigentlich ständig irgendwas. Es hätte also durchaus sein können.

»Jep. Du hast's noch nicht erwischt.« Ich deutete mit dem Kopf auf mein privates Büro-Badezimmer. »Mach dich eben mal sauber.«

Das musste man ihm nicht zwei Mal sagen. Schon eilte er auf den kleinen Raum zu.

Ich folgte ihm auf den Fersen und nahm im Vorbeigehen einen der hölzernen Besucherstühle von der Seite mit. Er war viel zu abgelenkt, um es mitzubekommen. »Und wo triffst du diese Frau?«

»Im Yvonne's.«

»Protzig.« Ich war einmal dran vorbeigelaufen. Der Schuppen sah aus wie ein Club für die Ultrareichen.

Dean gluckste. »Ich muss ja nicht bezahlen.«

Ich verdrehte die Augen.

»In einer halben Stunde gibt's Aperitifs, ich muss mich beeilen.« Im Spiegel zog er eine Grimasse, untersuchte sein Gebiss, das einer Zahnpastawerbung würdig gewesen wäre. »Ich sehe gar nichts …«

Den Rest hörte ich nicht mehr. Schnell knallte ich die Tür zu, drehte die Klinke nach unten und klemmte den Stuhl darunter. Gerade noch rechtzeitig. Von innen rappelte es heftig an der Tür.

»Rhys! Was zur Hölle? Mach die verdammte Tür auf!«

Ganz sicher nicht. Die würde verschlossen bleiben, bis jemand anders ihn rausließ. Ich würde Carlos informieren … in einer Stunde.

»Rhys!« Deans gedämpfte Schreie verfolgten mich zum Büro hinaus. »Das ist nicht witzig. Willst du mich verarschen?« Ein heftiger Schlag gegen die Tür. »Du verdammter Mistkerl!«

Recht hatte er. Aber ich bereute es nicht im Mindesten. Für so etwas war Dean einfach zu gut. Sollte er mich doch hassen, wie er lustig war. Doch ich würde dieser Parker Brown nun erst mal stecken, dass sie sich nicht mal mehr in die Nähe meines Bruders zu wagen hatte.

Als ich auf meine Maschine stieg, brodelte ordentliche Wut durch meine Adern. Parker Brown. Ich würde ihr die Hölle heiß machen, dass ihr Hören und Sehen verging.

2. Kapitel

Parker

Ich kam nicht zum ersten Mal zum Dinner hierher ins Yvonne's. Doch es war das erste Mal, dass ich mit einem Typen aß, den ich dafür bezahlte, mein Date zu spielen. Mir drehte sich der Magen um, als ich mich auf einen luxuriösen Barhocker in nächster Nähe des Eingangs setzte. Gegenüber der Bar verlief eine lange niedrige Trennwand mit Marmorplatte, die den Bar- vom Restaurantbereich trennte. Das Schwatzen und Lachen der Gäste drang an meine Ohren.

Ich war so klein, dass meine Füße vom Barhocker herabbaumelten, und ungeduldig trat ich gegen eine Stange, die wahrscheinlich mehr kostete, als ich im Jahr verdiente.

Apropos … nervös sah ich auf die Uhr. Dean hätte längst hier sein müssen. Wir hatten verabredet, dass er zehn Minuten früher als mein Boss und dessen Vorgesetzter kommen sollte, sodass wir alles noch mal durchgehen konnten.

Ich kippte den Cocktail hinunter, den der gehetzte Barkeeper vor mich hingestellt hatte, und versuchte, das aggressive Geflatter der Schmetterlinge in meinem Bauch zu unterdrücken. Eigentlich fühlte es sich an, als wären sie meinem Magen entkommen, in die

Lungenflügel ausgeschwärmt und nun wild entschlossen, mich zu ersticken. Ich wischte mir mit einer feuchten Hand die Stirn ab. »Reiß dich zusammen, Parker«, murmelte ich und wirkte wahrscheinlich, als hätte ich gerade vor, ein Schwerverbrechen zu begehen.

War es ein Schwerverbrechen, seinen Boss zu belügen?

Nein, definitiv nicht.

Unmoralisch?

Ja, definitiv ja.

Aber eigentlich bewies es doch nur, wie sehr ich meinen Job liebte und wie weit ich zu gehen bereit war, um einen Festanstellungsvertrag bei Horus Renewable Energy zu ergattern. Ich war in diese aufstrebende drei Jahre alte Firma eingetreten, nachdem ich meine Abschlussarbeit zum Thema »Dynamische Modellierung von Investitionen in die großtechnische Nutzung des Winds als erneuerbare Energiequelle« beendet hatte. Wiederholen Sie das schnell fünf Mal hintereinander.

Ich war begeistert, dass ich als Datenanalystin bei einem Unternehmen arbeiten konnte, das ein Vertriebsmodell entwickelt hatte, das zukünftige Energiepreise und die Auswirkungen erneuerbarer Energien auf die Marktentwicklung voraussagte.

Genau so eine Tätigkeit hatte ich mir gewünscht, und ich fühlte mich fantastisch, bis Pete aus der Gehaltsabteilung mir selbstgerecht grinsend steckte, dass ich nur eingestellt worden war, um die Frauenquote zu erfüllen, und dass ich wahrscheinlich entlassen werden würde, sobald mein auf sechs Monate befristeter Vertrag auslief.

Und warum?

Weil der Big Boss mit dem ganzen Geld, also der Hauptinvestor Mr. Franklin Fairchild, nur Mitarbeiter fest anstellte, die ihr Engagement auch im Privatleben bewiesen hatten. Irgend so ein Retro-Scheiß aus den fünfziger Jahren. Wenn ein Mitarbeiter nicht in einer festen Beziehung/verheiratet war, wenn er keine Kinder hatte und/oder in einer Mietwohnung statt einem Eigenheim lebte, betrachtete Fairchild ihn als Fehlinvestition. Wo war das persönliche Engagement? Wer im persönlichen Bereich schon nicht zu festen Bindungen bereit war, gab seiner Ansicht nach mit Sicherheit sofort Fersengeld, sobald ein besserer Deal am Horizont erschien.

Ich hatte mich dann bei verlässlicheren Quellen vergewissert, dass Pete mit seiner Einschätzung recht hatte.

Da ich die einzige alleinstehende kinderlose weibliche Analystin war, die sich zudem noch eine Mietwohnung mit einer Mitbewohnerin teilte, bekam ich Panik. Besagte Mitbewohnerin, Zoe, zeigte mir die Lösung in Form einer App. Mit ihrer Hilfe stieß ich auf Dean, den perfekten Fake-Freund. Er war gebildet, stammte aus Chelsea, war bodenständig, charmant, gutaussehend, und er hatte sich einverstanden erklärt, auf unbestimmte Zeit meinen Partner zu spielen. *Auf unbestimmte Zeit.*

Also, warum machte ich mir Sorgen?

Niemand würde es je herausfinden.

»Sie«, sagte eine tiefe Stimme neben mir. In anklagendem Tonfall.

Ich wandte den Kopf und musste beim Anblick meines Gegenübers mehrfach blinzeln. Ein sehr großer Mann schaute wutentbrannt auf mich herab. Seine Nasenflügel bebten wie bei einem angriffsbereiten Bullen. Mein Blick glitt an seinem Körper hinab und wieder hinauf. Ein Exemplar wie ihn hatte ich noch nie aus dieser Nähe gesehen. Der Typ war beinahe eins neunzig groß. Er trug Jeans, die schon bessere Tage gesehen hatten, und ein langes Thermohemd, unter dem sich sehr definierte Muskeln abzeichneten. Erstaunlich definierte Muskeln. Er hatte die Ärmel hochgerollt, sodass seine von dicken Adern durchzogenen Unterarme zu erkennen waren. Gab es im Yvonne's denn keinen Dresscode?

Ich schaute ihm in die grünen Augen, die wunderschön gewesen wären, wenn er mich damit nicht so wütend angefunkelt hätte. Mich?

Was zum Teufel? Ich hatte keine Zeit für irgendwelchen Ärger. »Kann ich Ihnen weiterhelfen?«

»Parker Brown?«

Oh verdammt.

»Ja?«

Er kniff die Augen zusammen. »Ich bin Rhys Morgan. Deans großer Bruder. Er wird nicht hier erscheinen.«

Einen Moment lang konnte ich ihn nur anstarren. Wie konnte dieser Mensch Deans großer Bruder sein? Dean hatte helles Haar und blaue Augen. Er war ein ordentlich rasierter hübscher Mann. Dieser Typ hatte kurz geschorenes dunkles Haar, die bereits erwähnten grünen Augen, seine letzte Rasur musste schon ein paar Tage her sein, und mit diesen wilden, kantigen Zügen und der gebrochenen Nase gehörte er definitiv nicht in die Kategorie Modeltyp.

Wahrscheinlich hätten manche Frauen ihn durchaus attraktiv gefunden, aber für meinen Geschmack war er zu groß und zu ungehobelt.

Ich hatte eher ein Faible für süße Nerds.

Wie auch immer, zurück zur Sache … Ich riss meine Aufmerksamkeit von seinen beeindruckend definierten Bizeps fort. »Sie sehen ihm überhaupt nicht ähnlich.«

Wieder bebten seine Nasenflügel. »Ja, wir sind uns auch nicht ähnlich. Ich würde mich jedenfalls nicht für eine Oberschichtstussi aus Massachusetts prostituieren.«

Meine Wangen brannten, und entsetzt schaute ich mich um. Laut! Wow, er war wirklich laut! Ich hüpfte von dem Hocker herunter und legte ihm die Hände auf die Brust, um ihn zum Ausgang zu schieben, hielt jedoch plötzlich inne. Diese *Brustmuskeln.*

»Oh, die sind aber hart.« Ich ließ ihn los, als hätte ich mich verbrannt.

Deans mutmaßlicher Bruder biss offensichtlich verärgert die Zähne zusammen.

»Lassen Sie uns ein Stück von der Bar weggehen und reden.« Ich drängte ihn um die Ecke in einen Durchgang zwischen Eingang und Restaurant und warf einem vorbeikommenden Gast ein »Alles in Ordnung«-Lächeln zu. Dann drehte ich mich zu Rhys um und wäre beinahe gegen seine Brust geprallt.

Er umfasste meine Oberarme und schob mich vorsichtig von sich. Nun da ich nicht mehr auf einem Barhocker saß, musste ich den Kopf in den Nacken legen, um ihm in die Augen zu sehen. So riesig wie er sich vor mir auftürmte, fragte ich mich plötzlich, ob es nicht vielleicht ein Fehler war, mich überhaupt auf eine Unterhaltung mit diesem wütenden Kerl einzulassen, der mich zwischen seinen beiden riesigen Pranken wie eine Wanze zerquetschen könnte. Doch so leicht ließ ich mich nicht einschüchtern. Okay, zugegeben, der Typ *hatte durchaus* etwas Bedrohliches an sich, aber ich bewegte mich seit Jahren in einer von Männern dominierten Welt und kannte mich mit diesen Typen aus. In meiner Firma war ich momentan sogar die einzige Frau. Ich hatte schnell gelernt, mir bei keinem Typen, egal wie klug oder körperlich eindrucksvoll er war, *anmerken* zu lassen, dass er mich einschüchterte.

Oder verwirrte.

Auch wenn es noch so sehr zutraf.

»Zunächst einmal: Ich stamme nicht aus Massachusetts.« Keine Ahnung, warum das wichtig war, aber es war mir zuwider, dass er mich für eine dieser reichen, eingebildeten Snobs hier aus der Gegend hielt.

Rhys grinste höhnisch. »Sie sind eine New Yorkerin, die den Sommer am Cape verbringt.« Er sprach das Wort Sommer wie »Sommah« aus, in diesem breiten Bostoner Akzent, den ich normalerweise hinreißend fand. Doch an diesem Kerl hier war ganz und gar nichts hinreißend. »Kommt also verdammt noch mal aufs fucking Gleiche raus, Tinker Bell.«

Hilfe. Da kamen ja eine Menge Aggressionen zum Vorschein. »Jetzt mäßigen Sie sich gefälligst mal.« Meine Mutter hatte keine Mühe gescheut, Flüche aus meinem Vokabular zu verbannen, und das sogar noch, bevor ich Gelegenheit gehabt hatte, herauszufinden, wie man sie richtig benutzte. Demzufolge reagierte ich auf ungerechtfertigte Kraftausdrücke automatisch mit Unbehagen. »Und sich über meine Körpergröße lustig zu machen, ist extrem unhöflich.«

»Soll ich Ihnen mal sagen, was extrem unhöflich ist?« Er kam mir viel zu nahe, zwang mich, nach oben zu blicken, um den Augenkontakt aufrechterhalten zu können. »Einen verzweifelten Jungen anzuheuern, damit er Ihre Bedürfnisse befriedigt.«

Mein ganzer Körper wurde mit Sicherheit so rot wie das sprichwörtliche rote Tuch. Einen Moment lang brachte ich nur ein Stottern heraus. »Das … das habe ich überhaupt nicht gemacht«, zischte ich. »Zum einen: Er ist kein Junge mehr. Er ist fünfundzwanzig Jahre alt. Außerdem bezahle ich ihn nicht, damit er ›meine Bedürfnisse befriedigt‹. Ich wäre Ihnen sehr verbunden, wenn Sie mich nicht durch die Annahme beleidigen würden, dass ich *dafür* bezahlen muss.«

Sein Blick wanderte gemächlich über meinen Körper hinweg, und er schnaubte.

»Ich werde ignorieren, was dieses Geräusch wohl zu bedeuten hat, da *ich* mich seit dem Tertiär durchaus weiterentwickelt habe. Zurück zum Punkt: Dean ist erwachsen, und ich habe ihn engagiert, damit er mich zu Terminen und Veranstaltungen begleitet, die mit meinen Kollegen und meinem Vorgesetzten stattfinden. Ohne auf Einzelheiten eingehen zu wollen: Meine Vorgesetzten sollen glauben, dass ich in einer festen Beziehung lebe, damit sie in

Betracht ziehen, mir einen Festanstellungsvertrag zu geben. Mr. Fairchild ist in dieser Hinsicht etwas altmodisch.« Da. Das war sehr diplomatisch. In Gedanken klopfte ich mir selbst auf die Schulter. Es war das erste Mal, dass ich die Situation beschrieb, ohne Mr. Fairchild als sexistische Pest zu bezeichnen.

Rhys runzelte die Stirn. »Hören Sie auf zu lächeln, Tinker Bell. Es interessiert mich einen Scheißdreck, warum Sie Dean engagiert haben. Es war verdammt noch mal falsch, das ist Ihnen doch klar.«

Wütend funkelte ich meinen Ankläger an. Doch gleichzeitig erwachten so langsam Zweifel in mir. Außerdem war ich verletzt. War es wirklich falsch gewesen, Dean zu engagieren? Ich hatte angenommen, dass beide Seiten davon profitieren würden. Zu keinem Zeitpunkt hatte ich das Gefühl gehabt, ihn zu übervorteilen oder zu benutzen, doch sein Bruder ließ es so aussehen. Als sei ich eine privilegierte Prinzessin, die glaubte, tun und lassen zu können, was sie wollte, nur weil sie Geld besaß.

Ich verschränkte die Arme vor der Brust. »Ich weigere mich, hier weiter herumzustehen und mir weismachen zu lassen, dass ich etwas Falsches getan habe. Wenn Sie sich über die Entscheidungen Ihres Bruders ärgern, ist das Ihr Problem, denn er hatte durchaus die Wahl und wird sehr gut dafür entlohnt. Zweitausend Dollar die Woche, nur um auf ein paar Dates im Monat zu gehen, ist mehr als fair.« Es war lächerlich. Ich hatte dafür meinen Treuhandfonds anbrechen müssen. Allerdings gab es nun mal niemanden, der bereit gewesen wäre, für einen unbegrenzten Zeitraum meinen Freund zu spielen, ohne sich dafür nicht fürstlich entlohnen zu lassen.

Nicht dass ich bedauernswert hässlich oder eine unausstehliche Person gewesen wäre. Es war nur so, dass die meisten Anwärter eine zeitliche Begrenzung des Jobs verlangten, da sie noch andere Verpflichtungen hatten. Und ich hatte einfach keine Ahnung, wie lange ich diese Show noch abziehen musste.

Als Rhys hörte, um wie viel Geld es ging, wippte er einmal auf den Fersen zurück und schien einen Moment lang sprachlos zu sein.

Gut, denn so langsam wurde es höchste Zeit, dass er verschwand! »Sehen Sie, Mr. Morgan, meine Chefs können jede Minute hier sein. Ich wäre Ihnen also wirklich dankbar, wenn Sie gingen. Jetzt. Jetzt wäre wirklich gut.« Ich deutete auf die Tür hinter mir. »Bye-bye.« Er bewegte sich keinen Zentimeter. »Adios?« Er starrte mich weiter an. »Vámonos. Ciao. Au revoir.« Ich seufzte tief. »Husch, husch, weg mit Ihnen.«

Er sah mich grimmig an. »Meinten Sie das gerade ernst?«

»Wenn es wirkt, ja.«

»Darlin', Sie haben echt einen Sprung in der Schüssel. Hat Ihnen das schon mal jemand gesagt?«

»Hören Sie …«

»Parker, da sind Sie ja!«

Ich schloss ganz fest die Augen, wünschte mir, dass eine Tür zu einer anderen Dimension sich öffnen möge, damit ich Rhys Morgan in ihre dunklen Tiefen stoßen konnte, in der Hoffnung, dass er in einer Welt voller riesiger Sandnattern landen würde.

Mein Boss war da.

Ich öffnete die Lider, wandte mich um und setzte ein strahlendes Lächeln auf, während Jackson Sánchez, mein Chef, auf mich zukam, an der einen Seite flankiert von Mr. Fairchild und an der anderen von seiner Verlobten Camille.

Mir drehte sich der Magen um.

Als Jackson mir verkündet hatte, dass Mr. Fairchild das neueste Mitglied des Teams kennenlernen wollte (also mich), hatte ich ihm versprochen, meinen Freund mitzubringen, denn schließlich wusste ich, dass ich Fairchild beeindrucken musste. Ich hatte nicht nur ein schlechtes Gewissen, weil ich Jackson belogen hatte, den ich wirklich mochte und bewunderte, jetzt stand ich auch noch ohne besagten Freund da. Und zwar wegen dieses Höhlenmenschen neben mir. Eines Höhlenmenschen, der womöglich gleich damit herausplatzen würde, was ich getan hatte, und mir damit jegliche Chance rauben würde, meinen Vertrag mit Horus zu verlängern. Tatsächlich würde ich wahrscheinlich sogar gefeuert werden.

Wo war die Sandnattern-Dimension, wenn man sie mal brauchte?

Die drei scharten sich um uns, und mit wütenden Flügelschlägen kehrten die Schmetterlinge zurück, wild entschlossen, mir die Luft abzuschnüren.

Nun war ich geliefert.

»Mr. Fairchild, dies ist unser neuester und vielversprechendster Neuzugang, Parker Brown.« Jackson grinste mich an.

Ich streckte Mr. Fairchild die Hand entgegen.

Franklin Fairchild stammte aus dem alten Bostoner Geldadel. Er hatte als junger Mann geerbt und sein Vermögen durch geschickte Investitionen vervierfacht. Seinen eigenen Angaben zufolge war er von einem hervorragenden Beraterteam umgeben. Genau diese Berater hatten ihm gesagt, dass es klug wäre, in erneuerbare Energien zu investieren.

Er war auf diesem Gebiet allerdings keineswegs vollkommen unerfahren, was mich ein wenig nervös machte, denn er mischte sich erheblich mehr ins Firmengeschäft ein, als ich für möglich gehalten hätte. Ich war nicht davon ausgegangen, dass ein Mann wie er überhaupt Zeit dafür aufbrachte.

Fairchild schüttelte mir die Hand und presste sie mit einem aggressiven Kraftaufwand zusammen. »Winzige Frau, Riesen-Gehirn, was?« Er lachte.

Oh ja, als hätte ich das nicht schon öfter gehört. Ich lächelte gezwungen. Während Jackson sich nun an Rhys wandte, war mein Lächeln umso gequälter. Ich war wie gelähmt.

»Und dies ist sicher Ihr Freund.« Jackson konnte sich eine überraschte Miene nicht verkneifen. Natürlich war er überrascht! Rhys war absolut nicht das, was jemand von mir erwartet hätte, und ich wusste ganz sicher, dass ich auch nicht Rhys Morgans Typ war. Ein Kerl wie er stand vermutlich auf Frauen mit riesigen Brüsten und einem straffen Hintern, der durch tägliche Burpees jeder Schwerkraft trotzte.

Ich öffnete den Mund, wollte gerade energisch *Nein* rufen, als …

»Ja.« Rhys schüttelte Jackson die Hand. »Ich bin Parkers Freund. Rhys. Wie geht es Ihnen?«

Womöglich hatte mein Hirn in diesem Augenblick ein Problem mit der Signalübertragung, denn ich bildete mir ein, dass er gerade behauptet hatte, mein Freund zu sein.

Rhys grinste mich an, und der Teufel tanzte in seinem entwaffnenden Blick.

Er hatte es getan!

Er hatte es tatsächlich getan!

Was zur Hölle hatte er vor?

Mir wurde übel. Gleich würde ich mich über Mr. Fairchilds Prada-Slipper erbrechen.

»Rhys?« Mr. Fairchild boxte sich förmlich an Jackson vorbei, um zu meinem Peiniger zu gelangen.

»Rhys Morgan, da hol mich doch der Teufel.«

Moment mal, wie bitte?

Ich beobachtete, wie Fairchild auch die Hand meines »Freundes« fest zusammendrückte und ihn angrinste, als sei Rhys der Messias persönlich, der wieder vom Himmel herabgestiegen war. Dann hatte ich das Gefühl, der Boden würde unter mir nachgeben, denn er wandte sich Jackson zu und sagte: »Sie haben mir gar nicht erzählt, dass Parker mit Rhys Morgan zusammen ist.«

Während wir ihn verständnislos ansahen, lachte Fairchild nur schallend. »Er ist der beste gottverdammte Boxer in der Schwergewichtsklasse, den dieses Land in einer ganzen Generation gesehen hat.« Er schlug Rhys auf die Schulter. »Sie sitzen neben mir, mein Sohn.«

Wie bitte?

Mr. Fairchild ging mit Deans Bruder ins Restaurant voran. Rhys drehte sich zu mir um und zwinkerte mir zu.

Tatsächlich! Er zwinkerte!

Igitt! Er *war* der Teufel.

Hatte ich mit meinen Fantasien über Sandnattern-Welten unabsichtlich ein Tor zu einer anderen Dimension geöffnet, in der ein wütender Boxer gerade meinen Chefs das Lügenmärchen aufgetischt hatte, mit mir zusammen zu sein?

Jackson und Camille grinsten. »Rate mal, wer gerade zur Lieblingsschülerin aufgestiegen ist?«, neckte Jackson mich. Als ich die Stirn runzelte, lachte er. »War nur ein Witz. Doch es ist immer von Vorteil, bei derlei Arbeitsessen Fairchild bei Laune zu halten. Das ist super, Parker.«

Nein.

Das war eine Katastrophe.

3. Kapitel

Rhys

Was war verdammt noch mal nur los mit mir? Nach außen hin ging ich zwar ausgesprochen entspannt neben Fairchild her, hatte aber das Gefühl, mit Karacho auf einem außer Kontrolle geratenen Karren einen Hügel hinabzurasen. Ich wollte nicht hier sein. Ganz sicher wollte ich nicht die Partybegleitung für so eine typische – wenn auch süße – reiche Tussi sein. Und doch war ich hier und durchquerte das Restaurant, das übrigens eher wie die Bibliothek eines exklusiven Herrenclubs aussah.

Die Gäste drehten sich nach uns um, und mehr als einer musterte ausgiebig meine zerrissene Jeans und die abgewetzten Stiefel. Hier trug man Anzug und Abendrobe, keine abgewrackte Arbeitskluft.

Die verantwortungsbewusste Stimme in mir rief: *Raus hier, dreh dich um und mach verdammt noch mal, dass du so schnell wie möglich wegkommst!* Denn hier bahnte sich eine Katastrophe an. Leider hatte ich mein Leben lang immer auf den Heißsporn in mir gehört, der die Dinge auf sich zukommen ließ und eher neugierig war. Außerdem freute mich Parker Browns entrüsteter Blick, der mir bei jedem Schritt, den ich weiterging, ein Loch in den Rücken zu brennen schien.

Mit dieser Mischung aus Unschuldsbeteuerungen und Wutanfällen war sie schon eine ganz besondere Marke. Und es war eine Leistung, dass sie nicht nur ihre süße Nase rümpfte, sondern auch noch auf mich herabblickte, obwohl sie mir kaum bis zur Schulter reichte. Dieses kleine freche Biest hatte mir doch tatsächlich Paroli geboten. Wenn sie nicht vorher versucht hätte, meinen Bruder zu kaufen, hätte ich das vielleicht sogar noch ganz niedlich gefunden.

Obwohl ich in Fairchilds Lachen mit einstimmte und so tat, als würde ich zuhören, während er über die Ergebnisse diverser Boxkämpfe vor sich hin brabbelte, ließ ich Parker nicht aus den Augen, ähnlich einem Gegner, mit dem ich bald in den Ring steigen würde. Ja, die Zuschauer rasten, wenn man sich vor einem Kampf als Held aufspielte, tatsächlich aber ging es darum, den Gegner psychisch fertigzumachen.

Bei Parker Brown schien es gewirkt zu haben. Sie war tatsächlich durch den Wind. Ich hätte schwören können, dass sie etwas von Sandnattern vor sich hin gemurmelt hatte, was immer das bedeuten sollte. Ich fand ihre Wut amüsant.

Nachdem ich ihr Foto gesehen hatte, war ich davon ausgegangen, dass sie sich so schnell verkrümeln würde wie trockenes Toastbrot, sobald ich sie zusammenpfiff. Ansonsten hatte ich sie ganz hübsch gefunden, wenn auch nicht sonderlich bemerkenswert. In beiden Fällen hatte ich mich geirrt. Ja, sie war fassungslos gewesen, und ihr Gesicht hatte ein attraktives Tiefrosa angenommen, aber sie war keineswegs zusammengeklappt. Und das Foto war ihr absolut nicht gerecht geworden.

Sie sah aus wie eine zartgliedrige Fee mit feinen Gesichtszügen. Ihre glatte Porzellanhaut hatte einen gesunden rosigen Schimmer, und ihre dunkelbraunen Augen schienen viel zu groß für ihr herzförmiges Gesicht. Eigentlich stand ich gar nicht auf Frauen wie sie. Mir gefiel ein guter schweißtreibender Fick zur Entspannung.

Bei Parker hätte ich ja Angst, sie zu zerbrechen. Ihre Taille konnte ich womöglich mit beiden Händen umspannen.

Ich verdrängte die Vorstellung, wie ich diese schlanke Taille festhielt, während ich … *Nein. Nein. Nein. Disziplin, Morgan. Denk an deine verfluchte Disziplin.*

»Da will ich doch verdammt sein, Rhys Morgan«, rief Fairchild jetzt bestimmt zum zehnten Mal. Seine Begeisterung schien nicht nachzulassen. »Man hätte mich mit einer Feder umhauen können, als ich Sie da stehen sah.«

Ein einfacher Aufwärtshaken hätte es auch getan. Obwohl er ziemlich groß war und einigermaßen in Form zu sein schien, hatte er etwas von einem Weichei – Kerl mit tougher Schale, der den Mund ziemlich voll nahm, aber beim ersten Anzeichen körperlicher Bedrohung zusammenklappte. Trotzdem hielt er sich offensichtlich für den Größten.

Er stolzierte durchs Restaurant, als ob es ihm gehörte. Vielleicht war das ja sogar der Fall. Der Typ triefte nur so vor Geld, angefangen von seinem grauen maßgeschneiderten Savile-Row-Anzug bis hin zu seinen eleganten italienischen Slippers. Früher hatte ich auch mal genug Geld gehabt, um mir so was leisten zu können, und hatte ausgesehen wie ein megaaufgeblasener Pfau. Aber diese Tage waren zum Glück vorbei.

Leider drängte mich Fairchild jetzt, die Erinnerungen wieder aufzurufen. Er legte mir den Arm um die Schulter, schüttelte und drückte mich. »Wo waren Sie nur die ganze Zeit über, Sohn?«

Nur ein einziger Mann hatte das Recht, mich Sohn zu nennen, und der war tot. Ich biss die Zähne zusammen und zuckte leicht mit den Schultern, um seinen Arm abzuschütteln. »Hier und da.«

Die hübsche Kellnerin blieb vor einem Tisch in einer abgelegenen Nische stehen. Sie zog einen Stuhl heraus, und lässig setzte Fairchild sich hin, noch bevor Parker Gelegenheit dazu hatte. Der Typ hatte wirklich Klasse.

Ich wandte mich um und schenkte meinem »Date« ein strahlendes Lächeln, bevor ich einen weiteren Stuhl herauszog. »Sweetheart?«

Ihre glänzenden dunklen Augen schienen wild-zornige Funken zu sprühen, aber sie verzog das Gesicht zu einem Lächeln – das allerdings eher zur Grimasse geriet, wirklich – und nahm auf dem ihr angebotenen Stuhl mit der gelassenen Grazie eines Menschen Platz, der von Geburt her an Reichtum gewöhnt war.

»Danke.«

Ihre Lippen waren hart und kühl.

Plötzlich stellte ich mir vor, was sie damit sonst noch so anstellen könnte ... *Disziplin, verdammt noch mal!* Unter gar keinen Umständen würde ich mich von Fifth-Avenue-Prinzessin Parker Brown auf dumme Gedanken bringen lassen.

Sie bot lediglich eine mögliche Lösung für meine momentanen Probleme. Denn so ungern ich Dean auch zustimmte, ein paar Tausend Dollar die Woche, nur weil man so tat, als sei man ihr Freund, war leicht verdientes Geld. Und das brauchte ich dringend! In einer seltenen, aber brillanten Einsicht war mir die Idee gekommen, dass ich hier zwei Fliegen mit einer Klappe schlagen könnte. Fairchild war ein Fan und verdammt noch mal stinkreich, was ihn zu einem potenziellen Sponsor für das Fitness-Studio machte. Ich musste ihn nur noch davon überzeugen.

Und ansonsten würde ich diesen Abend einfach als Gelegenheit verbuchen, ein bisschen mit den Ketten zu rasseln, um Parker den Versuch, meinen Bruder zu kaufen, heimzuzahlen. Danach wäre ich wieder weg und aus ihrem Leben verschwunden.

Ich räusperte mich und setzte mich auf den Stuhl neben sie. Doch Fairchild verzog das Gesicht – wie ein verwöhntes trotziges Kind. »Ich dachte, Sie würden neben mir sitzen, Rhys. Ms. Brown, tauschen Sie die Plätze.«

Parker erbleichte. Ihre pinkfarbenen Lippen öffneten und schlossen sich wie bei einem verwirrten Fisch. Eben hatte sie mir noch die Hölle heiß gemacht, ließ sich also nicht so schnell einschüchtern. Vermutlich war sie also jetzt hin- und hergerissen zwischen dem Wunsch, ihm zu sagen, er solle bleiben, wo der Pfeffer wächst, oder zu tun, was er verlangte, um ihren Job zu sichern.

Eigentlich hätte ich sie gern leiden lassen, aber so war ich von meiner Mom nun mal nicht erzogen worden. Außerdem war Fairchild ein Arschloch. Ich brauchte vielleicht sein Geld, aber wenn ich mich zu seinem Fußabstreifer machte, würde er mich null respektieren.

Ich beugte mich zu ihm vor, nagelte ihn mit meinem Blick fest, lächelte jedoch dabei. »Ich kann mich auch von hier aus bestens mit Ihnen unterhalten, Fairchild. Ich hätte meinen Liebling gern an meiner Seite.«

Ich legte den Arm um Parkers schmale Schultern und drückte sie liebevoll an mich. Sie gab ein ersticktes Gurgeln von sich, überspielte es aber, indem sie breit und sehnsüchtig lächelte und sich an mich lehnte, der Inbegriff einer liebenden Freundin. Aber unter dem Tisch presste sie ihren spitzen Absatz auf meine Stiefelspitze. Hart.

Als ich weder zusammenzuckte noch zurückschreckte, warf sie mir mit ihren braunen Augen einen Blick zu.

Ich grinste sie an. *Stahlkappenschuhe, Schatz. So ist das nun mal, wenn man sich mit einem aus der Arbeiterklasse anlegt.* Ihr zorniger Seitenblick verhieß spätere Vergeltung. Ich freute mich schon darauf. Viel zu sehr. Es machte Spaß, sie zu ärgern. Aber es war ein Fehler gewesen, sie zu berühren; ihre seidig-zarte Haut duftete wie eine Mischung aus Rosen und schwüler Sinnlichkeit. Ich war wohl nicht mehr ganz bei Trost, denn am liebsten hätte ich mich noch weiter zu ihr vorgebeugt, tief eingeatmet und meine

Lungen mit diesem seltsamen Mix aus Unschuld und Sünde erfüllt.

Was zum Teufel ging mir denn da durch den Kopf? Unschuld und Sünde? Wie zum Henker kam ich denn auf so was? Verdammt, diese Tussi brachte mich noch ganz durcheinander. Ich ließ den Arm sinken und lehnte mich auf meinem Stuhl zurück. Jackson nahm uns gegenüber Platz.

Dann trat die Kellnerin an den Tisch, um unsere Getränkebestellungen entgegenzunehmen – ich war der Einzige, der ein Bier wollte, woraufhin Parker die Lippen aufeinanderpresste. Aber unter gar keinen Umständen würde ich mich auf das harte Zeug einlassen, das Fairchild trank. Er hatte einen Macallan 25 – pur – bestellt. In puncto Whiskey mochte ich zwar ein Banause sein, wusste aber, dass ein Glas davon ihn heute Abend mindestens um zweihundert Dollar ärmer machen würde. Parker konnte eigentlich von Glück sagen, dass ich bei meinem Fassbier für fünf Dollar blieb.

Die Kellnerin war kaum verschwunden, als Franklin schon wieder anfing. »Kann immer noch nicht glauben, dass Sie aufgehört haben, Morgan. Oh, ich versteh schon. Es war nach dem Tod Ihres Vaters.« Er machte eine Handbewegung, als wolle er diese kleine Unannehmlichkeit einfach vom Tisch wischen. »Aber eine Trauerpause hätte es schließlich auch getan.«

Die offizielle Geschichte, die ich der Welt – und Dean – erzählt hatte, lautete, dass ich nach dem Tod meines Vaters den Kampfgeist verloren und daher beschlossen hatte, mich nur noch auf meine Familie zu konzentrieren. Größtenteils stimmte das sogar, und offiziell war das die beste Erklärung überhaupt, denn verdammt wollte ich sein, wenn ich Jake erwähnte. Niemand würde auf meine Kosten noch mehr von ihm erfahren.

Doch jetzt saß Fairchild vor mir und ließ einfach nicht locker mit seinen Fragen. Ich fletschte die Zähne, maskierte es als

Grinsen, hätte mich aber am liebsten auf ihn gestürzt und zugebissen. »Ich bedaure meine Entscheidung nicht. Ich habe mir jetzt etwas Besseres aufgebaut.«

»Etwas Besseres?« Er schnaubte. »Nichts könnte besser sein, als in den Ring zu steigen und den Gegner zu vernichten.«

Ich war ziemlich sicher, dass es noch befriedigender gewesen wäre, diesem Kerl eins aufs Maul zu geben. Aber ich zuckte nur müßig mit den Schultern und gab keine Antwort.

Nachdem ich auf Fairchilds Ansinnen nicht eingegangen war, schien Jackson glücklicherweise entschlossen, die Stimmung etwas aufzulockern, und wechselte das Thema.

»Franklin«, sagte er. »Ich freue mich sehr, dass Sie Parker endlich kennenlernen. Ihre Vorschläge für unser Prognosemodell trugen maßgeblich zu seiner Verbesserung bei, sodass sogar ein wichtiger Kunde auf dem europäischen Markt sein Interesse angemeldet hat …«

Fairchild schnaubte abfällig und schnitt Jackson mit einer kurzen Handbewegung das Wort ab. »Zu meiner Zeit hat man sich nur auf sein Bauchgefühl verlassen, nicht auf neumodische Computersoftware.«

Parker zuckte bei diesem verbalen Tiefschlag zusammen. Und ich hatte den Impuls, ihm ihretwegen eine zu pfeffern. Aber wie jeder gute Kämpfer steckte sie den Schlag ein, schluckte die Niederlage hinunter, straffte die Schultern und richtete sich kerzengerade auf.

Ihr Lächeln war kühl und geschäftsmäßig. »Dem stimme ich zu, Mr. Fairchild. Es geht doch nichts über einen gut ausgeprägten Instinkt.« Ihr Tonfall strahlte Ruhe und Selbstsicherheit aus. »Meine vordringliche Aufgabe besteht darin, Ihnen die Informationen zu liefern, um diese Instinkte durch Fakten zu stützen. Dabei ziehe ich diverse Faktoren in Betracht – den stündlichen Energiebedarf, die generellen Strompreise, den Erzeugungsmix …« Sie machte eine wegwerfende Handbewegung, wie um anzudeuten, dass es dabei um grundlegendes Zeugs ging. »… und berücksichtige Variablen wie den Stromanteil aus erneuerbaren Energien und den grenzübergreifenden Energiefluss für diverse europäische Märkte. Diese Informationen verdichte ich zu Berichten und Datenmengen.«

Nun starrten wir sie alle an, bezaubert von ihrer Eiskonfektstimme und ihrem sanften Selbstvertrauen. Und sie war sich dessen bewusst.

»Dadurch«, fuhr sie fort, »können sich unsere Kunden ein klareres Bild von den verschiedenen Möglichkeiten machen, die ihnen offenstehen.«

Zweifellos hätte sie endlos fortfahren können, aber nun hielt sie inne, legte die Hände auf den Tisch und sah Fairchild mit diesen braunen Rehaugen an.

Ich hätte am liebsten laut aufgelacht und vielleicht sogar applaudiert. Das war nicht die fassungslose Hyäne, mit der ich gestritten hatte, und auch nicht das nervöse Dummchen von der Bar, das aufgeregt mit den Füßen wippte, während es auf Dean wartete. Diese Parker hatte wirklich Ahnung von ihrem Mist und ließ sich so schnell nicht einschüchtern.

Leider blinzelte Fairchild nur, als lichte sich gerade der Nebel um seinen Kopf. Er warf ihr einen desinteressierten Blick zu, dann wandte er sich Jackson wieder zu. »Na ja, reden kann sie, das steht fest.«

Jackson machte ein Gesicht, als wolle er Fairchild treten. Parker hingegen sah aus, als sei sie gerade getreten worden.

Fairchilds wässrige Augen richteten sich wieder auf mich, und ein Lächeln erhellte sein wettergegerbtes Gesicht. »Was immer zum Ziel führt, hmm?«

Sollte ich jetzt etwa zustimmend lachen? Fuck, eigentlich bestand mein Ziel darin, diesen Volltrottel zu umgarnen. Also würde ich mich auf einem sehr schmalen Grat zwischen Zustimmung und Zurückweisung bewegen müssen.

Ich zuckte mit den Schultern. »Ich war mir immer im Klaren darüber, wie wichtig es ist, nur die Besten in meinem Team zu haben.«

Fairchild gluckste und zwinkerte mir grinsend zu. »Sie sind zu bescheiden. Rhys *Witwenmacher* Morgan braucht nichts weiter als einen guten Doppelpunch, um seine Gegner k. o. zu schlagen.«

Witwenmacher. Innerlich zuckte ich heftig zusammen, und mir wurde leicht übel. Als ich noch im Geschäft gewesen war, hatte ich diesen Titel, den die Presse mir gegeben hatte, mit Stolz getragen. Ein solcher Spitzname galt als Ehrenbezeugung. Dann war Jake gestorben. Jake, der Marcy und ihre kleine Tochter Rose hinterlassen hatte. Ich war für Jakes Tod zwar nicht verantwortlich gewesen, aber ganz sicher wollte ich heute nicht mehr als verfluchter Witwenmacher bezeichnet werden.

Meine Schultern waren zu angespannt. Ich ließ sie kreisen und trank einen Schluck Wasser. »Es geht nichts über einen guten K. o.-Schlag …« *Darf ich das gerade mal demonstrieren? Bitte, bitte?* »Aber diese Erfolge hätte ich nie ohne meine Trainer gehabt.« Ich beugte mich zu Parker hinüber, bis unsere Schultern sich berührten. Ein Funkenregen schoss mir durch den Arm. *Verdammt. Konzentrier dich.* »Und vor Kurzem wurde mir klar, dass die Liebe einer guten Frau alles noch besser macht.«

Beinahe hätte ich über meine eigenen Worte gekotzt. Und wenn das leise Geräusch, das Parker von sich gab, mich nicht täuschte, musste sie zumindest würgen. Aber ich warf ihr dennoch einen dümmlich verliebten Blick zu. »Parker ist einfach eine Granate.«

Fuck, ich klang regelrecht schwanzgesteuert. Am liebsten hätte ich mir selbst einen Tritt in den Hintern verpasst.

Doch Typen wie Fairchild kannte ich nun mal aus dem Effeff. Er feierte mich zwar wegen meiner Erfolge im Boxsport, hasste sich aber gleichzeitig für seine Bewunderung, denn er betrachtete sie als Schwäche. Ich musste ihm meinerseits ebenfalls eine kleine Schwäche offenbaren. Ein kleines Täuschungsmanöver, um ihn einzuwickeln, ihm das Gefühl zu geben, überlegen zu sein, gefolgt von einer gut gesetzten Geraden, um ihn auf Trab zu halten. Typen wie Fairchild liebten eine Herausforderung, aber zu heftig durfte sie auch wieder nicht sein.

Diese Art von Tanz hasste ich. Doch ich tat es für das Studio. Für Dean, obwohl der mir niemals dankbar dafür sein würde. Vor allem aber tat ich es, um die Hypothek auf das Gym zahlen zu können und es am Ende nicht doch noch an jemanden verkaufen zu müssen, der es abreißen würde, um auf dem Grundstück überteuerte Eigentumswohnungen zu errichten. Außerdem steckte Parker Brown – trotz ihres Superhirns – ziemlich in der Klemme. Dean konnte sie bei dieser Sache nicht brauchen. Er hätte es garantiert schon vermasselt und Fairchild zur Weißglut gebracht. Sie brauchte *mich*.

»Stimmt's nicht, Sweetheart?«, fragte ich und legte ihr erneut den Arm um die Schultern, wobei ich dem Drang nachgab, meine Nase in ihrem Haar zu vergraben. Mein Gott, was duftete sie gut! Daran musste ich mich wohl gewöhnen. Und daran, dass mein Schwanz sofort reagierte, sobald ich ihr näher kam.

Ruhig Blut, Junge.

Ihr Lächeln war so angespannt und aufgesetzt, dass ich am liebsten laut losgelacht hätte. Sie legte mir die Hand auf den Schenkel – viel zu nah an dem besagten Körperteil. Blassrosa Nägel vergruben sich in meinem Hosenbein, hart genug, dass ich es sogar durch die Jeans hindurch spürte.

Das würde durchaus Spuren hinterlassen. Sie war wirklich so niedlich wie eine wütende kleine Fee.

»Du bist wirklich süß, Dicker«, stieß sie zwischen zusammengebissenen Zähnen hervor.

Dicker? Ich schnaubte leise vor unterdrücktem Lachen.

»Sind Sie schon lange zusammen?«, erkundigte sich Fairchild, nachdem die Kellnerin uns die Drinks serviert hatte.

»Eine gefühlte Ewigkeit«, antwortete Parker leichthin.

»Ich muss zugeben, dass ich überrascht bin, Sie an Ms. Browns Seite zu sehen«, fuhr Fairchild fort und nippte an seinem Scotch. »Als aktiver Sportler hatten Sie schließlich dauernd eine neue Gespielin am Arm.« Er gluckste. »Ich kann mich sogar noch daran erinnern, wie Morgan bei einem Kampf gleich mit drei Frauen aufkreuzte«, sagte er zu Jackson. »Eine pro Arm, und die dritte ging zum Ring voran.«

Dieser verdammte Kerl.

Gern hätte ich Parker nun in die Augen gesehen und ihr einen bedauernden Blick zugeworfen. Allerdings ginge der wahrscheinlich ohnehin ins Leere; die Frau war total verspannt und vibrierte beinahe vor Zorn. »Äh, na ja … man weiß eben, wann es die Richtige ist.«

Ich prostete Parker mit meinem Bier zu und trank einen tiefen Zug. Von romantischer Liebe hatte ich keinen blassen Schimmer. Aber für die Gelegenheit, alles zu retten, was ich *tatsächlich* liebte, würde ich sie vortäuschen. Also lehnte ich mich vor und stützte die Ellbogen auf den Tisch – offensichtlich sehr zum Missfallen von Miss Oberlehrerin.

»Reden wir nicht mehr über Frauen«, sagte ich zu Fairchild. »Haben Sie je die Geschichte gehört, wie ich in einem Underground-Fight auf Donny Douglas getroffen bin?«

Wie erwartet leuchteten Fairchilds Augen auf. »Nein. Wann denn?«

Jetzt war er mir auf den Leim gegangen. Ich stürzte mich auf die Geschichte, wusste, dass sie Fairchild amüsieren würde und dass er meine Gesellschaft – und damit auch Parkers – mit jedem Wort mehr genießen würde. Ja, sie brauchte mich. Sie wusste es nur noch nicht. Aber das würde sie schon noch einsehen.

4. Kapitel

Parker

Ich erschauerte in der kühlen Frühlingsluft, und mein Herz pochte laut, während ich beobachtete, wie Rhys sich leise mit Mr. Fairchild unterhielt. Jackson und Camille waren bereits gegangen. Endlich stieg Fairchild in seine Limousine, und mit wütend zusammengekniffenen Augen beobachtete ich, wie Rhys wieder zu mir zurückschlenderte.

Er stolzierte so großspurig einher wie ein Mann, der gerade einen Boxkampf gewonnen hatte.

Dieser Mistkerl.

»Also, ich hab Ihnen gerade den Arsch gerettet.« Er besaß doch tatsächlich die Unverfrorenheit, zu grinsen.

Die Wut, die schon seit Beginn dieses Dinners in mir gebrodelt hatte, drohte jetzt überzukochen. Wenn ich noch eine Sekunde länger hierblieb, würde ich ihn allein kraft meiner Gedanken vernichten.

Da war ich mir ganz sicher!

Niemand konnte so viel Wut in sich haben, ohne dabei Energie freizusetzen. Abrupt wandte ich mich vom Yvonne's ab, um Richtung Süden zu meiner Wohnung zu laufen, die ich mir mit meiner besten Freundin Zoe teilte. Dieser halbstündige Fußmarsch würde mir guttun und diese ungewohnte Wut vertreiben.

»Ich begleite Sie nach Hause, dann können wir die Konditionen festlegen.« Rhys hatte mich eingeholt und lief neben mir her.

Mein Zorn wich atemloser Verblüffung. »Wie bitte?«

Er zuckte mit den Achseln. »Sie brauchen doch immer noch jemanden, der Ihren Freund mimt, oder? Und ich kann mit einiger Sicherheit behaupten, dass Fairchild uns die Show abgekauft hat und mich für den größten Scheißer aller Zeiten hält.«

Ja, Fairchild hielt Rhys definitiv für den Größten. Natürlich. Immerhin waren sie beide Neandertaler. Ich knirschte mit den Zähnen, frustriert, dass ich mit meinen kürzeren Beinen dem großen Boxer neben mir so schnell nicht entkommen würde. Einem Boxer, um Himmels willen!

Nicht, dass ich etwas gegen den Boxsport einzuwenden hätte. Jede Wettkampfsportart zeugte von Disziplin, Entschlossenheit und besonderen Fähigkeiten. Das alles waren wertvolle Eigenschaften.

Nein, das Boxen störte mich nicht.

Es erklärte die Muskeln und das gebrochene Nasenbein.

Umso mehr störte ich mich jedoch an dem speichelleckerischen Männerbündnis, das zwischen Rhys und Fairchild erblühte. Er hatte zwar dem rückständigen, bis zur Schmerzgrenze frauenfeindlichen Macho-Gewäsch meines Chefs kein einziges Mal zugestimmt, aber Kontra hatte Rhys ihm auch nicht gerade gegeben.

Einen Großteil des Abends hatten Jackson, Camille und ich zuhören müssen, wie Fairchild von Rhys mit Erlebnissen aus seinen ruhmreichen Tagen als Boxer unterhalten wurde. Die Geschichten waren zwar durchaus interessant gewesen, aber gleichzeitig auch immer eine Gelegenheit für Fairchilds sexistische Kommentare, die er in seinem krankhaften Männlichkeitswahn absondern musste.

Der eigentliche Zweck dieses Abendessens hatte darin bestanden, Fairchild vor Augen zu führen, dass ich ein wertvoller

Gewinn für sein Team war. Aber er hatte sich ausschließlich für Rhys interessiert.

»Sie haben mein Dinner in den Sand gesetzt«, zischte ich wutentbrannt.

»In den Sand gesetzt?«, sagte Rhys schnaubend. »Immer wenn Jackson die Sprache auf erneuerbare Energien lenkte, wurde Fairchilds Blick glasig. Sie sollten mir danken, weil ich dafür gesorgt habe, dass der Typ das Essen interessant genug fand, um bis zum Ende zu bleiben.«

»Ja, und ich habe es total genossen, dass er Sie ständig darüber ausgequetscht hat, wie viel Blut Sie vergossen und wie viele Frauen Sie flachgelegt haben. Über so was rede ich beim Dinner am liebsten.«

»Hey, ist nicht meine Schuld, dass Ihr Boss keine Manieren hat. Der Punkt ist doch, dass ich ihn bei der Stange gehalten habe. Der Kerl liebt mich.«

Würg, leider wahr.

»Ich glaube, wenn Sie wollen, dass der Typ Ihren Vertrag verlängert, dann sollten Sie mir die zweitausend Dollar die Woche zahlen, damit ich Ihren Freund mime. Er will mich wiedersehen, und dann wäre ich immerhin Ihre ständige Begleitung, stimmt's?«

Ich blieb ruckartig stehen. In meine Wut mischte sich Frustration, denn sein Vorschlag klang tatsächlich logisch. Er hatte absolut recht. Wie ätzend! »Ich kenne Sie doch überhaupt nicht.«

Ein Muskel an seinem Kinn zuckte. »Aber meinen Bruder kennen Sie? Oder besteht der Unterschied darin, dass er einen Abschluss hat und ich der ungebildete Schwachkopf bin, der nur ein Gym leitet?«

Warum wollte er immer nur das Schlimmste in mir sehen? »Sie sind ziemlich voreingenommen.«

Rhys' Miene verfinsterte sich. »Fuck, Tinker Bell, wie Sie schon sagten, Sie kennen mich verdammt noch mal gar nicht.«

»Lassen Sie das Fluchen.« Ich verschränkte die Arme vor der Brust, weigerte mich, mich von ihm einschüchtern zu lassen, obwohl mir die Beine ein wenig zitterten bei der Vorstellung, seinem Vorschlag zuzustimmen.

»Ich werde doch wohl kaum einen Typen anheuern, der mich hasst, nur weil ich aus einem wohlhabenden Elternhaus stamme.«

Er stieß scharf den Atem aus, und seine Anspannung schien sich zu verflüchtigen. »Tinker Bell«, sagte er in sanfterem Tonfall. »Ich kenne Sie verdammt noch mal auch nicht. Wie könnte ich Sie hassen?«

Tinker Bell. So sah er mich? Winzig, verwöhnt und übellaunig? Autsch. Ich verzog das Gesicht und setzte meinen Marsch fort. »Nennen Sie mich nicht Tinker Bell.«

»Haben wir jetzt einen Deal?«, beharrte Rhys, der wieder neben mir ging.

Ich warf ihm einen Blick zu. »Warum wollen Sie das tun?«

Wieder dieser Muskel an seinem Kinn. Tick, tick, tick. »Ich brauche das Geld«, stieß er hervor.

Als müsse man sich dessen schämen?

Dean brauchte das Geld, weil er arbeitslos war. Doch warum ging es einem ehemaligen Profiboxer, dem ein Gym gehörte, ebenso? Ich wollte mich nicht in irgendwelche krummen Geschäfte reinziehen lassen. Das sagte ich ihm.

Er schnitt eine Grimasse. »Ist nichts Kriminelles, mein Gott. Das ganze Geld, das ich beim Boxen verdient habe, ist für meine Familie draufgegangen, für Deans Ausbildung und anderen Mist, den wir brauchten. Jetzt läuft es gerade nicht so gut mit dem Studio, und zusätzliches Geld könnte mir helfen, das Geschäft anzukurbeln.«

»Sie haben Ihrem Bruder das Studium finanziert?«

Er brummte vor sich hin, was ich als Bestätigung wertete.

Langsam ließ meine Wut nach. Ein Typ, der sein Einkommen

für die Ausbildung seines Bruders ausgab, konnte schließlich so übel nicht sein, oder? Eigentlich war er sogar ganz nett.

Ich musterte ihn nachdenklich. »Wenn wir uns darauf einigen, müssen Sie zeitlich flexibel sein. Sie müssen spontan abrufbereit sein, um mich auf Events oder Dinnerveranstaltungen zu begleiten. Das war jedenfalls der Deal mit Dean.«

Rhys sah mich mit diesen wunderbaren Augen an und nickte. »Deal.«

Ich biss mir auf die Unterlippe, zögerte mit der verbindlichen Zusage aber noch. Dean war so lässig und charmant gewesen, dass ich mich in seiner Gegenwart sofort entspannt hatte. Die Vorstellung, anderen eine romantische Beziehung mit ihm vorzugaukeln, hatte mich nicht im Mindesten irritiert.

Verstohlen warf ich seinem älteren Bruder einen Blick zu, der neben mir die Straße entlangschlenderte, die Hände in den Taschen seiner Jeans vergrub und ungeduldig auf eine Antwort wartete. Schmetterlinge erwachten in meinem Bauch zum Leben, und das leichte Zittern in meinen Beinen stellte sich ebenfalls wieder ein bei der Vorstellung, in den nächsten paar Monaten Rhys' Freundin zu spielen.

Der Mann war ungehobelt, nervtötend und fluchte viel zu viel, und er besaß das Potenzial, mich zur Weißglut zu bringen, was normalerweise nicht leicht war. Dass Fairchild ihn mochte, sprach auch nicht gerade für ihn.

Und doch war genau das ausschlaggebend, weshalb ich letztlich Ja sagte.

»Gut, aber ich will, dass Sie einen Vertrag unterzeichnen.«

»Hatten Sie mit Dean denn auch einen Vertrag?«

»Nein. Aber Dean hat mir wegen des Jobs auch nicht hinterrücks aufgelauert.«

»Sie wollten meinen kleinen Bruder kaufen. Deshalb werde ich mich für mein Verhalten auch nicht entschuldigen.«

Wieder erwachte die Flamme der Empörung zum Leben. »Zum hundertsten Mal, ich habe nicht versucht, Ihren Bruder zu kaufen!«

Lautes Gelächter von der gegenüberliegenden Straßenseite ließ mich zusammenzucken, und ich entdeckte ein Paar, das unseren Wortwechsel mitgehört hatte. Die beiden starrten zu uns herüber, dann setzten sie lachend ihren Weg fort, bis sie außer Hörweite waren.

Ich war rot angelaufen und blickte wütend zu Rhys auf, als sei das seine Schuld.

Dieser riesige Mistkerl grinste nur. »Vielleicht sollten Sie lernen, Ihr Temperament zu zügeln, Tinker Bell. Irgendwann bringt Sie das noch in Teufels Küche.«

Es bestand durchaus die Möglichkeit, dass ich ihn noch vor Vertragsunterzeichnung umbrachte.

»Ich habe nicht versucht, Dean zu kaufen«, wiederholte ich leiser. »Und wo wir schon beim Thema sind, darum geht es hier absolut nicht. Ihnen ist schon klar, dass es keinen Sex zwischen uns geben wird?«

»Keine Sorge, Winzling, Sie sind nicht mein Typ.«

Entrüstung und verletzter Stolz machten sich in einem höhnischen Grinsen Luft. »Das beruht allerdings auf Gegenseitigkeit.«

Rhys warf mir einen bösen Blick zu. »Ja, ich denke, das ist uns beiden klar. Das wäre also geklärt. Haben wir nun einen Deal oder nicht?«

Dieser Rhys steckte wirklich voller Widersprüche. »Warum haben Sie nichts dagegen, sich selbst an Deans Stelle zu ›prostituieren‹?«

Er runzelte die Stirn. »Hatten wir uns nicht gerade darauf geeinigt, dass es nicht um Prostitution geht?«

»Seien Sie nicht so begriffsstutzig.«

»Hören Sie, mein Bruder ist nicht aufs College gegangen, um

seine Ausbildung ins Klo zu spülen, indem er leichtes Geld damit verdient, wenn er Sie hin und wieder zu einem Event begleitet. Er muss sich darauf konzentrieren, einen richtigen Beruf zu ergreifen. Ich *habe* einen Beruf – ich leite ein Fitness-Studio. Dafür brauche ich Geld. Das hier bringt Geld ein. Ende der Geschichte. Also, haben wir einen Deal?«

»Erst der Vertrag.«

Er seufzte, fuhr sich mit der Hand über das unrasierte Kinn. »Gut.«

Oh lieber Gott im Himmel, wollte ich das wirklich tun?

»Alles klar mit Ihnen?« Er musterte mich aus zusammengekniffenen Augen. »Sie sehen ein wenig blass aus.«

»Das liegt an der Hypotonie, eine Folge absinkenden Blutdrucks. Und dazu kommt es, wenn man einen Schock erlitten hat, was mir gerade passiert ist.« Erschöpft zeigte ich mit dem Finger auf ihn. »Ein Deal mit dem Teufel und so.«

»Hat Ihnen schon mal jemand gesagt, dass Sie einen Sprung in der Schüssel haben?«

»Ja«, meinte ich schnaufend. »Sie haben das gesagt. Heute Abend. Bevor Sie mein Leben gekidnappt haben.«

»Ihnen den Arsch gerettet, meinen Sie wohl.« Er zwinkerte mir zu.

»Morgan, ich werde ein Zwinker-Verbot in den Vertrag mit aufnehmen. Kein Zwinkern, kein Tinker Bell und kein Fluchen.« Ruckartig blieb ich stehen, als wir fast bei meinem Wohnhaus angekommen waren, und kniff die Augen zusammen. »Trennen Sie Ihren Müll?«

Rhys sah mich an, als hätte ich *tatsächlich* einen Sprung in der Schüssel. »Wer tut das nicht?«

»Oh, Sie wären überrascht. Das ist also ein Ja?«

Ungeduldig zuckte er mit den Schultern. »Ja, natürlich trenne ich meinen Müll.«

»Haben Sie einen ›Hupen zwecklos‹-Aufkleber auf Ihrem Auto?«

Er runzelte die Stirn. »Nein …«

Ich seufzte erleichtert. Okay, vielleicht würde es ja doch klappen. »Wo ist Ihr Fitness-Studio? Ich bringe Ihnen den Vertrag kommendes Wochenende vorbei.«

»Es heißt Lights Out, um die Ecke der Fourth Avenue in Chelsea. Um Mittag rum habe ich meist Zeit.«

Ich nickte und wunderte mich gleichzeitig über den Namen. Klang eher nach einem Nachtclub als nach einem Gym. »Na gut. Ich komme Samstagnachmittag vorbei.« Ich wollte um ihn herumgehen.

»Ich begleite Sie trotzdem nach Hause.«

»Das müssen Sie nicht.«

»Und doch bin ich hier und mache es.« Er schenkte mir noch ein jungenhaftes Grinsen, das die besagten Schmetterlinge erneut aktivierte. Ich fühlte mich überrumpelt und konnte mich nicht erinnern, wann mir das letzte Mal jemand das Gefühl gegeben hatte, verletzlich zu sein und die Situation nur bedingt im Griff zu haben.

Oh Mann. Dieser Typ war wirklich eine Schnapsidee.

Schweigend legten wir den restlichen Weg zu meinem Wohnhaus zurück, wobei wir uns gegenseitig hin und wieder misstrauische Blicke zuwarfen (okay, meine waren misstrauisch; seine waren bewusst provozierend).

Schließlich bogen wir in die Harrison Avenue ein, wo Zoe, meine Mitbewohnerin und beste Freundin, eine moderne Dreizimmerwohnung besaß, die ihr wohlhabender, aber ständig abwesender Vater für sie gekauft hatte. Sie ließ mich für weniger als die Hälfte dessen, was der Raum normalerweise an Miete gekostet hätte, dort wohnen. Das war toll. Ich wohnte in einer hübschen Wohnung, im teuren Back Bay, und der Riesenvorteil? Meine Eltern hatten damit nichts zu schaffen.

Hätte ich mir eine Wohnung gemietet, die ich mir von meinem Gehalt leisten konnte, würde ich in irgendeinem Vorort wohnen, und zwar in einem Haus, das meinen Eltern absolut nicht zusagte. Damit hätte ich mich ganz und gar nicht wohlgefühlt. Sie wiederum hätten mich ständig bekniet, meinen Treuhandfonds anzubrechen, um mir eine hübschere Bleibe gönnen zu können, und meine beharrliche Weigerung, dieser Bitte nachzukommen, hätte zum Zerwürfnis geführt. Das wiederum hätte mein Unbehagen nur noch vergrößert, denn es war mir genauso verhasst, meine Eltern zu enttäuschen, wie ich es verabscheute, von ihrem Geld zu leben.

Glücklicherweise hatte Zoe nicht allein wohnen wollen, weshalb sie mich gebeten hatte, in das freie Zimmer einzuziehen.

Eine Win-win-Situation.

»Wir sind da.« Vor der Glasfront des Empfangsbereichs blieb ich stehen. Drinnen brannten sämtliche Lichter und brachten die marmornen Böden und die teuren Möbel im Foyer optimal zur Geltung.

Ich warf Rhys einen Blick zu. Er wirkte baff. »Sieh mal einer an«, murmelte er.

Ich runzelte die Stirn, fragte mich, warum er so voreingenommen wohlhabenden Menschen gegenüber war. Bei Fairchild hatte er sich nicht so verhalten, und der besaß mehr Geld als der liebe Gott. Ich schauderte bei dem Gedanken und schnaubte. »Na ja, dann gute Nacht.«

Diesmal folgte kein jungenhaftes Grinsen. Stattdessen nickte er mir nur kurz zu, bevor er sich umwandte und davonging.

»Ein waschechter Prince Charming, schon klar.« Ich öffnete die Tür zur Lobby und fragte mich, wie ich mich auf diese Schnapsidee hatte einlassen können.

Rhys

»Aufwachen, raus aus den Federn, Mistkerl!«

Der Ruf hatte mich kaum geweckt, als meine Schlaftrunkenheit schon durch einen ordentlichen Schwall kalten Wassers vertrieben wurde. Den jemand über mir auskippte. Ich schnappte nach Luft, setzte mich ruckartig auf und holte sofort aus.

Dean, der schlaue kleine Scheißer, hatte sich allerdings sofort in Deckung gebracht. Er stand an der Tür zu meinem Schlafzimmer, in der Hand einen leeren Eimer, und grinste. »Du schläfst nackt, Rhys? Ich hätte dich eher für den Rippstrick-Unterhosen-Typ gehalten.«

Mit einem Aufschrei sprang ich aus dem Bett. Er ließ den Eimer fallen und rannte los – und nur die Tatsache, dass ich meinem Bruder nicht splitterfasernackt hinterherjagen wollte, rettete ihn. Fluchend wischte ich mir das Gesicht ab und schnappte mir eine Jogginghose. Dem kleinen Mistkerl würde ich es zeigen.

Schnell sprintete ich über die Holzdielen. Ich hatte nicht gehört, wie er mein Loft verlassen hatte, also musste er noch irgendwo sein. Mein kleiner Bruder war also doch nicht so schlau, wie ich gedacht hatte.

Er stand in der Küche und hielt einen von Moms Kaffeebechern in der Hand, an dem er nippte, als bliebe ihm noch alle Lebenszeit der Welt.

»Arschloch«, stieß ich knurrend hervor und rubbelte mir durchs Haar, sodass die Wassertröpfchen in alle Himmelsrichtungen stoben. »Glaubst du allen Ernstes, dass Moms Kaffeetasse mich davon abhalten wird, dir den Hintern zu versohlen?«

Er zuckte mit den Schultern. »Ich weiß, dass du nicht riskierst, sie kaputtzumachen.«

»Dann hältst du sie besser für den Rest deines kurzen Lebens noch ganz fest«, erwiderte ich schnaubend und tigerte zu ihm hinüber. Als er grinste, griff ich an. Mit einem blitzschnellen, aber leichten Schlag. Dean jaulte auf und ließ den Kaffeebecher fallen, um seine aufgeplatzte Lippe zu berühren.

Ich fing die Tasse im Bruchteil einer Sekunde mit der anderen Hand auf und trank lässig einen belebenden Schluck Kaffee daraus. Leider stand er vor Zucker. Mit angewidert verzogenem Gesicht stellte ich die Tasse auf die Anrichte und musterte meinen grimmig dreinblickenden Bruder.

»Arschloch«, murmelte er. »Verdammt *schnelles* Arschloch.«

»Zumindest hab ich getroffen. Ich nehme an, diese kleine Show …« Mit einem Kopfnicken deutete ich aufs Schlafzimmer, »war die Revanche für gestern Abend?«

Seine Wangen röteten sich vor Zorn. »Da hast du verdammt recht. Ich hab über eine Stunde im Klo festgesessen, ganz zu schweigen davon, dass ich mein Date mit Parker verpasst habe, die übrigens nicht auf meine Anrufe reagiert.«

Interessant. Bei dem Gedanken an Parker musste ich lächeln. Aus Gründen, über die ich lieber nicht länger nachdenken wollte.

Dean sah das Lächeln und funkelte mich wütend an. »Was bist du doch für ein Ekel.«

»Ich weiß.« Ich zuckte mit den Schultern. »Aber ich hab dich vorgewarnt, dass nichts aus deinen Plänen würde.«

Er warf mir einen nachsichtigen Blick zu. So wie wir früher unseren Großonkel Morty immer angesehen hatten, wenn er mit den dritten Zähnen in der Hand den Bauchredner mimte. »Es scheint dir nicht so recht klar zu sein, aber du bist eigentlich nicht mein Vater. Er ist tot, und ich bin verdammt noch mal erwachsen.«

»Ich bin so gut wie dein Vater, und das schon seit Jahren.« Mit einer Handbewegung wischte ich seinen Einwand vom Tisch und ging zur Kaffeemaschine, um mir einen eigenen Kaffee einzugießen. »Ich kaue das jetzt nicht noch einmal mit dir durch, Dean. Die Sache hat sich erledigt. Du bist diesen Job los.«

»Das kannst du doch gar nicht wissen.« Er stützte sich auf der Küchentheke ab. »Ich werde Parker alles erklären …«

»Es hat sich erledigt. Nutz deine megakrasse Ausbildung, die dir dein Grips ermöglicht hat, und such dir einen richtigen Job. Nimm dein Leben in die Hand.« Ich zog eine Augenbraue hoch. »Und dann kannst du auch all deine Mietschulden bei mir begleichen.«

»Wenn dir so viel daran gelegen wäre, dass ich dir Miete zahle, hättest du mich auf dieses Date gehen lassen sollen. Nein, dir geht es eigentlich doch nur um Kontrolle. Du erträgst es einfach nicht, wenn du nicht alles um dich herum im Griff hast.«

Damit mochte er recht haben. Ich trank noch einen Schluck Kaffee – schwarz, vielen Dank. »Möglich, aber ob du es glaubst oder nicht: Mir geht es vornehmlich darum, dass ich mir mehr für meinen kleinen Bruder wünsche. Kitschig, aber wahr.«

Dean scharrte unruhig mit den Füßen und mied meinen Blick. »Gut. Kapiert.« Dann reckte er eigensinnig das Kinn. »Aber was du getan hast, war beschissen und falsch.«

»Stimmt.«

Er schüttelte angewidert den Kopf. »Ich rufe sie an …«

»Ich habe den Job übernommen.«

Die Worte fielen wie eine Stinkbombe zwischen uns zu Boden. Deans Nasenflügel bebten, und er kniff die Augen zusammen. »Was für einen Job?«

Ich war mir ziemlich sicher, dass er wusste, was ich meinte, aber ich antwortete ihm trotzdem. »Ich werde Parkers Freund mimen.«

Die Küchenuhr tickte zehn Sekunden lang laut und vernehmlich, bevor er antwortete. »Du? Willst du mir etwa sagen, dass du gestern Abend an meiner Stelle hingegangen bist?«

Schon seltsam: Er klang in diesem Moment genau wie meine Mutter, wenn wir etwas ausgefressen hatten, kurz bevor sie richtig ausgerastet war.

»Ja. Ich habe mich mit ihr getroffen, und wir haben uns auf ein Arrangement geeinigt. Es ist beschlossene Sache«, berichtete ich dem schweigenden Dean. »Also, wie ich bereits sagte, zieh dir einen Anzug an und mach dich auf die Suche nach einem Job, für den du geschaffen bist.«

Ich kam mir vor wie ein Arschloch. War kaum zu vermeiden, oder? Schließlich war ich auch eins. Aber manche Dinge musste man eben tun. Man stand es durch, verdrängte das schlechte Gewissen und die Schuldgefühle und machte weiter. So handhabte ich es schon mein Leben lang, seit ich erwachsen war. Und erwachsen hatte ich schon viel früher werden müssen, als ich bereit dazu gewesen war.

»Ich glaub's einfach nicht«, stieß Dean mit heiserer Stimme hervor. »Du hast mir mein verdammtes Engagement bei Parker geklaut.« Er lachte laut und humorlos. »Du Mistkerl! Du hast dir keine Sorgen um mich gemacht, sondern einfach nur die Gelegenheit beim Schopf gepackt, um gutes Geld einzusacken. Du egoistischer, verdammter …«

»Hey.« Warnend deutete ich mit dem Finger auf ihn, wobei mich mein schlechtes Gewissen ganz schön in die Mangel nahm. Denn er hatte recht. Aber auch wieder nicht. »Ursprünglich hatte ich es nicht geplant. Eigentlich hatte ich vor, ihr den Hintern zu versohlen.«

»Und dann hast du festgestellt, wie süß dieser Hintern ist«, fügte Dean hinzu und nickte, als ginge ihm plötzlich ein Licht auf.

»Nein.« Ja. Vielleicht. »Ich hab mitbekommen, dass sie sich mit Franklin Fairchild getroffen hat.«

Er blinzelte. »Wer zur Hölle ist das?«

»So ein Bonzen-Milliardär mit zu viel Zeit, der gar nicht weiß, wie er sein Geld ausgeben soll. Parker arbeitet für eins seiner Unternehmen.« Ich sah mich in dem spartanischen Loft um, dann nagelte ich Dean mit meinem Blick fest. »Ich wollte dir keine Sorgen machen, aber wir sind kurz davor, das Studio zu verlieren ...«

»Gut! Schließlich wollte ich ursprünglich gar nicht, dass du es kaufst.«

»Dieses Studio«, stieß ich zwischen zusammengebissenen Zähnen hervor, »war Dads Traum, sein Vermächtnis an uns.«

»Genau. *Sein* Traum. *Sein* Vermächtnis.« Dean warf einen Arm in die Höhe. »Mit mir hat das alles nichts zu tun. Du warst immer der Goldjunge, der Star. Ich verstehe, warum dir an dem Studio liegt, aber halt mich da raus.«

»Gut.« Seufzend stellte ich meine Tasse ab. »Wie dem auch sei. Wenn ich mit Parker abhänge und daher auch ständig in Fairchilds Nähe bin, kann ich ihn vielleicht überreden, das Gym zu sponsern.«

Dean ging erregt auf und ab und raufte sich die Haare. »Statt also zuzulassen, dass ich mir hier eine kleine Finanzspritze beschaffe, sicherst du sie dir selbst? Hab ich das richtig verstanden?« Er lachte wieder. »Das ist echt die Höhe.«

Er blieb stehen und sah mich an. »Weißt du, was ich einfach nicht kapiere? Warum zum Teufel brauchst du überhaupt Geld? Du hast doch mit der Boxerei ordentlich Kohle verdient. Wo ist das ganze verdammte Geld geblieben? Und erzähl mir jetzt nicht wieder, dass du es wahlweise ins Fitness-Studio oder mein Studium gesteckt hast. Du hast doch viel mehr als das verdient.«

Was sollte ich ihm denn jetzt sagen? Dass ein Riesenbatzen meiner früheren Einkünfte für Moms Krebsbehandlung draufgegangen war? Wir lebten angeblich im besten Land der Welt, doch meine Mittelklasse-Familie war pleite gewesen, weil meine Mom im Sterben gelegen und mein Dad, der selbstständig und nicht ausreichend versichert gewesen war, sich die Krankenhausrechnungen nicht hatte leisten können. Also war ich eingesprungen und hatte sie bezahlt.

Vielleicht wusste Dean das sogar. Aber ganz sicher hatte er keine Ahnung, dass Dad, der mein Manager gewesen war und sich eigentlich auch um meine Finanzen hatte kümmern sollen, beinahe alles durch beschissene Kapitalanlagen und Glücksspiel verloren hatte. Und dass mir das Ausmaß der Verluste erst klar geworden war, nachdem ich das Fitness-Studio schon gekauft und Deans Studium finanziert hatte.

Ich konnte den Gedanken kaum ertragen. Dad war mein großes Vorbild gewesen. Bis zu diesem Zeitpunkt jedenfalls. Und offen gesagt kam ich mir vor wie ein verdammter Idiot, weil ich es zugelassen hatte. Das hatte man davon, wenn man jemandem vertraute, auch wenn es jemand war, den man liebte. Wenn man in dieser Welt überleben wollte, durfte man niemand anders das Steuer überlassen.

»Das Geld ist futsch«, sagte ich also nur. »Aber mit dem Gym lassen sich wieder Gewinne erzielen, wenn wir es modernisieren. Wir brauchen neue Geräte, müssten die Umkleideräume renovieren ... zum Teufel, das ganze Studio müsste eigentlich mal ordentlich auf Vordermann gebracht werden. In dieser Branche werden wir wohl kaum neue Mitglieder anziehen, wenn das Lights Out weiterhin aussieht wie ein Drecksloch.«

Garrets Angebot verschwieg ich. Dean würde mir sofort raten, es anzunehmen, und davon wollte ich nichts hören. Das war nur der allerletzte Ausweg. »Wenn das Studio wieder Profit abwirft«, fügte ich hinzu, »dann verdienst du selbst auch Geld damit.«

Denn das Studio gehörte zur Hälfte Dean, ob er es nun haben wollte oder nicht. Ich hatte seinen Anspruch damals zur Sicherheit durchgesetzt.

Ich hätte verächtliches Schnauben erwartet, wie immer, wenn vom Gym die Rede war. Aber er nickte nur angespannt und entschlossen.

»Okay, na gut. Du hast also den Job als Parkers Lustknabe ergattert.«

»Glaub mir eins, Lust wird mir das Ganze wohl kaum bereiten.«

»Bitte, ich hab sie gesehen. Sie ist heiß. So ein Audrey-Hepburn-Typ, aber trotzdem heiß.«

Ich wollte ihm nicht zustimmen. Immerhin würde ich ab sofort womöglich täglich auf diese Frau treffen. Dennoch hatte er recht. Sie war ein Hepburn-Typ. Ich hätte meine beste Lederjacke darauf verwettet, dass sich in ihrer Schmuckdose eine entsprechende Perlenkette befand – und dass sie verdammt toll damit aussah.

»Spielt keine Rolle, wie sie aussieht«, sagte ich zu Dean. »Wir haben eine Geschäftsbeziehung, sonst nichts.«

»Nichts?« Dean zog die blonden Augenbrauen beinahe bis zum Haaransatz hoch. »Denn irgendwie hätte ich schwören können, da eine Andeutung herausgehört zu haben, dass dieses Arrangement eventuell …«

Ich hob die Hand, um ihn zum Schweigen zu bringen. Ich wollte nichts über Parkers eventuelle Bereitschaft hören, mit Dean noch weiter zu gehen. Die Gefühle, die bei diesem Gedanken in mir tobten, galt es zu ignorieren.

»Glaub mir«, sagte ich entschlossen. »Es ist rein geschäftlich.«

Er grinste breit und vielsagend. Dieser selbstgerechte Mistkerl. »Interessant.«

»Wie auch immer.« Ich nahm meine Tasse und goss den mittlerweile kalt gewordenen Rest Kaffee ins Spülbecken.

Hinter mir gluckste Dean. Als ich mich umdrehte, grinste er immer noch.

»Also«, sagte er dann demonstrativ, »während du also Parkers kastriertes Haustier spielst …« Er genoss es offensichtlich, mir das nochmals unter die Nase zu reiben. »... suche ich mir einen hübschen Bürojob, genau wie du wolltest.«

»Gut, okay«, sagte ich, erfreut, dass er endlich Vernunft annahm.

»Dachte ich mir doch, dass dir das gefällt.« Er war viel zu glücklich. »Dann hast du doch sicher nichts dagegen, wenn ich deine Sachen aus dem Büro räume. Denn ich werde Platz brauchen.«

Moment mal. »Was?«

Dean sah mich an, als sei ich zwei Jahre alt. »Als derjenige mit der mathematischen Hochbegabung werde ich mich auf den Hintern setzen und die Buchhaltung für Lights Out machen.«

Ich konnte ihn nur sprachlos anstarren. Er schnalzte spöttisch mit der Zunge und schüttelte sachte den Kopf.

»Du hast doch gerade gesagt, dass du von Buchhaltung einen Scheißdreck verstehst. Na ja, dann mach mal Platz, Bro. Denn ich bin jetzt dein neuer Büroleiter.«

Shit. Er würde die Bücher durchgehen. Er würde von der zweiten Hypothek erfahren und erkennen, wie tief wir in den roten Zahlen steckten. Er würde alles herausfinden.

»Nun mach mal halblang ...«, begann ich. Aber er ließ mich gar nicht ausreden, sondern wandte mir den Rücken zu und ging.

»Vergiss es, Rhys«, sagte er auf dem Weg zur Tür. »Du hast deinen Willen mit Parker bekommen. Und ich kriege meinen Willen hier. Dagegen kannst du nichts machen.« Er blieb noch einmal stehen und warf mir ein Grinsen zu. Aber sein Blick war kühl und wütend entschlossen. »Du sagst mir doch selbst immer, dass mir die Hälfte des Studios gehört. Zeit, dass ich mich um meinen Anteil kümmere.«

Er wollte mir das Leben unbedingt zur Hölle machen. Dieses Versprechen war deutlich in seinem Gesicht zu lesen. Er verbarg es nicht vor mir, wollte, dass ich verstand. Als die Tür hinter ihm ins Schloss fiel, stieß ich ein ungläubiges, bellendes Lachen aus. Verdammt, was war ich stolz auf ihn. Andererseits graute mir aber auch davor, denn wir würden ein paar ziemlich harte Gespräche führen müssen, und ich war nicht gerade ein Meister der Kommunikation.

Aber das spielte jetzt keine Rolle. Ich hatte verschlafen, und so langsam wurde es Zeit. Parker wollte vorbeikommen, und offen gesagt musste ich mich erst einmal darauf vorbereiten, denn immerhin wollte ich ihr von vornherein klarmachen, wer bei uns das Sagen hatte.

Träum weiter, Morgan. Sie hat dich an den Eiern gepackt, bevor du's verhindern kannst.

Warum freute ich mich dann auf sie?

5. Kapitel

Parker

»Grün« zu sein verlieh mir nicht nur die heroische Aura einer Umweltaktivistin, sondern hatte noch den zusätzlichen Vorteil, aktiv und fit zu bleiben. Sehr zur Enttäuschung meiner Eltern nahm ich das Mercedes-Benz-Cabrio, das sie mir nach meiner Promotion gekauft hatten, nicht an. Wenn es ein Tesla gewesen wäre, hätte ich vielleicht schwach werden können, aber obwohl ich das Wort »grün« seit meinem vierzehnten Lebensjahr von allen Dächern gerufen hatte, kapierten meine Eltern leider immer noch nicht, was das hieß.

Sie waren der festen Überzeugung, dass jede junge Frau mit Freuden in einem Luxus-Cabrio herumfahren würde. Außerdem hatte der Mercedes einen »Eco-Drive«-Knopf. War das denn nicht grün genug?

Dankend lehnte ich das Auto ab, und nachdem ich den Job bei Horus ergattert hatte, gönnte ich mir ein E-Bike. Für den Weg zur Arbeit schaltete ich den Motor auf höchste Stufe, um nicht vollkommen verschwitzt und außer Atem im Büro anzukommen. Die zehn Kilometer nordwärts nach Chelsea fuhr ich heute jedoch mit reduzierter Motorenleistung, sodass ich die normalen vierzig Minuten brauchte, um hinzugelangen.

In Wirklichkeit zog ich die Fahrt in die Länge, denn es widerstrebte mir, das Lights Out zu betreten. Seit ein paar Tagen tischte ich Jackson und ein paar Kollegen Lügenmärchen auf, und das machte keinen Spaß. Jackson hatte unserem kleinen Team von dem Abendessen mit Fairchild berichtet und dass der Big Boss über Rhys Morgan ins Schwärmen geraten war. Glücklicherweise kannte sich nur ein einziger meiner Kollegen überhaupt mit Boxen aus und konnte Rhys einordnen. Ein Fan war er deshalb noch lange nicht.

Aber sie alle hatten wissen wollen, wie Rhys und ich uns kennengelernt hatten, ein Thema, das bei dem Dinner nicht zur Sprache gekommen war, da Fairchild die Unterhaltung dominiert hatte. Um mich auf diese unweigerlichen Fragen vorzubereiten, hatte ich zunächst einmal Rhys gegoogelt und so viel wie möglich über seinen beruflichen Werdegang in Erfahrung gebracht.

Er war in der Schwergewichtsklasse angetreten. Ein Champion. Meinen Recherchen zufolge gab es vier größere professionelle Boxverbände, die überhaupt Titelwettkämpfe abhielten. Die International Boxing Federation, die World Boxing Association, der World Boxing Council und die World Boxing Organization.

Im Alter von achtundzwanzig Jahren wurde Rhys WBC Schwergewichtschampion. Im gleichen Jahr galt ein anderer Typ für die anderen drei Verbände als Meister im Schwergewicht. So ganz durchschaute ich das noch nicht. Ehrlich gesagt hatte ich eigentlich überhaupt keinen Durchblick. Aber immerhin reichte mein Sachverstand aus, um zu erkennen, dass Rhys Morgan ein erstklassiger Boxer gewesen war. Warum er sich mit einunddreißig aus dem Boxsport zurückgezogen hatte, blieb eine Weile im Dunkeln, bis ich dann auf ein Interview mit Rhys stieß, in dem er erklärte, nach dem Tod seines Vaters seine Leidenschaft für diese Sportart verloren zu haben.

In Fachkreisen bedauerte man Rhys' Verlust, und schon bald verstand ich, wieso. Auf YouTube fand ich ein Video des Kampfes, in dem er sich den Meistertitel im Schwergewicht erstritten hatte. Der Anblick war ebenso brutal wie faszinierend. Rhys Morgan war gebaut wie Herkules, ganz und gar Muskeln und schimmernde Haut, und er war schnell. Während ich zusah, wie er sich im Ring bewegte – beeindruckend leichtfüßig für sein Körpergewicht -, spürte ich wieder diese Schmetterlinge in meinem Bauch.

Er war auf urtümliche Weise schön.

Ich hatte von dieser Sportart keine Ahnung, und wir stammten aus unterschiedlichen sozialen Milieus.

Überdies war Rhys wild entschlossen (was nur eine höfliche Umschreibung für Dampfwalze war) und vibrierte vor leidenschaftlicher Energie, wie ich es noch nie zuvor bei jemand anderem erlebt hatte.

Er war vielleicht nicht mein Typ, aber auf jeden Fall eine Augenweide. Sicher wurde er von vielen Frauen angeschmachtet und konnte es sich leisten, wählerisch zu sein.

Und ausgerechnet *ich* sollte so tun, als sei dieser Kerl mein Freund.

Ob mir das überhaupt irgendwer abkaufte?

Eine Hupe riss mich aus der Erinnerung an Rhys' Boxkampf, den ich mir angesehen hatte. Diese Bilder liefen in meinem Kopf momentan in Endlosschleife. Doch beim Fahrradfahren sollte ich mich besser auf den Weg zum Lights Out konzentrieren, wenn ich es sicher und unversehrt bis dahin schaffen wollte.

Echt jetzt, dieses ganze Debakel war wirklich verstörend.

Bislang hatte ich es vermieden, Jackson zu erzählen, wie ich Rhys kennengelernt hatte. Dass ich ihn anlügen und ihm eine Beziehung vorgaukeln musste, gefiel mir gar nicht, und je mehr ich die Sache ausschmückte, umso schuldiger fühlte ich mich. Im Augenblick mied ich das Thema wie die Pest.

Abgesehen von meinen Kollegen durfte keinesfalls jemand von Rhys erfahren. Mein Gott, wenn meine Eltern oder meine Schwester Easton es herausfanden, wäre das mein Ende.

Okay, das war melodramatisch … aber ganz sicher würde ich vor Scham brennen, wenn ich meine Familie wegen Rhys anflunkern müsste. Wahrscheinlich, weil sie sich so inständig wünschten, dass ich jemanden kennenlernte und mich verliebte.

Ich war jetzt dreißig und Single, und meine Eltern machten sich Sorgen, weil ich schon eine Weile keinen Freund mehr gehabt hatte. Also, seit einer *langen Weile*. Einer richtig *langen Weile.*

Dreizehn Jahre.

Beim Gedanken an diesen Zeitraum drehte sich mir der Magen um.

Doch das klang schlimmer, als es war. Ich meine, ich war in diesen dreizehn Jahren *durchaus* mit Männern ausgegangen. Und hatte jede Menge Sex gehabt. Okay, vielleicht nicht *jede Menge*. Aber hin und wieder. Auf meiner Suche nach dem Mann, mit dem die Chemie stimmte, hatte ich im Laufe der Jahre durchaus das eine oder andere kleine Erlebnis dieser Art gehabt. Manche davon schlecht. Manche gut. Insgesamt aber … nur … so lala.

Es hatte keinen Zweck, sich mit jemandem einzulassen, bei dem der Funke nicht übersprang. Lieber wäre ich ewig Single geblieben, als mich mit weniger zufriedenzugeben als mit dem, was möglich war. Und ich wusste, was möglich war, denn eine ganz kurze wundervolle Zeit lang hatte ich einmal so was ganz Besonderes erlebt.

Deshalb gab ich es mehr oder weniger auf, insbesondere während der Arbeit an meiner Promotion. Ich konzentrierte mich ganz und gar auf mein berufliches Fortkommen.

Ironie des Schicksals, dass ich ausgerechnet jetzt eine Beziehung brauchte, um meine Karriere voranzutreiben.

Dieses miese kleine Universum.

Ja, meine Eltern durften definitiv nichts von Rhys erfahren. Ich wollte ihnen keine Hoffnungen machen. Aber vornehmlich wollte ich sie einfach nur nicht anlügen. Obwohl die Versuchung durchaus gegeben war, denn immerhin hatte sich meine jüngere Schwester gerade verlobt. Meine Familie setzte mich zwar nicht unter Druck, aber ich fühlte deren Erwartung trotzdem.

Ach, gesellschaftliche Zwänge waren das emotionale Äquivalent zu einem schwarzen Loch. Egal, wie beharrlich ein Mensch sich weigerte, ihnen nachzugeben, jeder Einzelne von uns wurde förmlich in sie hineingesogen. Verdammt seien alle schwarzen Löcher!

Apropos … vor dem Eingang des Fitness-Studios auf der Fourth Street bremste ich ab und blieb stehen. Es war ein rotes Backsteingebäude im Siebzigerjahre-Stil, drei Etagen mit braun getönten Glasfenstern und einem Flachdach. Davor ein gut gepflegter Grünstreifen, der von Hecken umfriedet wurde. Dennoch hatte das Bauwerk etwas Deprimierendes; die Farbe vom Schild über der Tür blätterte ab.

»Hier ist tote Hose«, murmelte ich, stieg vom Fahrrad und schloss es am Gitterzaun vor dem Eingang fest.

An den letzten Abenden hatte ich meine Freizeit damit verbracht, einen Vertrag für Rhys aufzusetzen. Jedes Mal wenn ich schon glaubte, das wär's, fiel mir noch irgendetwas ein. Hoffentlich würde er ihn widerspruchslos unterzeichnen.

Aber das war nicht ganz ehrlich. Das nervöse Flattern in meinem Bauch signalisierte mir, dass ich mir teilweise wünschte, Rhys würde den Vertrag überhaupt nicht unterschreiben, dass er mir gleich verkündete, es sich anders überlegt zu haben.

Es gab keinen Empfangsbereich, also schlenderte ich durch das glasverkleidete Atrium und die Doppeltüren, die in den ebenerdigen Trainingsbereich führten. Dies war das Fitness-Studio. Es war Samstagnachmittag, aber das Gym war beileibe nicht so belebt, wie man erwartet hätte. Klar gab es ein paar Leute, die hier trainierten, aber eigentlich hätte doch jedes Gerät belegt sein müssen. Doch das war nicht der Fall. Ich musterte die Farbe, die von den Wänden abblätterte, die altersschwachen Work-out-Maschinen, die abgewetzten Sportmatten und die dürftigen kleinen Trinkwasserbehälter zu beiden Seiten des Raumes, die dort anstelle eines schicken Getränkespenders standen. Es lag auf der Hand, warum Rhys das Geld brauchte. Es gab keine Fernseher, die zur Unterhaltung während des Trainings dienten. Das Einzige, was den Sportlern geboten wurde, war die Musik, die aus der Beschallungsanlage wummerte, falls sie nicht ihre eigenen Kopfhörer mitgebracht hatten, um sie zu übertönen.

Dieses Studio war total heruntergekommen und musste aufgemöbelt werden, um fürs einundzwanzigste Jahrhundert fit zu sein. Wieder fragte ich mich neugierig, wohin seine Einkünfte aus den Boxerfolgen verschwunden waren, aber das ging mich nichts an. Das Einzige, was zählte, war, dass Fairchild auf Rhys stand und Rhys dafür sorgen würde, mich lange genug in dessen Blickfeld zu halten, bis ich eine Festanstellung bekam.

Der Vertrag in meiner Hand erzitterte ein wenig, und ich versuchte, meiner Nervosität Herr zu werden.

»Kann ich Ihnen helfen?«, erklang eine männliche Stimme hinter mir.

Ich wandte mich um und sah einem ausgesprochen gutaussehenden Mann direkt ins Gesicht. Das Blut schoss mir heiß in die Wangen, und ich starrte in dunkle Schokoladenaugen, die von den längsten Wimpern umrahmt wurden, die ich je bei einem Typen gesehen hatte.

Seine Haut hatte einen warmen Goldbraunton, und sein dichtes Haar war kohlrabenschwarz. Als er lächelte, tauchten zwei unglaubliche Grübchen in jeder Wange auf.

Träumerische Schlafzimmeraugen, ahoi zusammen!

»Können Sie auch reden?«

Erneut wurde ich rot und lachte über mein lächerliches Verhalten. »Ja, doch, man behauptet, dass ich durchaus dazu in der Lage bin.«

In den Augen des Mannes tanzte ein Lachen. »Gut zu wissen. Ich bin Carlos. Kann ich Ihnen weiterhelfen?«

Ich beäugte den Vertrag in meinen Händen, bevor ich mich genötigt sah, Carlos erneut in die Augen zu blicken. Ich fand ja Rhys' Augen schon sehr attraktiv, aber dieser Typ hier machte ihm ernsthaft Konkurrenz. »Ich bin mit Rhys Morgan verabredet. Er erwartet mich.«

Carlos grinste. »Sind Sie Parker?«

»Ja.«

Er streckte mir die Hand entgegen. »Freut mich, Sie kennenzulernen. Ich arbeite hier als Trainer.«

Carlos' Hand war schwielig und kräftig. Die Berührung fühlte sich angenehm an. Ich erwiderte sein Lächeln. »Freut mich ebenfalls.«

»Hier entlang.« Er deutete mit einem Kopfnicken nach links. Carlos führte mich aus dem Trainingsraum in einen kleinen Flur, in dem sich ein Fahrstuhl und der Treppenaufgang befanden. »Er sitzt im ersten Stock, wo die Boxhalle ist.«

Wir nahmen die Treppe, und ich folgte dem Trainer in einen Raum, der dem im Erdgeschoss sehr ähnlich war, nur dass die Hälfte davon von Boxringen eingenommen wurde. In dem nicht von Seilen abgetrennten Bereich fand gerade ein Kurs statt, und als wir vorübergingen, erkannte ich, dass sie die Kampfsportart Capoeira lernten. Interessant. Ich fragte mich, ob Rhys Capoeira beherrschte. Ihn beim Training zu beobachten, würde sich bestimmt lohnen.

Beim Klang von Rhys' vertrauter dröhnender Stimme huschte mein Blick in seine Richtung. Er stand vor einem der Boxringe und schrie zwei Männern Instruktionen zu. Die beiden trugen nichts weiter als Shorts mit längerem Bein und ihre Box-Ausrüstung.

Mein Blick wanderte an Rhys' Rücken hinab. Wieder diese Schmetterlinge in meinem Unterbauch.

Ich war nur nervös.

Der Typ wirkte ganz schön einschüchternd. So groß. Ein ganzes Stück größer als Carlos, den ich auf etwa eins achtundsiebzig schätzte. Auch der war für mich zu groß. Ich maß nur eins siebenundfünfzig. Das war auch der Grund, warum ich ein »Tinker Bell«-Verbot in den Vertrag für Rhys mit aufgenommen hatte.

Unhöflich!

Es sei denn, er nannte mich aus einem anderen Grund so. Tink war loyal und bewundernswert mutig.

Aber das tat hier nichts zur Sache.

Ich riss den Blick los von seinen wohl definierten Muskeln, die das Basketball-Tankshirt nur noch deutlicher zur Geltung brachte, und dem festen, straffen Hintern, der sich unter seinen Jogginghosen abzeichnete. Dieser Kerl hatte nicht ein einziges Gramm Fett am Leib.

»Rhys. Besuch!«, schrie Carlos, als wir auf ihn zugingen.

Der Mann wandte sich um, und ich spürte, wie mir die Luft wegblieb, als er mich mit seinem intensiven Blick förmlich zu verschlingen schien. Er musterte meine flachen T-Strap-Pumps, meinen hellblauen Faltenrock und das schwarze Ted-Baker-Shirt mit der kleinen strassbesetzten Schleife und runzelte die Stirn. Mir war gleichgültig, was er von meinem Outfit hielt. Ich fand, dass ich niedlich aussah. Alles andere spielte keine Rolle. Viel hielt ich von seiner Aufmachung schließlich auch nicht.

Okay, zugegeben, er war attraktiv, wenn auch auf diese auffallend maskuline Alphatier-Höhlenmensch-Weise, die manche Frauen anziehend fanden.

Ich gehörte nicht zu ihnen.

Ich hatte dieses urtümliche Verlangen nach Macht und Stärke bei dem Partner meiner Wahl hinter mir gelassen. Zumindest war ich wild entschlossen, es hinter mir zu lassen.

Ein Typ musste vor allem witzig und fürsorglich sein. Außerdem zog ich kleine und süße Männer vor. Für einschüchternde Riesen, die mich hätten hochheben müssen, um mich zu küssen, hatte ich nichts übrig.

In diesem Augenblick zuckte mir die Vorstellung durch den Kopf, wie Rhys genau das tat, und ich verscheuchte das Bild dermaßen energisch, dass ich beinahe laut »weg da!« gerufen hätte.

Und natürlich runzelte Rhys noch mehr die Stirn, als wir vor ihm stehen blieben. »Alles in Ordnung, Tinker Bell? Oder sind Sie zu zart besaitet fürs Boxen?«, fragte er sarkastisch.

Ich verzog grimmig das Gesicht. »Warum sagen Sie das?«

»Weil Sie aussehen, als hätten Sie gerade was Ekliges verschluckt.«

»Nein.« Ich zuckte mit den Schultern. »Allerdings sollten Sie wissen, dass ich übers Internet kaum Informationen zu diesem Studio zusammentragen konnte. Sie brauchen eine Website. Oder zumindest einen Social-Media-Account.«

Rhys warf Carlos einen Blick zu. »Was hab ich dir gesagt? Sie fängt verdammt noch mal jetzt schon an, uns Geschäftstipps zu geben.«

Carlos grinste. »Aber recht hat sie trotzdem, oder?«

Ich lächelte Carlos an, und plötzlich umfasste Rhys meine Oberarme und machte ein grimmiges Gesicht. »Wir sind im Büro.«

»Sie müssen nicht gleich Gewalt anwenden«, grummelte ich, während er mich durch das Studio schob. Er öffnete eine Tür, die in einen schmalen Korridor führte, zog mich eilig hindurch und stieß dann eine weitere Tür auf, hinter der sich sein Büro befand.

In der Mitte des Raums stand ein wunderschöner und eindrucksvoller Rosenholzschreibtisch, der so gar nicht zu dem Chaos darum herum passen wollte. Die Wände waren komplett mit Regalen gesäumt, die vor Schnellheftern und Ordnern nur so überquollen.

Ich verspürte durchaus den Drang, ihm zu raten, sich mal ein vernünftiges Ablagesystem einzurichten, aber dann fiel mir ein, wie er eben auf meinen Ratschlag reagiert hatte. »Hübscher Schreibtisch«, sagte ich deshalb nur.

Er brummelte etwas und drängte sich an mir vorbei, um sich daraufzusetzen. Der Schreibtisch war riesig. Aber irgendwie erschien er jetzt kleiner.

Meine Güte, ich hatte ganz vergessen, wie groß der Typ war.

Rhys sah auf die Papiere in meiner Hand. »Ich vermute, das ist der Vertrag.«

»Ja.« Ich streckte ihm die Blätter entgegen. »Ich hoffe, dass sämtliche Punkte akzeptabel für Sie sind.«

Ohne ein weiteres Wort oder mir einen Stuhl anzubieten, begann er, sich das Schriftstück durchzulesen. Nach ein paar Minuten griff er hinter sich nach einem Stift und strich irgendetwas durch.

Zorn regte sich in meiner Brust. Ich hatte eine Ewigkeit an diesen Papieren gesessen! »Was machen Sie denn da?«

Er warf mir einen entnervten Blick zu, dann widmete er sich wieder der Lektüre. »Ich hab Ihnen doch schon gesagt, dass ich meinen Müll trenne. Sie müssen doch so was nicht als Forderung in diesen verdammten Vertrag einbauen, weil ›uns sonst keiner glaubt, dass wir zusammen sind‹.«

Okay, vielleicht hatte ich es damit etwas übertrieben.

Sein Stift verharrte über einer weiteren Zeile. »Ich werde meine Ausdrucksweise nicht verändern. ›Fuck‹ ist ein wunderschönes Wort mit so vielen Bedeutungen und kann in beinahe jedem fucking Zusammenhang benutzt werden. Sie wollen, dass unsere Scharade echt wirkt?« Der Blick seiner grünen Augen brannte sich in mich, sodass ich ihn nur anstarren konnte. »Niemand würde glauben, dass ich mit der Sprachpolizei befreundet bin.«

Ich grummelte leise vor mich hin und zwang mich dazu, die Sache auf sich beruhen zu lassen.

»Wie bitte?«

»Nichts.«

»Wenn Sie etwas zu sagen haben, sagen Sie's.«

Na gut! »Ich halte es nur nicht für nötig, das F-Wort alle fünf Sekunden zu benutzen.«

Rhys verzog höhnisch die Oberlippe. »F-Wort. Echt jetzt? Sie sind dreißig Jahre alt, Parker. Es wird höchste Zeit, dass Sie anfangen, wie eine Erwachsene zu reden.«

Ich zeigte ihm den Mittelfinger.

Er verzog die Lippen zu einem Grinsen, bevor er sich wieder auf den Vertrag konzentrierte. »Na ja, das war schon mal ein Anfang.«

Die Zeit verging, während Rhys sich ausgiebig seiner Lektüre widmete. Keine Ahnung, ob er ein langsamer Leser war oder mich bewusst auf die Palme bringen wollte. Gerade als ich ungeduldig mit dem Fuß aufzutippen begann, fuhr er mit dem Stift über eine weitere Zeile. »Was jetzt noch?«

»Sie müssen mir keine Garderobe kaufen. Aus meinen Tagen als Boxer habe ich noch jede Menge maßgeschneiderte Anzüge im Schrank. Sie brauchen mich im Anzug, dann ziehe ich einen an. Und nicht dass Sie jetzt vor Schreck in Ohnmacht fallen: Ich besitze sogar einen Smoking.«

Ich dachte über die Klausel nach. Ich hatte in dem Vertrag ausgeführt, dass er sich auf Dinnerveranstaltungen und Events angemessen kleiden müsse. Dabei war ich davon ausgegangen, dass Rhys nicht über die entsprechende förmliche Garderobe verfügte, die dafür erforderlich war. »Tut mir leid, wenn ich von etwas anderem ausgegangen bin. Ich wollte Sie nicht beleidigen.«

Er zog bei meiner Entschuldigung nur eine Augenbraue in die Höhe, gab aber abgesehen von einem gemurmelten »Kein Problem« keine weitere Antwort.

»Himmelherrgott noch mal«, stieß er ein paar Sekunden später hervor und fuhr erneut mit dem Stift übers Papier. Sein Gesicht war ungläubig. »Solange ich mich Ihnen gegenüber nicht wie ein Arschloch verhalte und Sie runtermache, können Sie ja wohl nichts dagegen haben, wenn ich Sie Tinker Bell nenne. Das ist keine Beleidigung. Und ein Kosewort sollte ich auf jeden Fall für Sie haben. Das vermittelt eine Aura von Intimität.« Wieder schenkte er mir dieses jungenhafte verschmitzte Grinsen.

Ich ignorierte meine körperliche Reaktion auf sein Lächeln und verschränkte die Arme vor der Brust. »Warum können Sie mich nicht einfach *Schatz* nennen? Schatz ist nett. Nicht so, wie Sie es aussprechen, in dieser sarkastischen, herablassenden Art, bei der ich Ihnen am liebsten eine knallen würde. Aber wenn Sie Ihren Tonfall verändern, wäre Schatz definitiv in Ordnung.«

»Schatz«, sagte er in dieser sarkastischen, herablassenden Art, bei der ich ihm am liebsten eine geknallt hätte. »Versuchen Sie niemals, mich zu schlagen. Sie würden sich Ihre winzige, kleine Hand verletzen.«

Bevor mir darauf eine passende Antwort einfiel, fuhr er fort. »Alles andere scheint okay zu sein.« Er stand auf und legte den Vertrag auf den Schreibtisch, um ihn zu unterschreiben. Dann hielt er mir den Stift hin. »Sie sind dran.«

Oh mein Gott. Ich machte das tatsächlich. Ich ließ mich auf diese Kriegslist mit Rhys Morgan ein, bei der ich vorgab, seine Freundin zu sein. Wieder befielen mich Zweifel, dass uns das irgendjemand abnehmen würde.

»Was?«, fragte er.

Ich zog die Nase kraus. »Keiner wird uns glauben.«

Ich hatte Rhys ausgiebig gegoogelt und war dabei auch auf Fotos von ihm mit Frauen gestoßen. Er hatte einen bestimmten Typ. Haarfarbe, Augenfarbe, Gesicht – bei jeder neuen Frau anders. Was aber blieb, waren die langen Beine, die gerundeten Hüften, die großen Brüste und ein eindeutig glamouröser Kleidungsstil.

Es waren allesamt Sexbomben.

Ich entsprach diesem Typ so *überhaupt* nicht.

»Sie meinen, weil ich ein primitiver, ungehobelter Boxer und Sie eine Fifth-Avenue-Prinzessin sind?«, fragte er aufreizend lächelnd.

»Nein.« Unruhig trat ich von einem Fuß auf den anderen und wusste nicht so genau, was ich erwidern sollte, ohne unsicher zu wirken. Eigentlich kannte ich sonst keine Unsicherheit. »Es ist nur … man sieht mich gemeinhin an der Seite von Männern wie Ihrem Bruder. Er hat einen Abschluss in Informatik und wirkt in der Theorie zunächst einmal viel passender. Sie besitzen physische Präsenz und daten Frauen, die das genaue Gegenteil von mir sind.«

Wenn Rhys den letzten Teil gehört hatte, ließ er es sich nicht anmerken. »Sie halten mich für einen verdammten Schwachkopf, weil ich keinen tollen Collegeabschluss habe?« Er verschränkte die Arme vor der Brust, und sein Blick war so hitzig, dass mir beinahe der Schweiß ausbrach. »Ich sag Ihnen eins, *Prinzessin*« – das letzte Wort sprach er mit solchem Abscheu aus, dass ich mich förmlich nach Tinker Bell sehnte –, »einige der klügsten, fähigsten Leute, die ich je getroffen habe, haben keinen tollen Collegeabschluss vom MIT.«

»Das habe ich nicht gemeint. Ich meinte vielmehr … ich befürchte halt, man wird uns nicht abkaufen, dass wir ein Paar sind.«

»Na ja, Sweetheart, ich bringe so ziemlich alles überzeugend rüber.« Er durchquerte das Zimmer und blieb vor mir stehen, sodass ich gezwungen war, zu ihm aufzublicken. In seinen Augen loderte ein so glühendes Feuer, dass mir kurzzeitig die Luft wegblieb. Rhys fuhr mit den Fingerknöcheln über meine Wange und meinen Hals; ein Schauer lief mir über den Rücken. Und er schien es zu merken, denn in seinen Augen blitzte etwas auf.

Seine Stimme klang nun rauchig-heiser. »Machen Sie sich keine Gedanken darum, wie ich die Leute davon überzeuge, dass ich Sie begehre.« Er senkte den Kopf und flüsterte mir ins Ohr. »Ich gebe stets bei allem hundertzehn Prozent.«

Meine Haut brannte. Sie prickelte an Stellen, die eigentlich wirklich nicht hätten prickeln sollen. Taumelnd wich ich vor seiner überwältigenden Präsenz zurück.

Was zum Teufel war das?

Ich mied seinen Blick und nickte. »Hmm-hmm. Okay. Na gut. Das ist gut zu wissen.« Ich drängte mich an ihm vorbei und ging zum Schreibtisch hinüber, auf dem der Vertrag lag. Schnell unterzeichnete ich ihn. »Ich werde Kopien machen und Ihnen eine zukommen lassen für Ihre Akten, und dann melde ich mich, sobald ich Sie wieder brauche, was bald sein könnte, denn Jackson meinte, dass Fairchild nach Ihnen gefragt …«

»Tinker Bell, Sie faseln«, unterbrach Rhys mich.

Er grinste. *Breit*. Selbstgefällig. Sehr, sehr zufrieden mit sich selbst, weil er mich aus dem Konzept gebracht hatte.

Dieser große Mistkerl. »Wenn Sie fertig mit Triumphieren sind, brauche ich Ihre Nummer.« Ich holte das Mobiltelefon aus meinem Rucksack und wartete.

Rhys gab mir seine Nummer.

»Okay. Ich habe Ihnen eine Textnachricht geschickt, damit Sie meine Nummer jetzt ebenfalls haben. Schicken Sie mir Ihre Bankverbindung. Die Bezahlung ist am Ende des ersten Monats fällig.« Ich ließ Handy und Vertrag in meinen Rucksack gleiten. »Ich melde mich.«

»Ich erwarte Ihren Anruf, *Boss.*«

Ich schnaubte hochmütig und wollte an ihm vorbeigehen. »Immer noch besser als Tinker Bell.«

Ich befand mich noch nicht ganz außer Reichweite, als er plötzlich an meinem Pferdeschwanz zog. Ich stieß einen kleinen Schrei aus, als mir das Haar auf die Schultern fiel. Dann wirbelte ich herum und funkelte ihn wütend an, als ich sah, dass mein Haargummi von seinem Finger baumelte. »Was zum Teufel?«

Er zuckte mit den Schultern. »Niemand würde glauben, dass ich mit einer Frau gehe, die nicht nur zum Sport einen Pferdeschwanz trägt. Sie haben schönes Haar.« Sein Blick glitt über besagtes Haar. »Warum es verstecken?«

»Weil ...«, antwortete ich und schnappte mir das Haarband, »... ich mit dem Fahrrad hier bin. Da will ich etwas sehen können und mir nicht ständig vom Wind zerzauste Locken aus den Augen streichen. Tut mir leid, wenn das mit Ihren Höhlenmensch-Erwartungen an weibliche Schönheit kollidiert, aber wenn Sie das F-Wort sagen dürfen, behalte ich meinen Pferdeschwanz.« Ich wirbelte herum und stapfte zornig davon. »Sie haben ziemlich viel Wut im Bauch, Tinker Bell«, rief er mir hinterher.

Mit der einen Hand zog ich seine Bürotür auf, mit der anderen zeigte ich ihm den Mittelfinger. Sein Gelächter folgte mir den Flur entlang.

Ich konnte von Glück sagen, wenn wir diese Scharade überstanden, ohne dass ich irgendwann wegen eines Mordanschlags im Gefängnis landete.

Beinahe wäre ich explodiert.

Dabei hatte ich nicht mal gewusst, dass ich auf einem Pulverfass saß.

6. Kapitel

Rhys

TobeTink: *Hey. Hier ist Parker. Parker Brown.*

Mein Handy pingte lautstark. Ich tastete im Bett umher und fand das verdammte Ding endlich unter einem Kissen. Ich rieb mir den Schlaf aus den Augen, drehte mich auf den Rücken und las die Textnachricht, die mich aus meinen süßen Träumen geweckt hatte. Ich lächelte. Das war so … typisch Parker. Ich machte es mir bequem und antwortete ihr.

Rhys: *Sie müssen mir nicht sagen, wer Sie sind. Ihre Nummer ist auf meinem Handy eingespeichert. Was wollen Sie?*

TobeTink: *Ihnen auch einen guten Morgen, Dicke Hose.*

Mein Lächeln wurde böse. Diese Frau schlug stets zurück und traf nie daneben.

Rhys: *Wenn schon, dann Mr. Dicke Hose. Aber ehrlich gesagt, ist meine Hose momentan gar nicht so dick. Wollen Sie daran vielleicht was ändern?*

TobeTink: *Verführerisch. Wirklich. Aber nein.*

Rhys: *Sicher? Denn der Dicke-Hosen-Rhys ist viel umgänglicher als der Traurig-dass-er-sich-selbst-befriedigen-musste-Rhys.*

TobeTink: *Benehmen Sie sich bitte.*

Rhys: *Ich bin nicht derjenige, der den emotionalen Zustand meiner Hose zur Sprache gebracht hat.*

TobeTink: *ARGH!*

Ich lachte leise, während ich mit den Daumen eine Antwort tippte, die sie mit Sicherheit noch saurer machen würde.

Rhys: *Und überhaupt, wo bleibt denn Ihre sprachliche Bildung? Ehrlich, Ms. Brown, ich bin entrüstet.*

Sie brauchte einen Augenblick, um zu antworten. Ich stellte sie mir vor, wie sie, das Handy in der Hand, mit den Zähnen knirschte.

TobeTink: *Sie versuchen absichtlich, mich auf die Palme zu bringen, oder?*

Rhys: *Sehr hellsichtig, zugegeben.*

TobeTink: *Mr. Morgan, ich bin wirklich kurz davor, mir einen Ersatz für Sie zu suchen. Sogar ein Ziegenbock an der Leine wäre momentan besser geeignet.*

Wie süß, dass sie glaubte, mir damit drohen zu können.

Rhys: *Ja, wahrscheinlich. Aber der Ziegenbock hat keinen Vertrag unterschrieben. Ich schon, Tinker Bell.*

TobeTink: *ARGH@!!*

Rhys: *Sie sind irgendwie süß, wenn Sie privat schreiben.*

Sie antwortete nicht mehr. Ich rieb mir die Brust, setzte mich im Bett auf und versuchte es erneut.

Rhys: *Parker? Noch da?*

Rhys: *Parker?*

Zum Teufel. War ich zu weit gegangen? Vielleicht hatte sie das Smartphone beiseitegelegt. Oder es an die Wand geworfen. Wahrscheinlich eher Letzteres.

Rhys: *Geben Sie wirklich so leicht auf?*

Das Mobiltelefon klingelte in meiner Hand und schreckte mich auf. Parker Brown. Anscheinend waren wir jetzt fertig mit Schreiben.

»Sie haben meine Stimme vermisst, oder?«, fragte ich.

Ihre klang scharf und verärgert. »Mir taten die Daumen weh. Würden Sie sich bitte ausnahmsweise mal kurz benehmen, Morgan?«

»Aber sich danebenzubenehmen macht viel mehr Spaß.«

»Wie dem auch sei, ich muss etwas Geschäftliches mit Ihnen besprechen.«

So verdammt korrekt. Das sollte mich doch eigentlich nun wirklich nicht erregen. Tat es aber. Leider. Mit grimmiger Miene schwang ich mich aus dem Bett und ging in die Küche. Ich brauchte jetzt dringend einen Kaffee. Kaffee und eine ordentliche Portion Realitätssinn. Mit Parker Brown zu flirten, war eine dumme Idee.

»Na gut«, sagte ich, während ich die Kanne mit Wasser füllte. »Was steht an?«

»Wir sind heute Abend zu einer Cocktailparty eingeladen.«

»Ach, nun schau einer an. Wir werden bereits als Paar irgendwo eingeladen.«

Sie stieß einen langen frustrierten Seufzer aus. »Offen gesagt überrascht mich das Tempo ebenfalls, mit dem die Umwelt unser Täuschungsmanöver als Realität akzeptiert.«

»Darauf möchte ich wetten«, erwiderte ich schnaubend und schaltete die Kaffeemaschine ein. »Schreiben Sie das einfach der Magie meiner ungemein einnehmenden Persönlichkeit zu.«

»Eher Ihrer Siegesbilanz«, murmelte sie.

»Gut pariert, Sweetheart.« Ich nahm mir eine Tasse vom Regalbrett. »Und einen ordentlichen Schlag haben Sie drauf. Hätte ich Ihnen gar nicht zugetraut.«

»In mir steckt noch eine ganze Menge, von dem Sie keine Ahnung haben … Moment … Irgendwie klingt das falsch. Egal. Jedenfalls kennen Sie mich gar nicht.«

Ihr Gefasel brachte mich zum Grinsen. Sie war wirklich total süß.

Konzentrier dich, Rhys. Ich goss mir einen Kaffee ein und nippte daran. Das war jetzt genau das Richtige. »Also, wo findet dieser Gig heute Abend statt? In irgendeinem noblen Hotel?«

»Nein. Auf Fairchilds Jacht.«

»Bootsschuhe trage ich nicht, Parker. Das sage ich von vornherein.«

»Sein Boot ist eine sechzig Meter lange Jacht, Morgan. Da brauchen Sie keine Bootsschuhe.«

Stimmt. Hätte ich wissen können. Plötzlich wurde mir ganz heiß, sodass mir beinahe die Luft wegblieb, und klirrend stellte ich die Tasse ab. Wem wollte ich hier was vormachen? Ich war das Rennpferd, das man aus dem Stall holte und allen vorführte, damit die Gäste die Ware ausgiebig begutachten konnten. Das hier war nur ein Job, das durfte ich keinesfalls vergessen. Alles andere wäre eine Dummheit gewesen.

Nervös füllte Parker die Stille mit noch mehr Gerede. »Nein, ich finde eine hübsche Hose und ein Button-down-Hemd reichen vollkommen. Wenn Sie wollen, kann ich Ihnen gern aushelfen mit …«

»Ich habe Ihnen doch schon gesagt, dass ich über angemessene Klamotten verfüge.« Ich ließ meine verspannten Schultern kreisen und warf einen Blick auf meinen Schrank. Bei der Vorstellung, wieder schicke Klamotten anzuziehen, spürte ich ein unangenehmes Kribbeln auf meiner Haut. »Zerbrechen Sie sich darüber nicht Ihren hübschen kleinen Kopf. Ich werd' Sie schon nicht blamieren.«

»Sie sind wild entschlossen, wegen der Klamottenfrage ständig mies drauf zu sein, oder?«

»Sagen wir einfach so: Die einzige Frau, die mir meine Kleidung aussuchen durfte, war meine Mutter, und das auch nur bis zu meinem siebten Lebensjahr.«

»Gut. Ansonsten müssen wir noch absprechen, wie wir uns kennengelernt haben, und unsere Geschichten aufeinander abstimmen. Eigentlich wollte ich dieses Thema schon am Samstag abhaken, aber …«

Sie sprach nicht weiter, sondern gab nur einen erstickten Laut von sich. Da musste ich plötzlich wieder lächeln.

»Ich hab Sie aus dem Konzept gebracht, was?«

Sie gab keine Antwort. Brauchte sie auch nicht. Wir wussten beide, dass es stimmte.

»Also, wie haben wir uns kennengelernt?«, fragte sie. »Mir will einfach keine glaubwürdige Version einfallen.«

»Weil es so absurd zu sein scheint, dass wir ein Paar sind?«, fragte ich leichthin. Im Grunde hatte es keinen Zweck, die beleidigte Leberwurst zu spielen, denn sie hatte ja recht. Unsere Verbindung *war* unglaubwürdig. Sie ergab einfach keinen Sinn.

»Ja.« Sie seufzte. »Ich bin keine besonders gute Schauspielerin.«

Sie tat mir beinahe leid, so verzweifelt klang sie mit einem Mal.

»Meine Mom hat mir mal gesagt, dass Liebe immer absurd ist.« Kaum waren die Worte heraus, zuckte ich zusammen, denn ich kam mir wie ein sentimentaler Idiot vor. Ich war niemals sentimental. Trotzdem sprach ich weiter. »Wenn man sich in jemanden verliebt, dann folgt das keinen logischen Gesetzmäßigkeiten. Es ist die Chemie.«

Sie schwieg eine Sekunde lang. Ihre Antwort klang dann deutlich sanfter als zuvor. »Das ist … na ja, das ist überraschend romantisch.«

Lass gut sein, Honey.

»Ja, na ja, auf jeden Fall ist das eine gute Taktik. Ich werde ihnen erzählen …« Ich rieb mir den Nacken und sah aus dem schmutzigen Fenster. Draußen beschien die Sonne die schwarzen Teerdächer. »Ich erzähle ihnen, dass ich auf dem Weg zu meinem Bruder war, um einen mit ihm zu trinken.«

Sie schnaubte lautstark.

Ich verkniff mir ein Grinsen. »Ich war schon spät dran, und weil ich es so eilig hatte, achtete ich gar nicht darauf, wo ich hinging. Sie kamen gerade aus der Tür. Ich ging hinein. Wir prallten zusammen. Und da stand ich nun, in den Händen diese wütende kleine Fee mit den hübschesten braunen Augen, die ich je gesehen habe. Wie hätte ich da widerstehen können? Also fragte ich Sie, ob Sie mit mir etwas trinken gehen wollen, um meinen Fauxpas wiedergutzumachen. Aber das war nur eine Ausrede, denn ich wäre ein Idiot gewesen, wenn ich diese fantastische elegante Frau einfach so wieder hätte ziehen lassen, ohne zumindest versucht zu haben, sie kennenzulernen.«

Sie war nun vollends verstummt. Am anderen Ende der Leitung war es so leise, dass ich die Morgennachrichten hören konnte, die bei ihr im Hintergrund liefen. Mir wurde ganz unbehaglich zumute, und Hitze breitete sich in meiner Brust aus. Es hatte schon seinen Grund, warum ich normalerweise nicht allzu viel sprach.

»Parker? Sind Sie noch da?«

Ihre Reaktion klang wie ein Röcheln. »Ja. Ja, ich bin noch da. Sorry.«

»Ja und? Was halten Sie davon? Kommen wir damit durch?«

Wieder Schweigen, und ich hätte schwören können, dass ich sie so was wie »Pustekuchen« murmeln hörte. Aber dann antwortete sie frisch wie der junge Frühling: »Ja. Das ist … gut. Vollkommen ausreichend.«

Vollkommen ausreichend? Zum Teufel. Ich fand es sogar ziemlich gut. Vielleicht ein bisschen kitschig, zugegeben, aber diese Geschichte würde uns sicher jeder abnehmen.

Sie räusperte sich und fuhr fort. »Die Party beginnt um halb acht. Boston Harbor. Wir könnten uns dort treffen …«

»Ich treffe meine Freundinnen nicht irgendwo zum Date. Ich hole sie ab. Immer.«

»Morgan«, erwiderte sie schroff. »Ich bin nicht Ihre Freundin.«

Obwohl sie mein Grinsen nicht sah, konnte ich es mir einfach nicht verkneifen. »Tinker Bell, mein Vertrag besagt etwas anderes. Gewöhnen Sie sich lieber dran. Ich hole Sie um sieben ab.«

»Sandnattern«, stieß sie leise knurrend hervor.

Was immer sie damit meinte.

»Oh, und Tink?«

»Was?« Wieder ein Knurren. Nur Freude und Licht von meiner zornigen Fee.

»Ab sofort werden wir uns duzen. Und stellen Sie sich auch auf einen gewissen Körperkontakt ein. Denn ich pflege meine Freundinnen zu berühren. Immer.«

»Ich weiß, was du vorhast.«

Ich stutzte. Meine Hand schwebte über Parkers Kreuz, als sie auf dem Bürgersteig vor ihrem Wohngebäude stehen blieb. »Was denn?«

Ich hatte wirklich keine verdammte Ahnung, was sie vermutete. Zum Teufel, ich vermied es standhaft, sie mir allzu genau anzusehen. Wenn ich einmal damit anfing, konnte ich womöglich nicht mehr aufhören. Parker war anders gekleidet als alle anderen meiner sonstigen Dates. Sie trug ein schwarzes Neckholderkleid, das sich an ihre schlanke Gestalt schmiegte, vom Hals bis wenige Zentimeter unter den Knien. Es war nicht eng und enthüllte nichts weiter als ihre sonnengebräunten Schultern und Arme. Aber es war unglaublich sexy.

Vielleicht *weil* man nichts sah. Sondern alles nur angedeutet wurde. Hier war Fantasie gefragt. Und meine war äußerst lebhaft.

Es juckte mir in den Fingern, den Verschluss hinten an ihrem langen, graziösen Hals zu öffnen und zuzusehen, wie ihr das Top bis zur Taille hinabrutschte. Sie hatte keine großen Brüste. Eher wie kleine Cupcakes. Gottverdammt, wie gern hätte ich hineingebissen.

Ich verdrängte den Gedanken und sah ihr in die großen braunen Augen. Sie hatte Make-up aufgelegt, so einen schimmernden Goldton, der ihren Augen die Farbe von aromatischem Kaffee verlieh. Verärgert schürzte sie die zarten blütenrosa Lippen.

»Du glaubst, dass ich mich gegen dieses blöde Motorrad sträube, damit du dich dann als toller Hecht aufspielen kannst?«

Ich warf meiner Harley Fatboy einen Blick zu, dann musterte ich ihr Outfit. Das elegante Seidenkleid umschmiegte ihre Hüften und ihre schlanken Beine. Zum Teufel. »Ist vielleicht kaum zu glauben, Sweetheart, aber ich habe nicht wirklich nachgedacht.«

Sie zog eine Augenbraue hoch. »Oh, das glaube ich sofort.«

Witzig.

Ich schnaubte und rieb mir das Kinn, das jetzt im Übrigen glatt und bartlos war. Ja, ich hatte mich für sie rasiert. Ich hatte frisch gebügelte graue Hosen und dazu einen cremefarbenen Kaschmirpullover angezogen. Alles noch aus meiner aktiven Boxerzeit. Sie saßen jetzt etwas locker, denn seit ich aufgehört hatte, für den Kampf zu trainieren, hatte ich bestimmt fünf Kilo Muskelmasse verloren. Aber ich trug sie jetzt, und zwar für sie. Allerdings machte dieser Patzer, sie mit der Harley abzuholen, den guten Eindruck jetzt schon wieder zunichte.

»Ich rufe uns einen Uber.« Ich zog mein Handy hervor, doch sie legte mir die schlanken Finger aufs Handgelenk, um mich am Telefonieren zu hindern. Mir war schleierhaft, warum ich diese Berührung bis in die Eier spürte.

»Das war kein Trick?« Sie musterte mich scharf – wie ein menschlicher Lügendetektor.

»Fuck, Tink. Ich hab's doch nicht darauf abgesehen, dich in die Pfanne zu hauen. Ich profitiere schließlich auch von unserem Arrangement. Ich hab nur einfach nicht nachgedacht. Ich habe ein Motorrad. Und das fahre ich. Aber jetzt rufe ich uns einen Uber, okay?«

Die Stille, die diesem Erguss folgte, war ohrenbetäubend. Die Sonne ging gerade unter, ihre schwächer werdenden Strahlen hoben die roten Strähnen in ihrem Haar hervor. Sie hatte es zu einer eleganten Hochsteckfrisur zusammengefasst, sodass es wie eine zusammengerollte Schlange an ihrem Hinterkopf lag. Zarte Perlenohrringe baumelten an ihren kleinen Ohrläppchen. Alles an Parker Brown war zart und hübsch.

Eine Illusion. Die Frau hatte ein Herz aus Stahl.

»Du solltest wirklich nicht so oft fluchen«, sagte sie jetzt nur. »Das zeugt von einem Mangel an Fantasie.«

»Bullshit.«

Ihre Augenbrauen schossen nach oben. »Es ist kein … Bockmist.«

Bockmist. Mein Gott. Diese Frau.

»Ist es wohl.« Ich lachte über ihr grimmiges Gesicht. »Fluchen ist ein Zeichen für Intelligenz, und diejenigen, die es praktizieren, sind häufig sowohl glücklicher als auch gesünder als die armen verklemmten Seelen, die alles in sich hineinfressen.«

»Oh, dann eben Mäuseköttel.«

»Bockmist? Mäuseköttel? Und was kommt als Nächstes? Fliegendreck?«

Eine feine Röte überzog ihre Wangen, und sie knurrte leise vor sich hin.

Ich lachte. »Lies es nach, wenn du mir nicht glaubst.«

»Das werde ich.« Sie stapfte zu meinem Motorrad hinüber. »Fahren wir jetzt, oder sollen wir den ganzen Abend hier herumstehen und Unsinn verzapfen?«

Wenn es nach mir gegangen wäre, hätte ich lieber weiter Unsinn verzapft.

»Du fährst wirklich darauf mit?« Ich reichte ihr den zweiten Helm, den ich mitgebracht hatte.

Sie schniefte ebenso geziert wie entrüstet und setzte ihn auf.

Auf ihrem Kopf wirkte er auf bezaubernde Art riesig. »Meine Beförderungsart ist das Fahrrad. Ich komme also klar.« Was sie dann tat, sollte mir wohl den Rest geben. Sie raffte den Rock ihres Kleides bis über die Schenkel hoch und enthüllte so ihre atemberaubenden Beine, bevor sie sich rittlings auf die Maschine setzte.

Ich starrte diese wunderschönen glatten Beine an und stellte mir vor, wie meine Zunge einen Pfad über den Schwung ihrer Schenkel nach oben beschrieb. Mein Schwanz regte sich. Bevor irgendetwas in meiner Hose vor sich ging, das die Fahrt unangenehm machen würde, stieg ich schnell aufs Motorrad.

Aber es war nicht leicht. Parkers Schenkel umklammerten meine, während sie meine Taille umfasste. Als wir am Hafen anlangten, war ich praktisch in Schweiß gebadet. Es war eine Erleichterung, zu parken und den dringend notwendigen Abstand von meinem kleinen Folterknecht zu suchen.

Sie gab mir den Helm zurück und strich sich das Haar glatt. »Na gut.« Dann holte sie tief Luft, was ihre Brüste vorteilhaft betonte, und stieß sie wieder aus. »Packen wir's an.«

Wir warfen einen Blick auf die riesige schlanke Jacht, die am Ende des Privatstegs lag. Auf den zahlreichen Decks hatten sich bereits etliche Leute versammelt. Die Fenster glühten in der untergehenden Sonne. Stimmen und Gelächter drifteten in die Nacht hinaus.

Ich ergriff ihren Ellbogen und führte sie über den Steg zum Eingang. »Tu, als würde dir dieser Ort gehören, dann gehört er dir auch.«

Sie blickte mit nachdenklichem Lächeln zu mir auf. »So machst du das?«

»Wie meinst du das?«

»Dass du gerade zugegeben hast, voller heißer Luft zu sein«, antwortete sie leichthin. Ich musste lachen.

Aber trotz meiner Angeberei brach mir der Schweiß aus, als wir das helle Mitteldeck betraten. Die Menge bestand vornehmlich aus reichen Arschlöchern mit gebleachten Zähnen und umwerfenden Frauen. Alle hatten einen Drink in der Hand und fletschten ihr verdammtes weiß überkrontes Gebiss zu einem falschen Lächeln.

Die Jacht selbst war atemberaubend. Schmal gebaut, mit polierten Holzpaneelen und strahlend weißen Ledermöbeln, diverse Decks, jedes mit seiner eigenen kompletten Bar ausgestattet. Auf dem Achterdeck befand sich eine Plattform zum Sonnenbaden. Das Mitteldeck wiederum zierte ein schweinegroßer Whirlpool, in dem sich mit String-Bikinis bekleidete Frauen vergnügten.

Ich war auch schon früher auf Jachten wie dieser gewesen, sodass ich die Verarbeitung und Schönheit dieses Schiffs durchaus honorieren konnte. Doch diese Menschen, die gingen mir unter die Haut. Es fühlte sich an, als ob tausend Ameisen über meinen ganzen Körper liefen. Das Gefühl war mir nur allzu vertraut. Das hier war die Welt, die ich hinter mir gelassen hatte. Eine Welt, zu der ich nie gehört hatte, in die ich aber hineingezogen worden war, um andere zu unterhalten.

Ich ließ die Schultern kreisen, und Parker sah zu mir auf.

»Geht es dir gut?«, fragte sie leise.

»Natürlich. Ist alles ein Kinderspiel, Baby.«

Ich bezweifelte, dass sie mir den Bullshit abnahm. Doch zu einer Antwort kam es nicht mehr, denn in diesem Augenblick kam Fairchild auf uns zugesegelt.

»Morgan!« Er hatte ein breites strahlendes Lächeln aufgesetzt und trug einen weißen Leinenanzug mit purpurnen Samtslippers. Waschechten purpurnen Slippers – auf die in Gold seine Initialen gestickt worden waren. Ich verkniff mir ein Schnauben, als er nach meiner Hand griff und sie heftig schüttelte. »Schön, Sie zu sehen.«

Er gewährte auch Parker einen kurzen Blick. »Und Ms. Brown.«

»Parker, Sir. Bitte nennen Sie mich Parker.«

»Parker«, wiederholte er höflich. »Gut, gut.« Sein wässriger Blick landete wieder auf mir. »Lassen Sie sich das Schiff zeigen, Morgan. Schon mal auf einem gewesen?«

»Ein oder zwei Mal.« Ich griff nach Parkers Ellbogen und spürte, wie sehr sie ihre Muskeln anspannte. »Wir würden uns gern herumführen lassen.«

Eigentlich hätte ich ihn viel lieber über Bord geworfen, aber hey, sowohl Parker als auch ich selbst würden von seiner Gesellschaft profitieren. Ich würde also klarkommen.

Wie ein König schritt Fairchild durch die Menge, schlug auf Schultern, schüttelte Hände und stellte mich immer wieder irgendwelchen Leuten vor. »Rhys Morgan. Der Witwenmacher. Und seine Freundin Parker.«

Irgendwo unterwegs schnappte ich mir ein Glas Champagner vom Tablett eines Kellners und reichte es Parker. Sie schenkte mir ein angespanntes, aber dankbares Lächeln und trank einen kräftigen Zug. »Für dich keinen?«, fragte sie und lehnte sich zu mir herüber, damit ich sie über das immer lauter werdende Geschwätz der Leute hinweg besser verstehen konnte.

»Niemals. Von dem Zeug bekomm ich beschissene Kopfschmerzen.«

Wieder schürzte sie die Lippen, und ich wusste, dass sie gegen den Impuls ankämpfte, mich für meine Ausdrucksweise zu tadeln. Womöglich würde sie demnächst sogar eine Strafkasse fürs Fluchen einführen. Aber Fairchild hatte mich gehört und unterbrach seine Unterhaltung mit einem laut redenden älteren Mann in einem mit Palmen bedruckten Seidenhemd.

»Ich hol Ihnen mal einen Drink für echte Männer«, verkündete er.

Parker murmelte irgendetwas in ihr Glas, während er uns zur Bar führte.

»Was wollen Sie haben, Rhys, mein Junge?«

»Eiswasser, wenn Sie haben«, sagte ich zu der Bedienung.

»Möchten Sie ein Glas mit einer Zitronenscheibe?«, fragte sie.

Was für ein Ort!

»Ich nehme gleich die ganze Flasche.«

»Wasser?«, fragte Fairchild stirnrunzelnd. »Sie sollten sich mal ein bisschen amüsieren, Mann.«

Die Bedienung reichte mir die eiskalte blaue Wasserflasche. »Ich bin dafür verantwortlich, dass Parker sicher wieder nach Hause kommt. Und am Steuer trinke ich nicht.«

Damit hatte ich genau das Falsche gesagt. Sein grimmiger Blick richtete sich auf Parker, als sei es ihre Schuld, dass ich mir kein Bier mit ihm hinter die Binde kippte. Sie verkrampfte sich sichtlich.

»Außerdem«, fügte ich hinzu. »Gebe ich morgen einen Kurs und möchte dafür in Bestform sein.« Absoluter Bullshit. Nicht der Kurs, aber ein Bier hätte da nicht geschadet. Doch das musste Fairchild ja nicht erfahren.

Er horchte auf. »Sie geben Kurse? Im Boxen?«

»Morgen ist Kickboxing dran, aber ja, wir bieten auch Boxkurse an.« Ich trank einen Schluck Wasser. Du liebe Güte. Das schmeckte sogar tatsächlich besser als normales Mineralwasser. »Mein Fitness-Studio, Lights Out, bietet alle möglichen Kurse an. Sie sollten mal vorbeischauen. Ich könnte einen Termin mit einem Privattrainer für Sie arrangieren.«

Und dann können Sie uns Ihre Dankbarkeit erweisen, indem Sie unser Sponsor werden.

Er brummte. »Vielleicht mache ich das ja sogar irgendwann. Aber Sie sollten keine Kurse geben. Sie sollten im Ring stehen. Wollen Sie irgendwann wieder boxen?«

Mein Magen verwandelte sich in Blei, und mir schnürte sich die Kehle zu. Ich war plötzlich nicht mehr auf einer schicken Jacht.

Ich saß auf dem harten Plastikstuhl, der in meine Schenkel schnitt und auf dem sich mein Rücken völlig verspannte. Auf diesem Stuhl hatte ich geschlagene drei Tage hintereinander verbracht und vergeblich darauf gewartet, dass Jake aufwachte. Dort saß ich auch, als der Arzt uns erklärte, Jake sei hirntot. Ich saß dort und sah zu, wie Marcy beschloss, den Stecker zu ziehen, weil Jake nicht in einem Bett wie diesem hätte dahinvegetieren wollen.

Am gleichen Tag hatte ich herausgefunden, dass mein Dad beinahe all meine Ersparnisse verzockt hatte, weil er auf Jake als Gewinner mit einem K.o. in der achten Runde gesetzt hatte. Er war in der siebten Runde k.o. gegangen. Um nie wieder aufzustehen.

Galle stieg mir in die Kehle, und ich schluckte schwer. Gleich würde ich mich übergeben. Geradewegs über Fairchilds purpurgoldene Slippers.

Eine weiche, schlanke Hand schob sich in meine schlaff herabhängende und drückte sie sanft.

Parker.

Verwirrt blinzelte ich zu ihr hinunter, und sie lächelte mir zu, strahlend und sonnig.

»Rhys hat mal zu mir gesagt, dass man aufhören sollte, wenn man an der Spitze angelangt ist«, erklärte sie Fairchild.

Lügen. Aber trotzdem wahr.

Ich leckte mir über die trockenen Lippen. »Stimmt. Meine Zeit im Ring ist vorbei.«

Fairchild runzelte die Stirn, nickte aber – wenn auch offensichtlich widerstrebend. Peinliches, angespanntes Schweigen senkte sich über uns herab, und mir fiel nichts ein, was ich hätte sagen können. Parker hingegen sah sich auf dem Boot um und wandte sich dann wieder an Fairchild. »Ein wirklich schönes Schiff, Mr. Fairchild. Irre ich mich, oder sind das da hinten Sonnenkollektoren?«

Er sah in die Richtung, in die sie deutete. »Stimmt. Also, Morgan. Was diesen so genannten Rückzug aus dem Geschäft angeht.«

Ich hielt eine Hand in die Höhe. »Sorry, Fairchild, aber könnten Sie mir sagen, wo die Waschräume liegen? Die Natur verlangt ihr Recht.«

Ich hörte kaum noch den Rest seiner genauen Wegbeschreibung, sondern stürzte davon, als sei der Teufel hinter mir her. Ich konnte das Gerede über meine Rückkehr in den Ring einfach nicht mehr ertragen. Das Bad befand sich am Ende eines langen Flurs in der Nähe des Bugs. Es war mit einer Kabine verbunden, ein ruhiger, auf Hochglanz polierter Raum. Ich ließ mir kaltes Wasser über die Handgelenke laufen und spritzte mir etwas davon ins Gesicht. Dann stützte ich mich aufs Waschbecken und starrte in den Spiegel. Ich erkannte mich selbst kaum wieder.

Stressfalten umrahmten nicht nur meinen Mund, sondern zeigten sich auch in meinen Augenwinkeln. Ich war vierunddreißig, sah aus wie vierundfünfzig und versteckte mich wie ein kleiner Schisser auf der Toilette.

»Reiß dich verdammt noch mal zusammen, Morgan.« Ich stieß mich vom Waschbecken wieder ab, öffnete die Tür und sah Parker vor mir stehen.

Sie presste die Lippen fest aufeinander und zog die Augenbrauen hoch wie eine Schullehrerin. Mir war klar, dass ich ihr eine Erklärung schuldig war, ich hatte nur keine Ahnung, was zum Teufel ich sagen sollte.

Parker

Kaum war Rhys zum Waschraum verschwunden, hatte Mr. Fairchild jegliches Interesse an mir verloren. Eine rothaarige Frau mit eindrucksvollen Brüsten war offensichtlich erheblich faszinierender. Ohne ein Wort ging er zu ihr hin, wodurch der Mistkerl keinen Zweifel daran ließ, dass Rhys an meiner Seite bleiben musste, damit er mich weiter auf dem Schirm hatte.

Schon erstaunlich, dass ein Mann in weißem Leinenanzug und purpurnen Slippers mit goldenen daraufgestickten Initialen mein Schicksal und meine Zukunft in seinen winzig kleinen Millionärshänden hielt.

Rhys war samt seiner nicht ganz so winzigen Hände verschwunden und wahrscheinlich dabei, jetzt irgendwo total die Nerven zu verlieren.

Äußerlich wirkte er zunächst sicher unerschütterlicher als die meisten Leute, und Fairchild war ohnehin viel zu sehr mit sich selbst beschäftigt, um zu bemerken, dass er eine Krise hatte, aber mir war es nicht entgangen. Rhys' Rückzug aus dem Boxsport schien ein wunder Punkt für ihn zu sein. Er war so blass geworden, dass ich mir jetzt Sorgen machte. Mit einem höflichen Lächeln nach rechts und links eilte ich meinem Fake-Freund hinterher.

Es irritierte mich, wie besorgt ich um ihn war.

Rhys war ein erwachsener Mann. Einer, der genug Selbstbewusstsein aufbrachte, um mich auf einer Harley zu einem gesellschaftlichen Event zu bringen. Nicht, dass ich etwas dagegen gehabt hätte. Ich meine, die Emissionswerte musste ich erst noch nachschlagen, aber in ästhetischer Hinsicht war die Maschine einfach umwerfend. Sie *fühlte* sich sogar sexy *an.* Auf wirklich angenehme Weise sexy, zumal ich auf der Fahrt die Innenseiten meiner

Schenkel gegen Rhys' harte Beine pressen musste, während das Bike unter mir schnurrte und der Wind den verlockenden Duft von Rhys' Eau de Cologne zu mir nach hinten wehte.

Köstlich!

Wer hätte das gedacht?

Ich schob die Erinnerungen beiseite. Derlei sexuell aufgeladene Gedanken führten zu nichts, denn er würde sich von mir sicher niemals auf diese Weise angezogen fühlen. Und auf keinen Fall durfte ich einen Typen heiß finden, für den eine Strafkasse fürs Fluchen angemessen gewesen wäre.

Es liegt nicht an ihm, rief ich mir ins Gedächtnis. Sondern an dem Bike! Diese Maschine war einfach heiß.

Ich hoffte inständig, dass die Abgaswerte niedrig waren.

Trotzdem folgte ich ihm neugierig zu dem Waschraum, den Fairchild ihm gezeigt hatte, und wartete draußen auf ihn. Kaum hatte er die Tür geöffnet, trat ich ihm in den Weg.

Erst seufzte er, dann wurde seine Miene verschlossen.

Oh-oh.

So langsam brauchte ich ein paar Antworten.

»Der einzige Grund, warum ich mich auf diese Scharade eingelassen habe, war, dass Fairchild an Rhys dem *Witwenmacher* interessiert war.«

»Nenn mich nicht so«, blaffte er.

Und das keineswegs so spielerisch wie bei unseren sonstigen Sticheleien. Diesmal meinte er es ernst.

Was war los?

Aus Mitgefühl sprach ich nun weicher. »Rhys, wenn es einen Grund gibt, warum du nicht über deine Boxerkarriere sprechen willst, sollten wir das auch nicht tun. Ich möchte dich nicht in diese Lage bringen. Schon gar nicht bei jemandem wie Fairchild.«

Er reckte das Kinn. Sein Gesicht war angespannt. »Mir geht es gut. Kein Grund zur Sorge.«

»Das glaube ich kaum.« Ich drückte seinen Arm, und er spannte sich noch mehr an. Es war mir peinlich, ihn berührt zu haben, ohne dass er es initiiert hatte, also wich ich einen Schritt zurück. »Irgendwas ist doch los mit dir. Geht es … geht es um deinen Dad? Erinnert dich dein Rückzug vom Boxen daran, warum … an ihn?«

Mit genervtem Seufzer trat er nun in den Flur hinaus. »Er ist nicht der wahre Grund, aus dem ich aufgehört habe. Jemand ist gestorben. Nicht in einem von meinen Matches, aber ich kannte den Kerl, und die Sache hat mir die Augen geöffnet. Kein Sport der Welt ist es wert, deinen kleinen Bruder allein zurückzulassen – ohne nennenswerte Angehörige. Deshalb hat meine Karriere nicht ganz so geendet, wie ich mir das ursprünglich vorgestellt hatte. Mehr steckt nicht dahinter. Aber …« Er drängte sich näher an mich heran, und ich spürte ein warmes Kribbeln zwischen den Schenkeln. »… ich schaffe das schon. So leicht kommst du mir nicht aus diesem Vertrag wieder heraus, Tinker Bell, also vergiss es.«

Für den Moment ließ ich ihm dieses Ablenkungsmanöver durchgehen. Sicher steckte noch mehr dahinter, aber er vertraute mir einfach noch nicht genug, um es mir zu offenbaren. Das war in Ordnung. Damit kam ich klar. Schließlich vertraute *ich ihm* ja auch nicht vollkommen. Wir hatten uns bislang noch nichts Persönliches erzählt. Und Rhys wollte ausschließlich auf geschäftlicher Ebene mit mir verkehren – dagegen war nichts einzuwenden, oder?

»Ich habe nicht versucht, aus dem Vertrag herauszukommen. Unglücklicherweise brauche ich dich nämlich.« Ich zog eine Grimasse. »Du warst kaum weg, da entdeckte Fairchild ein paar Brüste am anderen Ende des Raumes, für die er sich mehr interessierte als für mich.«

Rhys schnaubte und nahm meine Hand. »Dann los. Suchen wir ihn und zeigen ihm, wie sehr er sich irrt.«

Ein Funken schoss meinen Arm herauf. An seinen großen, starken Händen spürte ich die Schwielen. Ich war noch nie mit einem Mann zusammen gewesen, der Schwielen hatte, fand sie jedoch überraschend anziehend.

Obwohl wir doch eigentlich gar nicht zusammen waren.

Ich musste mich unbedingt von meinen seltsamen Körperreaktionen ablenken und platzte heraus: »Wusstest du, dass diese Luxusjachten megaschlecht für die Umwelt sind?«

Rhys warf mir einen belustigten Blick zu. »Wie überraschend.«

»Stimmt aber. Allerdings wurde letztes Jahr eine Öko-Riesenjacht in den Niederlanden aus der Taufe gehoben. Man nannte sie *Black Pearl*. Du weißt schon, wie in *Fluch der Karibik*. Sie hat diese riesigen schwarzen Dyna-Riggs, sodass sie ausschließlich mit Windkraft fahren kann. Ein Schiff, das absolut gar keine Abgase produziert …«

»Hat es einen Grund, dass du schon wieder vor dich hin faselst, Tink?«, fragte Rhys lachend, während wir uns in Richtung Oberdeck auf den Weg machten.

Ärgerlich, dass er womöglich scharfsichtig genug war, um den Unterschied zwischen meinem Gefasel einerseits und einem Vortrag mit sachbezogenen Informationen andererseits zu erkennen. »Wen wundert's. Du hältst natürlich alles, was mit Umweltbewusstsein zu tun hat, für ›Gefasel‹.«

Plötzlich wirbelte er zu mir herum und presste mich mit dem Rücken gegen die Reling des Oberdecks. Er stützte die Hände zu meinen beiden Seiten auf das Geländer und neigte den Kopf, um mich anzusehen. Rhys runzelte die Stirn und schien irgendetwas in meinem Gesicht zu suchen. »Jetzt werden wir endlich mal mit deinen hochnäsigen Vorurteilen in Bezug auf meine Person aufräumen. Ich marschiere vielleicht nicht mit einem verdammten Greenpeace-Schild durch die Straßen, aber ich schaue mir Dokumentarfilme über wilde Tiere an, und es ist mir alles andere als egal, dass unser egoistischer Scheiß das Ökosystem unseres Planeten ruiniert. Ich mag Tiere mehr als Menschen, Prinzessin, weshalb es mir definitiv nicht gefällt, was wir *ihrem* Planeten antun. Hast du dir diesen Dokumentarfilm mit den Walrossen angeschaut?« Rhys schüttelte den Kopf, und in seinen Augen loderte echte Wut. »Ich bin verdammt noch mal ein erwachsener Mann, hätte aber beinahe geheult wie ein Baby, als ich diesen Scheiß gesehen habe.«

Rhys' Aufrichtigkeit wirkte dermaßen attraktiv auf mich, dass ich wieder die flatternden Schmetterlinge in meinem Inneren spürte. Er sah sich Dokumentarfilme über wilde Tiere an? Ich hatte beim Anblick der Walrosse *tatsächlich* geheult wie ein Baby. Und dass er mitfühlend genug war, um sogar zu seinen *Gefühlen* in dieser Angelegenheit zu stehen, törnte mich seltsamerweise sogar an.

Gut möglich, dass mir ein leises Stöhnen entfuhr.

Er zog die Augenbrauen hoch, und ein schalkhaftes Grinsen erschien auf seinem Gesicht.

Ja, ich hatte definitiv gestöhnt.

Wenn ich jetzt Hermine Granger gewesen wäre, hätte ich dafür gesorgt, dass die Reling sich in Luft auflöste, sodass ich ins Wasser dahinter hätte fallen können. Eine erheblich effizientere Methode, als zu beten, dass sich die Erde auftun und mich verschlingen möge.

In seinen Augen tanzten vergnügte Funken. »Habe ich da etwa gerade genau das Richtige gesagt?«

Ich wurde puterrot, und Rhys warf laut lachend den Kopf in den Nacken. Dieser große Mistkerl. Ich kniff die Augen zusammen und versuchte, seine Hände von der Reling wegzuschieben, um mich zu befreien, aber stattdessen nahm er mich in die Arme.

»Was machst du denn da?«, fragte ich und sah ihm in das lächelnde, großspurige, viel zu gut aussehende Gesicht. Meine

Hände lagen auf seiner breiten Brust, er hatte seine fest auf meinen Rücken gelegt, und das Kribbeln von vorhin erfasste nun auch wesentliche erogene Zonen.

Es war gelinde gesagt verstörend.

»Wenn jemand was für Tiere übrighat, törnt dich das also an. Gut zu wissen.«

Ich wand mich in seinen Armen. »Ist es bei dieser Unterhaltung wirklich nötig zu kuscheln?«

Er lockerte seinen Griff, ließ die Hände von meiner Taille zu meinen Hüften hinabwandern. »Wir spielen doch ein Paar, weißt du noch? Paare berühren einander. Tatsächlich sogar …«

»Morgan!«, erinnerte uns Fairchilds dröhnende Stimme plötzlich daran, dass wir nicht allein waren.

Rhys wandte sich zu ihm um, ließ eine Hand sinken, die andere aber weiterhin an meiner Taille liegen. Mr. Fairchild überquerte das Oberdeck mit der großen glamourösen Rothaarigen an seiner Seite. Sie trug ein weißes Kleid, das die aufregenden Kurven ihres Körpers betonte – von denen sie jede Menge besaß. Ihre großen Brüste quollen dermaßen aufdringlich aus dem tiefen Ausschnitt ihres Kleides, dass selbst *ich* sie anstarrte.

Im Vergleich dazu wirkten meine wie Bienenstiche.

»Morgan, das ist Adriana Bellington. Sie hat sich einen Ihrer Boxkämpfe angesehen, Sie sofort erkannt …«

»Und Fairchild gezwungen, uns einander vorzustellen.« Adriana klimperte mit den Wimpern. Wenn es möglich gewesen wäre, hätte sie ihn vermutlich auch noch mit den Brüsten angeklimpert.

Verärgert registrierte ich, dass ich mich plötzlich mit der Rothaarigen verglich, die jetzt Rhys von mir fortzog, ihm einen Kuss auf jede Wange drückte und ihre gigantischen Möpse an ihn presste.

Ich hatte noch nie Komplexe wegen meines Äußeren gehabt, allerdings auch noch nie vorgegeben, mit einen Kerl zu gehen, der sich normalerweise mit Sexbomben trifft. Die nagende Unsicherheit versetzte mir mehr als nur einen wütenden Stich.

Er war mein Fake-Freund. Wen kümmerte es schon, wenn er Wassermelonen lieber mochte als kleine Pfirsiche? Letzteren würde er sowieso niemals nahe kommen, sodass es kein Problem damit gäbe.

»Freut mich, Sie kennenzulernen«, sagte Rhys nun zu Adriana und wandte sich wieder zu mir um, nachdem er die bewundernswerte Leistung vollbracht hatte, seinen Blick von ihrem beneidenswerten Vorbau loszureißen.

Die Rothaarige warf mir kurz einen Blick zu, tat mich kurzerhand als unbedeutend ab und rückte wieder näher an Rhys heran. »Ich habe soeben das Eigentumsrecht an Sportbox erworben.«

Rhys zog eine Augenbraue hoch. »Der Sportsender?«

»Genau der.«

Eine erfolgreiche Geschäftsfrau im Sportsektor und dazu noch unglaublich sexy.

Wunderbar.

»Wir werden uns stark auf den Boxsport konzentrieren. Was für eine Schande, dass Sie Ihre Boxhandschuhe an den Nagel gehängt haben. Vielleicht könnten wir ja zusammen etwas trinken, und Sie erzählen mir, was Sie jetzt so vorhaben?« Adriana deutete mit einem Kopfnicken auf die Bar.

»Eine gute Idee«, stimmte Fairchild zu. »Vielleicht kann ich den Mann ja doch überreden, wieder in den Ring zu steigen.«

Adriana lächelte Rhys auf eine nicht misszuverstehende Weise an. »Oh, ich bin sehr gut darin, einen Mann von meiner Meinung zu überzeugen.«

»Oh wow«, entfuhr es mir, bevor ich mich stoppen konnte.

Echt jetzt?

Rhys musste sich das Lachen verkneifen. Er legte mir erneut den Arm um die Taille und zog mich zu sich heran. Noch vor einer Minute hatte ich mich weiblich und zerbrechlich in seinen Armen gefühlt, was völlig unerwartet erotische Empfindungen bei mir ausgelöst hatte. Wer hätte gedacht, dass überwältigende Männlichkeit antörnend sein konnte?

Doch neben Adriana Bellington kam ich mir plötzlich vor wie ein kleines Mädchen.

Es ärgerte mich, dass mein Fake-Date derlei Selbstzweifel in mir hervorrufen konnte.

Das gefiel mir ganz und gar nicht.

Rhys bemerkte nichts von meinem inneren Aufruhr, während er mir über die Hüfte strich. »Eigentlich bin ich mit meiner Freundin hier.«

Adriana verzog überrascht und missfällig das Gesicht.

So würde es immer sein, erkannte ich. Niemand in Rhys' vorherigem oder jetzigem Umfeld würde je glauben, dass er mit jemandem wie mir zusammen war, und meine Familie und Freunde würden es ebenso wenig für möglich halten.

»Nun, war jedenfalls nett, Sie kennenzulernen.« Adriana bedachte mich mit einem kurzen Seitenblick. »Und Sie natürlich auch.« Sie wandte sich Fairchild zu. »Wir reden später noch über den Hamilton-Deal.«

Fairchild nickte und sah ihr nach. Sie war wirklich eine Augenweide. Er drehte sich zu uns um. »Was für eine Frau.« Er zwinkerte Rhys zu. »Da haben Sie auf jeden Fall Chancen.«

Mir blieb der Mund offen stehen.

Rhys hielt mich fester. »Bei allem Respekt, Sir, aber ich glaube, ich möchte nicht, dass Sie so etwas in Gegenwart meiner Partnerin sagen.«

Fairchild blinzelte. Dann starrte er mich an, als sähe er mich gerade zum ersten Mal. »Oh. Natürlich. Nichts für ungut. Verzeihen Sie.« Mein Boss schenkte mir das erste aufrichtige Lächeln, das ich je von ihm bekommen hatte. »Sehr unhöflich von mir.«

»Ist schon gut«, log ich, denn man hatte mich dazu erzogen, eine Entschuldigung in jedem Fall anzunehmen. Außerdem wollte ich diesen Mann ja immer noch beeindrucken, auch wenn ich das Gefühl hatte, mich dabei selbst zu verraten.

»Jaja, Jackson ist sehr angetan von Ihrer Arbeit, Parker. Und wenn dieser Mann hier Ihretwegen sesshaft geworden ist«, fügte er hinzu und schlug Rhys auf die Schulter, »dann ist das umso beeindruckender.«

Glücklicherweise verkündete er dann, er sei gleich wieder da, und verschwand, sodass ich Rhys ansehen und frustriert aufstöhnen konnte.

So richtig laut und aus tiefstem Herzen aufstöhnen.

Mein Fake-Freund schnaubte.

»Das ist nicht witzig«, zischte ich und blickte aufs Wasser hinunter. »Er ist widerlich. Plötzlich bin ich es wert, dass er mir seine Aufmerksamkeit schenkt, weil *du* nicht einfach nur eine ›schnelle Nummer‹ mit mir schieben willst, sondern es ernst meinst. Er verkörpert alles, was in diesem Land männlich, weiß, privilegiert und *falsch* ist.«

Rhys lehnte sich gegen die Reling, und sein Arm streifte meinen. »Warum versuchst du dann, diesen Typen zu beeindrucken? Du hast doch genug Geld, um auch ohne ihn über die Runden zu kommen, während du dir einen neuen Job suchst.«

Ich sah ihn erschrocken an, weil sein Gesicht plötzlich so nah war. Was mir die Gelegenheit gab, seine Augen intensiver zu betrachten. Ein heller goldbrauner Ring umgab die Pupille, den ich bislang noch nicht bemerkt hatte. Das leuchtende Hellgrün der Iris ging in dieses Goldbraun über. Diese Farbgebung war so außergewöhnlich, dass man sie niemals als Braun hätte bezeichnen können.

Eher als Moosgrün, dachte ich.

Ein wunderschönes Moosgrün.

Außerdem waren diese Augen zutiefst seelenvoll. Wenn man nicht achtgab, konnte man sich darin verlieren. Seufzend blickte ich erneut aufs Wasser hinaus. »Weil ich meinen Job liebe. Er ist wichtig, und ich habe hart dafür gearbeitet. Meine Familie wollte, dass ich der schicken Familienkanzlei in New York beitrete, und ich habe mich geweigert, denn ich wollte genau das hier tun. Und ich *hasse* es, meine Familie zu enttäuschen. *So* viel bedeutet mir diese Arbeit.«

»Also werden wir uns wohl mit Fairchild abfinden müssen.«

Ich zog die Nase kraus. »Aber so sehr scheint er dich doch gar nicht zu nerven.«

Rhys zuckte mit den Schultern. »Wir versuchen, Eindruck auf den Kerl zu machen. Also werde ich mich wohl kaum unhöflich verhalten, auch wenn er ein Arsch ist.«

Ich zuckte zusammen. »Du findest, dass er ein A-r-s-c-h ist?«

Er warf mir dieses jungenhafte Grinsen zu und deutete hinter uns. »Ich halte die alle für *Ärsche* – wenn du unsere Worte schon mal anfängst zu buchstabieren, Tinker Bell, kriegst du die Kurve sicher irgendwann auch ganz.«

Ich verdrehte die Augen und beschloss, diese Bemerkung zu ignorieren. »Aber das ist nicht fair. Dass du sie für *armselig* hältst. Du kennst sie doch gar nicht.«

»Stellen wir doch mal eins klar.« Er sah mir direkt in die Augen. »Ich habe sie nicht als armselig bezeichnet. Das klingt verdammt noch mal viel zu klein und harmlos. Und ich weiß genug von diesen Leuten, um beurteilen zu können, dass sie Ärsche sind.« Seine Stimme klang verbittert.

»Da ich ja auch zu dieser Gesellschaftsschicht gehöre, hältst du mich wohl auch für armselig.«

Rhys grinste. »Für klein und harmlos. Ja, verdammt, dafür halte ich dich definitiv.«

Ich wollte ihn nicht noch ermutigen, also verkniff ich mir sogar das kleinste Lächeln und schüttelte nur den Kopf über ihn wie über einen frechen Schuljungen. Das jedoch schien ihn nur noch mehr zu amüsieren.

»Also wirklich«, sagte er und stieß mich mit dem Arm an. »Wieso kehrst du immer gleich die Oberlehrerin heraus, wenn jemand flucht? Was soll das Getue?«

Jetzt war ich gar nicht mehr belustigt. »Das ist kein Getue. Aber ich hasse Schimpfworte.«

»Du bist eine erwachsene Frau und versagst dir das Recht, hin und wieder ein befriedigendes ›Fuck‹ von dir zu geben. Das kann nicht richtig sein.«

Ich errötete bei den schmutzigen Bildern, die ich mit einem Mal vor Augen hatte.

»Böse Tinker Bell«, tadelte er grinsend. »An diese Art von ›fuck‹ hab ich gar nicht gedacht, aber …«

»Aaah.« Ich legte ihm einen Finger auf die Lippen, damit er nicht weiterredete und ich womöglich den Drang verspürte, ihn gleichzeitig zu schlagen und in seinen Armen dahinzuschmelzen. Es war einfach unfair, dass dieser Mann so eine erotische Ausstrahlung hatte. »Stopp.«

Seine Lippen zuckten unter meinen Fingern, und sofort ließ ich sie wieder sinken.

»Wenn du es unbedingt wissen willst, meine *Mutter* hasst Schimpfworte.« Ich strich mit den Händen das Kleid glatt und wandte mich wieder dem Partygeschehen zu, wobei ich dachte, wie elend ich mich auf solchen Events fühlte und immer schon gefühlt hatte. Sehr zum Leidwesen meiner Mutter. »Sie ist eine komplizierte Frau. Eine Frau, die 1977 mit über einhunderttausend Männern und Frauen bei fünfunddreißig Grad im Schatten nach Washington marschiert ist, um für die Ratifizierung des Verfassungszusatzes zum Equal Rights Amendment zu protestieren.« Darauf war ich ziemlich stolz. »Doch die gleiche Frau hat sehr konkrete Vorstellungen von Männern und Frauen. Sie ist zwar fest davon überzeugt, dass wir alle die gleichen Rechte haben und dass eine Frau zumindest in beruflicher Hinsicht die gleichen Ziele verfolgen kann wie ein Mann. Sie hat auch kein Problem damit, wenn ein Mann flucht, findet das bei einer Frau jedoch äußerst *undamenhaft.*«

Rhys zuckte mit den Schultern. »Ich wiederhole: Du bist eine erwachsene Frau. Du kannst verdammt noch mal tun und lassen, was du willst.«

Offiziell sagte das jeder, aber ich war trotzdem unwandelbar davon überzeugt, dass ich nicht die Einzige war, die von ihren Eltern immer noch wie ein Kind behandelt wurde. Ich liebte meine Mom und meinen Dad. Sie hatten mir vieles im Leben ermöglicht, und sie liebten mich ebenfalls sehr. Es lag in meiner Natur, anderen gefallen zu wollen, besonders meiner Familie. Mom und Dad also irgendetwas abzuschlagen, war gar nicht so einfach. Und im Laufe der Jahre hatte ich ihnen eine Menge vorenthalten.

»Ich habe sie enttäuscht«, bekannte ich. »Meine Eltern. Auf unterschiedlichste Weise.« Ich warf Rhys einen Blick zu und stellte fest, dass er mich mit neugierigem Ausdruck beobachtete. Ich sah wieder zu den Partygästen hinüber und setzte ein fröhliches Lächeln auf. »Das Mindeste, was ich für meine Mom tun kann, ist auf eine saubere Sprache zu achten.« Ich lachte leise, hielt aber gleichzeitig verzweifelt nach einem Kellner mit einem Tablett voller Champagnerflöten Ausschau, von denen ich ihm eine abluchsen wollte.

»Okay, aber warum muss *ich* denn dann *auch* auf eine saubere Sprache achten?«

Genau genommen wusste ich darauf keine Antwort. Vielleicht war ihre Abneigung mittlerweile zu meiner eigenen geworden, aber ehrlich gesagt gewöhnte ich mich immer mehr an Rhys' Fluchen. Er war eben so. Und schließlich würde ich meinen fluchenden Fake-Freund meiner Mutter niemals vorstellen müssen. Ich wollte nicht, dass meine Eltern erfuhren, wie tief ich gesunken war, dass ich log, um meiner Karriere auf die Sprünge zu helfen. Und ich wollte sie nicht belügen und ihre Hoffnung schüren, endlich jemanden gefunden zu haben, mit dem ich es ernst meinte.

»Im Grunde musst du das nicht«, räumte ich ein und straffte die Schultern. »Wir sollten jetzt mal nach Fairchild suchen und ihn an meine Existenz erinnern.«

Rhys beschloss wohl, mir dieses Zugeständnis zu machen, und ging nicht weiter auf das Thema Eltern ein, wofür ich ihm dankbar war. Wir wanderten zum Mitteldeck hinunter, wo Fairchild sich gerade mit ein paar Männern unterhielt, während sich mehrere Frauen in String-Bikinis hinter ihnen im Whirlpool aalten.

Diese Szene war so klischeehaft, dass sie eher in die Achtzigerjahre gehört hätte. Diese Jacht war mein schlimmster Albtraum.

»Ah, da ist er ja!« Fairchild hatte Rhys entdeckt. »Männer, ich muss euch unbedingt Morgan vorstellen. Morgan, kommen Sie her!«

Rhys griff meine Hand fester und führte mich hinüber.

Was immer Rhys vorhin empfunden haben mochte, er hatte es überwunden und wickelte Fairchild und die umstehenden Männer nun mit seinem Charme ein. Sie stellten ihm Fragen über seine Zeit als Schwergewichtschampion, ein Leben, von dem sie absolut keine Vorstellung hatten, und Rhys erfüllte ihnen den Wunsch. Irgendwann tauchte auch mein Boss Jackson mit Camille an seiner Seite auf sowie ein paar Kollegen mit ihren Partnerinnen. Wir unterhielten uns ein paar Minuten lang, was eine kleine Atempause auf dieser Party darstellte, auf der ich mich so unwohl fühlte. Aber schon bald mischten sie sich wieder unter die übrigen Gäste. Nur Jackson nicht, der in Fairchilds Nähe blieb und Rhys lauschte.

Weitere Leute kamen hinzu und gingen wieder, Geschäftsmänner und -frauen, Mitglieder der guten Gesellschaft Bostons, und Rhys handhabte sie alle mit erstaunlicher Souveränität. Ich überlegte, dass er als Profiboxer wahrscheinlich ständig von wohlhabenden Menschen umgeben gewesen war. Er war an sie gewöhnt.

Im Umgang mit ihnen erwies er sich als erheblich geschickter als ich selbst, dabei war ich in diesem Umfeld aufgewachsen.

Der Abend zog sich in die Länge, und ich sehnte mich danach, wieder in meiner Wohnung zu sein, mich auf meinem Bett zusammenzurollen und weiter in meinem Fantasy-Roman zu schmökern, den ich gerade las. Es ging um Feen und Krieg und Romantik und Wahnsinnsheldinnen.

Oder auch mit den Jungs abzuhängen. »Die Jungs« waren meine Freunde vom MIT, die nicht aus Boston weggezogen waren. Alle zwei Wochen veranstalteten wir Quizabende und hatten einen Heidenspaß daran, uns gegenseitig zu schlagen.

Rhys war gerade dabei, Fairchild und ein paar seiner Freunde zu überreden, mal in seinem Fitness-Studio vorbeizuschauen und Boxstunden zu nehmen, als ich eine Hand im Kreuz spürte. Ich wirbelte herum und blickte in ein lächelndes bekanntes Gesicht.

Stephen Chancer.

Ein Ex.

So was in der Art.

Wir waren drei Mal miteinander ausgegangen. Beim dritten Mal hatte ich mit ihm geschlafen und ihm danach mitgeteilt, dass es mit uns nicht funktionieren würde. Es war ein Flop, und zwar vornehmlich, weil ich währenddessen nicht aufhören konnte, über das Leistungspotenzial von Windenergie in unseren Stromnetzen nachzudenken, während er sein ganzes Leistungspotenzial in *mir* auslebte.

Sein Erscheinen machte mich nervös. Und der Grund lag keineswegs darin, dass ich ihm damals einen Korb gegeben hatte. Er und ich waren von seiner Tante verkuppelt worden, die wiederum meine Mutter kannte. Während meiner Zeit am MIT hatte ich – sehr zum Missfallen meiner Mutter – den Kontakt mit den Mitgliedern der Ostküsten-High-Society weitgehend vermieden. Stephen war die einzige Ausnahme, bei der ich einen Abstecher in diese Welt gemacht hatte, und um ehrlich zu sein, es war nicht nur sein mangelndes Einfühlungsvermögen im Schlafzimmer, das mich veranlasst hatte, die Sache zu beenden. Vielmehr störte mich, dass er auf Kosten seiner Eltern lebte und ein Snob war.

Aber das war jetzt nicht der springende Punkt.

Der Punkt war, dass er seiner Tante von meiner Beziehung mit dem ehemaligen Boxer Rhys Morgan berichten würde.

»Stephen, hi.« Ich warf Rhys einen misstrauischen Blick zu, der aber viel zu sehr damit beschäftigt war, Fairchilds Frage zu beantworten, um zu bemerken, mit wem ich mich da unterhielt.

»Wie schön, dich zu sehen.« Mit seinen eins siebzig musste Stephen sich nicht ganz so weit herunterbeugen, um mir einen Kuss auf den Mundwinkel zu geben, als ich mich ihm zuwandte.

Ich runzelte über die intime Geste die Stirn und zog mich ein bisschen zurück. Stephen rückte nach. Mit persönlicher Distanzzone hatte er noch nie allzu viel am Hut gehabt.

Oje!

»Wie geht es dir? Was machst du hier?«, fragte er.

Geh weg. Geh weg. Geh weg.

»Mir geht es gut, danke. Mr. Fairchild ist der CEO des Unternehmens, für das ich arbeite. Horus Renewable Energy.«

»Großartig.« Er prostete mir mit der Champagnerflöte zu. »Mein Vater macht Geschäfte mit Fairchild. Er konnte heute Abend nicht herkommen, also bin ich an seiner Stelle hier. Meine Begleitung« – er sah sich suchend um – »muss hier auch irgendwo herumschwirren.« Stephen wandte sich wieder mir zu und musterte mich nachdenklich. »Bist du allein hier?«

»Nein, mit mir.« Plötzlich war Rhys an meiner Seite aufgetaucht. Er legte mir den Arm um die Schulter und die Hand besitzergreifend auf meine Hüfte. Ich spürte, wie seine Lippen meine Stirn streiften. »Geht es dir gut, Sweetheart?«

Ich sah zu ihm auf. Ausgerechnet jetzt musste er kommen! Nun würde Stephen es herausfinden und womöglich seiner Tante davon erzählen, die es wiederum an meine Mutter weitergab. Die Welt würde implodieren. Aber wenn das der Fall war, warum schmiegte ich mich plötzlich an Rhys und wünschte mir, er würde meine Hand nehmen und mich von dieser Party fort und zu seinem sexy Bike führen?

Ich nickte, sprachlos angesichts dieses Gedankens.

»Ich bin Stephen.« Mein Gesprächspartner streckte Rhys die Hand entgegen. »Parkers Ex-Freund. Und Sie sind?«

Rhys griff nach Stephens Hand und schüttelte sie so heftig, dass mein Eigentlich-gar-nicht-so-sehr-Ex-Freund zusammenzuckte. »Ich bin Rhys. Parkers Freund.«

Die Worte waren mit Bedacht gewählt, und ich hatte Mühe, ein nervöses, hysterisches Schnauben zu unterdrücken.

Stephen zog eine Augenbraue hoch und sah zwischen uns hin und her. »Sie klingen gar nicht, als kämen Sie von hier?«

Ich erstarrte angesichts seines hochnäsigen Tonfalls.

Rhys' Hand zuckte an meiner Hüfte. »Seltsam«, antwortete er gleichmütig. »Und ich dachte, dass mein Akzent in Boston gesprochen wird, nicht Ihrer.«

Bei diesen Worten grinste ich schadenfroh.

Stephen zog die Nase kraus und warf mir einen arroganten Blick zu. »Das erklärt natürlich alles.«

Igitt. Was für ein Snob!

Während ich ihm hinterhersah, wuchs meine Anspannung. Was, wenn er seiner Tante von Rhys erzählte?

»Hey, alles okay?«

Ich sah ihn an. »Er ist nicht mein Ex-Freund«, platzte ich heraus. »Wir sind nur dreimal miteinander ausgegangen. Und alle drei Dates waren nicht der Rede wert.«

»Ja.« Rhys sah stirnrunzelnd auf mich herab und senkte die Stimme. »Du findest es ätzend hier, Tinker Bell.«

Das war keine Frage.

»Und das ist kein Wunder.«

Fairchilds Partygäste waren keineswegs die Crème de la Crème der Ostküsten-High-Society. Nicht jeder war so arrogant wie Stephen oder so frauenfeindlich wie Fairchild. Der Millionär hatte einfach nur ein paar widerliche Leute um sich geschart. Dennoch hatte ich mich bei dieser Art von Events noch nie wohlgefühlt, und das merkte man mir offenbar an.

»Höchste Zeit, den Rückzug anzutreten.« Rhys schob mich dem Ausgang entgegen.

»Warum?«

»Weil es dir verdammt schlecht geht, und wenn Fairchild das merkt, ist er sicher ganz und gar nicht beeindruckt.«

Stimmte.

»Mist«, fluchte ich leise.

Rhys schüttelte den Kopf und grinste. »Komm schon, Tobe-Tink, wir sollten uns zumindest noch von unserem Gastgeber verabschieden.«

Fairchild war enttäuscht, dass wir schon gehen wollten. Okay, er war enttäuscht, weil Rhys gehen wollte. Jackson hingegen sah aus, als beneide er uns um unseren Abgang. Und alle anderen … na ja, wen kümmerten die schon.

»Endlich frei«, rief ich melodramatisch am Ende der Einstiegsrampe.

Mein Date schnaubte und führte mich dann über den Parkplatz zu seiner Harley. Wirklich ein heißes Gerät! Rhys reichte mir meinen Helm, hielt ihn aber noch einen Augenblick lang fest.

Forschend sah er mich an.

Ich trat unruhig von einem Fuß auf den anderen. »Was ist?«

Er schüttelte beinahe unmerklich den Kopf. »Du bist ganz anders, als ich gedacht habe.«

Ehrlich gesagt war Rhys auch nicht das, was ich erwartet hatte, aber solche Überlegungen waren gefährlich. »Wie denn?« Hastig setzte ich den Helm auf und schob mich rittlings aufs Bike. »Fantastisch?«

Er stieß ein belustigtes Schnauben aus, ließ den Blick über meine Beine gleiten und stieg dann aufs Motorrad. »Das war nicht das Adjektiv, nach dem ich gesucht habe, nein.«

»Buh!«

Er warf einen ungläubigen Blick über die Schulter. »Hast du mich gerade ausgebuht? Erst wegscheuchen, dann ausbuhen?«

»Deine fehlende Ehrerbietung verdient ein Ausbuhen.«

»Weißt du, weshalb ich ein Ausbuhen verdient hätte? Ich habe ganz vergessen, dich vor diesen ganzen Ärschen zu küssen.«

Bei der Vorstellung lief mir ein prickelnder Schauer über den Rücken. »Dazu bestand keine Notwendigkeit.«

Rhys schnaubte erneut. »Es mag dir entgangen sein, aber es gab da genügend Arschlöcher, die ein Auge auf dich geworfen hatten, kaum dass Fairchild ihnen verkündet hatte, dass du zu mir gehörst.«

»Noch mal Buh! Frauendiskriminierung in Reinkultur! ›Eine Frau ist nur so interessant wie der Mann, an dessen Arm sie hängt.‹ Wo ist der Eimer zum Brechen, wenn man ihn braucht?«

»Wage es ja nicht, in der Nähe meines Babys zu kotzen.« Er tätschelte sein Bike, dann sah er sich wieder zu mir um. »Ernsthaft. Wenn wir das nächste Mal auf diese Leute treffen, musst du zulassen, dass ich dich küsse, und zwar ohne in Ohnmacht zu fallen, so als wäre das dein erstes Mal.«

Er war so eingebildet, dass ich das Gesicht verzog. »Das kriege ich wohl so gerade noch hin. Selbst wenn der Kuss mir von dem allmächtigen Rhys Morgan gewährt wird.«

»Oh, Tinker Bell. Wie gut das meinem Ego tut!« Er griff nach seinem Helm.

»Wenn dein Ego noch größer wird, dann explodiert es womöglich noch und ruiniert dein hübsches Gefährt.«

»Du findest mein Gefährt hübsch?«

»Das kann ich erst bejahen, wenn ich die Abgaswerte kenne.«

Ich spürte, wie sein Körper vor Lachen vibrierte. »Natürlich.«

Und dann hatte er den Helm aufgesetzt, startete den Motor, und das Bike schnurrte zwischen meinen Beinen, während Rhys und ich die Jacht hinter uns ließen. Mit jeder Sekunde entspannte ich mich mehr und mehr an seinem Rücken, denn er brachte mich fort von einer Welt, in die ich einfach nicht passte.

7. Kapitel

Parker

Ich sah meine kleine Schwester an der gegenüberliegenden Seite des Tisches an und wartete darauf, dass sie die Bombe platzen ließ. Gewiss würde sie mich jetzt über Rhys ausquetschen wollen, denn gewiss hatte Stephen Chancer seiner Tante erzählt, dass er vergangene Woche auf Fairchilds Jacht den Boxer getroffen hatte. Seine Tante hatte dann sicher sofort meine Mutter angerufen, um sich nach dieser Beziehung zu erkundigen, und meine Mutter hatte Easton auf mich angesetzt.

Warum sonst hätte meine Schwester am Wochenende nach Boston kommen sollen?

Aber vielleicht war ich ja auch nur paranoid.

Easton besuchte mich in Boston durchaus häufiger. Ihr Auftauchen war also keineswegs verdächtig.

Diese ganze Lügerei machte mich noch wahnsinnig.

»Du wirkst angespannt.« Easton sah von der Frühstückskarte nicht auf. Wir saßen in einem meiner kleinen Lieblingscafés um die Ecke von meinem Wohnhaus.

»Ich bin nicht angespannt.« Ich war total angespannt.

Meine Schwester seufzte und legte ihre Speisekarte auf den Tisch. »Ich glaube, ich nehme das Omelett.«

»Hmm«, stimmte ich zerstreut zu.

Sie kniff die dunklen Augen zusammen. Dass Easton und ich verwandt waren, konnten wir nun wirklich nicht leugnen. Obwohl ich vier Jahre älter war, sahen wir uns ziemlich ähnlich. Wir hatten die gleichen dunklen Augen, dunkles Haar und die gleiche zierliche Figur. Allerdings sah Easton erheblich interessanter aus als ich. Ihre Augen waren nicht so rund, sondern leicht schräg, ihre Nase war ein wenig schmaler und markanter, ihr Mund breiter.

Und während ich mich immer eher wie ein Schulmädchen kleidete, sah Easton in ihren modischen und teuren Klamotten beinahe immer aus, als käme sie gerade aus dem Büro. Heute trug sie eine rote Seidenbluse, deren Kragenknöpfe gerade weit genug offen standen, um ein wenig von ihrem Dekolleté zu enthüllen. Sie steckte in einem grauen Bleistiftrock. Ihr dunkles Haar umrahmte in sanften Wellen ihr Gesicht, und ihr einziger Schmuck waren ein Paar Diamantstecker in den Ohrläppchen, eine klassische Jaeger-Edelstahluhr und der Verlobungsring mit dem riesigen Diamanten an ihrem Finger.

»Das hier ist der Grund, oder?«, fragte Easton jetzt und wedelte mit der linken Hand, an der sie den Schlagring trug. »Setzen Mom und Dad dich deshalb unter Druck?«

Wenn man sehnsüchtige Blicke in meine Richtung, wann immer von Eastons Verlobung die Rede war, als Druck bezeichnete, schon. »Nicht so richtig.«

»Nicht so richtig. Sie haben also nichts gesagt, aber es gibt genug vielsagende Schweigeminuten und Blicke, um dir zu vermitteln, dass sie enttäuscht von dir sind?«

Meine Güte, meine Schwester kannte mich – und meine Eltern – wirklich wie ihre Westentasche. Ich zuckte mit den

Schultern. »Ich freue mich für dich. Sie freuen sich für dich. Alles andere ist egal.«

Und das stimmte. Easton war auf ein Einhorn gestoßen. Ihr Verlobter, Oliver Bowen, hatte ein Vermögen geerbt, das den Erträgen eines Kakao-Imperiums entstammte. Er war Anwalt für Menschenrechte und engagierte sich für unzählige wohltätige Projekte; diesen Kerl konnte man nicht hassen, auch wenn man sich noch so viel Mühe gab.

Es gab einfach nichts zu hassen.

Er war ein Paradebeispiel dafür, dass nicht alle Mitglieder der Ostküsten-High-Society armselig waren.

Grrr, ich konnte nicht mal im Geiste fluchen!

Ich runzelte die Stirn. Seit wann wollte ich das überhaupt? Fluchen war *widerlich* und unnötig. Oder sprach da die Stimme meiner Mutter aus mir?

Zur Hölle mit Rhys Morgan. Er unterwanderte meine Gedanken.

»Ja, ich habe großes Glück«, sagte Easton jetzt mit träumerischem Augenaufschlag. Ich spürte einen Stich von Neid, denn ich erinnerte mich daran, wie es sich anfühlte, jemanden so zu lieben, wie sie Oliver liebte.

»*Er* hat großes Glück.«

»Ja, ich weiß.« Meine Schwester warf mir einen Blick zu. »Aber ich darf durchaus denken, dass ich auch Glück habe.«

»Natürlich. Darfst du. Omelett hast du gesagt.« Nachdenklich studierte ich die Karte. »Ich glaube, ich nehme einen Bagel.«

»Du bist heute zerstreut. Und gestern Abend warst du es auch.«

»Die Arbeit nimmt mich ziemlich in Anspruch«, log ich.

Die Wahrheit war, dass ich mir Gedanken machte, ob meine Eltern das mit Rhys herausgefunden hatten. Gleichzeitig verstörte es mich, dass ich die ganze Zeit den Drang hatte, dem Mann zu schreiben. Als er mich nach der Party zu Hause abgesetzt hatte, hatte ich angekündigt, mich zu melden, wenn ich ihn das nächste Mal brauchte.

Aber bislang war das nicht der Fall gewesen.

Hmm.

Die Kellnerin trat an den Tisch, und meine Schwester und ich musterten einander. Ich wartete darauf, dass sie die Stephen-Chancer-Bombe platzen ließ, und sie wartete darauf, dass ich ihr mein Geheimnis beichtete.

Mein Mobiltelefon gab ein fröhliches Liedchen von sich, das die Ankunft einer Textnachricht verkündete. »Ich muss eben nachsehen«, entschuldigte ich mich und langte nach der Tasche. »Könnte die Arbeit sein.«

Es war nicht die Arbeit.

HotHarley: *Keine Stunden für mich dieses Wochenende, Tinker Bell?*

Ich grinste und hörte im Geiste seinen Bostoner Akzent.

ParkerB: *Langeweile, Morgan?*

HotHarley: *Ich langweile mich nie. Liegt also nichts an?*

ParkerB: *Dieses Wochenende nicht. Du kannst dir also jede Menge Tierfilme reinziehen. Ich schicke dir Taschentücher.*

HotHarley: *Nicht nötig. Habe eigene. Was machst du?*

Bei der Frage runzelte ich die Stirn, bekam aber gleichzeitig Schmetterlinge im Bauch.

***ParkerB:** Ich bin mit meiner Schwester verabredet. Wir bestellen uns gerade Frühstück.*

***HotHarley:** Na ja, wenn du nicht so drauf versessen wärst, unseren Deal vor deiner Familie geheim zu halten, hätte ich euch beiden meine berühmte Frittata gemacht.*

Er konnte kochen?

Er fuhr eine heiße Maschine (die Abgaswerte waren eine Katastrophe, und ich hatte ein schlechtes Gewissen, weil das ihren Reiz nicht annähernd genug gemindert hatte), er schaute sich Dokumentarfilme über Tiere an und konnte kochen.

Ach, ich hätte bei Dean bleiben sollen. Er war erheblich unkomplizierter.

***ParkerB:** Ist das ein Euphemismus? Oder hast du gerade zugegeben, dass du kochen kannst?*

***HotHarley:** Ich habe gerade zugegeben, dass ich VERDAMMT GUT kochen kann. Das ist ein Unterschied.*

Mit ihrer Bemerkung »Okay, wem schreibst du, dass du so lächelst?«, brachte Easton meine Rhys-Blase zum Platzen.

Ich hob ruckartig den Kopf. Und war tödlich verlegen, als mir klar wurde, dass ich ihre Anwesenheit für einen Augenblick vergessen hatte. »Ähm, mit meinem Boss«, log ich. »Er ist witzig.«

»Single?«, fragte Easton hoffnungsvoll.

Ich schnaubte. »Nein. Und selbst wenn, du willst mich doch nicht allen Ernstes ermutigen, mit meinem Boss zu schlafen?«

»Ich will dich ermutigen, glücklich zu sein.«

»Und dafür brauche ich einen Mann?«

Easton kniff die Augen zusammen. »Du weißt, dass dem nicht

so ist. Aber man muss die Vergangenheit hinter sich lassen. Es ist jetzt dreizehn Jahre her, Parker. Findest du nicht, dass es langsam Zeit wird?«

»Ist ja nicht so, als ob ich nicht wollte.« Ich zuckte mit den Schultern. »Das Problem ist, dass ich weiß, wie es sich anfühlen müsste. Ich habe versucht, es noch einmal zu finden, aber erfolglos. Vielleicht gibt es so etwas ja nur einmal im Leben. Warum soll ich meine ganze Energie darauf verschwenden, mich mit Männern zu treffen, die nicht zu mir passen, statt mich auf die Dinge zu konzentrieren, die mich glücklich machen? Wie auf meinen Job. Und darauf, meiner Schwester dabei zu helfen, die Hochzeit des Jahrhunderts zu planen.«

Jetzt war Easton mit dem Schnauben an der Reihe. »Mir bei der Hochzeitsplanung zu helfen, ist für dich ähnlich amüsant wie eine Wurzelbehandlung.«

»Ich bin deine Trauzeugin.«

»Ja. Bist du. Aber ich liebe dich, und ich will dich nicht quälen. Ich entbinde dich also hiermit offiziell von allen Pflichten einer Trauzeugin. Komm einfach nur zu den Anproben und den Hochzeitsfeierlichkeiten, dann bin ich schon zufrieden.«

»Ich liebe dich, das weißt du, oder?«

Sie grinste. »Ich bin ja auch äußerst liebenswert.«

»Stimmt. Aber ich weigere mich, meine Pflichten als Trauzeugin zu vernachlässigen. Meine kleine Schwester heiratet, und ich will daran teilhaben.« Auch wenn ich zum Junggesellinnenabschied am ehesten einen Quizabend organisiert, Essen bestellt und anschließend mit den Mädels in meiner Wohnung abgehangen hätte. Aber aus irgendeinem Grund vermutete ich, dass Easton das nicht reichen würde. Wahrscheinlich gehörte eine Reise dazu. Nach Vegas oder Hawaii.

Und womöglich wollte sie Stripper.

Vornehmlich, damit unsere Mutter sich schämte.

»Gut, aber ich will auf meiner Junggesellinnenreise auch Stripper haben«, verkündete Easton jetzt auch prompt energisch und deutete mit dem Finger auf mich.

Ich lachte in mich hinein und tippte eine Nachricht in mein Handy.

ParkerB: *Kennst du irgendwelche männlichen Stripper?*

Die Antwort kam nicht sofort.

Erst als ich in meinen Bagel biss, bekam ich wieder eine Textnachricht.

HotHarley: *Dafür müsste ich einen Aufpreis verlangen, Tinker Bell.*

Ich lachte und hätte mich beinahe an dem Bagel verschluckt.

»Dein Boss ist ja anscheinend wirklich unheimlich witzig, was?« Eastons Augen funkelten vielsagend.

Oh Gott, keine Ahnung, was schlimmer war: Mir deshalb Sorgen zu machen, dass meine Eltern über Stephen Chancers Tante von meinem »Freund« Rhys Morgan erfuhren oder dass meine Schwester glaubte, ich sei in Jackson verliebt.

Das hatte ich nun von meinen Lügen.

Oder mit den Worten Sir Walter Scotts: »Oh, was für ein verworren Netz wir weben, wenn wir zuerst zu täuschen üben.«

»Hast du gerade Shakespeare zitiert?«, fragte Easton.

Armer Sir Walter Scott. »Bei der Junggesellinnenparty dachte ich an Hawaii«, versuchte ich sie abzulenken.

Ihre Augen leuchteten auf. »Oooh, ja. Stripper im Lendenschurz. Mom stirbt sicher tausend Tode.«

Ich schüttelte den Kopf über ihre Entschlossenheit, unsere Mutter zu beschämen, aber tief im Innern war ich ein bisschen neidisch. Easton gehörte nicht zu den Menschen, die es anderen immer nur recht machen wollten. Sie tat, was ihr gefiel, egal was passierte. Zufällig stimmte das meiste, was ihr gefiel, auch mit den Vorstellungen meiner Eltern vom Bild der perfekten Karriere-Frau in der High Society überein.

Doch Easton befürchtete niemals, unsere Eltern zu enttäuschen. Sie ordnete ihr eigenes Glück niemals deren Vorstellungen unter, tatsächlich mischte sie die beiden auch gern mal ein bisschen auf (wie zum Beispiel, indem sie männliche Stripper engagierte).

In Wahrheit wusste ich genau, warum ich mir so verzweifelt wünschte, den Menschen zu gefallen, die ich liebte. Es war ein Kummer, der tief in mir vergraben lag, und obwohl ich gern loslassen wollte und mein Leben als erwachsene Frau führen, die sich nicht um die Meinung ihrer Eltern scherte, war ich nicht sicher, ob mir das je gelingen würde.

»Und wir müssen dafür sorgen, dass Mom ein Baströckchen trägt«, fuhr Easton jetzt fort.

»Eher gefriert die Hölle, Easton. Eher gefriert die Hölle.«

Meine Schwester runzelte nachdenklich die Stirn und nickte. »Ja, die Stripper müssen wohl reichen.«

Rhys

Keine weitere Nachricht von Parker. Das hätte mir nicht zu schaffen machen sollen, tat es aber. Sie hatte mich gefragt, ob ich männliche Stripper kenne. Echt jetzt? Ich hätte das gern für einen Witz gehalten, war mir aber einigermaßen sicher, dass sie die Frage ernst gemeint hatte. Was bedeutete, dass die brave Parker Brown irgendwo da draußen männlicher Unterhaltung hinterherjagte.

Aufgeregt trommelte ich mit den Fingern auf die Tischplatte. Warum wollte sie einen Stripper? Meiner Einschätzung nach konnte es nur um einen Junggesellinnenabschied gehen. Aber ich konnte es mir einfach nicht vorstellen. Ich glaubte nicht, dass diese Parker mit ihren süßen kleinen Röckchen und Tops mit schlabberigen Schleifen zusammen mit anderen Frauen herumrandalierte und über irgendeinen nackten Kerl ins Kreischen geriet.

Plötzlich umspielte ein Lächeln meine Lippen. Vielleicht ja doch. Es wäre interessant, sie dabei zu beobachten, wenn sie das steife Korsett abstreifte, das sie sich sonst immer anlegte. Ohne nachzudenken schnappte ich mir mein Handy und las ihre letzten Nachrichten noch einmal durch. Ich wollte wieder mit ihr reden.

»Idiot«, murmelte ich und warf entnervt das Mobiltelefon auf den Tisch. Ein verdammtes Date mit der Frau – ein verfluchtes Fake-Date -, und schon benahm ich mich wie ein Teenager.

»Du sitzt auf meinem Stuhl.«

An der Tür stand Dean, ein beschissenes Grinsen auf den Lippen.

»Deanie, du magst vielleicht im Moment hier arbeiten«, antwortete ich milde, »aber dieser Stuhl gehört mir.«

»Ja, na ja, aber er steht an meinem Schreibtisch, also …« Er wedelte mit der Hand in Richtung Tür. »Mach die Fliege.«

»Durchaus amüsant, dass du glaubst, ich würde auf dich hören.«

Dean kam ins Büro geschlendert. Der kleine Mistkerl trug doch tatsächlich einen Anzug. »Ist schließlich nicht so, als würdest du arbeiten. Ich hab gesehen, wie du seit geschlagenen zehn Minuten Löcher in die Luft starrst.«

Der Knoten in meinem Magen zog sich enger zusammen.

»Du beobachtest mich seit zehn Minuten? Das ist gruselig, kleiner Bro.«

Seine Mundwinkel verzogen sich nach oben. »Nein. Unheimlich ist nur das einfältige Grinsen, das du die ganze Zeit auf dem Gesicht hattest. Jedenfalls bis du plötzlich ausgesehen hast, als hättest du dir den Magen verdorben.«

Scheiße. Ich hatte gelächelt? Gott, nein. Keine Ahnung, was mich mehr entsetzte – dass ich ein albernes Gesicht gezogen hatte oder dass Dean mich dabei erwischt hatte. Als er immer noch auf meine Kosten leise lachte, rieb ich mir das Auge mit dem Mittelfinger.

»Hübsch.« Dean sah mich an, als versuche er, meine Gedanken zu lesen. »Warum guckst du so durchgeknallt? Hast du vielleicht eine knackige kleine Erbin aufgerissen?«

Diese Unterhaltung musste enden. Schnell.

Ich stand auf und reckte meinen verspannten Nacken. »Ich habe die Möglichkeiten überdacht, wie ich dir das Leben hier zur Hölle machen kann.«

Lässig schob ich mein Handy in die Tasche, denn ich wollte *nicht* noch einmal checken, ob Textnachrichten eingegangen waren, umrundete den Schreibtisch und packte Dean an der Schulter. »Siehst du diesen Papierstapel auf dem Konferenztisch?«

Der fragliche Tisch befand sich am anderen Ende des Raumes und hatte Platz für fünfzehn Personen.

»Mehrere Stapel Papier, Rhys. Mehrere Stapel.«

Ich grinste. »Das ist die Buchhaltung für Lights Out.«

Entsetzt riss er die Augen auf. »Du hast das Ganze nicht digitalisiert?«

Hatte ich. Aber das musste er nicht erfahren. Ich zuckte mit den Schultern und ließ seinen steifen Arm wieder los. »Anscheinend hatte Dad eher etwas für die altmodische Methode übrig, und ich hatte bislang keine Zeit, um alles aufzuholen. Das darfst *du* jetzt tun.«

Ein paar heftige Flüche ausstoßend stapfte Dean zum Tisch

hinüber und nahm einen Ordner in die Hand, um ihn durchzublättern. »Daran sitze ich den ganzen verdammten Monat!«

So war es ja auch gedacht. Und er würde niemals Gelegenheit haben, hinter das wahre Chaos zu steigen, das Dad hinterlassen hatte.

»Dann fängst du am besten sofort an.« Demonstrativ sah ich auf die Uhr. »Ich hol mir jetzt einen Kaffee. Auch einen? Wahrscheinlich kannst du das Koffein brauchen.«

»Fick dich, Rhys«, sagte er beinahe gleichmütig, ließ sich auf einen der Konferenzstühle fallen und griff nach weiteren Aktenordnern. »Ich meine es ernst. Fick dich. Das hier ist echt peinlich. Und ausgerechnet *du* nennst *mich* verantwortungslos. Kein Wunder, dass es dem Gym nicht gut geht.«

Er zog die Augenbrauen hoch und sah sich noch mal nach mir um. »Wie kannst du nur so ein Unternehmen führen?«

»Hey, ich hab nie behauptet, ein Geschäftsmann zu sein.« In Wirklichkeit war ich gar nicht so schlecht in Sachen Geschäftsführung. Aber es war verdammt noch mal beinahe unmöglich, schwarze Zahlen zu schreiben, wenn man mit einem Berg Schulden anfing. Und ich schauderte beinahe bei der verfluchten Vorstellung, wie diese Neuigkeiten auf meinen relativ unschuldigen Bruder gewirkt hätten.

Obwohl ich ihm hier bewusst das Leben schwermachte, verspürte ich eindeutig einen kleinen Stich der Scham über seine Enttäuschung. Er hatte ein Leben lang zu mir aufgeblickt. Ich war sein großes Vorbild gewesen. Und jetzt betrachtete er mich als abgehalfterten Versager.

So langsam kam ich zu der Überzeugung, dass ich mich niemals von dem Bedauern und der Wut würde befreien können, die sich in meinem Innern wie eine heiße klebrige Masse verklumpten und ständig nach außen drängten. Eigentlich hätte es keine Rolle spielen sollen, was andere von mir dachten. Aber Dean war mir durchaus wichtig. Und dafür liebte und hasste ich ihn gleichermaßen.

Ohne ein weiteres Wort wandte ich mich um und verließ das Büro. Deans Gemecker verfolgte mich über den Flur.

Carlos wartete draußen schon auf mich. »Bitte sag, dass Deans Tätigkeit hier ein Witz ist.«

»Ist es, aber er scheint wild entschlossen zu sein, es zu versuchen.« Ich sah zum Büro hinüber. »Wie lang er jedoch bei der Stange bleibt, steht in den Sternen.«

»Er ist schnell gelangweilt.«

»Normalerweise schon.« Ich zog eine Grimasse und sah mich um. Wie gern hätte ich hier einiges verändert. Wir brauchten etwas Besseres als vergilbte Münzautomaten und zwei altertümliche Kaffeemaschinen. Im Geiste ersetzte ich das klobige Ding durch eine Espressomaschine mit Drucktasten, errichtete eine neue Saftbar am anderen Ende des Raumes und wechselte die zerplatzten Fliesen auf dem Boden gegen glatte breite Holzdielen aus.

Durch Fairchild könnte das alles realisiert werden. Mit seinem Geld könnte ich hier alles in Ordnung bringen; und was noch wichtiger war: Ich könnte Trainer engagieren, mehr Kunden an Land ziehen, allesamt mit festen Mitgliedsverträgen. Es reichte nicht, dass Fairchild meine frühere Sportlerkarriere bewunderte. Irgendwie musste ich ihm dieses Studio schmackhaft machen. Ich war zwar vielleicht ein ganz passabler Geschäftsmann, aber definitiv kein guter Vertreter.

Ich goss mir einen Becher von diesem wirklich miesen Kaffee ein und sah Carlos an. Er gab gerade den Code für einen Eiweißdrink ein und beugte sich runter, um ihn aus dem Automaten zu nehmen.

»Bist du nicht besorgt, wenn Dean sich um die Buchhaltung kümmert?« Carlos drehte den Deckel von der Flasche und trank einen großen Schluck.

»Ich habe jede Rechnung und jede finanzielle Transaktion dieses Studios seit Anbeginn der Zeit auf dem Konferenztisch gelassen und ihm weisgemacht, dass im Computer nichts zu finden ist.«

Carlos verschluckte sich an seinem Getränk. »Verdammt, Mann. Ganz schön gemein.«

»Aber notwendig. Hoffentlich gibt Dean auf, lange bevor ihm klar wird, dass es Lücken in der Buchhaltung gibt.«

Lachend folgte mir Carlos zur Vordertreppe. Bedauerlicherweise roch das Studio nach Füßen – und ich hatte keine Ahnung, wie ich den Gestank loswerden sollte. Die Treppe war der einzige Ort, wo wir ein bisschen frische Luft schöpfen und trotzdem sicher sein konnten, dass Dean uns nicht hörte.

Als ich nach draußen trat, wurde ich von der Sonne förmlich geblendet. Noch ein Hinweis darauf, wie dunkel und kalt das verdammte Gym war. Wütend blickte ich in meinen Styroporbecher. Dann warf ich das Ding in den nächsten Mülleimer. Ich wollte keinen beschissenen Kaffee. Ich wollte gar nicht hier sein.

Denk nicht an sie.

Wollte sie wirklich einen Stripper engagieren?

»Fick mich.«

Carlos zog eine Augenbraue hoch. »Sorry, Bro. Es gibt ein paar Dinge, zu denen ich einfach nicht bereit bin. Du wirst mit der Enttäuschung leben müssen, dass mein außerordentlicher Schwanz dir nicht zur Verfügung steht.«

Ich schnaubte. »Wieder ein Traum dahin.« Ich wollte ihn gerade noch ein bisschen verarschen, als plötzlich ein Land Rover vor dem Studio vorfuhr. Eine äußerst willkommene Woge weißglühenden Zorns rauschte durch meine Adern. Ich stellte mich breitbeinig hin und ließ sie wüten.

Neben mir richtete sich Carlos auf und ballte die Hände zu Fäusten. »Puñeta.«

Ein Chauffeur öffnete die hintere Wagentür, und ein großer blonder Kerl stieg aus. Garret.

Ich ignorierte die obszönen spanischen Flüche, die sich aus Carlos' Mund ergossen, und versuchte, den Typen nicht mit meinem Blick zu erdolchen. Diesen Saftsack bekam man einfach nicht los.

Am Fuß der Treppe blieb er stehen und nickte uns beiden zu. »Ich frage mich, ob Sie Zeit für einen kleinen Plausch haben?«

»Wenn es um den Verkauf des Studios geht, wohl kaum«, antwortete ich.

»Ich habe ein neues Angebot für Sie.«

Shit. Mir drehte sich der Magen um. Ein Teil von mir fragte sich, ob ich genauso beschissene Entscheidungen wie mein Vater traf, wenn ich das Angebot dieses Kerls ausschlug. »Es steht nicht zum Verkauf. Unser Gespräch wäre also reine Zeitverschwendung, sowohl für Sie als auch für mich.«

Garret seufzte und sah die Straße hinab, bevor er sich wieder mir zuwandte. »Ich weiß, dass Sie Probleme mit der Bank haben.«

Mir wurde vor Zorn ganz heiß, trotzdem antwortete ich gleichmütig: »Ach ja? Und wie zum Henker sollten Sie irgendwas über meine Finanzen erfahren haben?«

Er zuckte mit den Schultern. »Ich kenne ein paar Leute.«

»Okay. Aber mich kennen Sie nicht, Garret. Ich verkaufe mein Fitness-Studio nicht.« Mit vor der Brust verschränkten Armen baute ich mich vor ihm auf.

Garrets Blick wanderte über mich hinweg. »Stolz ist eine feine Sache, Morgan. Aber wenn Sie Ihren mal für eine Minute beiseiteließen, würden Sie erkennen, dass ich Ihnen einen Gefallen tue.«

»Ja, na klar.«

Er lächelte schmallippig, halb amüsiert, halb sauer. »Wenn die Bank Ihr Studio pfändet, wird es billig versteigert.«

Als ob ich das nicht gewusst hätte. Ich hatte Albträume deswegen. Ich träumte, dass mein Gym unter den Hammer kam, dann drehte ich mich um und stand plötzlich auf der Bühne. Seht euch an, wie der Stolz eines abgewrackten Boxers ein für alle Mal stirbt. Also ja, ich kannte mich mit Stolz aus. Manchmal blieb einem nämlich sonst nicht mehr allzu viel.

»Dann frage ich mich, warum Sie sich jetzt diese Mühe machen, statt einfach abzuwarten.«

Garret zuckte mit den Schultern. »Vielleicht bin ich einfach nur ein netter Mensch.«

»Vielleicht.« Aber das war er ganz und gar nicht. Meiner Erfahrung nach war das niemand, wenn's ums Geld ging. Nein, irgendwo im Hinterkopf fürchtete Garret, dass ich doch nicht scheiterte, deshalb wollte er sich das Gym jetzt schon unter den Nagel reißen. Das gab mir wieder Auftrieb, also starrte ich ihn so lange an, bis er den Blick abwandte.

Schließlich nickte er. »Falls Sie es sich noch mal anders überlegen, wissen Sie ja, wo Sie mich finden.«

Als er endlich zu seinem schicken SUV zurückkehrte, löste sich meine Anspannung langsam.

Carlos ließ die Schultern hängen, aber sein Kinn war immer noch verkrampft. »Du tust genau das Richtige.«

»Wirklich?«

Er nickte. »Das ist nur der letzte Ausweg. Und so weit sind wir noch nicht.«

»Wir haben nur uns selbst. Und Parker Browns Connections, die uns womöglich weiterhelfen könnten.«

»Dann bete mal darum, dass die Connections deiner Fake-Freundin auch großzügig sind.«

Keine Ahnung, was ich tun sollte, falls Fairchild nicht anbiss. Aber darüber würde ich mir Gedanken machen, wenn es so weit war. Quietschend öffnete sich die Tür zum Studio. Dean sah uns stirnrunzelnd an. »Wer war das?«

»Wer?«, echote Carlos und sah sich um. »Ich sehe niemanden.«

Dean verdrehte die Augen. »Der Typ im Land Rover. Du weißt schon, der mit dem Chauffeur.«

Mein Kinn verspannte sich. »Einer von Parkers Freunden, der hier Boxstunden nehmen will.«

Neben mir brummelte Carlos sich irgendetwas in den Bart. Irgendwas von Lügen, mit denen ich offenbar noch schneller parierte als damals im Ring mit Jabs.

Ich stieg wieder die Treppe hinauf. »Schon fertig mit den Akten?«

Dean sah immer noch mit nachdenklicher Miene die Straße entlang. »Fick dich, Rhys.« Mit seinen blauen Augen, die genau die gleiche Farbe hatten wie die meiner Mutter, sah er mich an. »Ich dachte, du wolltest mir einen Kaffee holen.«

»Wollte gerade los. Kommst du mit?«

Er sah aus, als wisse er nicht so genau, ob ich ihm immer noch übel mitspielen wollte. Aber das war nicht der Fall. Ausnahmsweise wollte ich mal nicht mit meinem kleinen Bruder streiten. Ich wollte mich daran erinnern, wie es gewesen war, als wir uns noch gut verstanden hatten. Ich wollte diesen verdammten Tag vergessen.

»Eher nicht«, antwortete er. »Ich hole mir nur eine Coke aus dem Automaten.«

Er schlüpfte wieder hinein, und ich versuchte, nicht enttäuscht zu sein. Ohne nachzudenken holte ich mein Handy heraus.

Rhys: *Tink, was diesen Stripper-Gig angeht. Brauche ich einen glitzernden Tanga? Oder hast du Bock auf das volle Programm?*

Parker antwortete nicht. Und auch darüber versuchte ich, nicht allzu enttäuscht zu sein.

8. Kapitel

Parker

Ich lief im Wohnzimmer der Wohnung auf und ab, die ich mir mit Zoe teilte. Meine Gedanken drehten sich unentwegt um die Frage, ob ich meine Scharade mit Rhys aufgeben und mir einen neuen Job suchen sollte.

Aus den Augenwinkeln sah ich, wie meine Freundin mich kopfschüttelnd beobachtete.

»Ich verstehe nicht, warum das deine einzigen Möglichkeiten sein sollen«, verkündete Zoe nun.

Ich blieb ruckartig stehen und starrte sie ungläubig an. »Hast du mir denn nicht zugehört?«

»Doch. Und ich glaube, dass du aus einer Mücke einen Elefanten machst.« Sie nippte an ihrem Wein, rollte sich auf der gegenüberliegenden Couch zusammen – ganz lässig und vollkommen immun gegen meinen wütenden Blick. »Honey, du hasst es zu lügen. Es ist ein Wunder, dass du noch keinen Hautausschlag davon bekommen hast, so sehr hasst du es. Deshalb bauschst du die Ereignisse dermaßen unangemessen auf.«

Ich ließ mich auf die andere Couch fallen, stellte mein eigenes

Weinglas auf den gläsernen Beistelltisch und dachte erneut über die Ereignisse des heutigen Tages nach.

Es war Donnerstag. Dass ich Rhys wegen der Stripper geschrieben hatte, war jetzt schon beinahe eine Woche her, und ich hatte ihn noch immer nicht wiedergetroffen. Dazu hatte keine Veranlassung bestanden. Hatte ich zumindest gedacht. Während ich mich heute auf meine Arbeit konzentrierte, kam Pete aus der Gehaltsabteilung an meinen Schreibtisch, weil er eine Frage hatte. Wir saßen in einem Großraumbüro. Die einzige Person, deren Räumlichkeiten von Wänden umfriedet war, war Jackson. Bei allen anderen … kein Schallschutz. Was bedeutete, dass man die Unterhaltungen der anderen *hervorragend* mitbekam.

»Also«, sagte Pete und musterte mich nachdenklich, statt sich nach seiner Frage zu meinen Überstunden gleich wieder zurückzuziehen. »Du und der Boxer, ihr seid also nicht mehr zusammen.«

Mein Herz flatterte unangenehm. »Wie bitte?« Aus den Augenwinkeln sah ich, wie einige Kollegen sich nach uns umsahen.

»Na ja, du redest nie von ihm und bist ständig hier – also offensichtlich nicht bei ihm.« Er deutete auf unseren Computerfachmann an der gegenüberliegenden Seite des Raumes. »Evan meinte, ihr beiden hättet euch auf Fairchilds Jachtparty etwas distanziert verhalten.«

Und da hieß es, dass nur Frauen gern Klatsch verbreiteten.

Ich warf Evan einen Blick zu, der puterrot wurde und auf seinem Stuhl immer kleiner wurde, als wolle er sich hinter seinem Bildschirm verstecken.

Dann wandte ich mich wieder Pete zu und konnte mir nur mühsam ein höhnisches Grinsen verkneifen. Ich mochte eigentlich alle Kollegen bei Horus, nur Pete nicht. Er hatte größtes Vergnügen daran, mir zu versichern, wie sehr er bezweifelte, dass Fairchild nach Ablauf der sechs Monate die Genehmigung erteilte, mich fest einzustellen. Pete hatte etwas Heimtückisches, Kleinkariertes an sich, und ich fragte mich unwillkürlich, ob er nicht eifersüchtig war, nur weil er nie zu den Events bei Fairchild eingeladen wurde.

»Distanziert?« Ich versuchte, einen lässigen Ton anzuschlagen.

»Keine Küsse, du hast ihn kaum berührt. Ihr seid früh wieder nach Hause gegangen, und danach war Rhys Geschichte.«

»Das stimmt nicht.«

»Warum sprichst du dann nie von ihm?« Pete setzte sich auf meine Schreibtischkante.

Ich schnaubte. »Ihr Jungs redet doch auch nicht über euer Privatleben. Aber ich soll es tun? Nur weil ich eine Frau bin, oder was?«

Er zog ein grimmiges Gesicht. »Wir erzählen einander durchaus schon mal was Persönliches. Wenn wir zum Beispiel zu einer einigermaßen anständigen Zeit das Büro verlassen, erwähnen wir stets, dass wir das tun, weil unsere Partnerinnen auf uns warten.«

Wütend blickte ich mich im Raum um und sah, wie ein paar Köpfe sich ruckartig wieder den Bildschirmen zuwandten.

Plötzlich bekam ich Angst.

»Evan sagte, dass Rhys schon ziemlich verknallt in dich zu sein scheint. Aber ich finde es kaum überraschend, dass du nicht auch was für ihn übrighast. Ihr beiden stammt immerhin aus total unterschiedlichen Welten.«

Ernsthaft? Was bildete der sich ein? Und Evan sollte besser die Klappe halten. Ich musterte Pete aus zusammengekniffenen Augen und fragte mich plötzlich, ob sein Problem mit mir viel persönlicherer Natur war, als mir bislang klar gewesen war. Es wäre nicht das erste Mal gewesen, dass jemand mich nicht mochte, weil ich aus privilegierten Verhältnissen und einer stadtbekannten Familie stammte.

Doch Evan, diese kleine Plaudertasche, hatte behauptet, Rhys sei in mich verknallt, aber ich nicht in ihn? Die ganze Zeit über hatte ich mir Sorgen gemacht, dass Rhys mich im Stich lassen würde, dabei war ich selbst es, die es vermasselte.

Der Knoten in meinem Magen zog sich enger zusammen. »Ich lege halt sehr viel Wert auf Privatsphäre«, antwortete ich. »Rhys und ich sind nach wie vor zusammen.«

»Pete, hast du nichts Besseres zu tun?«, drang Jacksons Stimme zu uns herüber. Er durchquerte das Büro und kam auf uns zu.

Pete hüpfte von meinem Schreibtisch herunter. »Natürlich, Sir.« Er warf mir einen Blick zu, als sei ich der Grund, warum man ihn beim Faulenzen erwischt hatte, und huschte auf seine Seite des Raumes, der ich ab sofort die Bezeichnung Creepy-Pete-Abteilung gab.

Jackson bahnte sich seinen Weg zwischen den Schreibtischen hindurch und blieb vor meinem stehen. Er lächelte mich an.

»Freut mich zu hören, dass du und Rhys noch zusammen seid, wir haben nämlich ein Paintball-Turnier anberaumt. Alle aus dem Büro gehen hin und bringen ihre Partner mit. Du solltest mit Rhys kommen. Ich bezweifle nicht, dass es durch ihn eine interessante Note bekommt.«

»Paintball?«, fragte ich verwirrt.

»Eine Teambuilding-Übung. Hab ich schon mal gemacht. Es wirkt Wunder, um den Teamzusammenhalt zu fördern. Sogar wenn man auf der gegnerischen Seite kämpft.« Er grinste frech. »Etwas Konkurrenz kann ziemlich belebend sein, und da du neu hier bist, hätte ich dich wirklich gern dabei.«

»Natürlich.« Paintball. Für mich so was wie die pure Hölle. Juchhu. Aber warte! »Ist das denn auch umweltfreundlich?«

Jackson grinste. »Die Farbkugeln und die Füllung sind biologisch rückstandsfrei abbaubar, ja.«

»Okay.« *Verdammt.* »Ich komme.«

»Und Rhys auch?«

Ich nickte. »Ich frage ihn.«

Den restlichen Tag verbrachte ich damit, mir Sorgen zu machen, statt mich auf die Arbeit zu konzentrieren, sodass ich immer noch total fix und fertig war, als ich zu Zoe heimkehrte.

Während ich ihr von Pete berichtete, wurde mir immer klarer, dass ich diese Rhys-Scharade nicht länger aufrechterhalten konnte. Ich war eine miserable Lügnerin, meine Kollegen nahmen mir diese Beziehung jetzt schon nicht mehr ab, und sie würden es mir sicher auch dann nicht glauben, wenn wir an diesem Paintball-Turnier teilnahmen.

Also blieb mir nur die Wahl, mich ins Unvermeidliche zu fügen und mich auf die Suche nach einem neuen Job zu machen.

Bei dieser Vorstellung verspürte ich ein Ziehen in der Brustgegend.

»Die Lösung schreit dir doch geradezu ins Gesicht«, meinte Zoe jetzt.

»Ach ja?«

»Ruf Rhys an, schildere ihm die Lage und sag ihm, dass ihr ein Fake-Date arrangieren müsst, nur ihr beiden, damit ihr euch über das Intimitätsthema unterhalten könnt.«

Bei diesem Gedanken wurde ich rot. »Was meinst du genau damit?«

Natürlich wusste meine beste Freundin über den ganzen Deal mit Rhys Bescheid, zumal sie ja diejenige gewesen war, die mir die App, über die ich Dean kennengelernt hatte, überhaupt erst gezeigt hatte. Zoe Liu war erheblich aufgeschlossener und abenteuerlustiger als ich selbst. Sie pflegte nicht nur mich aus meiner Komfortzone zu holen, sondern auch die meisten anderen Leute in ihrem Umkreis.

Zoe war bei ihrer alleinerziehenden Mom Ana Liu in Boston aufgewachsen. Ana war mit achtzehn Jahren aus Shenzhen, Guangdong in China auf der Suche nach dem American Dream hier eingewandert. Aber letztendlich war sie nur Mutter geworden und so arm gewesen, dass sie und Zoe sogar eine Zeitlang obdachlos gewesen waren. Schließlich hatte sie ein Krebsleiden dahingerafft, da war Zoe erst sechzehn Jahre alt gewesen. Es war eine lange Geschichte, aber zu diesem Zeitpunkt hatte sich Zoes reicher englischer Vater auf der Bildfläche gezeigt. Die Beziehung der beiden war nicht besonders innig, aber er hatte einen Treuhandfonds für sie eingerichtet, der es ihr erlaubt hatte, an der Boston University zu studieren. Heute war Zoe Regieassistentin bei einer täglich ausgestrahlten Nachmittagstalkshow.

Einen Teil ihres Treuhandfonds hatte Zoe schon zu Collegezeiten in die Gründung einer Wohltätigkeitsorganisation für Obdachlose mit Namen Street Warriors gesteckt. Wir hatten uns kennengelernt, weil ich für die Organisation ehrenamtlich Geld sammelte.

Meine beste Freundin war einfach fantastisch.

Und ich hörte stets auf ihren Rat. Auch wenn es mich in eine Lage wie die jetzige brachte.

»Nicht der Schweinkram, an den *du* jetzt denkst!« Sie grinste. »Diese Art von Intimität hab ich nicht gemeint. Es sei denn, du willst es. Ich hab ihn gegoogelt. Und könnte es verstehen.«

»Stopp.« Ich wischte ihre Bemerkung mit einer Handbewegung vom Tisch. Zoe musste nicht wissen, wie heiß ich Rhys fand. »Was *hast* du denn gemeint?«

»Ich meinte, ihr beiden müsst üben, euch in der Gesellschaft des anderen wohlzufühlen. Ein entspanntes Fake-Date zusammen, bei dem ihr die Sache mit dem ersten Kuss aus der Welt schafft. Vielleicht sogar einen zweiten und dritten Kuss wagt. Wenn er dich berührt und du ihn, dann muss es natürlich wirken.«

Ich runzelte die Stirn. »Ich dachte eigentlich, ich wäre natürlich rübergekommen. Er ist ziemlich körperbetont und muss einen ständig berühren. Und ich habe zugelassen, dass er mich im Arm hält.« Das war schön gewesen.

Zoe machte ein nachdenkliches Gesicht. »Eigentlich habe ich nie den Eindruck gehabt, dass du Zärtlichkeiten ablehnst. Ist dir je der Gedanke gekommen, dass Creepy Pete einfach nur versucht, dir was einzureden?«

»Warum sollte er das tun? Und offenbar war es schließlich Evan, der die Klatschgeschichten verbreitet hat.«

»Ja, aber vielleicht hat Creepy Pete seine Worte so verdreht, dass sie seinen Zwecken dienlich sind. Immerhin ist das der Kerl, der dir im Hinblick auf deine Stellung bei Horus ursprünglich Angst eingejagt hat.« Ihre Miene wurde mitfühlend und weich. »Es wäre nicht das erste Mal, dass jemand es dir übelnimmt, überhaupt am Leben zu sein, und das nur aufgrund der Stellung deiner Familie.«

Ich seufzte, denn damit bekräftigte sie meinen eigenen Verdacht in Bezug auf Pete. Sowohl Zoe als auch ich selbst hatten auf dem College mit Vorurteilen zu kämpfen gehabt. Die Leute verurteilten uns, ohne uns zu kennen, und glaubten, nur das Geld unserer Eltern habe uns den Weg zum Erfolg geebnet.

»Aber ich kenne dich. Es wird dich entspannen, wenn du *übst*. Ruf Rhys an. Sofort. Erzähl ihm von dem Paintball-Event, von Pete und verabrede dich mit ihm. Du zahlst ihm eine Menge Geld, Parker. Er wird nicht Nein sagen.«

»Diese Sache mit der Küsserei hat er sogar schon mal erwähnt.« Ich nickte, gewöhnte mich langsam an die Idee. Erleichterung durchflutete mich, denn anscheinend gab es noch Hoffnung. »Er meinte, wir müssten ein bisschen liebevoller miteinander umgehen, damit die anderen uns das abkaufen.«

»Darauf würde ich wetten«, murmelte Zoe.

»Wie bitte?«

»Nichts.« Sie strahlte. »Los, ruf ihn an.«

Bei dem Gedanken, Kontakt mit Rhys aufzunehmen, erwachten kleine Schmetterlinge in meinem Bauch zum Leben. Seit unserem letzten Gespräch schien eine Ewigkeit vergangen zu sein, und die plötzliche Vorfreude, die mich erfasste, beunruhigte mich etwas. Ich eilte durch den offenen Wohnbereich in den Flur und zu meinem Schlafzimmer, um dort ungestört telefonieren zu können.

Aus Fairness und weil ich auch keine besonderen Vorlieben hatte, hatte ich den kleinsten der Räume gewählt. Er war etwas nackt und wirkte unbewohnt, denn ich hatte noch immer nicht die Zeit gefunden, ihn persönlicher zu gestalten.

Ich setzte mich aufs Bett, und meine Schmetterlinge rasteten aus. Mit pochendem Herzen wählte ich Rhys' Namen auf meinem Smartphone, bevor ich es mir noch anders überlegen konnte.

Es war Donnerstagabend. Vielleicht hatte er ja ein Date.

Bei dem Gedanken machte mein Magen einen unangenehmen Satz.

»Ich hab schon geglaubt, du ghostest mich«, antwortete Rhys ohne Begrüßung.

Beim Klang seiner tiefen Stimme umspielte ein dümmliches Lächeln meine Lippen. »Fake-Beziehungen sind anscheinend nicht so mein Ding.«

»Ja, das hab ich auch schon gemerkt.«

Ich freute mich, dass seine Stimme belustigt klang. Ermutigt fuhr ich also fort: »Ich brauche deine Hilfe, Morgan.«

»Schieß los.«

Ich schilderte ihm Petes und Evans Klatschgeschichten.

»Fuck, haben diese Jungs denn nichts Besseres zu tun?«, stieß er schnaubend hervor.

Ganz meine Meinung. »Anscheinend nicht.«

»Also, was brauchst du, Tinker Bell?«

»Wir beide sind zu einem Team-Building-Event eingeladen. Es handelt sich um ein Paintball-Turnier nächstes Wochenende. Hast du Zeit?«

»Ich nehme mir welche.«

»Toll. Aber ich finde, vorher sollten wir ein bisschen üben.«

»Üben?«

»Ein Fake-Date. Nur du und ich, und wir üben … zusammen zu sein. Diese Illusion von Intimität zu schaffen.« Meine Wangen brannten, doch ich zwang mich hinzuzufügen: »Vielleicht sollten wir sogar einen Übungskuss versuchen.«

Am anderen Ende der Leitung herrschte Schweigen.

»Rhys?« Oh mein Gott, hatte er es sich anders überlegt? Hatte er jetzt das Gefühl, dass ich ihn prostituieren wollte? »Oder auch nicht!«, fügte ich eilig hinzu. »Womit du dich wohlfühlst.«

Sein tiefes Glucksen löste ein Kribbeln in meinem ganzen Körper aus, das ich verzweifelt zu ignorieren versuchte. *»Dahlin'*, den Scheiß hab ich dir doch schon auf Fairchilds Jacht-Dings gesagt. Wann fängst du endlich an, auf mich zu hören? Ich bin ziemlich klug.«

Ich grinste. »Bist du. Und ich hätte auf dich hören sollen. Heißt das, dass du zu einem Fake-Date bereit bist?«

»Hast du morgen Abend schon was vor?«

Ich lächelte so breit, dass mir beinahe die Wangen wehtaten. »Nein.«

»Dann hol ich dich um sieben ab.«

9. Kapitel

Rhys

»Was hast du denn vor?« Parker umklammerte meine Taille, und ihre schlanken starken Schenkel pressten sich gegen meine. Das fühlte sich so gut an, dass ich einen Augenblick lang abgelenkt war.

Was mich allerdings nicht an einer Antwort hinderte. Multitasking lag mir eben. »Honey, wenn du das jetzt noch nicht weißt, ist dir nicht zu helfen.«

Sie lachte. Eine schimmernde Haarsträhne umflatterte ihr Gesicht. Dann stach sie mir mit einem spitzen Finger in die Rippen. »Spuck's aus. Sag. Es. Mir.«

Jedes Wort endete mit einem Piksen. Gewalttätige kleine Fee. Gefiel mir.

»Wir fahren in meine Wohnung.«

Ihre Reaktion entging mir, denn die Ampel schaltete auf Grün, und ich fuhr los auf die Straße. Sie umklammerte mich fester, aber ich wusste, dass das Tempo ihr gefiel. Ihre Finger massierten meine Bauchmuskeln, als könne sie mich nur durch ihre Berührung bewegen, noch schneller zu fahren. Natürlich war ihr gar nicht klar, was sie da tat; sobald sie wirklich über ihr Verhalten nachdachte, war sie allzu beherrscht und vorsichtig. Deshalb bekam ich von ihren kleinen Berührungen ja auch einen Kick nach dem anderen. Das waren flüchtige Blicke auf ihr wahres Ich, das sie normalerweise tief in ihrem Innern verbarg.

Ein heißer Blitz zuckte durch meinen Schwanz. Verdammt. Immer wieder dachte ich an Sex; das musste verdammt noch mal aufhören. Zumal ich gleich ein paar »Kussübungen« absolvieren würde.

Übungen. Am liebsten hätte ich laut losgelacht, so lächerlich war das. Küssen war wirklich das Letzte, das ich üben musste. Den Freund zu spielen, war da schon schwieriger. Eigentlich hatte ich keine Ahnung, wie man das machte.

Ich fuhr auf die überdachte Laderampe hinter dem Lagerhaus des Studios und parkte. Parkers Haar, das sie vorher zu einem glatten, ordentlichen Pferdeschwanz zusammengebunden hatte, flog in alle Richtungen, als sie den Helm abnahm. Es schien ihr gar nicht klar zu sein, dass sie mit offenem Mund auf den Eingang des heruntergekommenen Gebäudes starrte.

»Das Fitness-Studio?«

»Ich wohne hier.« Mit dem Kinn deutete ich auf die Hintertür und ging darauf zu.

»Du wohnst im Gym?« Sie folgte mir, während sie sich ständig mit großen leuchtenden braunen Augen umsah.

Die Frau schien von einer endlosen Neugier auf alles um sie herum beseelt zu sein. Wie es wohl war, die Welt mit ihren Augen zu betrachten?

Ich drückte auf den Knopf, mit dem man die große Metalltür öffnete, schüttelte den Kopf und ging zu den Aufzügen voraus. »Du solltest mal sehen, was für ein Gesicht du machst, Tinker Bell. Ich schlafe nicht auf der Couch und dusche auch nicht in der Umkleide. Meine Wohnung befindet sich im obersten Stockwerk.«

Ihre Wangen färbten sich tiefrosa. Sie richtete sich auf und warf mir einen tadelnden Blick zu. »Eine solche Vermutung hätte ich mir nie herausgenommen …« Sie verstummte mit einem Schnauben, und ihre Lippen zuckten. »Okay, so etwas in der Art habe ich vielleicht tatsächlich gedacht.«

»Erwischt.« Beinahe hätte ich die Hand ausgestreckt und sie an den Haaren gezogen. Aber dann wäre sie sauer geworden. Was hatte diese Frau nur an sich, dass ich mich in ihrer Gegenwart wie ein unsicherer Teenager fühlte?

Der Aufzug mit direktem Zugang zu meinem Loft öffnete sich, und ich bedeutete ihr mit einer Handbewegung, als Erste einzutreten. Sie zögerte kurz; immer noch waren ihre Wangen gerötet. Dann stieg sie vorsichtig aus dem Lift und begann bedächtig, die Wohnung zu besichtigen, sich alles genau anzusehen.

Mein Loft war keins von diesen kernsanierten Millionenobjekten. Es war noch echt und authentisch, alte, zugige Industriegitterfenster, nackter Backstein und Rohrleitungen – nicht weil ein Designer zu dem Schluss gekommen war, dass so etwas cool wirkte, sondern weil es ursprünglich einfach so aussah. Mir war das egal; ich liebte meine Behausung trotzdem.

Sie enthielt alles, was von meinem bisherigen Leben übrig geblieben war, Dinge, die ich einfach nicht verkaufen oder entsorgen wollte. Einiges davon war für das Leben hier wesentlich: der schwedische Holzofen, den ich unterwegs aufgegabelt hatte und der so viel Hitze abgab, dass ich mir im Winter keine Sorgen über Zugluft oder Kälte machen musste; die weiche Ledercouch und die beiden Sessel, auf denen ich mich nach der Arbeit entspannte; Moms Esstischgarnitur und ein Dutzend anderer Kleinigkeiten, die ihr gehört und die ich behalten hatte.

Parker nahm das alles in sich auf. Ihre schmalen Absätze klapperten in der Stille über den Boden. Das Loft war riesig, umfasste das gesamte Obergeschoss des Gebäudes. Ich hatte ein Schlafzimmer abgetrennt sowie ein Badezimmer und einen persönlichen Fitnessbereich in der hinteren Hälfte, aber der Hauptraum war immer noch gigantisch.

Sie blieb stehen und wandte sich zu mir um. »Das ist perfekt.«

Eigentlich hätte es mich überhaupt nicht interessieren sollen, ob dieser Frau meine Wohnung gefiel. Im Grunde sollte mir das bei jedem egal sein. Aber als sie das sagte, entspannte sich irgendetwas in mir. Dann wurde ich schon wieder ärgerlich.

Knurrend machte ich mich auf den Weg in die Küche. Carlos und ich hatten beinahe einen ganzen Sommer gebraucht, um sie einzubauen, aber schließlich hatten wir es geschafft. Schwarze Unterschränke und oben offene Regale – die verdammt noch mal einfach preiswerter sind. Zwei Wochen lang hatten wir lautstark geflucht, weil wir einfach nicht wussten, wie man eine vernünftige Betonarbeitsplatte gießt, aber irgendwann hatten wir auch das herausbekommen. Ich warf einen Blick auf das knubbelige Ende einer Theke und verkniff mir das Lachen. Okay, nach dem Betonexperiment hatten wir uns dann für einen hölzernen Butcherblock als Kücheninsel entschieden.

»Auf jeden Fall ist es mein Zuhause. Hatte früher eine Eigentumswohnung am Hafen.« Ein elegantes Penthouse, von dem aus man kilometerweit in die Ferne schauen konnte. »War leichter, das Loft zu renovieren und hier zu wohnen, als ich das Studio übernommen habe.« Billiger. Es war billiger, und ich brauchte das Geld. »Jedenfalls spart man eine Menge Fahrtzeit, das steht verdammt noch mal fest.«

Ich plapperte wie ein Idiot vor mich hin. Vor dem Kühlschrank blieb ich stehen und holte die Lebensmittel heraus, die ich für heute Abend eingekauft hatte. Aber dann kam mir ein Gedanke, und ich hielt inne, um Parker noch einmal anzusehen. Sie war mir in die Küche gefolgt und stand neben der Kücheninsel, die großen braunen Augen unverwandt auf mich gerichtet.

Ihre Jacke hatte sie abgelegt und über die Lehne eines Barhockers gehängt. Trotzdem kam sie mir alles andere als entspannt vor.

»Magst du Fettuccine Carbonara?« Vielleicht hätte ich etwas Leichteres wählen sollen. Fisch. Hühnchen. Ich hatte keine Ahnung, was Parker mochte.

»Klingt köstlich. Kann ich helfen?« Sie rückte näher, achtete offenbar auf jede noch so kleine Bewegung.

Das taten wir beide. Ich atmete tief aus, wandte mich wieder um und suchte nach einem Kopfsalat und etwas Gemüse. »Ja, klar. Willst du den Salat machen?«

»Ja, okay.«

Das Ganze lief … grässlich. Da hatte ich ja mit Fremden im Aufzug schon angeregtere Unterhaltungen geführt. Kaum waren Parker und ich allein, sodass niemand uns unterbrechen konnte, schon waren wir stocksteif.

Ich grinste über unsere lächerliche Reaktion, was Parker sofort bemerkte.

Sie zog die Nase kraus. »Wir benehmen uns wie Fremde, stimmt's?«

»Genau.«

»So wirken wir jedenfalls nicht allzu überzeugend, stimmt's?« Ihr Blick war besorgt.

»Scheitern?« In gespieltem Entsetzen legte ich die Hand aufs Herz. »Ich kenne nicht mal die Bedeutung dieses Wortes.«

Sie verdrehte die Augen und griff nach dem Salat und den Zutaten. »Gut. Dann ist zumindest einer von uns zuversichtlich.« Bevor ich antworten konnte, sah sie sich um. »Wo sind deine Messer und dein Schneidebrett?«

Ich holte ihr, was sie brauchte, dann wandte ich mich dem Ofen zu und stellte einen Topf Wasser auf die Flamme. Parker schnitt bereits die Tomaten.

»Da du gerade ein Messer in der Hand hältst«, sagte ich, »warne ich dich lieber vor – ich werde dich jetzt berühren.«

Sie schnaubte ironisch, blieb aber ganz still stehen. »Wahrscheinlich sinnvoll, mich vorzuwarnen.«

»Erstochen zu werden steht bei mir für heute Abend nicht auf dem Plan.« Langsam, als näherte ich mich einem scheuen Kätzchen, rückte ich näher an Parker heran, bis ich genau neben ihr stand. Dann legte ich ihr sanft die Hand ins Kreuz.

Ihre Rückenmuskeln spannten sich an und erbebten. Sie blickte auf das Schneidebrett hinab. »Warum ist es so viel … *mehr*, wenn wir allein sind?«

Die leise Frage fuhr mir geradewegs in den Schwanz. Ich musste noch einmal lange und bedächtig ausatmen. »Weil es sich real anfühlt.«

Das hatte ich eigentlich gar nicht sagen wollen.

In ihren Augen blitzte ein Lächeln, als sie zu mir aufblickte. »Wenn man Zuschauer hat, fällt einem das Schauspielern leichter.«

Ich spürte an meiner Hand immer noch, wie sie sich anspannte, als kämpfe sie gegen den Drang an, sich mir zu entziehen. Ich ließ die Hand trotzdem liegen, ließ sie meine Hitze spüren, das Gewicht meiner Berührung. »Alle Schauspieler haben Proben. Nichts anderes ist das hier.«

Kurz effizient nickend griff sie nach den Avocados. »Hast du schon mal wirklich auf der Bühne gestanden?«

»Ich?« Ich lachte über diese absurde Vorstellung. »Nein. Warte – eigentlich doch. Boxen hat definitiv auch etwas mit Schauspielern zu tun. Sich kurz vor einem Kampf vor der Menge aufzuspielen, Promotion-Mist. Der Scheiß, den du abziehst, um deinen Gegner zu demotivieren.«

»Du meinst, wenn ihr Jungs einander gegenübersteht und schreckliche Dinge zueinander sagt?« Der Gedanke schien sie zu amüsieren.

»Ich vergesse immer wieder, dass du mich noch nie hast kämpfen sehen.« Mein Ego war eigentlich durchaus ausgeprägt, aber ohne es überhaupt zu wollen, war sie überraschend gut darin, es ein wenig zu demontieren. »Ja, Sweetheart, das meinte ich. Aber«, fügte ich hinzu, »ich habe diesen Bullshit immer gehasst. Ich musste immer lachen, wenn ein Kerl vor mir stand und plötzlich total vom Thema abkam. Halt's Maul und kämpf endlich, Mann.«

Kleine Fältchen erschienen in ihren Augenwinkeln. »Genau das denke ich auch immer, wenn ich einen dieser Clips sehe.« Parker hasste Bullshit also genauso wie ich selbst. Eine schöne Erkenntnis.

Sie lächelte. »Außerdem *habe* ich dich kämpfen sehen. Ich habe mir ein Video im Internet angeschaut.«

Die Überraschung durchzuckte meinen ganzen Körper. »Echt?«

Sie kräuselte die Nase, offenbar verlegen wegen ihres Geständnisses. »Es war sehr … erhellend.«

»Erhellend?« Ich lachte leise, aber innerlich wand ich mich mittlerweile genauso wie Parker. Was zum Teufel meinte sie damit? Hatte sie der Anblick abgeschreckt? Oder heiß gemacht?

Mit der Fingerspitze berührte sie den Rand meines Hemdsärmels, genau dort, wo meine Haut nackt war. Die Berührung fuhr mir geradewegs in die unteren Regionen. »Du hast grimmig, erbarmungslos gekämpft. Die Art, wie du Schläge einsteckst und trotzdem bei der Stange bleibst.« Ihr stockte ein wenig der Atem. »Keine Ahnung, wie du das geschafft hast.«

Ich hätte es ihr sagen können, aber da stand sie nun – sanft und offen, und in ihren Augen leuchtete etwas, das seltsam an Bewunderung erinnerte. Was sollte ich nur davon halten? Und plötzlich nahm ich noch ganz andere Dinge wahr: ihren Duft – diese Mischung aus Sinnlichkeit und Rosen -, die Tatsache, dass wir einander so nah standen, dass unsere nackten Arme sich berührten.

Als ich ihre warme Haut an meiner spürte, stellten sich die Härchen an meinen Armen auf. Ich musste die Macht, die sie über mich hatte, unbedingt brechen. Also räusperte ich mich. »Wie gesagt, ist alles nur Show«, sagte ich in einem großspurigen Ton.

Mit breitem, verdammt falschem Lächeln beugte ich mich hinunter und gab ihr einen schnellen Kuss auf die Wange.

Sie zuckte zurück und keuchte leise.

Ich wandte mich ab, um nicht in die Versuchung zu geraten, sie noch einmal zu küssen. »Wir sollten jetzt weiterkochen.«

»Machst du so etwas wie gerade jetzt den ganzen Abend über?«, fragte sie nach einer Minute.

Den ganzen Abend. Mein Gott, da kamen mir gleich ganz falsche Bilder in den Kopf.

»Was? Dich zu küssen und zu berühren?« Ich sah mich zu ihr um. Sie lehnte an der Arbeitsplatte. Der Salat war fertig, und sie beobachtete mich erneut eindringlich.

»Ja, das.«

So spröde. Sie trug eng anliegende schwarze Jeans und eine ärmellose Bluse, die sie bis zum Hals zugeknöpft hatte. Abgesehen von ihren nackten Armen zeigte sie nicht das geringste Stück Haut. Bevor ich Parker begegnet war, hatte ich keine Ahnung gehabt, wie verführerisch so sittsame Klamotten sein konnten. Sie lenkten mich ab, weckten den Wunsch in mir, ihr diese Jeans auszuziehen und nachzusehen …

Wieder räusperte ich mich. »Ist das nicht der Sinn und Zweck des heutigen Abends? Dass du dich an meine Berührungen gewöhnst?«

Ihr zartes Gesicht wirkte nachdenklich. Sie nickte kurz und bestimmt, dann stieß sie sich von der Arbeitsplatte ab. Ihre zierliche Gestalt drückte Entschlossenheit aus, als sie auf mich zukam, und ich hatte das verrückte Gefühl, zurückweichen zu müssen, um mein Leben zu rennen.

Lächerlich.

Sie war mehr als dreißig Zentimeter kleiner als ich. Ich war ein ehemaliger Profi-Boxer. Ich hatte keinen verdammten Grund, nervös zu sein.

Doch als sie die Hand auf meinen Unterbauch legte … hätte ich beinahe aufgeschrien.

Sie wich nicht zurück, sondern streichelte mich sanft. Himmelherrgott, was hatte sie vor? Wollte sie mich umbringen?

»Ich muss mich auch daran gewöhnen, dich zu berühren.«

»Hmm-hmm.«

Berühr mich noch etwas tiefer. Ich tue alles, was du verlangst.

Ich räusperte mich ein drittes Mal, allerdings fiel mir nichts Gescheites ein, das ich hätte sagen können. Außer dem Brutzeln der Pancetta in der Pfanne war es jetzt totenstill im Raum. Sie presste ihre warme Hand noch etwas fester auf meinen Bauch und ließ die Fingerspitzen über mein Shirt gleiten. Heilige Maria Mutter Gottes, meine Knie wurden ganz weich bei ihrer sanft forschenden Berührung.

Mit ihren braunen Augen sah sie zu mir hoch, und ich hätte in ihren unendlichen Tiefen versinken mögen. »Ist das okay?«

War es eigentlich zu heiß hier drin? Ich atmete schnell ein. »Ja, klar, Sweetheart. Warum auch nicht?«

Ihre rosafarbenen Lippen verzogen sich zu einem listigen Lächeln. »Du wirst rot.«

»Ich werde nicht rot. Niemals.« Ich warf ihr einen strengen, warnenden Blick zu. »Ich koche. Und hier drin ist es heiß.«

»Hmm …« Sie ließ meinen Blick nicht los. »Du fühlst dich tatsächlich etwas heiß an.«

Verdammt und zugenäht.

Reiß dich zusammen, Morgan.

Ich wandte mich wieder dem Herd zu, und ihre Hand wanderte herunter. »Nicht dass uns die Pancetta anbrennt.« Oder mein

Schwanz sich aus der Jeans befreit. »Gibst du mir mal den Teller da?«

Ich gab ihr etwas zu tun, damit sie wieder ein wenig abrückte. Sie gehorchte, und ich machte mich daran, das Pastagericht weiter zuzubereiten. Bis ich fertig war, schwieg sie.

»Willst du draußen essen?« Mit einem Kopfnicken deutete ich auf die Terrasse an der Südseite des Gebäudes. In den warmen Sommermonaten war dies mein Lieblingsplatz im Loft. Groß genug für eine lange L-förmige Outdoor-Couch und einen Tisch für zwanzig Leute. An den Außenrändern hatte ich jede Menge Töpfe mit Bäumen und Pflanzen aufgestellt. Carlos hatte mir geholfen, eine Pergola zu bauen, an der sich Glyzinien emporrankten. »Der Abend ist schön, und wir können sogar ein Feuer anmachen.«

Parker warf einen Blick hinaus und strahlte. »Oh ja, bitte.«

Ich musste wirklich aufhören, jedem ihrer Worte eine sexuelle Bedeutung zu geben. Das war einfach nicht gesund.

»Als ich das erste Mal im Ring war, wurde ich gleich k. o. geschlagen.«

Parker zog die dunklen Augenbrauen in die Höhe. »Nein!«

»Rums, saß ich auf dem Hintern.«

Wir hatten zu Abend gegessen, und die Unterhaltung lief jetzt leichter, nachdem wir unsere ursprüngliche Verlegenheit überwunden hatten. Wir hatten über nichts Tiefgründiges gesprochen, aber immerhin wesentliche Informationen ausgetauscht: unsere Lieblingsfilme, Lieblingsessen, was wir am liebsten zu den Mahlzeiten tranken, Essen, das wir nicht ausstehen konnten – also alles, was wir nach einer längeren Beziehung hätten wissen müssen.

Außer dass Parkers Lieblingsfilm *Der Pate II* war, hatte es nicht allzu viele Überraschungen gegeben. Ich hätte da etwas Leichteres vermutet mit einer Weltverbesserungsbotschaft. Aber sie liebte das Drama, die verschiedenen Bedeutungsebenen – ihre Worte, nicht meine.

Sie war gleichermaßen verblüfft gewesen, als sie gehört hatte, dass mein Lieblingsfilm der erste Film aus der Serie war, *Der Pate*. Aus ähnlichen Gründen wie ihre, aber mir gefiel das Original besser, denn in diesem Film beugt sich Michael Der Familie.

Nun saßen wir auf der Outdoor-Couch, in der Feuerstelle prasselten die Flammen und gaben genug Hitze ab, um uns warm zu halten.

Parker stützte den Kopf in die Hand und lächelte breit. »Also der große Rhys Morgan ging k. o. Wer war der Gegner? Der amtierende Champion?«

Gott, was war sie süß.

»Nein. Es war ein Trainingskampf. Ich war noch ein Grünschnabel, strotzte vor Kraft und Energie und wollte es aller Welt beweisen.« Ich lachte leise. »Es war mein Dad.«

Mit offenem Mund saß sie da. »Dein Dad hat dich geschlagen?«

»Das musste er. Er war mein Trainer.« Bei der Erinnerung an den Verlust spürte ich einen plötzlichen Stich im Herzen. »Außerdem erteilte er mir damals eine Lektion. Achte beim nächsten Mal drauf, die Deckung immer oben zu halten.«

Als sie verdutzt schwieg, zuckte ich mit den Schultern. »Es war eine gute Lektion. Bin nie wieder k. o. geschlagen worden.«

Die schimmernden Strähnen ihres Pferdeschwanzes schaukelten hin und her, als sie den Kopf schüttelte. »Boxer sind schon ein ganz besonderer Menschenschlag.«

Ihre Stimme war voller Bewunderung. Ich konnte mir beinahe vorstellen, wie sie *mich* mit Bewunderung ansah. Aber wahrscheinlich war das nur Wunschdenken meinerseits.

»Jaja, das sind wir.« Unwillkürlich rückte ich näher. Wir hatten uns den ganzen Abend über immer wieder berührt. Nichts

Sexuelles. Nur ganz sachte Berührungen. Finger, die die Hand des anderen streiften, flüchtiges Streicheln über Unterarme, eine Hand, die sich kurz auf die Schulter legte.

Zuerst hatten wir uns ganz und gar auf unsere Aufgabe konzentriert, hatten gemeinschaftlich versucht, stets daran zu denken. Aber im Verlauf des Abendessens wurde es leichter, natürlich. Und obwohl unsere Berührungen vollkommen jugendfrei gewesen waren, nichts, was man nicht auch einem Mittelschüler zugetraut hätte, war das alles verdammt sexy gewesen.

Parker zu berühren, obwohl ich wusste, dass es nie weiter gehen würde, hatte mich total aufgewühlt. Mittlerweile war ich mir jeder kleinsten Regung ihrerseits bewusst. Die Frau brauchte nur einzuatmen, und schon wartete ich angespannt darauf, sie auch ausatmen zu hören.

Der Feuerschein und das gedämpfte Licht aus den Fenstern des Lofts tauchten ihre Haut in Gold- und Orangetöne, betonten die süße Rundung ihrer Wange, die zarte Wölbung ihrer Unterlippe. So gefiel sie mir besonders, so sanft und entspannt. Und wie sie mich ansah! Wie jemanden, den sie unbedingt kennenlernen wollte.

Ich strich über eine ihrer Haarsträhnen mit der Fingerspitze. »Eins musst du mir erzählen.«

»Hmm?« Sie blieb gelassen, den Kopf weiter auf die Hand gestützt.

»Suchst du wirklich nach einem Stripper, oder ist das nur eine erotische Fantasie, bei deren Ausleben du Hilfe brauchst?« Denn ich musste unbedingt erfahren, worum zur Hölle es in dieser Textnachricht gegangen war.

Parkers Pupillen weiteten sich, dann blinzelte sie und lachte. Ich liebte ihr Lachen – leicht und sorglos, ihre Wangen rundeten sich, und in ihren Augenwinkeln bildeten sich kleine Fältchen.

»Ich hatte ganz vergessen, dass ich dir das geschrieben habe.« Sanft legte sie mir die Hand auf den Oberschenkel. Wahrscheinlich war sie sich dessen gar nicht bewusst. Aber ich war es. Verdammt bewusst. Sie lächelte mich an. »Meine Schwester heiratet, und ich muss ihren Junggesellinnenabschied organisieren.«

»Bei dem man natürlich Stripper braucht.« Bei der Vorstellung, dass Parker mit ihren vornehmen Freundinnen beim Anblick eines muskulösen eingeölten Typen im Stringtanga, der die Hüften kreisen ließ, anfing zu kreischen, musste ich grinsen. Ein Teil von mir fand es undenkbar, dass sie sich jemals so gehenlassen könnte, doch ich wollte sehen, wie es geschah – wenn auch vorzugsweise nur bei mir selbst.

Entschlossen schob ich die sexy Bilder von Parker, die mir beim Strippen zusah, beiseite. Aber ich konnte einfach nicht aufhören, sie anzustarren. Unter den Lichterketten bestand sie nur aus Schatten, Kurven und leuchtenden Augen.

»Ehrlich gesagt wird meine Mutter wahrscheinlich vor Scham sterben, wenn wir das durchziehen. Was zugegebenermaßen ein zusätzlicher Anreiz für meine Schwester ist.« Sie lachte wieder, und der Laut traf mich direkt ins Herz.

»Du bist wunderschön, wenn du lachst«, stieß ich heiser hervor. Das hätte ich nicht sagen sollen. Aber sie hielt inne und sah mich an. Ihre Lippen öffneten sich leicht, als gefiele ihr das Kompliment. Also bedauerte ich meine Worte nicht.

Plötzlich schien alles wie in Zeitlupe zu geschehen. Die Luft war geladen. Ich vibrierte vor Verlangen. Sie war so verdammt hübsch. Ich wollte dieses Lächeln berühren, ihre goldene Haut streicheln.

Ihr Blick fiel auf meinen Mund, und ich spannte die Bauchmuskulatur an. Ihr stockte ganz kurz der Atem, dann sagte sie: »Jetzt sollten wir uns küssen.«

Gott, ja. Küss mich. Lass dich von mir küssen. Ich werde jeden süßen Zentimeter deines Mundes kennenlernen. Dich küssen, bis ich kaum mehr aufhören kann.

Beinahe hätte ich das laut gesagt. Doch dann klärte sich mein Sex-umwölkter Verstand wieder, und der kleine vernünftige, gesunde Teil von mir trat hart und schnell auf die Bremse.

Sie küssen? Shit. Fucking Shit. Ich durfte diese Frau nicht küssen. Nicht wenn ich so erregt war. Ich würde wie ein Sexhungriger über sie herfallen.

Ich sah wohl aus wie ein Wildtier im Scheinwerferlicht, denn Parker runzelte die Stirn. »Das heißt … ich meine, ich dachte, wir sollten …« Ich brauchte keine hellere Beleuchtung, um zu wissen, dass sie nun errötete.

»Hey.« Ich streckte die Hand aus, um ihre Wange zu umfangen, hielt aber mitten in der Bewegung inne. Meine Hand schwebte in der Luft, was alles nur noch schlimmer machte. Ich ballte die Finger zur Faust und ließ sie auf meinen Oberschenkel fallen.

»Du hast recht. Wir sollten. Eigentlich. Sollten wir, ja.«

Fuck. Ich schwitzte schon wieder.

Scharf sog sie den Atem ein, wappnete sich, und ihr Blick wurde hart. »Dann bringen wir es mal hinter uns.«

Das war wohl kaum das Schmeichelhafteste, was sie in dieser Situation sagen konnte. Und das war gut so. Das hier war ein Job. Ein Job. Ich wiederholte das im Geiste immer wieder, während ich mich zu ihr hinüberbeugte. Dann schlang ich ihr den Arm um die Schulter, um sie dichter an mich heranzuziehen. Später würde ich mich über mich selbst kaputtlachen. Normalerweise gehörte ich nicht zu den Männern, die bei der Aussicht auf einen einfachen Kuss den Kopf verloren. Und dazu auch noch einen Fake-Kuss.

Aber Parker hatte recht. Dadurch, dass wir allein waren, wurde es mehr.

Parker legte mir eine Hand auf die Brust – entweder um sich zu stützen oder um mich von sich fernzuhalten. Keine Ahnung. Ich war wie berauscht. Mir schwirrte der Kopf wie nach einem kräftigen Kinnhaken.

Mein Gott, war sie winzig. Zierlich. Zerbrechlich. Ihr Hinterkopf passte genau in meine Handfläche.

Eine Sekunde lang wusste ich nicht, was ich tun sollte. Eine falsche Bewegung, und ich würde sie zerquetschen. Ich war zum Kämpfer ausgebildet. Brutale Kraft war meine Waffe. Aber in diesem Augenblick schien das eher ein Nachteil zu sein. Ich kam mir vor wie ein ungehobelter Idiot.

Parker stieß leise den Atem aus und blickte mir forschend ins Gesicht. Offensichtlich wartete sie darauf, dass ich den ersten Schritt tat.

Ich schaffe das. Ich schaffe das. Ist keine große Sache. Ein Kuss. Hab ich schon unzählige Male gemacht. Ich kann ihn ganz neutral halten.

Wir bewegten uns gleichzeitig. Parker hob mir das Gesicht entgegen, während ich den Kopf senkte. Unsere Lippen vereinigten sich in dem sanftesten Kuss, den ich je erlebt hatte. Ich spürte ihren üppigen Mund, schmeckte einen Hauch von dem Weißwein, den sie getrunken hatte. Die Süße ihres Kusses – so absolut scheu und dennoch neugierig – fuhr mir geradewegs ins Herz und schien es zu zerquetschen.

Ich hätte schwören können, dass die Erde sich bewegte.

Aber dann zog sie sich zurück. Konzentriert runzelte sie die Augenbrauen.

»Da«, sagte sie.

»Da?«

Meine Lippen pulsierten. Ich starrte auf ihren Mund und wollte mehr. Ich wollte wieder dahin zurück. Jetzt.

Wie durch einen Nebel hörte ich sie mit dieser effizienten Kleine-Miss-Oberlehrerinnen-Stimme sagen: »Wieder etwas abgehakt.«

Ich blinzelte, versuchte, mich zu konzentrieren. Es war nicht so einfach, denn meine ganze Aufmerksamkeit war auf ihren Mund gerichtet. »Wie bitte?«

Sie schürzte die weichen pinkfarbenen Lippen. »Das reicht doch, oder?«

Ein Lachen erfüllte meinen Oberkörper. Das sollte reichen? Nicht im Entferntesten. Ich schüttelte den Kopf, um den Nebel der Lust daraus zu vertreiben. Sie blickte zu mir auf und wirkte durchaus selbstzufrieden. Das sollte sie auch sein; mit einem einzigen Kuss hatte sie mich beinahe zugrunde gerichtet.

Verdammt. Ich musste wieder zur Vernunft kommen. Meine Rolle spielen. Ich musste ihren Mund noch einmal spüren. Oh, wie sehr ich danach verlangte.

»Nein.«

Sie zog die Nase kraus und kniff die Augen zusammen. »Nein? Was meinst du mit Nein? Wir haben uns doch geküsst, oder?«

So viele Fragen. Ich musste lächeln. Als wollte sie, dass ich widersprach. Und dazu war ich mehr als bereit.

»Das war doch kein Kuss, Sweetheart.«

Ihre Wangen wurden glühend rot. »Doch, schon.«

»Das war ein kleines Küsschen auf den Mund. Ich habe es kaum gespürt.« Ich musterte sie mit gespieltem Misstrauen. »Ist das die Art, wie du die Typen küsst, mit denen du zusammen bist? Denn wenn ja …« Ich sprach nicht weiter, sondern schüttelte nur betrübt den Kopf.

Sie knurrte leise. »Jetzt hör mir mal zu. Die Männer, die ich geküsst habe, waren voll und ganz zufrieden damit.«

Daran zweifelte ich keine Sekunde lang. Aber ich würde es mir wohl kaum anmerken lassen. »Dann lass deinen Worten Taten folgen, Tinker Bell.«

Ihre Augen sprühten Funken – vielleicht lag das am Feuer. Egal, jedenfalls war sie jetzt fuchsteufelswild. »Du eingebildeter …« Erneut knurrend griff sie nach mir und zog meinen Kopf zu sich herab.

Heilige Mutter Maria, jetzt ging es ans Eingemachte. Sie öffnete gierig meinen Mund mit der Zunge, knabberte an meinen Lippen, liebkoste sie. Sie stürzte sich auf mich, als könnte sie sich nicht mehr zurückhalten. Weißglühende Hitze durchtoste mich wie ein Flächenbrand.

Stöhnend ergab ich mich, küsste sie so, wie ich es wollte, neigte den Kopf, um ihr noch näher zu sein, um mit der Zunge noch tiefer in sie einzudringen. Ich leckte in ihren süßsauren Mund hinein, verlor mich ganz und gar in ihr. Unsere weit geöffneten Lippen trafen immer und immer wieder aufeinander, jedes Mal ein wenig drängender, ein wenig hungriger.

Parker vergrub die Hände in meinem Haar, zog so sehr daran, dass es schmerzte. Ich wünschte es mir noch härter. Als sie sich mir entgegenbäumte und diese festen Brüste an meinen Oberkörper presste, hob ich sie hoch und setzte sie auf meinen Schoß.

Sie gab ein leises Stöhnen von sich, als müsste sie weinen, wenn sie mir nicht noch näher sein konnte. Sie trieb mich zum Wahnsinn, so wie sie an meinem Mund saugte und meine Zunge mit ihrer liebkoste.

Ich umfasste ihren Kopf und ließ ihr ihren Willen. Shit, im Moment hätte ich ihr alles gegeben. Unser Kuss wurde härter, geradezu schmerzhaft. Parkers Hüften brandeten gegen meinen harten Schwanz, und nun war ich derjenige, der aufstöhnte.

»Zum Teufel, ja«, brachte ich keuchend nah an meinen Lippen hervor. »Gib es mir.«

Aber kaum hatte ich diese Worte hervorgestoßen, erstarrte sie. Und ich wusste, ich hatte den Bann gebrochen, in den sie geraten war. *Fuck. Nein, nein, nein. Nicht aufhören.* Doch sie wich bereits zurück, die Augen weit aufgerissen vor Schreck und Entsetzen.

Ich öffnete den Mund, überlegte fieberhaft, was ich sagen sollte, damit sie blieb, aber sie rutschte von meinem Schoß herunter, als stünde er in Flammen. Kaum dass sie einen Meter von mir entfernt war, schaute sie mich schweigend an, während sie immer noch heftig atmete.

Ich versuchte, nicht auf ihre Brüste zu starren, die sich unter ihrer Bluse auf und ab bewegten. Es hatte sich gut angefühlt, sie so fest an mir zu spüren. Die Stille kam mir vor wie die Verdammnis. Was konnte ich sagen? Fuck, ich hatte keine Idee. Sie hatte mich k.o. geschlagen.

Parker erwies sich auch jetzt als die Toughere von uns beiden.

»Tut mir leid.« Sie leckte sich die geschwollenen Lippen. »Ich … äh … hab so was noch nie gemacht. So zu tun als ob. War, äh, war das in Ordnung?«

Tun. Als. Ob.

Genau. Genau das hatten wir getan. Sie sah mich fast flehend an, und ich wusste, wie sehr sie sich wünschte, dass ich das hier in Ordnung brachte. Sie wollte nicht, dass es real war; sie brauchte die Lüge.

Ich fuhr mir mit der Hand über den Mund in dem Versuch, das Gefühl ihrer Lippen auf meinen fortzuwischen. Mein Gott, meine Hand zitterte. »Ja.« Ich räusperte mich. »Wir waren echt cool.«

Parker atmete erleichtert aus. Und ich gab ihr mein Scheiß-Standardlächeln, um ihr zu signalisieren, dass wir wieder nach Script verfuhren. Aber in meinem Kopf klingelte die Erkenntnis wie eine helle Glocke. Wir waren alles andere als cool.

10. Kapitel

Parker

»Okay, sind alle zufrieden mit den Teams?«, fragte Jackson und blickte zwischen den beiden Gruppen, die er mithilfe seiner Zufallsgenerator-App gebildet hatte, hin und her.

Ich stand neben Rhys und ignorierte das Grinsen, das Creepy Pete mir zuwarf. Wir gehörten zu gegnerischen Mannschaften, und er hatte Jackson in seiner. Und Plaudertasche Evan. Pete war zudem der Einzige, der seine eigene Paintball-Pistole mitgebracht hatte.

»Die hat viel mehr Schlagkraft als die Pistolen, die sie hier ausgeben«, hatte er gesagt, als Evan sich danach erkundigt hatte, und großkotzig die Brust gebläht.

»Da muss aber jemand irgendwas überkompensieren, hmm?«, hatte Rhys mir zwinkernd zugeflüstert, und ich war beinahe erstickt vor unterdrücktem Lachen.

Mittlerweile waren wir spielbereit. Zehn Mannschaftsmitglieder plus Partner waren zum Paintball-Turnier erschienen. Die Halle befand sich eine vierzigminütige Fahrt von Boston entfernt, und ich hätte untertrieben, wenn ich behauptet hätte, dass die Fahrt zu den peinlichsten vierzig Minuten meines Lebens gehört hatte. Ich hatte ein E-Auto gemietet, um mit Rhys dorthin zu gelangen, und diese Babys waren dermaßen leise, dass das Schweigen zwischen mir und meinem Fake-Freund nur umso auffälliger war.

Also faselte ich vor mich hin. Und zwar den ganzen Weg über, um mich von der Erinnerung an Rhys' Mund abzulenken, von seinen Händen auf mir und dem köstlichen Gefühl seines starken Körpers an meinem.

Der Kuss bei unserem Fake-Date war außer Kontrolle geraten.

Untertreibung.

Bei der bloßen Erinnerung daran rollten sich mir in meinen Sneakers die Zehennägel auf.

Rhys hatte angeboten, mich nach Hause zu fahren, nachdem wir so getan hatten, als sei unser Kuss nicht explosiv und heiß und so ziemlich der beste Kuss meines Lebens gewesen.

Die Schuldgefühle drohten mich zu überwältigen.

Für mich selbst war es vielleicht episch gewesen, aber ich musste mir immer ins Gedächtnis rufen, dass so etwas für Rhys wahrscheinlich nichts Neues war. Womöglich hatte er schon eine Million Küsse mit ähnlicher körperlicher Wirkung erlebt. Es war ein sinnlicher Kuss gewesen.

Ich hatte immer romantische Küsse bevorzugt.

Hatte.

Und ich fühlte mich ganz entsetzlich, denn an einen speziellen konnte ich mich momentan gar nicht mehr richtig erinnern.

Ich hatte nur zwei Alternativen: Ich konnte den Abend in Rhys' fantastischem Loft vergessen oder durch Selbstgeißelung sterben.

»Dann mal los.« Jackson grinste und vibrierte förmlich vor Energie. Seine Verlobte Camille stand neben ihm und sah trotz Kampfanzug immer noch ganz zauberhaft aus. Sie und Jackson hatten das mit der zünftigen Kleidung sehr ernst genommen. Beide trugen ein hell khakifarbenes T-Shirt unter einem passenden Camouflage-Hemd und Hosen im gleichen Muster. Camille hatte ihr Hemd an der Taille geknotet.

Außer Pete, der nicht nur einen Tarnanzug, sondern sogar einen Brustschutz trug, waren die restlichen Teammitglieder in bequemes Grün oder Khaki gekleidet, um zwischen den Bäumen nicht so leicht sichtbar zu sein. Rhys und ich hatten uns erst bei unserer Ankunft umgezogen, um nicht auf dem Heimweg die Sitze des Mietwagens mit Farbe zu beschmieren.

Auf Anraten meines Kollegen Stuart trug ich mehrere Schichten. Trotz des schönen Wetters hatte ich eine Yogahose unter die lose sitzende Cargo-Hose gezogen und ein langärmeliges T-Shirt unter das Button-down-Hemd.

Rhys hatte die Umkleidekabine in langärmeligem Henley-Shirt und Cargo-Hose verlassen, sodass man das Spiel seines Bizepses bei jeder Bewegung sehen konnte. Er stand zwischen meinen Kollegen wie Thor zwischen ein paar Comicfans.

Zu unserem Team gehörten ich selbst, Rhys, meine Kollegen Stuart, Michael, Xander und Ben und deren Partner und Partnerinnen, David, Freda, Laura und Bens Freund Nick, denn seine Frau war schwanger und konnte nicht mitspielen. Meine Kollegen und ihre Partner hätten nicht glücklicher dreinblicken können, mit Rhys in einer Mannschaft zu sein.

Beinahe hätte ich mal wieder die Augen verdreht.

»Walkie-Talkies.« Jackson gab mir eine Tasche und behielt die andere für sich selbst. »Um mit den anderen zu kommunizieren. Und eure Flagge.« Ben nahm unserem Boss die leuchtend rote Flagge ab; Jackson selbst behielt eine leuchtend gelbe. »Das erste Team, das die Flagge der gegnerischen Mannschaft ergattert, hat gewonnen. Wir teilen uns auf. Das gelbe Team geht nach Osten, das rote nach Westen. Wir werden beide einen Anführer wählen und beratschlagen, wo wir die Flagge verstecken.« Er grinste großspurig. »Möge die beste Mannschaft gewinnen.«

»Ja!«, schrie Team Gelb, gefolgt von fröhlicher Hänselei, auf die meine Mannschaftskollegen antworteten. Rhys und ich verhielten uns still, obwohl er belustigt grinste. Im Vergleich zu den Beleidigungen, die er mit seinen Gegnern im Ring ausgetauscht hatte, klang das alles wahrscheinlich wie harmloses Geplänkel.

»Auf geht's«, befahl Rhys, nachdem die gelbe Mannschaft davongezogen war.

Wir folgten ihm und machten uns durch den Wald auf den Weg zur Westseite des Geländes. Die Paintball-Gesichtsmaske und das Visier waren etwas unbequem, und die Pistole fühlte sich fremd in meinen Händen an.

»Ich stimme für Rhys als Teamleader«, rief Stuart, als wir anhielten. »Irgendwelche Einwände?«

Xander lachte leise. »Gar keine.«

Wie selbstverständlich übernahm Rhys die Rolle sofort. »Talkies.« Er nahm mir die Tasche ab und gab jedem von uns ein Walkie-Talkie. »Wissen alle, wie man die benutzt?«

Wir nickten.

Plötzlich runzelte mein Fake-Freund die Stirn. »Die funktionieren doch hoffentlich auf einer anderen Frequenz als die der gelben Mannschaft, oder?«

Er war mit solchem Ernst bei der Sache.

Das fand ich jetzt nicht ganz so heiß.

Okay, aber ein wenig warm wurde mir dennoch.

»Ja, Jackson spielt fair«, versicherte Ben ihm.

Rhys nickte. »Ben, Nick, ihr versteckt unsere Flagge und bezieht in der Nähe Stellung, um sie zu schützen.«

Oh, na gut, mir wurde mehr als warm.

»Ihr funkt den Standort dann Xander und Laura zu, die dann ebenfalls Position beziehen, und zwar als erste Verteidigungslinie.« Dann wandte er sich Michael, Freda, Stuart und David zu. »Ihr seid für den Angriff zuständig. Das Ziel besteht darin, so viele Mitglieder der gelben Mannschaft unschädlich zu machen wie möglich, während wir versuchen, deren Flagge aufzuspüren.

Parker und ich bilden das dritte Angriffsteam. Wir durchsuchen den Ostteil des Geländes von Osten über die Mitte nach Westen. Wenn ihr die Flagge gefunden habt, funkt ihr die anderen beiden Teams zur Verstärkung an. Alle einverstanden?«

Erst war mir in meinen diversen Kleidungsschichten warm gewesen, aber jetzt war ich *heiß*.

Als organisierte Frau, die gern Verantwortung übernahm, bewunderte ich diese Eigenschaften bei einem Mann besonders.

»Wird es wehtun?«, fragte Freda stirnrunzelnd und biss sich auf die Unterlippe. In ihren Augen leuchtete aufrichtige Angst, und ich fragte mich, warum sie überhaupt mitgekommen war, wenn sie sich vor dem Spiel fürchtete.

Ich nahm teil, weil ich keine Wahl hatte.

Rhys musterte Freda, dann wandte er sich an Laura und Xander. »Habt ihr etwas dagegen, eher in der Offensive mitzuwirken als in den Verteidigungslinien?«

»Ich bin dabei.« Laura lächelte selbstbewusst und zuckte mit den Schultern. Sie war groß, hatte eine sportliche Figur und strahlte eine natürliche Energie aus. Wenn Xander es mir nicht schon erzählt hätte, hätte ich auch so gewusst, dass Outdoor-Aktivitäten genau ihr Ding waren. Ihr Freund nickte.

»Michael und Freda, ihr seid also jetzt die erste Verteidigungslinie. Ist das besser?«

Sie nickte, aber Freda wirkte immer noch besorgt. Michael schlang ihr den Arm um die Schulter und zog sie an sich. »Wir kriegen das hin, meine Schöne.«

Sie lächelte dankbar und schien sich etwas zu entspannen.

»Ben, Nick, versteckt jetzt die Flagge«, befahl Rhys.

Die Männer machten sich auf den Weg, und schon bald eilte ich in höchster Alarmbereitschaft neben Rhys durch die Gegend. »War wohl zu erwarten, dass ich mit dir bei den Angreifern lande, Morgan«, flüsterte ich.

Er warf mir einen Blick über die Schulter zu. »Ich hätte dich auch mit Freda in die Verteidigung stecken können, wenn du Angst hast, Tinker Bell.«

»Ich habe keine Angst.« Hinter dem Visier fühlten sich meine Augen riesig an, während ich mich suchend im Wald umsah. »Aber nur aus intellektueller Neugier … tut es weh?«

»Es brennt ein bisschen.« Rhys grinste mich an. »Keine Sorge, Tink. Ich gebe dir Rückendeckung.«

In diesem Moment bemerkte ich, dass ich mir gar keine Sorgen machte. Ich glaubte hundertprozentig daran, dass Rhys jedermann in den Hintern treten und meinen gleichzeitig schützen konnte. Plötzlich hatte ich ein recht schmutziges Bild vor Augen und spürte, wie meine Wangen ganz heiß wurden. Lieber Gott, wir hätten uns in diesem Loft niemals küssen dürfen.

»Ich gäbe eine Million, wenn ich wüsste, warum du jetzt so rot wirst, Sweetheart.«

Ich runzelte die Stirn über sein großspuriges Grinsen und machte eine Bewegung mit meiner Paintball-Pistole. »Konzentrier du dich nur einzig und allein darauf, uns zum Sieg zu führen, und wenn du zufällig all deine Farbe auf Creepy Pete abschießt, werde ich mich sicher nicht aufregen.«

Er schüttelte den Kopf, und seine Mundwinkel verzogen sich zu einem Grinsen. »Erinnere mich daran, dich mir nie zum Feind zu machen.«

Wir rannten eine Ewigkeit lang von Baum zu Baum, bevor Rhys endlich stehenblieb. Er hob die Faust, wie man es in der Army tut. Ein aufgeregtes Flattern regte sich in meinem Magen, als er sich hinter einem großen Baumstamm duckte und mir bedeutete, mich hinter ihm zu verstecken.

»Lichtung voraus mit Bunker«, flüsterte er. »Offensichtlich einer der besten Plätze, um die Flagge zu verstecken, weil man sie dort gut verteidigen kann.«

»Jackson würde sich nicht für das Offensichtliche entscheiden.«

Rhys nickte. »Lass uns trotzdem vorsichtig sein. Ist ein super Platz, um Scharfschütze zu spielen.«

Unsere Walkie-Talkies knisterten, und Bens von statischem Rauschen verzerrte Stimme teilte uns mit, wo sie die Flagge versteckt hatten. Schnell versuchten wir, unsere Geräte noch rechtzeitig auszuschalten, und ich warf Rhys einen sardonischen Blick zu. »Diese Walkie-Talkies haben eindeutig auch Nachteile.«

Er grinste und spähte um die Bäume herum. Seine Schultern waren angespannt. Es war lächerlich, wie heiß mich sein Kampfgeist machte. Bislang hatte ich mich nie als besonders konkurrenzorientierte Person betrachtet, aber ich wünschte mir sehnlichst, Creepy Pete das selbstgerechte Lächeln vom Gesicht zu pusten, indem ich mit Rhys über ihn triumphierte.

Ein paar Sekunden später sah Rhys mich über die Schulter hinweg an. »Es gibt zwei von Menschen errichtete Erdhügel, die als Schutzwall gegen mögliche Scharfschützen aus dem Bunker fungieren, aber sie befinden sich auf der gegenüberliegenden Seite der Lichtung. Es wäre am sinnvollsten, wenn jeder von uns sich hinter je einem Wall verbirgt, aber wenn du an meiner Seite bleiben willst, geht das natürlich auch.«

Ich straffte die Schultern. »Ich bin voll und ganz in der Lage, unabhängig zu kämpfen.«

Seine Lippen zuckten. »Dann mal los, Tink. Ich nehm' die westliche.« Er hielt zwei Finger in die Höhe. »Du die östliche. Auf drei …«

Obwohl ich natürlich wusste, dass es nur ein Spiel war, pochte mein Herz laut, während ich hinter dem Baum hervorstürzte und mich von Rhys trennte. Sekunden bevor ich den Schutzwall erreicht hatte, hörte ich einen Knall, und gelbe Farbe spritzte neben mir auf den Boden. Von einer Woge des Adrenalins angetrieben stürzte ich mich hinter den Wall und sah über die Lichtung hinweg zu Rhys hinüber. Er kauerte genauso tief wie ich hinter dem Erdhügel auf der anderen Seite.

»Schalt deinen Walkie ein!«, schrie er.

Mit zitternden Fingern folgte ich seinen Anweisungen und hörte, wie Farbe in der Nähe meines Kopfes gegen den Wall spritzte. Der Schusswinkel ließ den Schluss nahe, dass die Angreifer sich nicht im Bunker befanden. Ich legte mich also bäuchlings auf den Boden und schaltete das Walkie-Talkie ein. »Rhys, sie sind nicht im Bunker. Over.«

»Ich weiß. Ich habe das Baumhaus hinter dem Bunker übersehen. Diese hinterhältigen Mistkerle. Over.«

Ich versuchte, nicht darüber zu lachen, wie ernst er das alles nahm, und fragte: »Und was jetzt?«

»Du rennst zum Bunker, und ich gebe dir Deckung. Renne nach links, aber geh nicht rein. Die äußere Wand fungiert als Schutzschild. Danach feuerst du von dieser linken Flankenposition aus, um mir Rückendeckung zu geben, damit ich es auch zum Bunker schaffe. Over.«

Trotz meiner Beklommenheit spürte ich eine Woge der Erregung, weil er mir das zutraute. »Kapiert. Over.«

»Wenn ich anfange zu schießen, rennst du los. Over.«

»Ja, Sir. Over.«

»Ich versuche, mich hier gerade zu konzentrieren, Tinker Bell. Mach es nicht so sexy. Over.«

Über die Lichtung hinweg trafen sich unsere Blicke. Er zwinkerte, und ich zeigte ihm den Stinkefinger, woraufhin er nur lachte. Er verstaute sein Walkie-Talkie in seiner Tasche, und ich folgte seinem Beispiel und lugte vorsichtig um den Schutzwall herum, um abzuschätzen, wie der Weg zur linken Seite des Bunkers aussah. Ich erkannte, dass es leichter sein würde, von der anderen Seite des Schutzwalls loszusprinten. Also robbte ich nach hinten und stieß einen Schrei aus, als gelbe Farbe neben meiner Hand aufspritzte. Schnell ging ich wieder in Deckung, hockte mich hinter der anderen Seite des Walls hin und sah mich nach Rhys um. Ich konnte ihn nur noch gerade so eben erkennen, sonst nichts.

»Jetzt!«, schrie er, und ich hob den Kopf und sah, wie rote Farbkugeln durch die Luft auf das Baumhaus hinter dem Bunker abgefeuert wurden. Es war gut versteckt. Die rote Farbe spritzte gegen die Wände, und plötzlich war eine Bewegung sichtbar, und Pistolen verschwanden hinter den Fenstern.

Die Luft für mich war rein.

Ich sprang auf, wobei meine Beine seltsamerweise zitterten, und raste über die Lichtung auf den Bunker zu, während Rhys ein paar weitere Paintballs abfeuerte, um unsere Angreifer in Schach zu halten.

Kaum hatte ich mich hinter der Außenwand des Bunkers verborgen, hörte er auf.

Ich spähte durch die Bäume und bemerkte eine schwache Bewegung. Die gelbe Mannschaft bereitete sich also auf einen neuerlichen Angriff vor. Aber ich ließ ihnen keine Chance, zielte und feuerte.

Zu meiner Freude zerplatzte eine rote Farbkugel direkt neben dem Fenster.

Juchhu! Anscheinend war ich doch einigermaßen treffsicher.

Gedämpfte Flüche waren zu hören, und ich lachte leise und boshaft. Einen Paintball nach dem anderen auf sie abzufeuern, machte mir mehr Spaß, als ich gedacht hätte. Jemand berührte meine Schulter, und ich schrak zusammen, wirbelte herum und stellte fest, dass Rhys neben mir an der Bunkermauer hockte. »Kannst aufhören, Carlos Hathcock.«

»Mich mit dem wohl legendärsten Scharfschützen der Geschichte zu vergleichen, ist ein Kompliment, Morgan.«

Hinter seinem Visier zog er eine Augenbraue hoch. »Du hast die Anspielung verstanden?«

Mein Lächeln war zugegebenermaßen ein wenig selbstgefällig. »Ich hab eben einiges im Köpfchen …« Rhys unterbrach mich, indem er die Finger auf die Lippen legte, und ich spannte mich an, war mir seiner Nähe erneut außerordentlich bewusst. Er duftete erdig und würzig, und seine funkelnden grünen Augen hinter dem Visier zogen mich ganz und gar in ihren Bann.

Tatsächlich war ich mir seiner so gewahr, dass ich eine Sekunde brauchte, um zu verstehen, dass er mich aus einem bestimmten Grund zum Schweigen gebracht hatte.

»Sie steigen vom Baumhaus runter. Bunker.« Er griff mich am Arm und zog mich zu der kleinen Öffnung. Im Innern des Bunkers war es fast ganz dunkel. Licht spendeten lediglich die beiden winzigen Fenster zu beiden Seiten des Eingangs.

»Stellung beziehen.«

Ich gehorchte, wählte das am weitesten entfernte Fenster und folgte seinem Beispiel, als er sich mit gezückter Waffe in der Ecke positionierte. So würde man ihn zunächst nicht entdecken, er aber konnte ungehindert schießen.

Wieder ein Adrenalinschub, und mein Herz raste.

Ein Stiefel erschien hinter der Ecke des Bunkers, dann ein Bein, ein Oberkörper …

Ich feuerte, und die rote Farbe traf Evan über die ganze Brust.

»Fuck!«

Ich grinste boshaft. Das geschah ihm recht, weil er bei Creepy Pete über mein Privatleben geklatscht hatte. Karma war eine Bitch.

Evan wandte sich um und riss sich die Gesichtsmaske herunter. Frustriert warf er die Hände in die Höhe. »Ich bin also raus.«

»Na, jetzt verrat bloß nicht auch noch meine Position, du Idiot«, fauchte eine weibliche Stimme, die wahrscheinlich seiner Frau Annabelle gehörte und die von irgendwo hinter der Seitenmauer des Bunkers zu hören war.

»Du redest aber nett mit deinem Mann.«

»Ich hab dir doch gesagt, wir hätten besser im Baumhaus bleiben sollen!«

Ich war so fasziniert von ihrem amüsanten Streit, dass mir gar nicht aufgefallen war, wie Rhys sich bewegte, geschweige denn, dass er den Bunker verlassen hatte. Doch plötzlich tauchte er neben Evan auf und feuerte in die Richtung, aus der Annabelles Stimme gekommen war.

»Mein Gott!«, schrie Annabelle. »Das brennt aber ganz schön.«

»Jetzt seid ihr beide draußen«, gluckste Rhys. »Habt ihr nicht Lust, mir zu erzählen, wo diese Flagge ist?«

Evan runzelte die Stirn. »Nur weil wir ausgeschieden sind, wollen wir noch lange nicht, dass eure Mannschaft gewinnt.«

»Ach, mir ist das eigentlich völlig egal.« Jetzt tauchte auch Annabelle auf, die Maske bereits abgezogen. »Ich gehe ins Clubhaus zurück und trinke ein Bier.«

Sie war kaum außer Sichtweite, als Evan schrie: *»Fuck!«*

Ruckartig sah ich mich wieder nach ihm und Rhys um. Evan hielt sich das Knie.

»Das ist gegen die Regeln.« Evan biss die Zähne zusammen und war hochrot im Gesicht. »Was zum Teufel sollte das?«

Als mir aufging, dass Rhys noch mal auf ihn geschossen hatte, sprang ich auf die Füße, wollte ihn gerade deshalb zur Rede stellen, als er mit stinksaurer Stimme sagte: »Das war dafür, dass du wie eine kleine Bitch Klatschgeschichten bei dem Arsch aus der Gehaltsabteilung über mich und meine Frau verbreitet hast.«

Vor Schreck stand ich wie angewurzelt da. Eigentlich hätte ich mich über sein Machogehabe und den regelwidrigen Schuss aufregen sollen, aber ich konnte nicht anders, als total entzückt zu sein. Ich konnte mich nicht erinnern, wann jemand – außer Zoe – das letzte Mal so zu mir gehalten hatte.

Mein Kollege errötete sogar noch mehr, wenn das überhaupt möglich war. »Okay, ich lasse diesen Schuss noch mal durchgehen, weil du recht hast. Peter hätte Parker nicht vor allen anderen darauf ansprechen dürfen. Er hat uns beide in Verlegenheit gebracht und das, was ich gesagt habe, aus dem Zusammenhang gerissen. Es tut mir leid.«

»Entschuldigung angenommen.«

Sie nickten einander misstrauisch zu, dann folgte Evan seiner Frau. Einerseits hatte ich ein mieses Gefühl dabei, dass Rhys meinen Kollegen beschämt hatte, andererseits genoss ich diese Gerechtigkeitsvariante meines Fake-Freundes durchaus.

Ich verließ den Bunker, und als unsere Blicke sich trafen, fehlten mir einen Moment lang die Worte.

Allerdings hätte ich auch kaum Zeit gefunden, irgendetwas zu sagen, denn eine gelbe Farbkugel zischte an meinem Ohr vorbei.

Rhys duckte sich und zog mich ebenfalls zu Boden, gab mir Deckung. Dann wirbelte er herum und schoss. »Zurück in den Bunker!«, schrie er.

Ich ignorierte den Schmerz an meinem Hintern, kam wieder auf die Füße und stürzte auf den Eingang zu. Als ich seine Schritte nicht hinter mir hörte, wandte ich mich um und sah auf die Lichtung hinaus.

Rhys rannte über das Feld, feuerte unaufhörlich, während aus dem Wald in der Nähe des Baumhauses immer wieder Schüsse abgegeben wurden, die ihn jedoch verfehlten. Mit ungeheurer Leichtigkeit sprang er über die künstlichen Erdhügel und bezog dahinter Stellung. Ich stürzte zum Bunkerfenster und nahm die gleiche Position ein wie eben. Da sah ich Creepy Pete und seinen Freund Alan hinter zwei Bäumen hervorspähen.

Mein Walkie-Talkie knackte. »Die beiden könnten auch ein zweites Verteidigungsteam sein. Vielleicht ist die Flagge in dem verdammten Baumhaus. Over.«

Bevor ich antworten konnte, knisterte Xanders Stimme im Gerät. »Wo seid ihr genau? Over.«

»Etwa fünf Minuten von unserem Startpunkt an der äußersten Nordwestseite der gelben Grenze. Wir sind auf einer Lichtung mit einem Bunker und einem Baumhaus. Wir haben zwei Gelbe Schachmatt gesetzt, aber zwei weitere befinden sich noch an unserer linken Flanke. Nähert euch von hinten. Macht ihnen den Garaus. Over.«

»Wir haben ebenfalls ein Team ausgeschaltet. Sind auf dem Weg«, antwortete Xander. »Over.«

Insgesamt waren also noch drei Paare aus der gegnerischen Mannschaft übrig. Wir hatten hier eins davon vor der Nase, was so viel hieß, dass die anderen beiden sich mutmaßlich auf unserem Territorium befanden und nach unserer Flagge suchten.

»Unsere Leute haben herausgefunden, wo ihr eure Flagge versteckt!«, schrie Pete hinter einem Baum, der etwa fünfzig Meter von Rhys' momentaner Position entfernt war. »Ihr könnt auch gleich aufgeben.«

Mein Walkie knackte. »Ist das Pete? Over.«

Ärgerlich verzog ich die Oberlippe und hob mein Gerät an den Mund. Vor unserem Kuss auf dem Fake-Date hatte ich Rhys erzählt, dass Pete es wegen meines persönlichen Hintergrundes womöglich auf mich abgesehen hatte. Rhys fand, dass Pete wie ein … na ja, er bezeichnete ihn als Arschloch. Damit hatte er ins Schwarze getroffen.

»Ja, das ist Creepy Pete. Over.«

Es kam keine Antwort mehr. Stattdessen brach Rhys plötzlich hinter dem Erdwall hervor und raste wie ein Sprint-Champion auf Petes Position zu, wobei er sein tiefes und angsteinflößendes Gebrüll ausstieß.

Es folgte undefinierbarer Lärm und Flüche hinter den Bäumen. Rhys' Taktik, Pete und seinem Freund Alan einen gehörigen Schrecken einzujagen, funktionierte. Ich schob den Kopf zum Fenster hinaus, um besser sehen zu können, und entdeckte Pete, der aus seiner Deckung hinter den Bäumen herausgekommen war und Rhys mit vor Schreck geweitetem Mund anstarrte, während Alan hektisch an seiner Pistole herumfummelte. Rhys kam ruckartig zum Stehen, die Pistole erhoben, und feuerte unaufhörlich, bis sowohl Pete als auch Alan über und über mit roter Farbe bespritzt waren.

Pete wirkte zutiefst schockiert, während Alan vor Schmerz fluchte.

Ich lachte so heftig, dass mir die Tränen in die Augen traten.

Rhys hob seine Pistole und schlenderte lässig zu Pete hinüber. Er versetzte ihm einen harten Schlag gegen den Oberarm, sodass Pete zusammenzuckte. »Nichts für ungut, hmm?«

Mein Kollege nickte langsam. »Äh … klar.«

Ich steckte meine Pistole wieder ein und eilte aus dem Bunker. Rhys kam auf mich zu. Er grinste und deutete auf das Baumhaus. »Steig mal hoch und schau nach, ob die Flagge da ist.«

Beinahe wünschte ich, dass die Flagge nicht dort zu finden war, damit ich Rhys weiter dabei beobachten konnte, wie er das gelbe Team bis auf die Unterhosen in Farbe einweichte. Aber in jedem Fall konnte ich mich damit trösten, dass er den beiden Typen, die mir letzte Woche das Leben schwer gemacht hatten, eine Lehre erteilt hatte, ohne dass unser kollegiales Verhältnis auf Dauer darunter leiden würde.

Immerhin hatte das Ganze ja im Rahmen einer Teambuilding-Maßnahme stattgefunden.

Behände kletterte ich die Leiter hinauf und glitt durch das Loch im Boden. Und tatsächlich: In der Ecke lag die Flagge der gelben Mannschaft.

Ich krabbelte in das Baumhaus, schnappte sie mir und eilte wieder nach unten. Rhys wartete am Fuß der Leiter und lächelte zu mir empor. Ich sprang mit einem kindischen Freudenschrei von der dritten Sprosse herunter, und er fing mich schallend lachend auf. Ich reckte siegessicher die Flagge in die Höhe. »Wir haben gewonnen!«

Unsere Blicke trafen sich, und plötzlich wich sämtliche Luft aus meiner Lunge, denn der Drang, ihn zu küssen, war beinahe unwiderstehlich.

»Ach, wie es aussieht, braucht man uns hier gar nicht.« Lauras belustigte Stimme trieb uns auseinander.

Rhys setzte mich vorsichtig auf der Erde ab, und ich mied seinen Blick. Mit einem Lächeln, das weniger aufrichtig war als das, was ich Rhys geschenkt hatte, wandte ich mich Xander, Laura, Stuart und David mit der Flagge zu. »Rhys hat ihnen einen ordentlichen Tritt in den Hintern verpasst.«

Stuart grinste meinen Fake-Freund an. »Was für eine Überraschung.«

Rhys zuckte mit den Schultern, und ich versuchte mir einzureden, dass ich Paintball-Rhys nicht absolut sexy fand.

Wir standen auf der Lichtung, auf der unser Paintball-Turnier begonnen hatte, und ich musste grinsen, als ich meine farbbesudelten Kollegen musterte. Die einzigen Teams, die nichts abbekommen hatten, waren Rhys und ich, Jackson und Camille, Xander und Laura, Stuart und David sowie Ben und Nick.

Alle anderen waren getroffen worden.

Jackson grinste das rote Team an. »Gut gemacht.«

»Wir hatten einen tollen Teamleader.« Xander klopfte Rhys auf die Schulter.

»Ja«, meinte Jackson lachend. »Wir sind ja alle so was von überrascht, dass der ehemalige Profiboxer uns eine Abreibung verpasst hat.«

Wieder zuckte Rhys nur mit den Schultern, und ein leichtes

Lächeln umspielte seine Lippen. Meine Augen richteten sich wie automatisch auf seinen Mund, und plötzlich hörte ich Jacksons Stimme nur noch wie von Ferne.

»Alle so weit fertig?«

»Hä?«, fragte ich und riss meinen Blick und meine Gedanken von Rhys los.

Jackson warf mir einen vielsagenden Blick zu. »Ich sagte, nun da die Teamübung vorüber ist, können wir einfach nur spielen.«

Mein Herz schlug schneller. »Also … ohne Regeln. Nur …«

»Drauflosballern, bis wir erschöpft sind? Genau. Wir haben das Outdoor-Gelände für drei Stunden gebucht, und Rhys hat das rote Team in dreißig Minuten zum Sieg geführt. Wir können uns also noch etwas gönnen fürs Geld.« Jackson hob seine Waffe. »Ich gebe euch zehn Sekunden, dann seid ihr mit euren hässlichen khakifarbenen Scheißhintern hier verschwunden, bevor ich eure Cargo-Hosen mit Farbe tränke.«

Bei dieser Anspielung auf *Kevin – Allein zu Haus* lachten wir alle und hasteten in den Wald, um dort Deckung zu suchen. Diesmal blieb ich allein, denn schließlich gehörte Rhys jetzt zu den Feinden.

Ein plötzlicher Schmerz in meiner Schulter ließ mich aufschreien. Ich war getroffen worden. Ich wirbelte herum und sah, wie Pete mit seinem blöden aufgemotzten Gewehr auf mich zielte, einen berechnenden Blick in den Augen. Gerade als er wieder feuern wollte, ergoss sich rote Farbe über sein ganzes Visier.

Und dann über den ganzen Mann. Punkt.

Ich sah mich um und entdeckte Rhys hinter einem Baum, die Pistole auf Pete gerichtet. Er wandte mir den Kopf zu und zwinkerte.

Ich grinste. Dankbar.

Dann schoss ich auf ihn.

Schockiert blickte Rhys auf seine Brust hinab, und ich lachte mich halb schlapp. Doch dann hob er den Kopf, und ich verstummte. Entschlossen kniff er die Augen zusammen.

Oh lieber Gott, was hatte ich getan?

Mit einem angstvollen Schrei wirbelte ich herum und sprintete zwischen den Bäumen hindurch. Beinahe erwartete ich, den scharfen Schmerz von Farbschüssen im Rücken zu spüren, aber ich hörte nur rasend schnelle Schritte.

Oh verflucht!

Ein starker Arm umfasste meine Taille, und ich wurde auf den nächsten Baum zugetrieben. In letzter Sekunde spürte ich, wie ich umgedreht und in Rhys' Arme gezogen wurde, dann prallten wir gegen den Stamm. Er verschwendete keine Zeit, drängte mich gegen die Borke und riss sich die Maske herunter. Zielstrebigkeit loderte in seinen wunderschönen grünen Augen. Er packte den unteren Rand meiner Maske und zog sie mir sanft ab.

»Was machst …«

Meine Worte gingen in seinem Kuss unter.

Ein tiefer, inniger, suchender Kuss, bei dem ich die Zehen in meine Sneakers und die Fingernägel in seine Schultern krallte. Er drängte sich ganz dicht an mich, und instinktiv spreizte ich die Beine, um ihm noch näher zu sein. Meine Umgebung versank in der Hitze seines Kusses. Zu sehen, wie er die anderen vermöbelt, beziehungsweise ihnen in den Arsch getreten und mich verteidigt hatte, war ein unerwartetes Vorspiel gewesen.

Unser Kuss war alles andere als romantisch. Tatsächlich ähnelte er dem Kuss im Loft – feucht, hungrig, atemlos, verlangend, leidenschaftlich, sexy. Und ich wünschte mir, dass er niemals enden möge.

Rhys' Stöhnen hallte auf wunderbare Weise in mir wider. Doch dann unterbrach er den Kuss und zog eine Grimasse. »Fuck.«

Er sah sich um, und ich selbst brauchte eine Sekunde, um mir die Lust von den geschwollenen Lippen zu lecken und aus meiner Benommenheit zu erwachen, bis ich bemerkte, dass Jackson, Camille, Laura und Xander ganz in der Nähe standen und uns zuschauten. Sie grinsten, und ich wurde puterrot.

»Das war allzu leicht«, erklärte Jackson schnaubend, trat einen Schritt zurück und hielt seine Waffe hoch.

Er war ebenso über und über mit Farbe bedeckt wie die anderen.

Rhys wich zurück.

Ich war fest überzeugt, dass ich vom Scheitel bis zur Sohle rot angelaufen war, und mied den Blick der anderen. Rhys wandte sich zu ihnen um. Erst da sah ich die vier Farbflecke auf seinem Rücken. Während wir uns geküsst hatten, hatte man auf ihn geschossen, und ich hatte es nicht mal bemerkt.

Ach du meine Güte.

»Du bist getroffen worden«, bemerkte ich in meiner Verwirrung das Offensichtliche.

Rhys sah sich nach mir um, die Augen strahlend vor Lachen. »Das war es wert, Sweetheart.«

»Ja, danke für die Show«, neckte Xander.

Ich hob warnend meine Pistole, und er lachte leise, wobei er seinerseits auf mich zielte.

Zu jedermanns Überraschung trat Rhys vor mich hin, kapitulierend die Hände gehoben. »Wie wär's, wenn wir Parker unbehelligt hier herauskommen ließen?«

»Ist schon gut.« Ich umrundete ihn, obwohl ich eigentlich gar keine Lust hatte, noch einmal getroffen zu werden. Man merkte wirklich deutlich mehr als nur einen kurzen stechenden Schmerz. »Ich krieg das schon hin.«

Als Antwort schob Rhys den Ausschnitt meines Shirts herunter und entblößte meine Schulter. Mit dem Daumen fuhr er sacht über die Haut. »Du hast schon einen hässlichen blauen Fleck von Petes Schuss.«

So liebevoll seine Besorgnis auch war (und er schien sich wegen des blauen Flecks tatsächlich Gedanken zu machen), ich bedeckte seine Hand mit meiner und schob mein Shirt wieder hinauf. »Schließlich ist keiner verschont geblieben.«

Rhys runzelte die Stirn. »Die anderen sind aber auch alle größer als eins fünfzig und schwerer als mickrige fünfundvierzig Kilo.«

»Also, ich bin eins siebenundfünfzig groß und wiege fünfzig Kilo, vielen Dank. Außerdem kann ich auf mich selbst aufpassen.«

»Na gut. Dann lass sie zielen.«

Ich nickte, meine innere Feministin war zufrieden.

Doch Rhys verschränkte die Arme vor der Brust und starrte meine Kollegen an. »Ich an eurer Stelle würde allerdings nicht mein Leben riskieren, indem ich die Freundin eines ehemaligen Schwergewichtschampions verletze. Aber das ist ja nur meine Meinung.«

Ich stöhnte, als ich sah, wie die anderen vielsagende Blicke tauschten. Dann erklärte mein Boss das Spiel für beendet.

Rhys drehte sich zu mir um, dann musterte er mich ausgiebig von oben bis unten, wobei er eine Sekunde zu lange auf meinen Mund starrte.

»Warum?«, platzte ich heraus, womit ich den zweiten explosiven Kuss meinte, den er mir gegeben hatte.

Er zuckte mit den Schultern. »Jetzt wird niemand mehr unsere Beziehung in Frage stellen, Tinker Bell.«

Enttäuschung durchflutete mich, als mir klar wurde, dass der Kuss keine spontane Reaktion darauf gewesen war, dass ich auf ihn geschossen hatte, sondern ein kalkulierter Schritt. Eine strategische Darbietung.

Rhys wollte sich das Geld, das ich ihm zahlte, eben redlich verdienen.

In diesem Augenblick beschloss ich zu meinem eigenen Wohlergehen, Rhys Morgans Mund nie mehr in meine Nähe zu lassen.

Ich verließ das Spielfeld nur mit Petes gelbem Farbklecks auf der Schulter, dafür aber jeder Menge aufgestauter Entrüstung und sexueller Frustration.

11. Kapitel

Rhys

Meine Faust traf auf den Boxsack. *Jab. Jab. Cross. Jab. Hook. Cross. Jab.*

Bei jedem Schlag wurde ich ruhiger, obwohl ich jeden einzelnen Aufprall spürte. Auf etwas einzuschlagen war nicht unbedingt schmerzhaft. Nicht mehr. Aber spüren tat ich es definitiv immer noch. Den Sack zu bearbeiten richtete meine Aufmerksamkeit nach innen. Klärte meine Sicht.

Ich brauchte Klarheit. Weil ich tatsächlich Gefahr lief, die bei Parker zu verlieren. Verdammt beunruhigend. Ich pflegte sonst nie die Beherrschung zu verlieren. Nie. Ich hatte mein Leben lang darum gerungen, dass es so blieb.

Mein Gott, sie schmeckte so süß. Und fühlte sich sogar noch besser an. Ihr Mund hätte zum Nationalheiligtum erklärt werden sollen. Verdammt perfekt. Und als sie mir ihre festen Schenkel um die Taille geschlungen hatte …

Mein Handschuh glitt von der Kante des Boxsacks ab. Der schwang zurück und traf mich in die Rippen.

»Shit.« Angewidert von mir selbst zerrte ich mir die Boxhandschuhe herunter und warf sie in die Ecke.

»Lässt du langsam nach?« Auf der anderen Seite des Trainingsraums lungerte Dean herum.

Ich griff nach meiner Wasserflasche und trank einen kräftigen Zug, bevor ich antwortete. »Komm mit mir in den Ring und finde es selbst heraus.«

»Ich bin ein Klugscheißer«, antwortete er und kam auf mich zu. »Keine Dumpfbacke.«

Da musste ich lachen. Ich stellte die Flasche wieder ab und wischte mir mit einem Handtuch den Schweiß vom Gesicht. »Was ist los, kleiner Bruder? Ist dir schon langweilig?«

»Natürlich.« Er zuckte mit den Schultern. »Dir denn nicht? Oder gefällt es dir, an einem Freitagabend in einem leeren Fitness-Studio herumzuhängen?«

Dean war vielleicht kein Profiboxer, aber Verbalattacken beherrschte er aus dem Effeff. Ich sah unverwandt auf das Tape hinab, das ich von meinen Fingern wickelte, mied den Anblick des verlassenen Gyms, das an diesem regnerischen Abend eigentlich voll hätte sein sollen. Tatsache war, dass ich den Laden oft schon früh zumachte, weil die meisten unserer Mitglieder das Studio tagsüber nutzten.

Misserfolge schmeckten mir gar nicht, und dieser Ort roch förmlich danach. Manchmal hatte ich das Gefühl, dass der Gestank auch mich erfasst hatte, dass er förmlich an mir klebte und alle von mir abstieß.

Ich schnaubte, warf das Tape in den Mülleimer und krümmte die Finger. Selbstmitleid war aber auch nicht mein Ding, und verdammt wollte ich sein, wenn ich mich jetzt bedauerte.

»Nein, es gefällt mir nicht«, antwortete ich Dean wahrheitsgemäß. »Aber ich sitze hier nun mal fest. Bei dir ist das was anderes.«

Er hatte den sonst üblichen Anzug nun gegen Jeans und T-Shirt eingetauscht. War auch verdammt gut so! Der Anblick von Dean, der hier im Anzug herumhing, machte mich so verflucht wütend;

mit seinem klugen Kopf gehörte er eigentlich in irgendein schickes Büro, von dem aus er die Welt veränderte. Er sollte mit jemandem wie Parker abhängen, Algorithmen entwickeln oder tiefschürfende Unterhaltungen über die Chaostheorie führen.

Wie es wohl gelaufen wäre, wenn Dean derjenige gewesen wäre, der wie erwartet damals bei Parker aufgetaucht wäre? Hätte sie die Beziehung dann ebenfalls »rein geschäftlich« gehalten? Sie hatte mich vom ersten Augenblick an nicht gemocht. Dean hingegen hatte sie engagiert.

Plötzlich hatte ich einen bitteren Geschmack im Mund und ging zum Münzautomaten hinüber. In der Stille hörte man, wie ein Energydrink in das Ausgabefach polterte, und ich wusste, dass Dean mich beobachtete und sich Gott weiß was dachte.

»Warum willst du das Studio unbedingt behalten?«, fragte er schließlich.

Sein Ton war ernst, nicht angepisst oder aufreizend, weshalb ich ihm schon wieder die Wahrheit sagte: »Es ist alles, was ich habe.«

Es war schmerzhaft, das auszusprechen. Schmerzhaft, es mir selbst einzugestehen. Aber an Schmerz war ich gewöhnt. Ich wandte mich um und sah, dass er mich traurig musterte.

»Aber du hattest doch alles.« Er runzelte die Stirn. »Shit, ich war so stolz auf dich. Mein großer Bruder Rhys, der Supertyp, der die anderen k. o. schlägt, bis sie ausgezählt am Boden liegen.«

Jesus, dieser Kerl. Fäuste hatte er gar nicht nötig, um jemanden zu Boden zu werfen. Dazu musste er nur den Mund aufmachen.

»Dean …« Es war eine Bitte, aber er schien sie nicht zu hören.

»Und wofür? Für diese Bruchbude?«

Ich knirschte mit den Backenzähnen. »Diese Bruchbude war Dads Traum. Moms Traum. Sie hat unsere Familie damals ernährt und den Grundstein dafür gelegt, dass ich der Boxer wurde, den du so sehr zu bewundern behauptest.«

Dean nickte, offensichtlich unbeeindruckt. »Ja, früher. Aber heute? Rhys, das Studio geht vor deinen Augen in die Binsen. Ich habe mir mittlerweile genug von der Buchhaltung angesehen, um zu wissen, dass es so sehr in der Klemme steckt, dass nur ein Wunder es retten könnte.«

Parker war solch ein Wunder. Zumindest konnte diese süße Fee mich dem Wunder einen Schritt näher bringen.

Dean warf verärgert eine Hand hoch. »Und erzähl mir jetzt nicht, dass dieses Gym dich glücklich macht.«

»Tut es nicht«, blaffte ich. Ich konnte mich einfach nicht mehr zurückhalten. »Okay? Es macht mich nicht glücklich. Im Moment jedenfalls nicht. Aber es könnte mich glücklich machen, Dean.« Ich sah mich um, stellte mir vor, wie es in seiner Blütezeit gewesen war. Stellte mir vor, wie es sein könnte – besser als jetzt. »Das Studio ist es wert, darum zu kämpfen.«

Er verstummte und sah sich mit zynischer Miene im Raum um, nahm alle offensichtlichen Mängel in sich auf. Ich wusste nicht, ob ihm die Erinnerung an früher kam oder ob er vielleicht eine ganz andere Version sah als ich. Wahrscheinlich sogar. Dieser Ort war mein zweites Zuhause gewesen. Es hatte meine Identität geprägt wie nichts anderes sonst. Hier war ich zum Boxer herangewachsen. Es war ein Teil von mir. Und wenn es keinen Wert mehr hatte, wo blieb dann mein eigener Wert?

Dean sah mir wieder in die Augen und wirkte auch jetzt wieder bekümmert. »Wenn du wieder in den Ring steigen würdest, hättest du genug Geld, um all das zu reparieren. Und zwar im Nullkommanichts.«

»Dean …«

»Fang nicht so an. Mein Gott, dann klingst du echt wie Ma.«

»Ich klinge wie Ma? Das wage ich zu bezweifeln.«

»Na ja«, antwortete er schief grinsend. »Deine Stimme ist deutlich tiefer, und du bist potthässlich, aber du hast genau den gleichen erzieherischen Tonfall am Leib wie sie, wenn sie sagte: ›Du benimmst dich daneben, mein Junge, brauchst du etwa eine Auszeit?‹«

Ich musste wieder lachen, obwohl mir das Herz schwer war und schmerzte.

Dean schüttelte enttäuscht den Kopf. »Ich kapier' es nur einfach nicht. Du hast gesagt, dass du eine Pause einlegst, um für mich zu sorgen. Als ob ich das mit zweiundzwanzig nicht selbst gekonnt hätte.«

»Ach ja?«, widersprach ich trocken. »Denn meiner Erinnerung nach warst du ein verdammtes Wrack, kurz davor, als Versager und Alki zu enden.«

Seine Augen blitzten verärgert auf, und scharf sog er den Atem ein. »Okay, na gut. Es war … nett von dir, dich um mich zu kümmern.«

Ich schnaubte. »Welch hohes Lob.«

»Aber jetzt hab ich das College geschafft und betrinke mich auch nicht mehr. Das Argument zieht also nicht. Du kannst dich nicht mein Leben lang wie eine Glucke aufspielen. Es sei denn, du willst so was wie diese gruseligen Helikopter-Eltern werden? Du scheinst mir allerdings schon kurz davor, muss ich sagen.«

»Blödsinn«, murmelte ich. Shit. Ich hatte es wirklich übertrieben. Wie ein verängstigter Vater.

Aber glücklicherweise ging er nicht weiter darauf ein. »Also warum nicht wieder in den Ring steigen? Du bist zu gut für das hier.« Er breitete die Arme aus, um auf das Gym zu deuten. »Du bist zu gut, um als Fake-Freund durch die Gegend zu rennen …«

»*Du* wolltest doch ihr Fake-Freund sein.« Die Vorstellung von Dean an Parkers Seite brachte mich auf die Palme. »Willst du damit sagen, für dich wäre es okay gewesen, für mich aber nicht?«

»Ja«, gab er zurück. »Genau das will ich sagen. Ich bin das. Ich bin der Versager. Ich habe keinen Job. Du …« Er deutete mit dem

Finger auf mich. »Du warst ein Weltklasse-Boxer, ein verdammter Champion. Wenn ich dieses Talent hätte, würde ich mein Leben nicht in diesem beschissenen Studio verschwenden.«

»Nenn diesen Ort nicht beschissen.«

»Phrasen, nichts als Phrasen.«

»Hochgestochene Formulierungen, um dich von deinem dämlichen Bruder abzugrenzen?«

»Spiel hier nicht den Dummen. Du bist klüger, als du aussiehst!«

Mittlerweile standen wir dicht voreinander und schrien uns förmlich an.

Dean machte noch einen weiteren Schritt auf mich zu, musterte mich so scharf, wie jeder gute Gegner es auch getan hätte. »Und wechsele verdammt noch mal nicht das Thema. Du behauptest immer wieder, dass Dads Tod dir den Kampfgeist genommen hat. Aber das glaub ich einfach nicht. Sag mir doch ausnahmsweise mal die Wahrheit. Ich bin erwachsen …«

»Was noch zu beweisen wäre.«

»Es ist offensichtlich, dass du nicht mehr um Dad trauerst«, fuhr er unbeirrt fort, ohne auf meinen Einwurf einzugehen. »Also warum willst du nicht mehr boxen?«

»Geht dich verdammt noch mal nichts an.«

»Hast du Angst?«

Ich schnaubte nur über die Provokation. »Angst? Fick dich.«

Er blinzelte nicht mal. »Angst vor dem Versagen? Dass du deinen fetten Arsch in den Ring schleppst und jemand ihn dir so richtig versohlt?«

»Der Tag, an dem ich Angst davor habe, dass mir jemand gehörig in den Arsch tritt, ist der, an dem ich sterbe.«

Er grinste höhnisch. »Du bist doch schon tot. Du läufst nur herum wie ein lebender Leichnam. Eine verfluchte Schande ist das.«

Ich packte ihn am Kragen und zerrte ihn zu mir heran. Er leistete keinen Widerstand. Meine Stimme war nur noch ein Knurren. »Musst du gerade sagen, du kleiner Scheiß…«

»Jaja.« Die Wut in seinen Augen war unübersehbar. »Was du nicht sagst. Ändert aber nichts an der Tatsache, dass du ein verdammter Feig…«

»Halt's Maul!«

»Nein. Sag mir, warum! Warum, Rhys?« Seine Worte drangen wie Hammerschläge in meinen Schädel, und meine Brust wurde eng. »Warum willst du nicht zurückkehren? Hä? Warum?«

»Weil ich nicht kann!«, schrie ich, und meine Stimme brach. Ich sackte in mir zusammen. »Ich kann nicht … Jake. Er … Ich …«

Deans Gesicht verschwamm vor meinen Augen, und ich ließ ihn los, stieß ihn von mir und wandte ihm den Rücken zu. Ich versuchte, tief einzuatmen, suchte nach jenem ruhigen, gefühllosen Zustand, in dem ich sonst lebte.

Hinter mir stieß Dean einen leisen Fluch aus. Nach ein paar Sekunden fragte er leise und zögernd: »Es ist wegen Jake?«

Ich stemmte die Hände in die Hüften, um zu verbergen, wie sehr sie zitterten. Dann sah ich zur Decke und blinzelte. »Ich habe ihn sterben sehen.« Ich schluckte schwer. »Ich wusste, dass es passieren würde. In der Sekunde, als er diesen Schlag einsteckte … da wusste ich, dass es vorbei ist. Das Licht in seinen Augen erlosch. Und ich wusste es.«

Ich sah es noch immer vor mir. Übelkeit stieg in mir auf. Und ich schluckte wieder.

Dean stand plötzlich neben mir. Ich hatte gar nicht gehört, dass er näher gekommen war. »Es war beschissen von mir, dich so zu bedrängen. Es … es tut mir leid, Rhys.«

Ich wusste, dass er damit auch Jakes Tod meinte. Ich schnaubte ironisch. Es klang laut und schmerzerfüllt. »Ja, na ja, das ist halt so unsere Art.«

Er lächelte nicht, sondern kam noch näher. Ich spürte seinen Arm an meinem, und ich schwöre bei Gott, am liebsten hätte ich die Flucht ergriffen. Ich war kurz davor, zusammenzubrechen. Ich holte ein paar Mal tief Luft, um nicht die Beherrschung zu verlieren.

»Ich kann nicht wieder in den Ring steigen«, flüsterte ich angespannt.

»Versteh ich«, antwortete er leise.

Ich nickte, und jetzt schwiegen wir beide. Nach einer Minute rührte sich Dean wieder und räusperte sich. »Ich bin früher gern hergekommen. Und hab dir beim Training zugesehen.«

Ich versuchte mich nicht zu bewegen, atmete nur.

Er redete weiter, vorsichtig, um den richtigen Ton zu treffen. »Es war toll. Und du hast recht. Es könnte wieder toll werden.«

»Ich arbeite dran«, stieß ich hervor. Die Worte kosteten mich alle Kraft. Zu reden hieß anzuerkennen, dass ich hier war. Während ich am liebsten ganz woanders sein wollte.

»Ich weiß. Und das ist gut so.« Er sah mich an, und seine Miene war voller Bedauern. Er würde wahrscheinlich nie verstehen, dass Reue das Letzte war, was ich mir von ihm wünschte. Diese Bürde sollte er nie tragen müssen.

»Ich werde dir helfen, Rhys.«

Shit. Shit. Shit. Ich musste mich total beherrschen. Meine äußere Ruhe hing nur noch an einem seidenen Faden. »Na gut.«

Er nickte, wirkte zufrieden. »Brauchst du irgendwelche Tipps im Umgang mit Parker?«

Da konnte ich mir ein heiseres Lachen nicht verkneifen. »Du meinst, du könntest mir bei Frauen helfen? Das ist ja süß.«

Er verdrehte die Augen. »Ich meinte zum Beispiel im Umgang mit ihren dämlichen Freunden und Kollegen.«

Ein boshaftes Grinsen breitete sich auf meinem Gesicht aus, als ich daran dachte, wie ich diese klatschsüchtigen kleinen Pisser mit

Farbkugeln beschossen hatte. Dieses aufgeblasene Wiesel Pete hatte richtig gequiekt. Sehr befriedigend. »Das hab ich schon geregelt.«

»Was hast du getan?«, erkundigte sich Dean immer amüsierter.

»Nichts.« Hatte ihnen gezeigt, was Sache war, wenn sie meiner Frau Scherereien machten.

Sie ist nicht deine Frau, du Idiot.

Mein Lächeln verblasste, und ich ließ die Schultern kreisen. »Ich war einfach ich selbst, und sie machten sich vor Angst in die Hose. Läuft also.«

»Ja, darauf möchte ich wetten«, antwortete er trocken. »Aber was, wenn du irgendwann auf Leute triffst, die sie mag?«

Zum Teufel.

»Ich erzähl es dir dann.«

Er glotzte mich noch einige Minuten lang an, dann schüttelte er den Kopf. »An deinen Manieren müssen wir später noch herumfeilen.«

»Arschloch.«

Er grinste flüchtig und ein wenig gezwungen. Konnte ihm keinen Vorwurf daraus machen. Ich grinste genauso. Aber dann hätte es mich beinahe umgehauen, als er die Arme nach mir ausstreckte, mich schnell umarmte und mir auf die Schulter schlug, nachdem er mich wieder losgelassen hatte.

»Du stinkst«, sagte er, um seine Verlegenheit zu überspielen. »Geh duschen.«

Er ging, bevor ich noch irgendetwas sagen konnte. Wofür ich verdammt dankbar war.

Im Gym war es totenstill, und es stank nach Schweiß und Moder. Ich schloss ganz fest die Augen, dann schüttelte ich das Gefühl ab und verließ die Halle. Ich zog mein Handy aus der Tasche und starrte auf meine Textnachrichten. Meine Hand zitterte. Ich konnte es nicht verhindern.

Genauso wenig wie die Tatsache, dass ich ihr jetzt schrieb.

Rhys: *Hey, Tink. Was machst du gerade?*

Sekunden später bekam ich vor Erleichterung weiche Knie, als ich ein paar kleine Punkte am Fuße des Bildschirms sah, während sie die Antwort tippte.

TobeTink: *Wer schreibt da?*

Ein Lächeln umspielte meine Lippen, und mir war schon jetzt ein wenig leichter ums Herz.

Rhys: *Rhys. Der Große und Mächtige.*

TobeTink: *Und ich dachte schon, es sei der Zauberer von Oz.*

Ich lachte leise und erklomm die Treppenstufen zu meinem Loft.

Rhys: *Nahe dran. Du bist nicht mehr in Kansas, kleines Mädchen.*

TobeTink: *Das mit dem kleinen Mädchen werde ich jetzt mal ignorieren. Das stinkt nämlich gewaltig und ist ziemlich frauenfeindlich.*

Meine Schritte wurden leichter, schneller, und das Lächeln überflutete mich wie eine Woge. Ich konnte wieder atmen.

Rhys: *Ich dachte, du wolltest es ignorieren?*

TobeTink: *Egal … Warum schreibst du mir?*

Weil ich dich brauche. Ich brauche dein freches Mundwerk. Ich brauche dich …

Ich versuchte, den Gedanken abzuschütteln. Eine solche Schwäche konnte ich mir nicht erlauben. Aber der Gedanke blieb. Ich brauchte sie.

Shit.

TobeTink: *Rhys? Noch da? Oder machst du eine Tour auf deinem durchaus ganz amüsanten Bike? Bitte sag mir jetzt nicht, dass du während der Fahrt Textnachrichten schreibst! Das ist illegal, weißt du.*

Ich lachte schnaubend und antwortete.

Rhys: *Du findest mein Bike also amüsant, hmm?*

Eine Pause, dann antwortete sie.

TobeTink: *Ein wenig. Nur ein wenig. Und du hast nicht auf meine Frage geantwortet.*

Rhys: *Keine Sorge, Sweetheart. Ich bin zu Hause.*

TobeTink: *Sweetheart?*

Sie schickte ein augenrollendes Emoji und dann: *Was ist los? Brauchst du irgendwas?*

Dich. Hier. Bitte.

Shit. Ich musste wieder raus aus diesem Schlamassel. Ich wusste nicht, was ich ihr schreiben sollte.

***TobeTink:** Eigentlich ist es gut, dass du schreibst. Ich brauche dich nämlich.*

Eine glühend heiße Sekunde lang kribbelte ich mein ganzen Körper. *Sie brauchte mich.* Mein Herz raste dermaßen, als hätte ich gerade zehn Runden mit einem Spitzengegner hinter mir. *Sie brauchte mich.* Ich wollte gerade lächeln, wollte ihr gerade etwas antworten wie: *Gott sei Dank. Wieso hat das so lange gedauert?*

Da pingte eine weitere Nachricht.

***TobeTink:** Argh. Das kam ganz falsch rüber! Sorry. Bin abgelenkt. Ich brauche dich für noch ein »Date«.*

Was war ich doch für ein verdammter Idiot. Ein Volltrottel. Natürlich dachte sie nur an so was. Was zum Teufel bildete ich mir ein? Ich wurde langsam weich und ganz verrückt nach einer Frau, die so ganz und gar nicht in meine Welt passte. Und ich nicht in ihre.

Energisch tippte ich meine Antwort.

***Rhys:** Was ist es diesmal? Krocket mit der Queen? Oder sollen wir Yuppies zuschauen, wie sie ihre kleinen Bötchen durch die Gegend rudern?*

Sie brauchte ein paar Sekunden für die Antwort. Zeit genug, um Reue wegen dieses billigen Tiefschlags in mir aufkeimen zu lassen.

***TobeTink:** Gegen ein gutes Ruderbootrennen hab ich zwar nichts, aber nein. Es ist eine Gartenparty am Samstag. Yuppies werden tatsächlich vor Ort sein. Kriegst du das hin? Oder hast du zu viel Angst vor Yuppies?*

Eins musste man Parker lassen, sie war eine erbitterte Gegnerin. Sie wehrte jeden Schlag meinerseits ab und parierte mit einem exzellenten Gegenschlag.

Und mir nichts, dir nichts musste ich schon wieder lächeln.

Nein. Nein. Nein.

Jetzt wird nicht mehr über Textnachrichten gelächelt. Hier geht es nur ums Geschäft, du Blödmann. Spiel deine Rolle.

Rhys: *Baby, für das Geld, das du mir zahlst, krieg ich alles hin, womit du mich konfrontierst. ;-)*

Sie verzichtete auf ihre übliche freche Antwort, sondern schickte mir nur die Uhrzeit, wann ich sie abholen sollte. Vollkommen professionell. Genau, was ich wollte.

Warum also hatte ich das Gefühl, schon wieder eine Niederlage erlitten zu haben.

Ich war immer noch total sauer auf mich selbst, als Dean eine Stunde später vorbeisah. »Willst du mit mir was trinken gehen?«

Alles war besser, als herumzusitzen und zu versuchen, das Gedankenkarussell auszuschalten. Ich musste wieder der alte Rhys sein. Einen verdammten Abend lang mich verdammt noch mal amüsieren.

12. Kapitel

Parker

Das leise Schwatzen in dem Irish Pub wurde lauter, als der Barbesitzer, der sich selbst als Bill vorstellte, eine zehnminütige Bierpause verkündete. Ich tauschte einen nachdenklichen Blick mit meinen Freunden. Wir waren noch nie bei einem Quiz gewesen, wo es eine Bierpause für den »Quizmaster« gab.

Wir hatten aber auch noch nie einen Quizabend in einer Bar in Chelsea veranstaltet, aber mein ältester Freund Ren war unser Quiz-Finder, und er führte uns immer in Lokale, wo gute Fragen gestellt wurden. Normalerweise war es mir egal, wo wir landeten. Außerdem spielte auch der Preis eigentlich keine Rolle für uns. Wir hingen nur gern zusammen ab, waren glücklich in der Gesellschaft der anderen Nerds, weshalb wir uns regelmäßig alle vierzehn Tage zu solch einem Event trafen.

Heute Abend sollte das Gewinnerteam einen Kasten Bier und einen Geschenkegutschein für Yankee Lobster erhalten. War gar kein schlechter Preis. Aber das war mir total gleichgültig. Dafür interessierte es mich umso mehr, dass wir in Chelsea waren. Und überdies sogar in einer Bar, die sich genau um die Ecke des Lights Out befand. Ich hatte den Jungs nichts von Rhys verraten, denn die Wahrheit konnte ich ihnen nicht erzählen, und belügen wollte ich sie auch nicht.

»Du bist heute ganz schön still.« Ren stieß mich mit dem Ellbogen an, dann lehnte er sich an die Wand. Er trank einen Schluck von seinem Bier, wobei er mich die ganze Zeit über nicht aus den Augen ließ.

Ich bemühte mich, mich unter seinem Blick nicht zu winden. Ren und ich hatten uns bei einer Einführungsveranstaltung auf dem College kennengelernt und waren seitdem Freunde. Zoe hielt mich für plemplem, weil ich mich mit ihm nicht auf mehr einließ. Schon damals war er die sexy Variante eines Nerds gewesen, und das war bis heute so geblieben. Er war groß, schlank mit einem überraschend sehnig-muskulösen Körper unter dem Shirt. Und hinter seiner schwarz umrandeten Brille verbarg sich das Gesicht eines Models.

Wirklich.

Amerikaner mit irischen Wurzeln – dunkles Haar, olivenfarbene Haut, kantige Züge und leuchtend blaue Augen –, er sah zum Anbeißen aus. Außerdem war er über jedes Klischee erhaben: eine tolle Mischung aus sportlicher Erscheinung und intellektueller Ausstrahlung, Streber und gleichzeitig Sportkanone, mit Extrovertierten und Introvertierten gleichermaßen gut Freund. Auf der Highschool hatte Ren Hockey gespielt. Er war Vorsitzender des Mathe- und des Debattierclubs gewesen. Ein Mega-Nerd eben. Aber er war auch ein Alphatier, eine Landplage vom Typ überbehütender großer Bruder.

»Ich bin müde«, log ich.

Ren kniff die Augen zusammen. »Du lügst.«

»Ich lüge nicht.«

»Ich kenne dich jetzt seit zwölf Jahren. Ich weiß, wann du lügst.«

»Mein Gott, lass sie doch in Ruhe, Mann«, befahl Elijah mit besänftigendem Lächeln. »Was soll's denn schon, wenn sie lügt?«

Er zwinkerte mir zu. »Parker darf schließlich auch ihre Geheimnisse haben.«

»Seit wann habe ich Geheimnisse?« Bei dieser Schwindelei zuckte ich beinahe zusammen. Ups. Rhys war immerhin mein Geheimnis des Jahres.

»Wir alle haben unsere Geheimnisse.« Er zuckte mit den Schultern und sah Navin an. »Stimmt's nicht?«

Elijah war Rens Mitbewohner am MIT gewesen, aber er und ich hatten uns erst gegen Ende des zweiten Studienjahres so richtig miteinander angefreundet. Außerdem war er von jeher in Zoe verliebt gewesen, die seine Gefühle aber leider nie erwidert hatte.

Navin warf Elijah einen grimmigen Blick zu. »Arschloch.«

Froh, dass ich jetzt nicht mehr im Zentrum der Aufmerksamkeit stand, verschränkte ich die Arme auf dem Tisch und beugte mich zu Navin vor. »Oooh, erzähl mir mehr!«

»Da gibt es nichts zu erzählen«, murmelte Navin.

»Wir sind doch alle deine Freunde«, neckte Elijah, und seine dunklen Augen funkelten vor Belustigung. »Ich an deiner Stelle würde es von sämtlichen Dächern herunterbrüllen.«

Oooh, jetzt war ich fasziniert. »Was brüllen?«

»Ja, was brüllen?« Ren grinste Navin an.

Ich kannte dieses Grinsen. »Du weißt Bescheid«, rief ich anklagend und lehnte mich mit einem Schnauben wieder zurück. »Oh komm schon, ich kann doch nicht allen Ernstes die einzige Ahnungslose hier sein.«

Navin warf Ren einen erbosten Blick zu. »Du bist auch ein Arschloch.«

Da ging mir ein Licht auf. »Oh, deine Eltern versuchen doch nicht schon wieder, eine Heirat zu arrangieren, oder?« Navins Eltern lebten in Mumbai, beide als erfolgreiche Anwälte. Ihre Ehe war ebenfalls arrangiert worden, und nach allem, was ich von meinem Freund über die Jahre gehört hatte, waren sie glücklich miteinander.

Immer wenn Navin gerade mal wieder Single war, versuchten sie ihn deshalb zu überreden, sich auf eine arrangierte Ehe einzulassen.

Elijah lachte und schüttelte den Kopf.

»Oh, nun erzähl schon.«

Navin seufzte entnervt und zuckte mit den Schultern. »Ich habe jemanden kennengelernt.«

Warum war das ein Geheimnis? *»Okay …?«*

Ren schnaubte. »So nennst du das also?«

Navin verzog die Lippen. »Ich wollte das Parker eigentlich verschweigen. Das ist nichts für empfindliche Ohren.«

Ren grinste. »Sie ist keine Jungfrau mehr, Navin. Ich glaube, sie kommt mit der Tatsache klar, dass du eine ältere Frau vögelst. Jemanden kennengelernt …« Er schnaubte wieder. »… Ja, jemanden, der dich gern mit Handschellen ans Bett fesselt. Und anderes abartiges, schmutziges Zeugs.«

Ich hätte mich beinahe an meinem Bier verschluckt und spürte, wie Ren mir auf den Rücken schlug. Dass mein Freund irgendwas Perverses trieb, wollte ich eigentlich gar nicht so genau wissen.

»Okay«, röchelte ich und deutete mit der Hand zwischen mir und Navin hin und her. »Das geht mich nun wirklich nichts an. Ich war eigentlich ganz froh über meine Unwissenheit.«

»Seht ihr?« Verlegen lehnte sich Navin auf seinem Stuhl zurück. »Und danke vielmals, dass ihr meine Privatangelegenheiten in aller Öffentlichkeit diskutiert.«

»Parker ist nicht die Öffentlichkeit.« Elijah und Ren grinsten einander boshaft zu.

»Ihr beiden seid gemein.« Unter dem Tisch versetzte ich Elijah einen Tritt und gab gleichzeitig Ren einen Schlag auf den Hinterkopf. Ihre Flüche sorgten für bessere Stimmung am Tisch und zauberten ein breites Lächeln auf Navins Gesicht.

Bevor ich jedoch noch etwas anderes sagen konnte, lief mir ein unerwarteter Schauer über den Rücken, und eine plötzliche

Ahnung ließ mich zum Eingang der Bar hinüberblicken. Mir stockte der Atem, als ich Rhys Morgan in die Augen sah.

Was zum Teufel?

Natürlich musste er ausgerechnet an dem Abend diese Bar betreten, an dem ich zufällig hier war.

Und er war nicht allein.

Sondern in Begleitung von Dean.

Mit unergründlicher Miene kam Rhys auf mich zu. Mein Herz raste, und meine Handflächen wurden feucht. Seit dem Paintball-Turnier waren jetzt fünf Tage vergangen. Fünf Tage, an denen ich mich kaum hatte konzentrieren können. Nicht nur, weil ich zu der unbehaglichen Erkenntnis gelangt war, dass ich mich in den Kerl, mit dem ich Fake-Beziehung spielte, heftig verknallt hatte (Anfängerfehler!), sondern auch, weil Fairchild uns morgen zu einer Gartenparty eingeladen hatte. Jackson hatte mich mit offensichtlichem Unbehagen darauf hingewiesen, dass meine Einladung zu dieser Party davon abhing, ob Rhys mich begleitete.

Rhys hatte sich natürlich einverstanden erklärt, mitzukommen, aber mir wollte der Gedanke nicht aus dem Kopf, dass es unmöglich sein würde, mich gemäß meinem Vorhaben emotional und physisch von dem Mann fernzuhalten, solange wir auch weiterhin vor meinen Kollegen ein Paar mimen mussten.

Rhys blieb an unserem Tisch stehen, und ich atmete zittrig aus, was ihm definitiv nicht entging. Er kniff die Augen zusammen und fixierte meinen Mund, bevor er mir ein Lächeln schenkte, das man für zärtlich hätte halten können, wenn ich auch nur eine Sekunde lang geglaubt hätte, dass er derlei Gefühle für mich hegte.

Denn die hatte er gewiss nicht.

Er war ein hervorragender Schauspieler.

Das hatte er bewiesen, als er mich beim Paintball auf Teufel komm raus geküsst hatte, nur um hinterher vollkommen ungerührt zu sein.

Am Abend darauf hatte ich immer noch weiche Knie gehabt.

Dieser Mistkerl.

Ich dachte an seine Textnachricht von eben. Anscheinend hatte er das Bedürfnis, mir ständig ins Gedächtnis zu rufen, dass er für seine Begleitdienste bezahlt wurde. Und für seine Küsse. Während mich seine herausragend talentierten Küsse körperlich und emotional total aus der Bahn geworfen hatten, machte er sich offensichtlich Sorgen, dass ich wegen unserer »Beziehung« plötzlich Flausen entwickelte.

Als müsse er mich wirklich daran erinnern, dass ich meilenweit von dem Typ Frau entfernt war, den er bevorzugte.

Anscheinend sah man mir meinen Ärger an, denn er grinste mutwillig. »Hey, Sweetheart.« Er beugte sich herab und gab mir einen Kuss direkt auf die Lippen, schnell, hart. Noch bevor ich reagieren konnte, zog er sich wieder zurück. »Du hast mir gar nicht erzählt, dass du heute Abend in meinem Stadtteil bist.«

»Äh … ich hatte keine Ahnung.«

»Und wer sind Sie?«, fragte Ren streitlustig, sodass mir plötzlich wieder einfiel, dass wir gar nicht allein waren.

So ein Mist.

Ich wollte meine Freunde nicht belügen.

»Rhys Morgan.« Mit ausdrucksloser Miene musterte er Ren. »Ich bin mit Parker zusammen. Und Sie sind?«

Ren runzelte die Stirn und warf mir einen verletzten Blick zu. Doppelmist. »Dein Freund?«

»Na ja …« Mein Mund öffnete und schloss sich wie bei einem Guppy. »Weißt du … ich wollte …«

»Wir sind noch nicht lange zusammen. Und wo wir gerade dabei sind« … Rhys legte die Hand auf die Schulter seines Bruders … »Tink, das ist mein kleiner Bruder Dean. Dean, das ist Parker.«

Dean grinste vielsagend. Sein Lächeln war durchaus sexy, was ich allerdings nur zur Kenntnis nahm, ohne darauf zu reagieren.

Hmm. Seltsam, denn Dean Morgan entsprach definitiv viel eher meinem Typ. Obwohl er und Rhys durchaus ein paar Ähnlichkeiten aufwiesen, war Dean blond und glatt rasiert, während Rhys ganz und gar dunkle, wilde Männlichkeit darstellte. Dean schien zwar körperlich in Form, war insgesamt allerdings eher der akademische Typ, während Rhys der ultimative Sportler war. Dean sah auf typisch amerikanische Weise gut aus; Rhys dagegen … Rhys … allein bei seinem Anblick regte sich ein köstliches Ziehen zwischen meinen Beinen, und das sogar trotz meiner Sorge, dass ich nun meine Freunde belügen musste.

Wie war das nur möglich? Wie konnte ausgerechnet mir dieser oberpeinliche Albtraum passieren?

Rhys Morgan war so überhaupt nicht mein Typ.

Argh!

Und ich definitiv nicht seiner.

Und genau da lag das Problem.

»Nett, dich kennenzulernen, Parker. Habe schon viel von dir gehört.« Dean schüttelte mir die Hand, und unwillkürlich funkelte ich ihn böse an, als ich seine lachenden Augen sah. Offensichtlich hatte er den gleichen schrägen Sinn für Humor wie sein Bruder.

»Freut mich ebenfalls, dich kennenzulernen«, antwortete ich höflich. Ich sah meinen Freunden nicht direkt in die Augen, als ich auf sie deutete. »Elijah, Navin, Ren, das sind mein … Freund Rhys und sein Bruder Dean. Rhys gehört ein Boxstudio hier direkt um die Ecke. Rhys, das sind meine Freunde vom College. Ich glaube, von unseren Quizabenden habe ich dir erzählt.«

»Ja, ich erinnere mich.«

Bevor noch jemand ein Wort sagen konnte, kehrte Barbesitzer Bill wieder auf die Bühne zurück, um mit dem Quiz fortzufahren.

Rhys beugte sich zu mir herab, sodass ich seine Lippen ganz nah an meinem rechten Ohr spürte, während Bills Stimme die

Gäste im Lokal zum Verstummen brachte. Der Atem meines Fake-Freundes liebkoste meine Haut, und ich zog die Schulter in die Höhe, um den Schauer, der mich daraufhin prompt überlief, zu vertreiben. »Wir trinken nur ein Bier und sind dann gleich wieder weg. Willst du irgendwas?«

Ich versuchte, so natürlich wie möglich zu lächeln, während ich im Stillen mein Pech verfluchte, und schüttelte den Kopf. »Nein, alles gut.«

»Eine Laudatio ist eine Rede oder ein Schriftstück, das was tut?«, fragte nun Bill ins Mikrofon. Rhys und Dean entfernten sich von unserem Tisch. Bill blickte von der Karte in seiner Hand zum Tresen hinüber. »Verdammte Hacke, Della, wo zur Hölle hast du nur diese fucking Fragen aufgetan?«

Die Teilnehmer an den Tischen glucksten vor sich hin. »Das ist eine Anerkennung«, sagte Elijah leise und beugte sich vor. »Eine Lobrede auf jemanden.«

»Ja, stimmt.« Navin nickte. »Schreib's auf.«

Ren sah die beiden an, als hätten sie den Verstand verloren. »Wir gehen doch jetzt nicht allen Ernstes sang- und klanglos darüber hinweg, dass Parker einen ehemaligen Schwergewichtschampion datet und es uns verschwiegen hat?«

Ich zog eine Augenbraue hoch. »Du weißt, wer er ist?«

Mein Freund sah finster drein. »Ja, ich weiß, wer er ist. Du brauchtest nur Boxstudio zu sagen, da fiel mir wieder ein, warum er mir so bekannt vorkam. Also, was läuft hier? Ist er der Grund, warum du die ganze Zeit über so schweigsam bist?«

Mein Magen revoltierte. Oh mein Gott. Ich wollte Ren nicht anlügen. Aber wenn ich ihm erzählte, dass ich Rhys als Fake-Freund angeheuert hatte, würde er ihn womöglich schlagen, weil er glaubte, dass ich übervorteilt wurde. Und dabei würde er sich keinen Deut darum scheren, dass er dem »Witwenmacher« an Kraft weit unterlegen war.

»Wie du dir vorstellen kannst«, begann ich und versuchte, nicht den Blick zu senken, denn dann würde er wissen, dass ich log, »war ich von der Wendung der Ereignisse selbst ein bisschen überrascht. Ich habe versucht, mir über alles klar zu werden und ... offen gesagt wusste ich gar nicht, dass wir zusammen sind, bis er es gerade ausgesprochen hat.« Der letzte Teil war geflunkert.

»*Willst* du denn mit ihm gehen?«

Oh Mann, wenn das nicht die Frage des Jahrhunderts war.

»Ja«, antwortete ich scheu.

Ren musterte mich eine Sekunde lang eindringlich, dann nickte er. »Okay, na gut. Wäre nur ganz cool gewesen, wenn du uns von ihm erzählt hättest.«

Elijah trommelte mit den Fingern auf dem Tisch herum. »Äh, das ist ja alles sehr interessant, aber wir verpassen die Fragen.«

»Bill hat gefragt ...« – Plötzlich tauchte Dean neben mir auf. Er hatte ein Bier in der Hand und zwang mich, zur Seite und näher an Ren heranzurücken – »... was Nanowissenschaft ist. Das ist leicht. Es ist die Lehre von Molekülen und Strukturen in einer Größe von einem bis hundert Nanometern.«

Die Jungs sahen ihn an; auch Rhys zog jetzt einen Stuhl neben den Tisch. »Mein Bruder ist ein ganz helles Köpfchen«, sagte er, setzte sich rittlings auf den Stuhl und nippte an seinem Bier.

»Wir kannten die Antwort auch«, warf Navin ein, dessen Streberstolz sich zum Wettstreit rüstete.

Dean zuckte mit den Schultern. »Sechs Hirne sind besser als vier.«

»Sechs?« Ren warf Rhys einen ungläubigen Blick zu, und obwohl Rhys durch meinen Freund hindurchblickte, als hätte er gar nichts mitbekommen, stieg Zorn in mir empor.

Unter dem Tisch trat ich Ren heftig auf den Fuß. Da ich direkt aus dem Büro kam und noch Heels trug, musste das ganz schön schmerzhaft sein.

»Fuck!«, stieß Ren hervor. »Was sollte *das* denn, zum Teufel?«

Ich warf ihm einen zutiefst enttäuschten Blick zu, und er hatte zumindest den Anstand, beschämt dreinzublicken. Eine Grimasse schneidend und seufzend wandte er seine Aufmerksamkeit wieder Bill zu. Dessen nächste Fragen ließen sich leicht beantworten. Rhys musterte uns während des Quiz mit ausdrucksloser Miene, die ich nicht deuten konnte. Langweilte er sich? War er sauer? Egal. Er verwirrte mich und lenkte mich ab.

Warum bedeutete mir das so viel?

»Letzte Frage«, rief Bill schließlich. »Welches Tier trinkt kein Wasser?«

Wir sahen einander an.

»Das Kamel?«, schlug Elijah vor.

»Ich glaube, die können lange ohne Wasser überleben, aber sie brauchen es trotzdem«, wandte Dean ein.

»Die Pazifik-Kängururatte«, sagte Rhys leise, sodass die anderen Teams in der Nähe ihn nicht hören konnten.

»Nie gehört«, meinte Navin stirnrunzelnd.

»Wahrscheinlich weil's eine Erfindung ist«, erwiderte Ren schnaubend.

»Schreib's auf«, sagte ich.

Ren stieß mich an. »Was? Nein.«

Oh Mann, so langsam ging er mir auf die Nerven. »Wenn Rhys sagt, dass es eine Pazifik-Kängururatte ist, dann ist es eine Pazifik-Kängururatte. Schreib's auf.«

»Auch egal«, murmelte mein Freund.

Ich stieß ein Knurren aus. Er wusste, dass ich das Wörtchen »egal« normalerweise als persönliche Beleidigung auffasste. Dieses Wort war etwas für schmollende Teenager, nicht für Erwachsene. Letztere klangen wie kindische Idioten, wenn sie es sagten.

»Okay, haben alle ihre Antworten aufgeschrieben?«, fragte Bill, der sich in diesem Moment unserem Tisch näherte. »Dann gebt sie mir. Sorry, die Fragen waren verdammt hart. Wahrscheinlich hat Della ein Quiz von einer MIT-Website genommen.«

Navin gab ihm unser Blatt Papier, und Bill überflog es. »Hey, wie's aussieht, könntet ihr gewinnen.« Stirnrunzelnd sah er näher hin. »Woher zum Henker wusstet ihr das mit der Pazifik-Känguruhratte? Ich hatte bis heute nicht mal eine Ahnung, dass es so was gibt.«

Ein selbstgerechtes Lächeln machte sich auf meinem Gesicht breit, als Ren mich verlegen und stumm um Entschuldigung bat. Ich blickte Rhys an, der allerdings erst lächelte, als er meinen Gesichtsausdruck sah. Seine Augen funkelten vor Belustigung, und er trank einen Schluck Bier. Wieder hatte ich so ein höchst unliebsames Flattern im Bauch.

Elijah deutete auf Rhys. »Das war dieser Kerl hier.«

»Rhys, hab gar nicht gemerkt, dass du auch hier bist.« Bill grinste, umrundete den Tisch und schlug Rhys auf die Schulter. »Wie geht's, wie steht's? Hast dich lange nicht blicken lassen.«

»Hatte viel zu tun, Bill. Wie geht's dir und Della?«

Ich musterte Rhys, während der sich mit Bill unterhielt, und mein Blick fiel auf seine Hand, die flach auf dem Tisch lag. Er hatte große Hände, kräftige Knöchel, lange, überraschend anmutige Finger. Noch nie war mir der Gedanke gekommen, dass ein Mann attraktive Hände haben könnte. Aber Rhys' Hände waren es durchaus. Wahrscheinlich haben sie während der Profiboxkämpfe so einiges abbekommen, dachte ich stirnrunzelnd.

Die Vorstellung, er könne in den Ring zurückkehren, beunruhigte mich. Ich war froh, dass er als Boxer nicht mehr aktiv war. Bei dem Gedanken, dass ihn ein Schlag treffen könnte, drehte sich mir der Magen um.

Oh-oh.

Eigentlich sollte es mich nicht kümmern, ob er kämpfte oder nicht.

Aber es kümmerte mich.

Oh verdammt.

»Du und mein Bruder, ihr scheint ja gut miteinander auszukommen«, unterbrach Deans Stimme meine Gedanken.

Ich zuckte zusammen. Der Rhys-Nebel lichtete sich, und ich sah seinen jüngeren Bruder an. »Hmm?«

Frech grinste Dean. »Was hast du denn da gerade angestarrt?«

»Nichts.« Ich wurde knallrot und suchte verzweifelt nach etwas, womit ich ihn vom Thema ablenken konnte. »Du arbeitest im Augenblick mit Rhys zusammen im Gym, stimmt's?«

»Ja. Das Studio versinkt im Chaos, aber Rhys ist fest entschlossen, es wieder aufzubauen.«

Irgendetwas an Deans abfälligem Ton brachte mich auf die Palme. »Dass ihm das Gym so sehr am Herzen liegt, ist bewundernswert.«

»Das weiß ich.« Dean beugte sich näher zu mir heran. »Aber mein Bruder versucht es zu retten, weil es unserem Dad so viel bedeutet hat. Damit sollte er sich eigentlich nicht belasten. Er wäre besser dran, wenn er es hinter sich ließe.«

Dass Rhys an dieses Fitness-Studio gekettet war, weil er den Wünschen seines Vaters loyal gegenüberstand, beunruhigte mich mehr, als mir lieb war. Eigentlich hätte mich auch das Glück meines Fake-Freundes nicht sonderlich interessieren sollen.

»Aber sicherlich macht ihm die Arbeit im Studio doch auch Spaß, oder?«

»Er trainiert gerne junge Boxer. Und er leitet Juniorkurse, mit denen er die Kids von der Straße holt.«

»In meinen Ohren klingt das durchaus nach einem respektablen Job.« Wütend sah ich ihn an. »Warum sollte er besser dran sein, wenn er das Studio dichtmacht?«

»Finanziell schon.«

»Geld ist nicht alles.«

»Sagt die Frau, die im Geld schwimmt.«

»Stimmt schon.« Ich seufzte. »Aber es gibt tatsächlich ein paar Dinge, die wichtiger sind. Wie die Sorge um das Gemeinwohl.«

Dean stieß mich mit der Schulter an, als seien wir alte Freunde. »Warum zur Hölle glaubst du wohl bleibe ich bei ihm?«

»Worüber redet ihr beiden?«

Bei Rhys' Frage fuhren unsere Köpfe in die Höhe. Bei seiner unheilverkündenden Miene zog ich die Augenbrauen so hoch, dass sie fast den Haaransatz berührten.

»Über das Fitness-Studio.« Dean zuckte mit den Schultern, dann sah er Elijah an. »Ihr Jungs seid mit Parker aufs MIT gegangen?«

Und so wurde dieser ohnehin schon peinliche Abend sogar noch peinlicher. Die Einzigen, denen das epische Ausmaß an Peinlichkeit nichts auszumachen schien, waren Elijah, Navin und Dean. Nach einer Weile hatte Ren immerhin verwunden, dass ich Rhys vor ihnen geheim gehalten hatte, und begann, sich ebenfalls wieder an der Unterhaltung zu beteiligen.

Als Bill dann endlich mit dem Preis zu uns kam, unterhielt sich Dean bereits unbeschwert mit meinen Freunden. Manchmal versuchten sie, Rhys und mich ins Gespräch mit einzubeziehen, allerdings weitgehend erfolglos. Sie stellten Rhys ein paar Fragen zu seiner Karriere als Boxer, aber seine Antworten blieben kurz angebunden und luden niemanden zu weiteren Fragen ein. Er sah sich in der Bar um und saß nur eine Armeslänge von mir entfernt, aber genauso gut hätte er sich auf einem anderen Planeten befinden können.

Und das gefiel mir gar nicht.

Ich hatte keine Ahnung, welche Laus ihm über die Leber gelaufen war.

»Also, wie habt ihr beiden euch kennengelernt?« Plötzlich deutete Ren auf mich und Rhys. »Denn du bist eigentlich echt nicht ihr Typ. Und ich hab dich im Fernsehen mit deinen Ring-Groupies gesehen … du stehst normalerweise auch auf eine andere Art von Frau. Also, wie kam's?«

Rhys' Miene verriet keine Regung. »Wüsste nicht, was dich das angeht.«

Ren runzelte die Stirn. »Parker ist meine Freundin. Sie geht mich durchaus etwas an.«

Ich sah zwischen beiden hin und her wie bei einem Tennismatch und wurde immer ärgerlicher. Ich machte den Mund auf, um den beiden mitzuteilen, dass der einzige Mensch, den meine Angelegenheiten etwas angingen, *ich selbst* war, aber Rhys kam mir zuvor.

»Meinst du? Tut mir leid, dir die Illusionen nehmen zu müssen, aber die einzigen Männer in Parkers Leben, die das Recht haben, sich in ihre Angelegenheiten zu mischen, sind ihr Dad und der Typ in ihrem Bett.«

»Ach ja? Ich kenne Park jetzt seit zwölf Jahren.« Ren beugte sich vor. »Ich habe viel größere Rechte, mich einzumischen, als du. Ich kenne sie besser als jeder andere. Na ja, außer vielleicht Theo.« Er zuckte mit den Schultern. »Und an Theo kommt sowieso keiner ran.«

Ich war sprachlos vor Verwirrung und Wut.

»Ren, Mann, gar nicht cool«, stieß Navin knurrend hervor.

»Ja, ich glaube, es wird Zeit, dich nach Hause zu schaffen, bevor Parker beschließt, dir den Hintern zu versohlen.« Elijah schob seinen Stuhl zurück und schenkte mir ein mitfühlendes Lächeln. »Sorry, Parker.«

Ich schüttelte nur den Kopf, denn vor lauter Wut brachte ich kein Wort heraus.

»Ach, Shit.« Ren rieb sich die Augen. »Fuck, Shit. Tut mir leid.« Sein Blick war entsetzt. »Ein Bier zu viel, und schon bin ich so ein beschissener Freund. Sorry, Park.«

»Schon gut.« Es war *nicht* gut.

»Gehen wir.« Elijah stand auf und nickte Ren zu. Dann sah er Rhys an. »Bringst du dann Parker nach Hause?«

Rhys' Miene blieb erstaunlich ausdruckslos. »Natürlich.«

»Park, es tut mir wirklich leid«, wiederholte Ren und erhob sich ebenfalls. »Du weißt doch, manchmal rede ich irgendeinen Mist und denke nicht richtig nach. Ich bin ein Arschloch.«

Tatsächlich war er zwar ziemlich klug, hatte aber manchmal keinen Filter zwischen seinem Hirn und seinem Mundwerk. »Schon gut«, wiederholte ich. Diesmal meinte ich es ernst.

Er lächelte reuig. »Wir unterhalten uns später, wenn die Erinnerung an mein beschissenes Verhalten wieder etwas verblasst ist.«

Jetzt musste ich lächeln. »So machen wir's.«

Ren grinste vor Erleichterung, dass ich nicht mehr sauer war. »Bis später.«

»Ich gehe mit euch nach draußen.« Auch Dean erhob sich, nahm den Bierkasten, den wir gewonnen hatten, und folgte den Jungs aus der Bar.

»Komm, ich bringe dich nach Hause.«

Ich sah Rhys an und seufzte. »Das musst du nicht. Ich kann mir ein Taxi rufen.«

Aus irgendeinem Grund wurden seine Züge hart. »Ich bringe dich nach Hause.«

Kaum traten wir in die kühle Abendluft hinaus, spürte ich, wie eine Woge der Erschöpfung mich erfasste. »Na ... das war ja ein Spaß.«

»Du weißt schon, dass dein Ren-Typ in dich verliebt ist, oder?«

Allein bei dem Gedanken lachte ich schallend.

Meine Reaktion machte Rhys nicht glücklich, oder wie sollte ich das Zucken eines Muskels am Kinn deuten, als er die Zähne zusammenbiss.

Ich verdrehte die Augen. »Ich kenne Ren seit meinem ersten Semester auf dem College. Wir sind beste Freunde. Er hat eine langjährige Beziehung zu einer Frau, die nett und intelligent ist. Vertrau mir, er ist nicht verliebt in mich. Vielmehr ist er so was wie ein überbehütender großer Bruder.«

»Also für so eine kluge Frau bist du manchmal verdammt ahnungslos.«

Ich kniff die Augen zusammen. »Was hast du heute Abend nur für ein Problem?«

»Wer ist Theo?«, fragte er stattdessen.

Mir stockte der Atem. »Rhys …«

»Ren ist vielleicht ein Arschloch, aber das war ein guter Punkt. Er kennt dich erheblich besser, als ich dich kenne, und wenn wir das hier wirklich überzeugend spielen wollen, musst du mir auch von deiner Vergangenheit erzählen. Wie zum Beispiel von Theo?«

»Ren ist kein Arschloch.«

»Parker.«

Rhys' Stimme klang warnend, und überrascht blickte ich zu ihm auf. Diesen Ton hatte er bei mir zuletzt vor der Vertragsunterzeichnung angeschlagen und dann nie wieder.

Ich verfluchte Ren und atmete zittrig aus. Wie konnte ich die so notwendige Distanz zu Rhys wahren, wenn ich ihm tiefgreifende emotionale Krisen aus der Vergangenheit anvertraute? »Ist nicht wichtig.«

»Ist es doch, wenn dein Typ einen solchen Wind drum macht. Schätze … dieser Theo ist irgend so ein reicher kleiner Saftsack, der dich beschissen hat. Ist das der Grund, warum du keinen Mann hast? Du vertraust Männern nicht, weil eine erste Liebe schiefgelaufen ist?«

Bei der Erinnerung an Theo regten sich auch jetzt noch Schmerzen tief in meiner Brust, und Rhys' Vermutung hinterließ einen bitteren Geschmack in meinem Mund. »Er ist gestorben«, platzte ich heraus. »Er war meine Jugendliebe. Wir wuchsen in der gleichen Stadt auf, gingen seit unserem zwölften Lebensjahr miteinander. Er war mein erstes Ein und Alles.« Er blieb stehen, und ich sah ihn an. »Ich habe ihn so sehr geliebt, dass ich den Rest meines Lebens mit ihm verbringen wollte. Doch an einem Abend – wir waren siebzehn – ging er von der Party eines Freundes zu Fuß nach Hause, betrunken, auf einer dunklen Landstraße, und er wurde von einem Auto überfahren. Die haben ihn einfach am Straßenrand liegen und sterben lassen.« Tränen brannten in meinen Augen, aber ich drängte sie zurück. »Er war mein bester Freund … und dann war er einfach fort.«

»Jesus, Fuck …« Plötzlich zog mich Rhys in seine Arme, und ohne nachzudenken legte ich den Kopf an seine Brust und schlang ihm die Arme um den Körper. »Tink, es tut mir ja so leid.«

Wir schwiegen eine Weile, hielten einander dort, mitten auf der Straße, nur fest, bis ich spürte, wie seine Arme sich anspannten. Leise wehte seine Stimme auf mich herab. »Mein bester Freund ist ebenfalls gestorben.« Es klang, als würden ihm die Worte gewaltsam entrissen. »Ich habe ihn in einem Boxkampf sterben sehen. Jake. Wir sind zusammen aufgewachsen. Er war wie ein Bruder für mich. Und … ich konnte einfach nichts tun. In einer Minute lebte er noch … und in der nächsten sah ich, wie das Licht in seinen Augen erlosch.«

Er erschauerte, und ich krallte meine Finger in seine Schulterblätter, wünschte mir, ich könnte ihm so den Schmerz austreiben. Ich legte den Kopf in den Nacken, und mein Herz zog sich zusammen, als ich den Schmerz hinter all dem großspurigen Charme und dem Humor in seinen Augen sah.

»Rhys«, flüsterte ich. Es war mir verhasst, jemanden, der so groß, so fähig und so stark war, so bekümmert zu sehen.

»Er hinterließ eine Frau und ein Kind. Marcy und Rose. Der verdammte Sport, den ich so liebte, hat mir meinen Bruder entrissen, hat Marcy den Ehemann und Rose den Dad genommen.«

Er schüttelte den Kopf, versuchte seine Gefühle wieder in den Griff zu bekommen. »Als mich nach seinem Tod zum ersten Mal jemand *Witwenmacher* nannte … musste ich mich übergeben.«

»Rhys.« Ich drängte mich dichter an ihn heran.

Jetzt wusste ich Bescheid. Jetzt wusste ich, warum er nicht in den Ring zurückkehren konnte.

»Also kann ich es ein wenig nachvollziehen.« Er liebkoste meine Wange. Sein Blick folgte dem Pfad seiner Finger auf meiner Haut. »Ich weiß, wie es sich anfühlt, den besten Freund zu verlieren. Und es einfach nicht hinter sich lassen zu können.«

Er wusste wirklich, wovon ich sprach. Sanft löste ich mich aus seiner Umarmung und griff nach seiner Hand. »Ich glaube, nicht mehr als Profiboxer zu arbeiten, entspricht nicht der Unfähigkeit, die Dinge hinter sich zu lassen, Rhys. Es war eine bewusste Entscheidung. Eine Entscheidung, auf die du stolz sein solltest.« Seine Miene war ebenso kläglich wie überrascht. Ich umfasste seine Hand und drückte sie. »Ich kann mir kaum vorstellen, wie hoch die Erwartungen waren, die man an dich als Champion hatte … aber ich kann mir durchaus denken, dass sie wie ein schweres Gewicht auf den Schultern lasteten. Dem allen den Rücken zuzukehren, das zu tun, was sich für *dich* richtig anfühlt, deinem Bauchgefühl zu folgen … Rhys, das erfordert sehr viel mehr Mut, als diese Handschuhe anzuziehen und wieder in den Ring zu steigen.«

Sein Blick war schmerzerfüllt, und wieder zuckte der Muskel an seinem Kinn. Er sah mir erst tief in die Augen, dann auf unsere Hände hinab und nahm meine fest in seine. Als er wieder aufsah, lag so etwas wie Bewunderung in seinem Blick.

Etwas Liebevolles.

Etwas Bedeutsames.

Etwas, das sehr gefährlich für meine Gefühle war.

Seine Stimme war heiser wie ein Reibeisen, als er sagte: »Lass mich dich nach Hause bringen, Sweetheart.«

Schweigend schlugen wir den Weg zum Gym ein, aber Rhys ließ meine Hand keine Sekunde lang los. Als er an seiner Garage angelangt war, bei seinem Bike, schob er mir das Haar von den Schultern und setzte mir sanft den Helm auf. Dann stieg ich hinter ihm auf das Motorrad, und er nahm meine Hände und zog sie um seine Taille, sodass ich mich so dicht wie möglich an ihn presste.

Ein Teil von mir fürchtete sich davor, bei mir zu Hause anzukommen, da die Spannung zwischen uns förmlich greifbar war. Ich erwartete beinahe, dass Rhys mich fragen würde, ob er mit nach oben kommen dürfe.

Und das Beängstigende dabei?

Ich wusste nicht so genau, ob ich Nein sagen würde.

Doch Rhys stellte die Frage nicht. Als ich abstieg, blieb er auf dem Bike sitzen. Er zog seinen Helm ab und wartete geduldig darauf, dass ich auch meinen abstreifte. Dann griff er nach meiner Hand und zog mich ungestüm an sich.

Mir sprang das Herz in die Kehle, nur um dann im Sturzflug wieder hinabzusausen, als er mir einen brüderlichen Kuss auf die Stirn gab.

Hmm.

»Nacht, Tinker Bell. Bis morgen Abend, ja?«

Ich musste mich erst räuspern, bevor ich einen Ton herausbrachte. »Morgen Abend«, bestätigte ich und trat einen Schritt zurück.

»Ich fahre erst los, wenn du sicher drinnen bist, Sweetheart.«

Verwirrt und enttäuscht nickte ich nur und eilte ins Haus. Erst als ich im Aufzug angelangt war, ließ ich mich gegen die Wand fallen und flüsterte. »Du hast ein wirklich ernstes, ernstes Problem, Parker Brown.«

13. Kapitel

Rhys

Ich muss zugeben, dass es etwas äußerst Befriedigendes hatte, in meinem roten 1970er Chevy Chevelle SS454 durch das bewachte Tor auf das Anwesen eines so reichen Schnösels zu fahren. Meine Begleiterin gab ein tiefes Brummen von sich, um sich bemerkbar zu machen, worauf der Sicherheitsposten höhnisch grinste. Meine Genugtuung steigerte sich noch, als ich ihm die protzige Einladungskarte zu dieser pompösen Garten-Party reichte, was ihn sofort zum Arschkriecher machte.

»Ein Diener erwartet Sie am Ende der Auffahrt, Sir, haben Sie einen angenehmen Abend, Sir.«

Ich entließ ihn mit einer Handbewegung und sauste die Auffahrt hinauf. Sehr zu Parkers Verärgerung.

»Das liebst du, oder?«, murmelte sie. Den Chevelle fand sie nicht ganz so toll. Zumindest gab sie es nicht zu. Ich hätte schwören können, vorhin ein Aufblitzen in ihren Augen gesehen zu haben, als ich auf dem Highway Gas gegeben hatte. Doch sie wollte nicht zeigen, wie sehr sie die Fahrt genoss, und hatte nur gemeckert, wie viel Sprit wir verschwendeten.

Ich sah sie an und lächelte. »Ja, das tue ich tatsächlich. Hast du das Gesicht dieses Typen gesehen? Als hätte er mit dem Strohhalm an einer Zitrone gesaugt.«

Sie schnaufte, dann sah sie sich um und betrachtete die gewundene Auffahrt hinter uns.

»Was ist jetzt schon wieder?«, fragte ich. Vor uns machte die Auffahrt noch eine weitere kleine Kurve und gab den Blick frei auf ein riesiges weißes holzverschaltes Haus, das auf einem smaragdgrünen Teppich zu stehen schien. Liebe Güte.

»Ich hab nur nachgesehen, ob dieser mit fossilem Brennstoff betriebene Dinosaurier eine Wolke aus giftigem schwarzen Rauch ausstößt.«

Ich schüttelte lachend den Kopf. »Süß.«

Ich hatte den Chevelle genommen, weil ich ihr keine einstündige Fahrt raus nach Manchester-by-the-Sea auf dem Motorrad zumuten wollte. Und das war jetzt der Dank.

Parker verschränkte die Arme vor ihren Brüsten und starrte wütend vor sich hin. »Ich meine es ernst. Die Treibhausgase, die dieses Ding ausstößt, sind ein Albtraum.«

Eines wusste ich bereits über Parker: Wenn sie nervös war, nahm sie Zuflucht zu ihrem Lieblingsthema. Als Kind hatte Dean aus den gleichen Gründen irgendwelche Gleichungen vor sich hin gebrabbelt. Das Einzige, was dann noch half, war Ablenkung.

»Hey, du hast aber keinen Anfall bekommen, als du mir neulich abends in meiner Wohnung gesagt hast, ich solle die braunen Bananen wegwerfen.«

Sie zog die Augenbrauen hoch und sah mich an, als sei mir gerade ein zweiter Kopf gewachsen. »Ich kann dir nicht folgen. So gar nicht.«

Erwischt, Baby.

Ich zuckte mit den Schultern und fuhr auf den kreisförmigen Vorplatz, wo die Diener den Reichen aus ihren Astons und Jaguars halfen. »Nur dass beinahe elf Prozent der Treibhausgase durch das Methan verursacht werden, das aus Lebensmittelabfällen freigesetzt wird. Wenn du also Ruby angreifen willst, solltest du womöglich auch das Essen im Auge behalten, das du wegwirfst.«

Ihr blieb der Mund offen stehen, und sie brachte keinen Ton heraus. Ich grinste breit. »Anscheinend bist du in Sachen Umwelt doch nicht so bewandert, wie ich dachte.«

Parker knurrte. »Doch, natürlich wusste ich das!«

»Aaa-ha.«

Sie verdrehte die Augen, lehnte sich auf ihrem Sitz zurück und schnaubte. Aber schon bald fingen ihre Lippen an zu zucken, und sie gab ein leises selbstironisches Lachen von sich. »Na gut. Du hast mich erwischt.«

Unwillkürlich stimmte ich in ihr Lachen mit ein. Durch das Blätterdach über uns sah man hier und da den Himmel, die Sonne warf einzelne Lichtsprenkel auf unser Auto. Sie brachten Parkers lächelndes Gesicht zum Leuchten, und mein Herz machte einen Satz. Schnell atmete ich ein, aber trotzdem war mir etwas schummrig zumute.

Es war mir neulich Abend wirklich zu Herzen gegangen, als sie mir von Theo erzählt hatte. Ich hatte keine Ahnung, wie es war, jemanden so zu lieben, aber ich wusste durchaus, wie sich Verlust anfühlte. Ihr Schmerz ging mir nahe, und ich wollte sie nie wieder weinen sehen.

Das Verrückte war, dass ich selbst beinahe in Tränen ausgebrochen wäre, als sie mir direkt in die Augen gesehen und gesagt hatte, dass es Mut erfordert hatte, meine Boxkarriere zu beenden, und dass es das Richtige gewesen sei. In diesem Augenblick hatte ich das Gefühl, dass mich jemand ganz und gar wahrnahm. Dass mich jemand verstand. Das hatte ich bislang bei niemandem so erlebt. Dass eine brillante zierliche, aber dennoch gewaltige Frau wie Parker etwas Wertvolles in mir sah, war ein Geschenk. Ich hatte nicht mal geahnt, dass ich dieses Geschenk brauchte, bevor sie es mir gegeben hatte. Und jetzt sehnte ich mich nach mehr.

Ich bewegte mich mittlerweile auf einem äußerst schmalen Grat. Zärtlichkeit und das Bedürfnis, sie zu beschützen, überwältigten mich beinahe jedes Mal, wenn ich sie ansah. Aber unsere Beziehung war nun mal immer noch rein geschäftlich. Es tat mir nicht gut, mich emotional darauf einzulassen. Dennoch genoss ich es, mit ihr zusammen zu sein und einfach nur mit ihr zu lachen.

Immer noch leise lachend hielt ich den Wagen an.

»Hast du dein Auto wirklich Ruby genannt?«, fragte sie, während ein Diener zu uns herüberjoggte, um ihr die Tür zu öffnen.

»Ja.« Ich tätschelte das schimmernde schwarze Armaturenbrett. »Mein Mädchen. Sie heißt Ruby.«

Sie stieg aus, sodass ich ihre Antwort nicht mehr verstehen konnte.

Ich reichte dem Diener die Schlüssel und folgte Parker ins Haus. Oder besser in das »Herrenhaus«. Ich war durchaus groß gebaut, aber in dieser Empfangshalle mit den hoch aufragenden Decken und goldgerahmten Ölgemälden kam ich mir klein vor. Vielleicht war das ja auch der Sinn und Zweck. Man verwies die Gäste in ihre Schranken, sobald sie durch diese Türen gingen. Oder vielleicht wollten die Besitzer der Villa ja auch nur möglichst viel Licht und Luft haben. Wenn ich mich so umsah, wünschte ich mir irgendwie doch, ich könnte mir immer noch eine Villa wie diese leisten.

Parker schien sich in dieser Umgebung durchaus wohlzufühlen, denn sie bewegte sich entspannt und wie selbstverständlich durch die Menge. »Wahrscheinlich ist Jackson irgendwo auf dem Rasen.«

Den fraglichen Rasen sah man durch riesige mit üppigen Schnitzereien verzierte Doppeltüren am anderen Ende des Hauses. In der Ferne winkte das Blau des Hafens.

»Das ist also Fairchilds Sommerhaus?«, fragte ich, als wir nach draußen traten. Die plattierte Veranda wurde zu beiden Seiten von Terrassen flankiert. In der Mitte führte eine Treppe zu einem Pool hinab, der geradewegs aus *Der Große Gatsby* zu entstammen schien. Na ja, wenn es damals bei Gatsby Frauen in String-Bikinis gegeben hätte. Fairchild hatte offensichtlich eine Schwäche für diese Bikini-Models.

»Eines davon jedenfalls.« Parker wirkte nicht sonderlich beeindruckt. »Ich glaube, das hier gehörte seinen verstorbenen Eltern – oh verflixt!«

Verflixt?

Meine Lippen zuckten. »Du kannst ruhig ›Scheiße‹ sagen, Sweetheart. Deine Mom wird nicht gleich hinter den Büschen vorspringen und mit dem Finger auf dich zeigen.«

Aber Parker hörte gar nicht zu. Panik loderte in ihren Augen auf. Sie machte einen halben Schritt von mir fort, dann wirbelte sie herum und griff mich am Handgelenk. »Schnell, hier entlang …«

»Parker Brown?«, rief eine Frau mit Überraschung in der Stimme aus.

Parker erstarrte zur Salzsäule. »Pustekuchen«, murmelte sie leise. Sie setzte ein falsches Lächeln auf – das eher einer Grimasse ähnelte – und ging nun auf eine elegant gekleidete ältere Dame mit glattem dunklen Haar zu. Sie gaben sich diese Wangenküsse, die manche Frauen so toll finden.

»Vida«, sagte Parker nun etwas weniger steif, aber dennoch immer noch ziemlich verspannt. »Schön, dich wiederzusehen.«

»Und dich, mein liebes Mädchen.« Vida löste sich von ihr und musterte Parker beifällig. Sie war sich meiner Anwesenheit offensichtlich bewusst; ich war nur noch nicht offiziell registriert worden. »Es ist so lange her.«

»Mein neuer Job hält mich ziemlich in Atem.«

»Ah, ja, natürlich.« Die Frau warf mir aus dunklen Augen einen kurzen abschätzenden Blick zu. »Du arbeitest für Franklin.«

»Nun, gewissermaßen, ja«, antwortete Parker. »Ich wusste gar nicht, dass du ihn kennst.«

Vida lachte und enthüllte ein paar äußerst weiße Zähne. »Tut das nicht jeder?«

Parker wurde blass und zog die Schultern hoch. »Scheint so.« Sie schenkte Vida ein weiteres Plastiklächeln. »Nun, ich werde dann mal eben den Gastgeber begrüßen …«

»Willst du mich denn deinem Freund nicht vorstellen?« Erst in diesem Moment sah Vida mich richtig an. Ihr Blick glitt mit bedächtigem Wohlwollen über mich hinweg.

An diesen Blick war ich gewöhnt. Den hatte ich vor und nach jedem einzelnen Kampf bekommen. Frauen wollten mit mir vögeln, weil es aufregend war, mit mir anzugeben. Ich hatte den Fehler gemacht, auf ein paar dieser Avancen einzugehen, nur um hinterher auch von ihren Freundinnen kontaktiert zu werden, die sich ganz sicher waren, dass ich es auch mit ihnen treiben würde. Für sie alle war ich nie mehr gewesen als ein sexy Muskelprotz.

Eigentlich hätte ich dankbar für diese Erfahrung sein sollen; immerhin hatte ich gelernt, wie es sich anfühlte, sich billig und benutzt vorzukommen. Und nun machte sich dieses unangenehme, vertraute Gefühl wieder in mir breit. Doch dann fiel mir auf, dass Parker mich nicht vorgestellt hatte. Ich war hier als ihre Partybegleitung, und sie wich vor mir zurück, als wünschte sie sich weit weg.

Das passte mir verdammt noch mal überhaupt nicht.

Parker sah mich an, und wieder bemerkte ich ihr Widerstreben. Scham. Reue.

Mir wurde übel.

»Ja, natürlich«, hörte ich ihre Stimme undeutlich über das Rauschen in meinen Ohren hinweg. »Das ist Rhys.«

Das war's. Nicht Freund oder Date. Nur Rhys.

Meine Lippen wurden ganz taub. Reglos stand ich da. Ein großer blöder Ochse.

Vidas Lächeln war listig. »Und hat Rhys auch einen Nachnamen?«

Mein Nachname interessierte sie einen Scheißdreck. Sie war dabei, mich anzugraben. Das wussten wir alle.

Ich lächelte breit und streckte ihr die Hand entgegen. »Callboy.« Ich bleckte die Zähne. »Ist allerdings eher ein Titel.«

Parker keuchte, und Vida lachte leise.

»Wie fantastisch, Parker.« Sie klang tatsächlich beeindruckt.

Parker hingegen war tiefrot geworden. Gut. Ich ließ die verspannten Schultern kreisen. »Wenn Sie mich entschuldigen wollen. Ich brauche ein Bier.«

Ich umfasste Parkers Ellbogen und führte sie so sanft ich konnte fort. Ich war stinksauer, weshalb ich mit meiner Kraft jetzt ganz besonders haushalten musste. Ja, Parker hatte mich wie Dreck behandelt, aber deshalb würde ich sie jetzt noch lange nicht grob anfassen.

»Rhys«, zischte sie, während sie neben mir herstapfte. »Was zum Teufel sollte das?«

»Das könnte ich dich ebenso fragen«, gab ich zurück. Auf den diversen Terrassen waren verschiedene Bars aufgebaut. Ich ging zur nächstbesten hinüber. »Bier. Geben Sie mir einfach die ganze Flasche.«

Parker wollte mir mit ihrem Blick ein Loch in den Schädel bohren, doch ich nahm nur unbeeindruckt die Flasche und trank einen tiefen Schluck.

»Du wolltest dieser Frau nicht verraten, wer ich bin«, sagte ich. »Wieso?«

Sie biss sich auf die Unterlippe und wandte den Blick ab. »Sie ist mit meinen Eltern befreundet.«

Ich hatte das Gefühl, als hätte sie mir einen kräftigen Tritt in die Eier verpasst. »Ah.«

Parker sah mich aus großen nachdenklichen Augen an. »Das war's?«

»Was soll ich darauf sagen?« Ich zuckte mit den Schultern und umfasste mein Bier fester.

»Na ja, offensichtlich gibt es ja durchaus etwas zu sagen, denn du bist eindeutig schlecht gelaunt.«

Mein Gott, für so eine kluge Frau war sie manchmal schon wirklich verdammt blind. »Egal, Prinzessin. Es ist nichts.«

Sie kniff die Augen zusammen. »Sehr erwachsen.«

»Genauso erwachsen, wie einen Fake-Freund zu engagieren, weil du nicht in der Lage bist, deinem Arschloch von Boss zu sagen, dass er sich mit seinem misogynen Bullshit verpissen soll.«

Sie blinzelte, schwieg ein paar Sekunden lang, dann fing sie sich wieder ein. »Ich bin total wütend auf dich, und eigentlich würde ich dir gern sagen, wohin du dir diesen Kommentar schieben kannst, aber ich fühle mich veranlasst, dir für die Benutzung des Wortes ›misogyn‹ Anerkennung zu zollen.«

Gott, diese Frau. Ich mochte sie, verdammt noch mal. Aber das durfte ich nicht zulassen. Ein guter Boxer schützt seine Schwachstellen.

»Ein so langes Wort und dann auch noch richtig verwendet«, sagte ich trocken.

Sie schnaubte, kniff die Augen noch mehr zusammen und feuerte erneut drauflos. »Es war weniger die Länge, die mich beeindruckt hat, als die richtige Verwendung.«

Zu leicht. Ich prostete ihr mit der Bierflasche zu. »Sweetheart, bei mir bekommst du immer beides.«

»Was …?« Ihre Wangen wurden flammend rot. »Oh, du … du …«

Ich beugte mich vor. »Komm schon, Tink. Sag es … Arschloch,

Pisser … Du willst mir doch so richtig den Marsch blasen. Also gib's mir.«

Ich konnte förmlich sehen, wie ihr diese Worte im Kopf herumschwirrten und auf ihrer süßen Zungenspitze tanzten. Ich wollte daran saugen, ihren Mund erkunden, ihre Wut schmecken. Mein Gott, ich war hart. Verdammt scharf. Ich atmete schwer. Ihr Mund wäre weich wie ein Kissen und ihr Zorn hart und flink.

Als ich bemerkte, dass sie auch heftig atmete, zuckten meine Arme. Ich ballte die Hände zu Fäusten, um sie nicht an mich zu ziehen. Mich dermaßen zu beherrschen, war beinahe schmerzhaft.

Sie gab ein leises Geräusch von sich. Kein Stöhnen, aber nahe dran. Sehnsüchtig. Verwirrt.

Ich kann Abhilfe schaffen, Sweetheart.

Ich machte einen Schritt auf sie zu. Sie duftete so köstlich. Sah so wunderbar aus.

Aber wieder wurden wir unterbrochen.

»Parker?« Diesmal war es eine Männerstimme.

Also wirklich, diese verdammte Party!

Eben war Parker in heller Aufregung gewesen, doch jetzt blickte sie geradezu entsetzt drein. Ihr blieb der Mund offen stehen, und gleichzeitig wandten wir uns dem Mann zu, der nur wenige Meter von uns entfernt stand. Schwarzes grau meliertes Haar, Brille mit Stahlrand, maßgeschneiderte graue Hose und ein elfenbeinfarbenes Seidenhemd. Er sah aus wie ein New Yorker, der es am Wochenende mal lässig angehen lässt.

Parker hatte seine Augen. Keine Ahnung, warum mir das auffiel. Aber es fiel mir auf. Und ich wusste genau, wer er war. Sie hatten auch das gleiche Lächeln.

Parker gab ein ersticktes Quietschen von sich. »Dad.«

Na dann mal los …

Parkers Dad lächelte. »Peanut.«

»Peanut?«, flüsterte ich Parker zu und hätte einen wütenden Blick erwartet oder vielleicht dass sie mir den Ellbogen in den Magen rammte. Aber sie stand wie versteinert da.

Ihr Dad beugte sich vor und gab ihr einen Kuss auf die Wange. »Ich wusste gar nicht, dass du auch eingeladen bist.«

Parker schluckte hörbar. »Ich dachte gerade das Gleiche.«

Er war ein Stück größer als sie, aber von drahtigem Körperbau, während Parker eher zart war.

Im Gegensatz zu Vida wandte sich Parkers Dad sofort an mich und streckte mir die Hand entgegen. »Charles Brown. Aber nicht verwandt mit dem kleinen Kahlkopf, fürchte ich.«

Charles Brown? Bei der Assoziation musste ich grinsen. Ich schüttelte ihm die Hand. »Dann nehme ich an, Sie lassen sich auch nicht Charlie nennen?«

Er lachte auf. »Nicht, solange ich es verhindern kann. Was das angeht, war meine Kindheit schon schlimm genug.«

Trotz seiner Lässigkeit strahlte Charles Brown Macht aus. Manche Männer glaubten ja, der größte oder stärkste Mann im Raum sein zu müssen, um am meisten Macht auszustrahlen. Das war Bullshit. Oft waren mentale Kraft und Selbstvertrauen erheblich wichtiger als die körperliche Konstitution.

Brown gehörte zu den wenigen Männern, die wussten, dass sie niemandem irgendetwas beweisen mussten. Er fühlte sich wohl in seiner Haut. Das bewunderte ich zutiefst. Ebenso die Art, wie er seiner Tochter beschützend und liebevoll den Arm um die Schultern legte, eine Geste, mit der er sie nicht für sich beanspruchen, sondern ihr zeigen wollte, dass sie geliebt wurde.

»Rhys Morgan«, stellte ich mich vor, als Parker weiterhin schwieg. In ihrem Oberstübchen brannten zwar sämtliche Lichter, doch offensichtlich war niemand daheim. »Ich bin ein Freund von Parker.«

Ich hatte keine Ahnung, was sie sich in solch einer Situation von mir wünschte. Sollten wir ihre Familie belügen?

Parker blinzelte und rang sich dann ein Lächeln ab. »Rhys ist ein ehemaliger Boxer. Fairchild ist ein Fan.«

Brown nickte, wobei sein Blick zwischen mir und seiner Tochter hin und her wanderte. »Ich bin ebenfalls ein Fan.«

Na, wenn das keine Überraschung war.

»Dieser Kampf mit Davis, als Sie ihn schon in der zweiten Runde k. o. schlugen? Legendär.«

Seltsamerweise fand ich es schön, dass Parkers Dad von meiner Karriere als Profiboxer wusste und sie billigte.

»Diesen Kampf kann man entweder lieben oder hassen.« Ich persönlich liebte ihn. Davis hatte ein großes Maul und ein Glaskinn.

»Hängt wohl davon ab, auf wen man gesetzt hat.« Der Glanz in Browns Augen sagte mir, dass er sein Geld nicht verloren hatte.

»Das ist ja meistens so.«

Als wir beide leise lachten, fand auch Parker ihre Stimme endlich wieder.

»Ich hatte keine Ahnung, dass du Rhys kennst, Dad.«

»Woher solltest du auch? Ich glaube, über Sport haben wir beide uns nie unterhalten.« Seine Stimme und der Ausdruck seiner Augen ließen keinen Zweifel: Er wusste, dass Parker nicht mit mir hier war, weil sie ein Fan war. Und genauso offensichtlich wollte er wissen, *warum* wir Freunde waren – und wie nah wir einander standen.

Parker wandte den Blick ab, sah dann aber zu mir auf. »Vielleicht sollten wir Fairchild mal signalisieren, dass wir hier sind. Er möchte Rhys alles zeigen«, erklärte sie ihrem Vater.

Beinahe hätte ich die Augen verdreht. *Das* sollten wir ihm also jetzt weismachen? Ich war hier, weil Fairchild einen Narren an mir gefressen hatte?

Beinahe wäre sie damit durchgekommen, aber eine hübsche ältere Frau mit honigblondem Haar und eine jüngere Frau, die Parker verblüffend ähnlich sah, gesellten sich nun ebenfalls zu uns. Man brauchte nicht allzu viel Fantasie, um zu erraten, dass es sich um Parkers Schwester und ihre Mutter handelte. Ich hätte schwören können, dass Parker leise aufstöhnte.

»Mom. Easton.« Sie klang, als hätte sie mit Nägeln gegurgelt.

Easton musterte mich interessiert. Offensichtlich freute sie sich darüber, Parker in Begleitung eines Mannes anzutreffen. »Ja, hallo Parker«, rief sie, ohne mich aus den Augen zu lassen.

Genau wie ihr Dad, so konzentrierte sich Parkers Mom ebenfalls sofort auf mich. »Hallo, ich glaube, wir kennen uns noch nicht. Ich bin Marion Brown.«

»Rhys Morgan.«

Sie schüttelte mir die Hand. Ihr Griff war ebenso fest wie ihr Blick.

Ich sagte nichts mehr, denn das Reden wollte ich jetzt Parker überlassen. Sie warf mir einen Blick zu, den man ungefähr wie »Rette mich aus der Familien-Hölle« deuten konnte. Ich fühlte mit ihr.

»Morgan!« In diesem Augenblick kam Fairchild herangestürmt, ganz der eifrige Biber.

Ich musste unwillkürlich lachen. Ich konnte nicht anders. Das war in diesem Moment noch das Tüpfelchen auf dem i.

Wie üblich ignorierte Fairchild Parker vollkommen. Er schlug mir auf die Schulter, als sei ich sein Sohn, und wandte sich dann an die Browns. »Habt ihr Parkers Freund etwa gerade erst kennengelernt?«

Seine Worte landeten zwischen uns wie eine Bombe und mündeten in verblüfftem Schweigen. Parker wirkte so elend, dass ich einfach nicht anders konnte, als ihre Hand zu nehmen und sie sanft und mitfühlend zu drücken. Marion Brown entging diese Geste keineswegs.

»Freund«, wiederholte Marion. Ich konnte nicht genau sagen, ob sie erschrocken oder überrascht war.

Nein, falsch. Parkers gesamte Familie schien wie vom Blitz getroffen. Ich erinnerte mich daran, wie Parker wegen Theo geweint hatte, und ich wusste mit einem Mal mit kalter Gewissheit, dass sie seither keinen Mann mit nach Hause gebracht hatte.

Ihre Hand wurde feucht, aber sie umfasste meine ein wenig fester. »Ah, ja … das heißt …« Sie sah Fairchild an, der sich erwartungsvoll umsah. »Wir sind noch nicht lange zusammen.«

Fairchild nickte ungeduldig und legte mir erneut die Hand auf die Schulter. Ich hasste es, wenn er mich berührte. Meine Muskeln spannten sich an, aber ich wehrte ihn nicht ab. Natürlich bemerkte er nichts davon.

»Rhys, warum lassen wir Parker und ihre Eltern nicht allein, damit sie sich unterhalten können? Ich will Ihnen ein paar Männer vorstellen. Sie sind wirklich daran interessiert, in diesen Sport zu investieren.«

Vielleicht war es jetzt wirklich besser, Parker in Ruhe zu lassen. Sie sah aus, als finge sie gleich an zu schreien. Fairchild winkte einer Gruppe von Männern in der Menge zu. Dann griff er mich am Arm und zog mich mit sich wie einen Hund an der Leine.

Geld. Ich brauchte Sponsoren, um mein Fitness-Studio zu retten.

Parker. Ich musste diesem Arschloch nachgeben, sonst bekam sie Probleme.

Also biss ich die Zähne zusammen und ließ mich von ihm fortziehen. Das war wirklich eine Höllen-Party.

14. Kapitel

Parker

Es gab nur wenige Momente in meinem Leben, in denen ich mich nicht freute, meine Eltern zu sehen. Dies war einer davon. Ich sah Fairchild hinterher, der Rhys über den Rasen zu einem großen blonden Mann hinüberführte, und wünschte, er wäre geblieben. Das tröstliche Gefühl seiner Hand, die meine umfing, war das Einzige gewesen, das mich vor dem Zusammenbruch bewahrt hatte, nachdem Fairchild meiner Familie verkündet hatte, dass Rhys und ich miteinander gingen.

Dass ich ausgerechnet von Rhys getröstet werden wollte, war ein Widerspruch in sich, denn immerhin war er der Grund, warum mir vor den nächsten Minuten graute. Ich musste meine Eltern und meine Schwester anlügen.

Wie hatte diese Fake-Beziehung nur so komplett aus dem Ruder laufen können?

Und wo war dieser verdammte Eingang in die Sandnattern-Dimension, damit ich mich hineinstürzen konnte.

Nein, falsch.

Ich würde ausschließlich Franklin Fairchild durch die Tür stoßen, wenn sie jemals auf wundersame Weise auftauchte.

»Ich wusste nicht, dass ihr hier seid«, röchelte ich und bekam vor lauter Beklemmung kaum noch Luft. »Oder dass ihr Fairchild kennt.«

Dad runzelte die Stirn. »Jeder kennt Fairchild. Deine Mutter ist in diversen Wohltätigkeitsausschüssen mit Fairchilds Frau Evelyn.«

Das war mir nicht klar gewesen.

Mist.

»Oh.«

»Wir haben vor nicht allzu langer Zeit zusammen gefrühstückt, und du hast deinen Freund mit keiner Silbe erwähnt«, sagte Easton enttäuscht. »Schon gar nicht einen, der so aussieht.«

»Der wie aussieht?«

Sie zuckte mit den Schultern. »Wie einer der Stripper, die wir hoffentlich auf Hawaii engagieren.«

»Stripper?«, riefen meine Eltern im Chor. Mein Vater zog die Augenbrauen hoch, und meiner Mutter blieb vor Schreck der Mund offen stehen.

Ich ignorierte sie beide und sah meine Schwester wütend an. »Tu nicht so, als sei er ein Gegenstand.«

Easton grinste ohne Reue. »Hab ich gar nicht, allerliebste Schwester. Ich habe nur die Beobachtung gemacht, dass dein *Freund* eine echte Augenweide ist und ganz und gar nicht das, was wir erwartet hätten. Also erzähl mehr.«

Mit feuchten Händen und rasendem Herzen sah ich jedem Mitglied meiner Familie in die forschenden Augen und hasste mich selbst dafür, als ich mit der Lüge herausrückte, die Rhys sich für unser Kennenlernen ausgedacht hatte. »Wir sind zusammengestoßen. Buchstäblich. Ich war mit Zoe etwas trinken gegangen. Sie musste dann zur Arbeit, aber ich blieb noch, um auszutrinken. Als ich das Lokal verließ, kam Rhys zur Tür herein und hätte mich beinahe über den Haufen gerannt. Er fragte, ob er mir als Entschuldigung einen Drink spendieren könne, und …« Ich verstummte und zuckte kreuzunglücklich mit den Schultern.

»Warum siehst du dann aus, als würde dir die ganze Sache ordentlich zusetzen?« Easton war anscheinend hin- und hergerissen zwischen Belustigung und Sorge.

»Und warum hören wir heute zum ersten Mal von diesem Jungen?«, grollte Mom.

Unwillkürlich entfuhr mir ein nervöses Schnauben, als ich hörte, dass meine Mutter Rhys als *Jungen* bezeichnete. »Wo ist Oliver?«, wich ich der Frage lieber aus und hielt nach dem Verlobten meiner Schwester Ausschau.

»Geschäftsreise. Aus lauter Langeweile habe ich mich deshalb Mom und Dad angeschlossen – und anscheinend war das die beste Entscheidung seit einer Ewigkeit.«

Meine Wangen brannten, und wütend funkelte ich sie an. Sie lächelte liebreizend. »Mom hat dir eine Frage gestellt.«

»Das habe ich in der Tat«, bekräftigte Mom, trat einen Schritt näher und berührte mich am Arm. »Warum verhältst du dich in Bezug auf deinen jungen Mann so merkwürdig?«

»Müssen wir uns Sorgen machen?« Dad sah aus, als täte er das schon.

»Ach, Leute, lasst sie in Ruhe.« Easton zuckte so heftig mit den Schultern, dass beinahe ihr Champagner aus dem Glas geschwappt wäre. »Ist doch offensichtlich, dass sie sich seltsam verhält, weil es schon eine Weile, eine *ganze* Weile her ist, seit sie das letzte Mal einen Freund hatte, oder? Aber das beantwortet Moms Frage trotzdem noch nicht«, drängte sie mich dann.

»Ich kann mich kaum erinnern, wann du jemals so hilfreich warst wie just in diesem Augenblick.« Ich lächelte schmallippig. »Tatsächlich bist du so hilfreich, dass ich mich möglicherweise schon in nächster Zukunft dafür *revanchieren* werde.«

Diesmal war ihr Grinsen boshaft. »Unsinn. Wofür hat man denn Familie?«

Ein Knurren stieg tief aus meiner Kehle auf.

»Parker, Darling, so was ist äußerst undamenhaft.« Mom schüttelte den Kopf. »Nun, du sagtest gerade …«

Bebte da etwa die Erde? Oder waren das nur meine zitternden Knie? Wenn meine Eltern herausfanden, dass ich meinen Treuhandfond angebrochen hatte, um einen Mann dafür zu bezahlen, dass er meinen Freund spielte, würden sie im Boden versinken. Und zutiefst enttäuscht von mir sein. Die Luft war plötzlich ein wenig dünn. »Ist es warm hier drin?«

Eastons Lippen zuckten. »Hier draußen, auf der Wiese?«

Oh Scheiße.

Ich blinzelte überrascht, als mir klar wurde, dass ich in Gedanken fluchte.

Ich konnte mich gar nicht daran erinnern, wann ich das zum letzten Mal getan hatte.

Ich wartete nur darauf, im Kopf auch die Stimme meiner Mutter zu hören, die mich wegen meines Sprachgebrauchs tadelte. Aber stattdessen hatte ich immer nur vor Augen, was passieren würde, wenn sie herausfand, dass ich mir eine Begleitung gemietet hatte.

Scheiße!

Rhys hatte recht. Das fühlte sich gut an. Durch ein Wort wie »verflixt« konnte man nicht halb so viel Dampf ablassen wie durch einen ordentlichen Fluch. Und ich machte mir nichts vor … ich saß ziemlich tief in der Scheiße.

Shit, shit, shit, shit, shit, shit.

»Shit.«

»Parker Brown«, zischte meine Mutter. »Deine Ausdrucksweise.«

Ich hätte mittlerweile schwören können, dass Easton betrunken war, so heftig kicherte sie.

Mit flammend roten Wangen warf ich meiner Mutter einen entschuldigenden Blick zu. »Sorry. Es ist nur …«

»Was ist es nur?« Dad stellte sich neben mich und legte die Hand auf meine Wange.

Als ich die Besorgnis in seinen dunklen Augen sah, hasste ich mich nur noch umso mehr.

»Peanut, was ist denn los?«

Ich sah meinem Vater in die Augen, umfasste sein Handgelenk und lächelte ihn zittrig an. »Ich wollte mich erst noch ein wenig daran gewöhnen, wieder in einer festen Beziehung zu sein, bevor ich Rhys euch allen vorstelle.« Die Lüge kam mir leicht über die Lippen, trotzdem steigerte sich meine Übelkeit.

Das Gefühl wurde noch stärker, als ich die Erleichterung auf dem Gesicht meines Vaters sah. »Peanut, ich freue mich einfach nur, dass du die Vergangenheit hinter dir lässt. Wenn du ein wenig mehr Freiraum brauchst, dann lassen wir ihn dir gern.«

»Natürlich.« Mom drückte meinen Arm und schenkte mir ein verhaltenes Lächeln. »Ich habe allerdings keine Ahnung, wie wir dir *im Augenblick* mehr Freiraum lassen sollen, denn immerhin sind wir auf der gleichen Party. Aber ich verspreche dir, im Moment noch nicht auf ein Familiendinner mit Rhys zu bestehen. Rhys.« Sie lächelte meinen Vater an. »Findest du nicht auch, dass dieser Name äußerst bodenständig klingt?«

Dad erwiderte ihr Lächeln und sah mir dann erneut ins Gesicht. Er fuhr mit dem Daumen über meine Wange, dann ließ er mich los. »Ich weiß nur, dass er etwas Besonderes sein muss, wenn er unserer Parker ins Auge gefallen ist.«

Es überraschte mich nicht, dass es meinen Eltern vollkommen gleichgültig war, ob Rhys zur High Society gehörte oder nicht. Sie wollten mich einfach nur wieder glücklich sehen.

Deshalb war es ja auch so verdammt schrecklich, sie anzulügen.

»Parker!«

Ich war so erschöpft von meiner inneren Selbstgeißelung, dass ich Mühe hatte, ein Lächeln aufzusetzen, als ich mich zu Jackson und Camille umwandte. Mein Boss und seine Verlobte kamen über den Rasen auf mich zu, und sie waren nicht allein. Eine Frau etwa in meiner Größe mit ein wenig mehr Kurven und einem weißen klassisch geschnittenen Sommerkleid begleitete sie. Ihr schimmerndes dunkles Haar trug sie in einem makellosen Bob, und wenn sie den Arm hob, um am Champagner zu nippen, funkelte das Sonnenlicht in ihrem diamantenen Tennisarmband. Ihr Gesicht war seltsam alterslos, was entweder auf beneidenswert gute Gene oder die beste plastische Chirurgie, die ich je gesehen hatte, zurückzuführen war. Sie konnte zwischen fünfunddreißig und fünfzig sein, aber das war unmöglich herauszubekommen, ohne sie zu fragen.

Wie auch immer, sie war ein bekanntes Gesicht, deshalb wusste ich, dass sie siebenundvierzig war.

Es handelte sich um Diana Crichton Jones. Milliardärin. Ihr Großvater hatte Mitte der 40er-Jahre eine Agentur zur Vermögensanlageberatung gegründet. Danach hatte ihr Vater die Firma geleitet, bei dessen Tod Diana erst dreiundzwanzig gewesen war. Als sie in seine Fußstapfen als CEO getreten war, hatte sie zunächst nur Spott geerntet.

Doch Diana hatte sich als Segen für Crichton Investments and Research erwiesen. Mittlerweile belief sich das von der Firma verwaltete Vermögen auf über 2 Billionen Dollar. Überdies hatte sie ein paar außergeschäftliche Investitionen getätigt, wodurch ihr Privatvermögen sich in schwindelerregenden Höhen bewegte.

Das alles wusste ich, weil sie eine äußerst beeindruckende Frau war. Kaum jemand aus der wohlhabenden Gesellschaft hatte noch nicht von ihr gehört.

Allerdings hatte ich sie nie persönlich kennengelernt.

Bis heute.

Kurzzeitig abgelenkt von der Katastrophe, die sich zwischen mir und meiner Familie entwickelte, schüttelte ich Diana die Hand, nachdem Jackson uns miteinander bekannt gemacht hatte. Dann stellte ich meinem Boss und seiner Verlobten sowie der ehrfurchtgebietenden Milliardärin auch meine Familie vor.

Mein Vater, der über einen ausgeprägten Instinkt verfügte, schien zu ahnen, dass Jackson Diana aus einem bestimmten Grund hergebracht hatte. Sanft legte er meiner Mutter die Hand ins Kreuz. »Warum holen wir uns nicht noch etwas zu trinken?«

Mom nickte, winkte meinem Boss kurz zu und ließ sich dann von Dad davonführen.

»Ich … geh dann mal mit.« Easton warf mir noch ein freches Grinsen zu, dann eilte sie unseren Eltern hinterher.

Nachdem ich ihren Argusaugen entgangen war, entspannte ich mich etwas und wandte mich Jackson zu.

Seine Augen brannten vor Aufregung. Das gleiche Leuchten hatte ich darin gesehen, als ihm klar geworden war, wie bedeutsam die von mir vorgeschlagenen Veränderungen für das Prognosemodell sein würden.

»Parker, keine Ahnung, ob du es weißt, aber Diana ist sehr am Ausbau erneuerbarer Energien interessiert, und ich habe ihr gesagt, was für einen großen Gewinn du für unser Team darstellst.«

Sein Blick hatte etwas Eindringliches, das ich nicht so recht verstand, aber ich lächelte trotzdem, erfreut über sein Lob. »Danke, Jackson.« Ich sah Diana an, wobei ihre Gegenwart mich etwas nervös machte. Sie hatte stahlgraue Augen, die ihrem Gegenüber geradewegs ins Innere zu sehen schienen. »Sie haben also Interesse an erneuerbaren Energien?«

»Ja, sogar sehr. Ich interessiere mich für alles, was für unsere Zukunft wichtig ist.« Diana machte einen Schritt auf mich zu, neigte ein wenig den Kopf zur Seite und musterte mich. »Bislang habe ich in unserem Fachgebiet nicht viele Frauen getroffen.

Nicht, dass es überhaupt allzu viele gäbe. Es ist eine vornehmlich männliche Domäne.«

»Ingenieurswesen ja sowieso.« Ich zuckte mit den Schultern, wie um zu sagen: »Was sollen wir da machen?«

»Stimmt. Ich habe Jackson erzählt, dass ich in ein Unternehmen investieren will, das sich mit erneuerbaren Energien befasst, aber ich bin sehr wählerisch, wo ich mich finanziell engagiere.« Sie lächelte kühl. »Für männlich dominierte Firmen habe ich nicht viel übrig. Ich bevorzuge eine gute Mischung. Leidenschaft. Ich muss sicher sein, dass ein Unternehmen die Besten engagiert, weil sie die Besten sind, und nicht, weil sie einen Schwanz haben.«

Angesichts ihrer unverblümten Sprache musste ich blinzeln. Ich spürte, wie ein Lachen in mir hochstieg, und wünschte mir, Rhys wäre jetzt hier. Ihm hätte ihre direkte Art gefallen.

Ich blinzelte noch einmal, weil … wow.

Seit wann dachte ich bei so etwas an Rhys?

»Ich hätte Horus beinahe links liegen gelassen, als ich entdeckte, dass sie keine Frauen in ihrem Stab haben. Aber dann sind Sie auf der Bildfläche erschienen und haben sich überdies laut Jackson mit beeindruckenden Leistungen hervorgetan. Es gibt keine anderen Unternehmen, die ein Modell wie das Ihre nutzen. Weshalb man auch im Ausland auf Sie aufmerksam geworden ist.«

Ich nickte. Das alles war mir bekannt, und ich fragte mich, worauf Diana hinauswollte.

»Ich bin eine leidenschaftliche Verfechterin von Ökoenergie, Parker.«

Vor lauter Begeisterung schmolz meine Nervosität dahin, und ich unterhielt mich mit Diana Crichton Jones über unser Modell, über die dringende Notwendigkeit erneuerbarer Energien für unsere Welt, nicht nur für unsere Nation, darüber, dass man die richtige Infrastruktur für E-Autos schaffen müsse, über Korruption, über die tatsächliche Effizienz von Windkraft, Sonnenkollektoren …

wir sprachen sogar über mein kleines Hybrid-E-Bike. Offenbar überlegte sie, sich ebenfalls eines anzuschaffen.

Diana. Crichton. Jones.

Wenn ich tatsächlich eine Milliardärin zum Ökostrom konvertieren konnte, war das ein erster Schritt zur Rettung unseres gesamten Planeten.

Okay, das war vielleicht melodramatisch, aber aufregend war es allemal!

»Sie hatten recht.« Diana lächelte Jackson an, dessen Anwesenheit ich beinahe ebenso vergessen hatte wie Camilles. »Parker entspricht voll und ganz Ihrer Schilderung.«

Jackson grinste. »Stimmt genau.«

Diana sah ihn nun entschlossen an. »Ich bin interessiert. Überlassen Sie das mir.«

Mein Boss wurde ebenfalls wieder ernst. »Hervorragend.« Er prostete ihr zu.

Sie nickte erst ihm, dann Camille zu und wandte sich zu mir um, um mir die Hand zu schütteln. »Hat mich gefreut, Sie kennenzulernen, Parker. Hoffentlich unterhalten wir uns bald wieder.«

»Ja.« Ich zerbrach mir den Kopf, was da gerade zwischen ihr und meinem Boss abgelaufen war. Ich hoffte wirklich, bald wieder mit ihr zu reden. »Das wäre schön.«

Damit verabschiedete sie sich und überquerte den Rasen, um neben einem großen distinguiert aussehenden Gentleman stehenzubleiben, der ihr den Arm um die Taille legte und ihr leise etwas ins Ohr flüsterte. Ich sah Jackson an.

»Was war das denn?«

Jackson strahlte von einem Ohr zum anderen. »Ich war ja schon froh, dass ich dich eingestellt habe, als du die Veränderungen an dem Modell vorgenommen hast. Aber jetzt danke ich dem ganzen fucking Universum, dass ich dich angeheuert habe, Parker.«

Camille neben ihm lachte, und ich riss angesichts seines freimütigen Überschwangs erstaunt die Augen auf.

»Ich verstehe nicht.«

»Hoffentlich wirst du das bald. Sehr bald.«

Ein Verdacht regte sich in meinem Hinterkopf, ein kleiner Hoffnungsschimmer, dass Jackson dabei war, Fairchild zu ersetzen. Aber vielleicht wollte er auch nur einen weiteren Investoren zusätzlich zu Fairchild finden. Es hatte also keinen Zweck, sich allzu große Hoffnungen zu machen.

Aber manchmal konnte man eben nicht anders, als zu träumen.

Jackson und Camille wanderten davon, während ich weiter meine Überlegungen über unser Gespräch mit Diana anstellte. Ich suchte auf der Rasenfläche nach Rhys. Er war nicht mehr mit Fairchild hier draußen. Glücklicherweise konnte ich aber auch meine Eltern nicht sehen.

Oder vielleicht war das doch kein Glück?

Plötzlich überkam mich die Angst bei der Vorstellung, dass sie Rhys vielleicht aufgelauert hatten, um ihn zu »verhören«. Ich eilte über die Rasenfläche auf das Haus zu und atmete erleichtert auf, als ich Rhys gerade herauskommen sah. Zielstrebig ging er auf mich zu. Er hatte also nach mir Ausschau gehalten.

»Tut mir so leid«, sagte ich ein wenig atemlos. »Ich habe Diana Crichton Jones kennengelernt, eine Milliardärin mit einem ausgeprägten Faible für Ökostrom. Ich glaube, ich habe sie sogar davon überzeugt, ein Hybrid-E-Bike zu kaufen. Kannst du das glauben? Diana Crichton Jones auf einem E-Bike?«

Rhys' Lippen zuckten, und er musterte mich eindringlich. »Jemanden zu umweltfreundlichem Verhalten zu bekehren, scheint dich ja echt in Fahrt zu bringen, hmm?«

Ich zuckte mit den Schultern und warf einen Blick über die Schulter auf die anderen Partygäste. »Es macht auf jeden Fall mehr Spaß, als über schreckliche Kindermädchen, Investitionen und den bevorstehenden Sommerurlaub zu sprechen.« Ich sah ihn wieder an. »Nur zur Info. Ich habe vor, den Sommer in Boston zu verbringen. Und mit *verbringen* meine ich arbeiten, wie es 99 Prozent der Bevölkerung tun müssen.«

Er grinste. »Deine Familie fährt nicht ans Cape?«

»Als wir klein waren, verbrachten wir die Saison in unserem Ferienhaus auf Cape Cod, aber meine Mom und mein Dad waren immer nur zwei volle Wochen bei Easton und mir. Beide waren berufstätig. Die Schwester meiner Mom, Tante Debbie, ist Schriftstellerin. Sie passte die restliche Zeit über auf uns auf. Mom und Dad kamen uns dann immer nur am Wochenende besuchen, um montags wieder in New York zu sein. Eine ganz schöne Belastung. Damals war mir das nicht klar, aber sie taten ihr Möglichstes, um immer für uns da zu sein.«

»Sie hätten euch auch bei sich in New York behalten können.«

»Ja, aber der Sommer in New York kann ganz schön heftig sein, und unser Cape-Haus liegt direkt am Strand.« Diese Sommer am Meer hatte ich geliebt. Bis ich Theo kennenlernte und meine Eltern bat, in New York bleiben zu dürfen, damit ich den Sommer mit ihm verbringen konnte. Sie hatten nachgegeben.

»Apropos Familie. Wie ist es gelaufen?«

Als mir wieder einfiel, dass ich meine Familie belogen hatte, wurde ich blass und wandte den Blick ab. »Ging so.«

Rhys' Schweigen wog so schwer, dass ich ihn unwillkürlich wieder ansehen musste. An seinem Kinn zuckte ein Muskel, doch seine Augen waren ausdruckslos. »Sie sind angepisst, weil du mit jemandem wie mir gehst.«

Warum dachte er denn *so* etwas?

Ich öffnete den Mund, um zu widersprechen, wurde aber unterbrochen. »Rhys! Da sind Sie ja.«

Fairchild.

Rhys' Miene verdüsterte sich. Dann begrüßte er den Boss meines Bosses mit angespanntem Lächeln. Ich musterte Fairchilds entschlossenes Gesicht und erschauerte bei der Härte in seinem Blick.

Rhys rückte näher an mich heran, legte mir den Arm um die Taille und zog mich an sich.

»Wo sind Sie hin?« Fairchild blieb vor uns stehen. »In einer Minute waren Sie da, in der nächsten … Puff.« Mein Boss warf mir einen kurzen Blick zu. »Ganz klar, wer dafür verantwortlich ist. Sie können anscheinend die Finger nicht von ihr lassen, Morgan.«

Ich spannte mich in Rhys' Arm an und spürte, wie er mich beruhigend noch näher zog.

»Was kann ich für Sie tun?«, stieß Rhys unfreundlich hervor, ohne auch nur den Versuch zu machen, seine Ungeduld zu verbergen.

Besorgt sah ich zu ihm empor.

Fairchild kniff bei Rhys' Ton die Augen zusammen. »Nun, zunächst einmal könnten wir unsere Unterhaltung beenden. Also, ich würde mich freuen, einen Blick auf Ihr Fitness-Studio zu werfen, aber ich würde mich noch mehr darüber freuen, wenn Sie mir einfach nur zuhörten.«

Rhys umfasste meine Hüfte so fest, dass es schmerzte, und meine Sorge wuchs. »Rhys, was ist los?«

»Vielleicht kann ja auch Parker Sie überzeugen. Schließlich hat sie Sie ja schon ziemlich bei den Eiern.«

Ich atmete bei Fairchilds Beleidigung scharf ein.

Rhys machte erregt einen Schritt auf ihn zu.

Ich zog ihn zurück und fragte mich, was das alles sollte. »Rhys?«

»Ich versuche, einen privaten Kampf für Ihren Freund zu organisieren, Parker, der ihm einen Haufen Geld einbringt.« Fairchild blickte von mir zu Rhys und dann wieder zu mir. »Vielleicht können Sie ihn ja überzeugen, sich nicht wie ein Idiot zu verhalten und diese Einladung anzunehmen.«

Mit diesen Worten kehrte der Widerling zu seinen anderen Gästen zurück, und ich sah ihm in verblüfftem Schweigen hinterher. Dann wandte ich mich Rhys wieder zu. Er mied meinen Blick und marschierte aufs Haus zu.

Was in Dreiteufelsnamen …

Ich eilte ihm hinterher und holte ihn im Foyer ein. »Rhys!« Ich packte sein Handgelenk, sodass er stehenbleiben musste. Wütend blickte er auf mich herab. Früher hätte mich das eingeschüchtert, jetzt machte es mich nur sauer. »Wo gehst du hin? Was ist los?«

Er warf einen Blick auf einen Kellner, der gerade vorbeiging, dann löste er meine Finger von seinem Arm und nahm mich bei der Hand. Ich spürte seinen Zorn, während er mich hinter sich herzog. Wir rasten einen Flur entlang, der offensichtlich nicht für Gäste bestimmt war, und Rhys stieß eine Tür auf. Er schob mich hinein, und ich stolperte ins Zimmer, wobei ich hörte, wie sich die Tür hinter uns schloss.

Augenscheinlich befanden wir uns in einem TV-Zimmer, das zur Vorderseite des Hauses hinausging. Zwei Stufen führten zur unteren Ebene, wo ein riesiges, siebensitziges Sofa direkt vor einer Leinwand stand. Auf den Regalen neben uns befand sich ein moderner Projektor sowie zahllose DVDs.

»Warum sind wir hier drin?« Ich wandte mich zu ihm um. »Fairchild …«

»Will, dass ich kämpfe. Ja.«

»Als Gegenleistung, damit er dir beim Fitness-Studio unter die Arme greift?«

Er verschränkte die Arme vor der Brust. Seine Miene war düster, aber distanziert. Er gab keine Antwort.

Plötzlich verstand ich alles.

»Das war dein Plan? Vom ersten Treffen mit Fairchild an?«

»Mein Gym steckt in der Krise. Es war eine Gelegenheit.«

Aus irgendeinem Grund versetzte mir das einen Stich. »Verstehe.«

»Ach wirklich?«

Jetzt blickte er zwar immer noch grimmig drein, aber nicht mehr so distanziert. Das Brennen in seinen grünen Augen war mir nur allzu vertraut. Ein Schauer überlief mich.

Dieser Gesichtsausdruck zeigte alles andere als Ärger.

»Rhys«, flüsterte ich. »Wie weit willst du gehen, um das Studio deines Vaters zu retten?« Ich machte einen Schritt auf ihn zu und legte ihm vorsichtig die Hand auf die muskulöse Brust. Sein Herz pochte heftig. »Tu es nicht. Das ist es nicht wert. Der Preis ist zu hoch.«

Unsere Blicke trafen sich und hielten einander fest. Bedeutungsvolle Stille hing in der Luft. Mein Atem ging flach, als er meine Lippen betrachtete. Doch dann stieß er hervor: »Was ist mit dir? Wozu bist du bereit, um Fairchild und seine Speichellecker zu beeindrucken? Warum kümmert es dich, was diese fucking Typen von dir halten?«

Verwirrt über den Themenwechsel ließ ich die Hand sinken und wich einen Schritt zurück. Aber Rhys hielt mich fest und zog mich wieder an sich. Ich keuchte leise auf, und unwillkürlich legte ich die andere Hand, die er nicht gefangen hielt, auf seinen Bauch.

»Rhys?«

»Warum?«, stieß er knurrend hervor.

Es war mir schleierhaft, warum ich plötzlich wieder im Zentrum seines Zorns stand. Es war keineswegs so, dass er seine Frustration über Fairchild auf mich projizierte. Ich erkannte, dass

Rhys vom Augenblick unserer Ankunft an verärgert über mich gewesen war. Und noch beunruhigender war die Woge sexueller Hitze, die mit seiner Wut einherging.

Ich verstand es nicht.

Schließlich betonte Rhys immer wieder, dass ich nicht mehr als ein Job für ihn wäre.

Doch jetzt sah er mich an, als wolle er mich verschlingen.

»Rhys?«

»Warum?«

Meine Nerven waren bis zum Zerreißen gespannt, und mir riss der Geduldsfaden. »Ist mir doch egal, was diese Leute von mir halten!«

»Bullshit!«

Das stieß er so heftig hervor, dass ich zurückzuckte. »Kein Bullshit.«

Rhys riss ein ganz klein wenig die Augen auf, als er hörte, wie ich den Fluch wiederholte.

Trotzig, verärgert, erregt, verwirrt versuchte ich mich ihm zu entziehen, aber er schlang den anderen Arm um meine Taille und hielt mich ganz dicht an seiner Brust gefangen. »Lass los.«

»Warum kümmert es dich, was diese Leute denken?«

»Es kümmert mich nicht! Mich kümmert nur, was meine Eltern denken!«

Vollkommen verwirrt registrierte ich, wie Rhys' dunkle Augen vor Zorn noch dunkler wurden. Sein Griff wurde noch fester. Er zog mich auf die Zehenspitzen und neigte den Kopf, sodass unsere Nasen sich beinahe berührten. »Du bist verdammte dreißig Jahre alt«, stieß er wütend hervor. »Zeit, den Kopf aus dem Hintern zu ziehen und dir dein eigenes Leben aufzubauen.«

»Oh du heuchlerischer …«

Sein Mund prallte auf meinen, und er ließ mein Handgelenk los. Eigentlich hätte ich ihn von mir stoßen sollen, hätte diesen Kuss unterbinden müssen, der nichts mehr mit unserer Scharade zu tun hatte, aber ich wollte nicht. Ich liebte seine Art zu küssen. Fordernd und hungrig. Niemand hatte mich jemals so geküsst wie er. Schon vorher war meine Haut heiß vor Erregung über seine unerklärliche Feindseligkeit gewesen, aber nun loderte sie. Ich klammerte mich an ihn, versuchte mich noch näher an ihn zu drängen, und Rhys stieß ein leises frustriertes Knurren aus, das sexy in meinem Mund widerhallte.

Plötzlich berührten meine Füße den Boden nicht mehr. Rhys hatte die Hände unter meine Achselhöhlen geschoben und hob mich hoch, ohne unseren Kuss zu unterbrechen. Instinktiv wusste ich, dass es unbequem für ihn war, sich zu mir herabzubeugen, also schlang ich ihm die Arme um den Nacken und meine Beine um seine Taille und spürte, wie er rücklings gegen die Tür prallte.

Er ließ eine Hand unter mein Kleid gleiten und umfasste meinen Po, während er mit der anderen meinen Nacken umfing. Es war unglaublich, aber sein Kuss wurde tatsächlich noch wilder. In diesem Augenblick schien alles um uns herum zu verschwinden. Es gab nur noch Rhys und die Art, wie mein Körper an seinen passte. Ich ertappte mich dabei, wie ich mit der Hüfte gegen ihn stieß, und Rhys unterbrach den Kuss, murmelte ein leises »Fuck« dicht an meinem Mund, um ihn dann erneut in Besitz zu nehmen.

Ich spürte, wie wir uns während des Küssens bewegten, und ein paar Sekunden später lösten wir unsere Lippen voneinander, als mein Rücken auf etwas Weiches traf. Rhys war über mir, bevor ich auf die Tatsache reagieren konnte, dass ich nun auf dem Sofa lag.

Er hatte sich mit den Hüften zwischen meine Beine gedrängt, und ich keuchte in seinen Mund, als er meine Schenkel noch weiter auseinanderschob. Oh mein Gott, er war hart. Ein sengend heißer Blitz zuckte mein Rückgrat hinab, und ich umklammerte seine Hüften mit den Beinen, während ich die Fingernägel in seinen Schultern vergrub und ihn noch dichter an mich zog.

Er löste die Lippen von meinem Mund, ließ sie heiß über meine Haut wandern, kostete mich und beschrieb einen Pfad aus Küssen an meiner Kehle hinab. Ich flüsterte seinen Namen, reckte ihm die Hüften entgegen, musste unbedingt mehr von ihm spüren und erbebte, als seine Hand an der Innenseite meines Schenkels heraufglitt.

Ruckartig öffnete ich die Augen, denn seine Lippen folgten nun dem Weg über meine Brüste hinab, und er glitt mit der Hand in meinen Slip. Plötzlich stießen zwei Finger in mich hinein, und ich stöhnte und bäumte mich ihm entgegen. Sein Griff an meiner Hüfte war so fest, dass es fast schmerzte, und ich hörte, wie er heiser flüsterte: »So eng.«

Rhys hob den Kopf, und ich sah die unverfälschte Begierde in seinen Augen, bevor er seine Lippen wieder auf meine presste. Er sog mein Stöhnen mit seinem Mund auf, während seine Finger mit mir spielten und mich dem Höhepunkt immer näher brachten. Niemals hatte ich etwas Ähnliches empfunden. So ein verzweifeltes Verlangen.

»Oh, du lieber Gott, sorry!«

Beim Klang dieser Stimme erstarrten wir, und Rhys hob den Kopf, bemerkte meinen entsetzten Blick.

Nein!

Ich war so dicht davor gewesen!

Ein Muskel an seinem Kinn zuckte, und er wandte den Kopf zur Tür. Zögernd folgte ich seinem Beispiel und sah meine Schwester dort stehen. Ihre Lippen bebten vor Lachen, und sie hatte den Blick abgewandt.

Oh mein Gott, Erde tu dich auf.

»Äh, dein Boss und Fairchild suchen nach euch. Ich werde ihnen sagen …« Ihre Stimme vibrierte vor Lachen. »… dass ihr in ein paar Minuten wieder draußen seid.«

Die Tür schloss sich wieder hinter ihr, und damit traf uns die kalte, harte Woge der Realität.

Ich erkannte es in Rhys' Gesicht.

»Shit.« Er zog sich von mir auf jede erdenkliche Weise zurück, und mein Körper protestierte angesichts der ungeheuren Leere und des unerfüllten Verlangens. »Oh fuck.«

Zutiefst verletzt registrierte ich die tiefe Reue in seinen Zügen, und schnell bemühte ich mich, mein Kleid wieder herunterzuziehen. Ich senkte den Blick, schwang die Beine vom Sofa, unfähig, ihm in die Augen zu schauen.

»Das hätte nicht passieren dürfen. Tut mir leid. Ich war sauer auf Fairchild, und du hast dich verhalten …«

Er unterbrach sich, als ich stirnrunzelnd zu ihm aufblickte. »Wie habe ich mich verhalten?«, fragte ich.

Rhys' Augen funkelten zornig. »Tu nicht so, als ob du nicht wüsstest, wie du dich verhalten hast.«

»Ich habe keine Ahnung. Also klär mich auf.« Ich stand auf und verschränkte die Arme vor der Brust, wobei das Brennen unbefriedigter Lust meinen Zorn anheizte.

»Das weißt du ganz genau.« Er ließ den Blick erst an meinem Körper hinab, dann wieder hinaufgleiten, und zwar auf eine Art, die mir ganz und gar nicht gefiel. »Aber offensichtlich ist das alles vergessen, wenn ich dich berühre. Fuck, Sweetheart, du gehst ja ab wie eine Rakete. Und ich war gerade für einen schnellen Ritt zur Hand. Magst du das auch bei deinen Typen aus der feinen Gesellschaft, oder macht dich der Abschaum an?«

Schmerz loderte in meiner Brust, so heftig, dass ich zurücktaumelte. Er zuckte zusammen, aber ich ignorierte es.

»Parker …«

Ich hielt eine zitternde Hand in die Höhe und funkelte ihn so böse an, dass ich mich fragte, warum sein Kopf nicht von der Wucht meiner Gedanken explodierte. Tatsächlich war ich so fuchsteufelswild und so verletzt, dass ich keinen Ton herausbrachte. Ich schritt an ihm vorbei, strich noch mit beiden Händen mein Kleid glatt, dann machte ich mich daran, mein Haar wieder einigermaßen in Ordnung zu bringen.

»Tinker Bell …«

Kurz vor der Tür wirbelte ich herum. Die Reue, die ihm deutlich ins Gesicht geschrieben stand, war mir egal. »Geh und *fick* dich selbst, Rhys.«

Statt der erwarteten überraschten Reaktion entdeckte ich etwas anderes auf seinem Gesicht. Ein Glitzern in seinen Augen. Er kam auf mich zu. »Ich glaube, wir wissen beide, dass ich lieber dich ficken würde.«

Ich ignorierte den prickelnden Schauer, der mich erfasste, und hielt mich an seine Worte von vorhin, an den Hohn in seiner Stimme. »Um die Anzahl deiner Errungenschaften zu steigern? Ich bin keine Herausforderung. Ich bin kein Gegner. Und ich …« Nun brannten die dummen Tränen doch in meinen Augen. Entschlossen blinzelte ich sie fort.

»Tink …« Rhys machte noch einen Schritt auf mich zu.

»Nicht.« Ich senkte die Lider, damit er nicht sah, wie sehr er mich verletzt hatte. »Wir sind fertig miteinander. Ich zahle dir für diesen Monat das volle Honorar, aber das hier ist vorbei.« Nachdem ich die Tränen erfolgreich zurückgedrängt hatte, reckte ich das Kinn und achtete auf eine ausdruckslose Miene. »Kein Job ist es wert, dass ein Mensch einem anderen das Gefühl gibt, wertlos zu sein.«

Er runzelte die Stirn. »Ja, du hast recht, so ist es. Beruht ganz auf Gegenseitigkeit, Topf auf fucking Deckel.«

Einen Augenblick lang war ich so durcheinander, dass meine Wut beinahe verrauchte. »Was …«

»Aber wir haben einen Vertrag, den du nicht einfach kündigen kannst.« Er kam auf mich zu, und ich wappnete mich. Glücklicherweise griff er hinter mich und öffnete die Tür. »Gehen wir und reden mit deinen Vorgesetzten, und versuch einfach, so zu tun, als sei es dir nicht sterbenspeinlich, mich an deiner Seite zu haben.«

Was zur Hölle?

»Rhys …«

Schritte ertönten im Flur draußen, und erneut tauchte meine Schwester vor uns auf. »Äh, ernsthaft, wenn ihr euch nicht beeilt, macht sich Fairchild höchstpersönlich auf die Suche nach euch.«

Ich seufzte frustriert. Mit dem Gefühl, dass mir da mit Rhys etwas entgangen war, eilte ich meiner Schwester hinterher und hörte, wie mein Fake-Freund uns folgte.

»Sitzt meine Frisur?«, flüsterte ich meiner Schwester zu.

Sie grinste mich an. »Alles in Ordnung.«

Ich wollte gerade erleichtert seufzen, als sie fortfuhr: »Aber dein Mund ist definitiv geschwollen.«

Meine Wangen wurden glühend heiß, und ich berührte meine Lippen mit den Fingern.

»Morgan, Parker, da seid ihr ja!«, hallte Fairchilds Stimme durchs Foyer. Er grinste Rhys anzüglich zu. »Das da unten sind die privaten Familienräumlichkeiten, aber ich will es Ihnen mal nachsehen, denn schließlich sind Sie ein Mann mit großem Appetit. Kann ich verstehen.«

Igitt.

Es schauderte mich bei dieser widerlichen Bemerkung. Als ich eine tröstliche Hand im Kreuz spürte, drehte ich mich zu Rhys um und hätte mich ihm am liebsten entzogen. Doch sein unglückliches Gesicht hinderte mich daran. Der Mann war ein einziger Widerspruch und brachte mich total aus dem Konzept.

Egal, was er sagte, ich musste einen Schlussstrich unter diesen Deal machen. Meine Gefühle … na ja, anscheinend hatte ich die nicht raushalten können, und nach dem, was gerade zwischen uns geschehen war, wusste ich, dass dieser Mann die Macht hatte, mich zu verletzen.

Zutiefst.

Nein.

Dieses Spiel musste ein Ende haben.

»Jackson und ich haben uns unterhalten, und ich habe beschlossen, das Horus-Team inklusive Partner auf mein Landhaus in Colorado Springs einzuladen. Ich denke …« Sein verschlagener Blick landete auf Rhys. »… das wäre eine gute Möglichkeit, als Team zusammenzuwachsen. Und dafür zu sorgen, dass sämtliche Teammitglieder das Gefühl haben, ein wichtiges Zahnrädchen im Räderwerk von Horus Renewable Energy zu sein. Ich betrachte jedes Belegschaftsmitglied, das nicht an diesem Event teilnehmen will, als Mitarbeiter, der nicht länger bei Horus bleiben will.«

Rhys presste die Hand noch fester gegen meinen Rücken, und ich verkniff mir ein frustriertes Aufheulen. Fairchilds Bemerkung von vorhin kam mir in den Sinn, Worte, die ich vergessen hatte, als sich die Lage mit Rhys zugespitzt hatte.

Vielleicht können Sie ihn ja überzeugen, sich nicht wie ein Idiot zu verhalten und diese Einladung anzunehmen.

Oh mein Gott. Fairchild war so verdammt entschlossen, Rhys wieder in den Ring zu schicken, dass er uns zwingen würde, mit ihm das Wochenende in Colorado zu verbringen, um ihn zu überreden.

Mein Blick wanderte zu Jackson hinüber, der alles andere als begeistert wirkte.

»Nun?« Fairchild sah mich an.

Ich hasste ihn.

Außer der Person, die Theo am Straßenrand hatte sterben lassen, hatte ich noch nie jemanden gehasst. Aber in diesem Moment hasste ich Franklin Fairchild.

War mein Job wichtig genug, um Rhys zu etwas zu drängen, von dem ich wusste, dass es ihm emotional schaden würde?

Selbst nach dem schrecklichen Streit, den wir gerade gehabt hatten, brachte ich das nicht fertig.

»Ich weiß nicht, ob wir uns freimachen können …«

»Wir werden da sein«, unterbrach mich Rhys.

Ruckartig wandte ich den Kopf und sah ihn an, aber er mied meinen Blick beharrlich.

»Gut.« Fairchild klopfte Rhys auf die Schulter. »Ich gebe Jackson noch die Details durch.«

Froh über seine boshaften Machenschaften stapfte der Mistkerl davon. Kaum war er außer Hörweite, meinte meine Schwester: »Warum hab ich das Gefühl, dass mir hier irgendwas entgeht?«

Jackson und ich tauschten einen erschöpften Blick.

Wir waren allesamt Fliegen, die in Fairchilds Spinnennetz zuckten. Gefangen in seinen Launen.

Mein Boss wandte sich an Rhys. »Sieht aus, als hätten Sie durchaus Eindruck auf Franklin gemacht.«

Ja, Jackson wusste genau, worum es bei diesem Teambuilding-Event im Grunde ging.

»Was bin ich doch für ein verdammter Glückspilz«, stieß Rhys hervor.

Ich zuckte zusammen. »Easton, Jackson, ich muss mit Rhys unter vier Augen sprechen.«

Meine Schwester warf mir einen besorgten Blick zu. Nachdem sie die Spannungen mit Fairchild mitbekommen hatte, war ihr das Lachen vergangen. Aber genau wie Jackson stimmte sie leise zu, und die beiden ließen uns im Foyer allein.

»Das musst du nicht tun«, sagte ich. »Das ist mein Job nicht wert.«

Rhys' Blick wurde weich. »Du bist der lebende Widerspruch, weißt du das eigentlich, Tinker Bell?«

Hmm, wie hatte er doch eben gesagt? Topf auf Deckel. »Wie könnte *ich* die Widersprüchliche in diesem Szenario sein?«

Er gab keine Antwort. Sein Gesichtsausdruck war angespannt. »Ich hätte das eben weder tun noch sagen sollen. Es tut mir leid. Es kommt nicht wieder vor. Also, du bezahlst mich, damit ich dir helfe, diesen Job zu behalten, also werden wir zu diesem Landhaus fahren. Soll mich Fairchild doch löchern, wie er will, damit ich wieder in den Ring steige. Heißt noch lange nicht, dass ich es mache.«

»Aber …«

»Ist schon in Ordnung, ja?« Er seufzte. Tief. »Können wir jetzt verdammt noch mal von hier verschwinden?«

Ja. Obwohl ich mich auf die Rückfahrt mit Rhys nicht wirklich freute, wollte ich wirklich und aus vollem Herzen hier weg. »Gehen wir.«

Er runzelte die Stirn. »Verabschieden wir uns denn nicht von deinen Eltern?«

Bei dem Gedanken, ihnen noch einmal ins Gesicht lügen zu müssen, wurde ich blass. »Äh, nein.«

Sofort war Rhys' Miene wieder verschlossen. »Klar«, murmelte er, als hätte er einen bitteren Geschmack im Mund.

Er marschierte zur Tür hinaus, um sein Auto zu holen, und ich konnte ihm nur noch verwirrt folgen.

Auf der gesamten Rückfahrt nach Boston sagte er keinen einzigen Ton zu mir.

Nicht ein Wort.

Sein Zorn auf mich war offensichtlich.

Der Grund dafür lag allerdings im Dunkeln.

Je näher wir der Stadt kamen, umso wütender wurde ich.

Und als ich aus seinem Auto stieg, schlug ich die Tür so heftig zu, dass der ganze Wagen erzitterte. Ich hörte ihn hinter dem Steuer fluchen.

Ich grinste – wenigstens ein bisschen befriedigt – und eilte ins Haus. Doch schon im Aufzug, als ich die vergangenen paar Stunden Revue passieren ließ, war meine Befriedigung wieder verschwunden.

Eastons Worte von vorhin klangen mir in den Ohren.

»Warum hab ich das Gefühl, dass mir hier irgendwas entgeht?«, murmelte ich.

15. Kapitel

Rhys

Es gibt nichts Schlimmeres, als neben einer Frau im Flugzeug festzusitzen, die entschlossen ist, einem die kalte Schulter zu zeigen. Oh, ich hatte es verdient. Daran bestand kein Zweifel. Ja, ich war enttäuscht gewesen, weil Parker so offensichtlich davor graute, mich ihrer Familie als Freund zu präsentieren. Aber statt mich einfach zurückzuziehen, hatte ich mich wie ein Arschloch verhalten – ein Riesen-Super-Arschloch. Ich schämte mich.

Und das konnte ich ihr noch nicht mal sagen, denn ich hatte mich nicht nur auf einen Sitz gequetscht, der bestimmt zehnmal zu klein für mich war, wir waren auch noch von Dutzenden anderer Passagiere umgeben. Ich kannte Parker gut genug, um zu wissen, dass es ihr zutiefst peinlich gewesen wäre, vor Fremden über ihr Privatleben zu reden.

Also wartete ich ab, wobei ich mir Parkers neben mir die ganze Zeit über aufs Schärfste bewusst war. Ich nahm ihren Duft wahr – Rosen, Sinnlichkeit, Vanille -, genau wie ihre ständigen gedämpften Laute des Missfallens, die sie von sich gab. Seltsamerweise klangen die so ähnlich wie das erotische Stöhnen, wenn sie mich küsste, und ich hatte keine Ahnung, ob das ein gutes oder ein schlechtes Zeichen war. Wie auch immer: Bei der Erinnerung daran wurde ich hart. Und das war verdammt unbequem.

Den ganzen Weg nach Aspen verbrachten wir in verkrampftem Schweigen, genauso wie die Fahrt in dem gemieteten SUV. Absolut nervig. Ich gehörte keineswegs zu den Leuten, die sich ständig unterhalten *mussten*. Ich konnte gut schweigen und für mich bleiben. Doch im Augenblick wünschte ich mir inständig, dass Parker mit mir reden würde. Ich vermisste ihre geistreiche Art, ich vermisste ihre Stimme.

»Wir sind beinahe da«, sagte ich in dem kümmerlichen Versuch, ein Gespräch anzufangen.

Sie summte leise – ein Laut, der alles bedeuten konnte, angefangen von »Ja« bis hin zu »Fick dich und stirb, Rhys«.

Unruhig rutschte ich auf meinem Sitz hin und her, während ich den Wagen eine Privatstraße entlangsteuerte, die sich endlos hinzuziehen schien. Trotz der Spannung, die in der Luft lag, war der Ausblick auf die Landschaft einfach atemberaubend. Zerklüftete dunkelgraue Berge mit schneebedeckten Spitzen erhoben sich in den glasklaren, blauen Himmel. Zwischen den Tannenwäldern stachen hier und da Espen aus der Landschaft hervor, mit geisterhaft weißen Stämmen und filigranen golden schimmernden Blättern. Diese atemberaubende Schönheit um uns herum machte selbst einen Kulturbanausen wie mich zum Dichter. Ich hätte darüber gelächelt, wäre da nicht die Gewissheit, dass Parker mich hasste.

Wir erreichten die Spitze eines kleinen Hügels, und das Haus erschien in unserem Blickfeld.

»Mein Gott«, murmelte ich leise.

Parker beugte sich vor. »Ziemlich beeindruckend.«

Die ersten richtigen Worte, die sie in mindestens drei Stunden von sich gegeben hatte. Ein wahres Geschenk. Und sie hatte recht.

Fairchilds Landhaus war ein tief liegendes modernes Ranch-Gebäude aus Stein, Holzstämmen und Spitzdächern. Der mittlere Bau teilte sich in zwei Hauptflügel. Aus sechs Schornsteinen stieg Rauch in den Himmel empor, und das Sonnenlicht spiegelte sich in den riesigen Panoramafenstern. Es war wunderschön.

Neid nützte niemandem etwas. Und doch spürte ich ihn in diesem Augenblick wie Säure im Magen. Es ärgerte mich verdammt noch mal, dass ein Widerling wie Fairchild ein solches Anwesen besaß und sich hierhin zurückziehen konnte, wann immer er wollte. Wenn es irgendeine Gerechtigkeit auf dieser Welt gäbe, dann hätte Fairchilds Haus sein Innerstes widergespiegelt, und wir hätten jetzt eine nasskalte leere Zelle vor Augen statt dieser Pracht.

Ich schluckte meinen erbitterten Hass und den Neid hinunter und setzte ein Pokerface auf.

Die Auffahrt führte zu einer riesigen Eingangstür, vor der ein junger Kerl in gebügelter dunkler Jeans und einer Kombination aus Hemd und Pullover wartete. Wir mussten drei Sicherheitskontrollpunkte passieren, bevor wir zum Tor des Haupthauses in mehr als einem Kilometer Entfernung gelangten. An Orten wie diesen gehörten den Reichen offenbar ganze Berge, die sie mit niemandem teilen mussten.

Der Typ trabte heran und hielt Parker die Tür auf. Ein weiterer Angestellter kam zu mir herüber, begrüßte mich und nahm mir die Autoschlüssel ab. Wenn ich nicht gewusst hätte, dass es sich um ein Privathaus handelte, hätte ich geglaubt, in einem Ferienclub angekommen zu sein. Groß genug war es ja.

»Mr. Morgan, Ms. Brown«, sagte Mr. Pullover. »Ich bin Andrew, Mr. und Mrs. Fairchilds Concierge.«

Concierge? Sieh mal einer an.

»Während die anderen Gäste ankommen …«, er lächelte angespannt, »… führe ich Sie auf Ihr Zimmer, sodass Sie sich frischmachen können, bevor um fünf Drinks auf der Terrasse serviert werden. Darf ich Ihnen auf dem Weg einen Glühweincocktail anbieten?«

Ein Kellner in der gleichen Pullover-Jeans-Kombi – anscheinend handelte es sich um eine Art bizarrer Uniform – erschien mit einem Tablett, auf dem zwei dampfende Glasbecher standen. Ich hätte beinahe laut aufgelacht, wollte aber nicht taktlos sein. Meine Güte, wenn ich anstelle dieser Männer Fairchild und seine Freunde hätte bewirten müssen, hätte ich ihnen einen dieser Becher wahrscheinlich am liebsten ins Gesicht geschleudert.

Neben mir setzte Parker das auf, was ich mittlerweile als ihr offizielles Höflichkeitslächeln bezeichnete. Ich hasste dieses Lächeln.

»Wir möchten nur auf unser Zimmer. Das wäre wunderbar, danke.«

Zumindest waren wir was die Drinks anging einer Meinung.

»Natürlich«, sagte Andrew. »Hier entlang.«

Das Haus war genauso schön wie erwartet. Zumindest, wenn man Fairchilds Geschmack in Sachen Inneneinrichtung ignorierte. Wir betraten eine große Vorhalle mit deckenhohen Fenstern, aus denen man Ausblick auf das ganze Tal hatte, und zwei riesigen Kaminen aus massivem Stein zu beiden Seiten. Zwei Ritterrüstungen mit Speeren in der Hand flankierten den Eingang. Ich verkniff mir ein Augenrollen. An jeder Wand hingen Waffen oder Wandteppiche, und noch mehr Ritterrüstungen bewachten die Flure, als befänden wir uns in einem englischen Schloss und nicht in einem Ferienhaus in Colorado.

Andrew schwadronierte vor sich hin. Über den See, die beheizten Indoor- und Outdoor-Pools, die Naturpfade, den Kinosaal … und ich schaltete ab und beobachtete stattdessen Parker. Ich konnte einfach nicht anders. Sie trug Jeans, die ihren Hintern umschmiegten wie eine zweite Haut.

Unaufgefordert stürmten alle möglichen Bilder auf mich ein. Parkers Mund, der meinen verschlang. Parker, die sich mir entgegenbäumte, die die Schenkel spreizte. Parker, die meinen Namen stöhnte, als ich den Finger in sie hineinschob. Gott, sie war so verdammt eng gewesen. Feucht. Heiß.

Nein. Nicht weiterdenken. Nicht jetzt.

Andrew führte uns auf unser Zimmer. Es entpuppte sich als das hübscheste Gästezimmer, in dem ich je gewohnt hatte. Wie das restliche Haus war es geprägt von rauem Stein und dunklem Holz. Es handelte sich um einen Eckraum, der an zwei Seiten von deckenhohen Kastenfenstern begrenzt wurde. Eine Doppeltür führte auf eine große Stein-Terrasse hinaus. Ein wuchtiges, schmiedeeisernes Himmelbett dominierte die Rückseite. Ich bemühte mich, es zu ignorieren.

Parker wirkte angespannt und unglücklich. Offensichtlich graute ihr davor, zusammen mit mir hier zu übernachten. Sie trat beiseite und sah zum Fenster hinaus, während Andrew erklärte, wie man den Kamin oder die elektrischen Verdunklungsvorhänge bediente, und wo sich die Minibar verbarg. Als er sich darüber auslassen wollte, welche verschiedenen Seifen wir im Bad finden würden, unterbrach ich ihn.

»Ich glaube, das Wesentliche wissen wir jetzt. Das wäre dann alles.« Ich deutete auf die Tür, um ihm unmissverständlich zu signalisieren: Mach verdammt noch mal endlich die Fliege.

»Natürlich«, sagte er und strich sich den Pullover glatt, in den Espen-Blätter eingestrickt waren. Armer Kerl.

»Danke, Mann«, fügte ich etwas entspannter dazu. Aber kaum war er gegangen, ließ ich die Schultern hängen, lehnte mich gegen die Tür und sah Parker an. Sie hatte sich von ihrem Platz am Fenster keinen Zentimeter wegbewegt.

Wieder empfand ich heftige Reue.

»Parker …«

»Zumindest ist es ein Kingsize-Bett.« Aber sie sah nicht zum Bett hinüber. Eigentlich würdigte sie das gesamte Zimmer keines Blickes. »Ich hatte gehofft, dass hier ein kleines Sofa stünde, aber ich glaube nicht, dass ich mich in diesen Sesseln zusammenrollen kann. Ich bin zwar klein, aber so klein nun auch wieder nicht.«

Neben den Doppeltüren standen in der Tat zwei Sessel. Sie hatte also darüber nachgedacht, darauf zu schlafen. In diesem Augenblick spielte es keine Rolle mehr, dass sie sich schämte, mich ihrer Familie vorzustellen; ich war engstirnig gewesen, hatte sie verletzt. Und deshalb kam ich mir im Augenblick viel kleiner vor als sie – wie ein Zwerg, nicht größer als fünf Zentimeter.

»Parker«, wiederholte ich und setzte mich auf eine Bank am Fuß des Bettes, sodass wir einander in die Augen sehen konnten. »Es tut mir leid. Okay?«

Sie blickte weiterhin ins Leere und nickte. »Schon gut. Du hast es nun mal gesagt …«

»Nein.« Ich ergriff ihre Hand. Sie war eiskalt. Du liebe Güte! Ich hielt sie zwischen meinen Händen fest und sprach so sanft ich konnte. »Ich war ein verf… ein Esel. Ich hätte das alles nicht sagen dürfen. Ich habe dir das Gefühl gegeben, billig zu sein. Meine Worte waren nicht wahr, und ich habe sie nicht so gemeint. Ich war ein Ar… Es war ein Fehler, mich so zu verhalten.«

Auf Parkers Lippen bebte ein Lächeln. »Bilde ich mir das gerade ein, oder versuchst du, dir das Fluchen zu verkneifen?«

»Ja, na ja …« Ich rieb mir den verspannten Nacken, hielt ihre Hand aber immer noch mit der anderen fest. »Schien mir angemessen, und außerdem zeige ich dir dadurch, wie ernst ich es meine.«

Endlich wurde ihr Lächeln breiter. Es war, als käme die Sonne hinter den Wolken hervor. Zum Teufel. Verf… Verflixt, ich war so was von im Ar… Eimer.

»Ausgerechnet in dem Moment, wo ich mit dem Fluchen anfange, willst du damit aufhören.«

Es tat gut, endlich mal wieder grinsen zu können. »Na ja, das ist was anderes.« Ich zog sie ein Stück näher zu mir heran. »Wenn du ein bisschen lockerer wirst und fluchst, dann ist das ver… verführerisch wie nichts.«

Ihr Lachen perlte über meine Haut, und mir fiel ein Stein vom Herzen. »Verführerisch, hmm?«

»Ja.«

Sie lachte leise, und unsere Blicke trafen sich. Meine Haut wurde ganz heiß, und ich holte zittrig Luft. Mein Gott, wie sehr ich mir wünschte, ihre schmalen, aber wohlgerundeten Hüften zu umfassen, ihren hübschen Hintern zu packen und zu kneten.

Nein. Das durfte ich nicht. Zweifellos stimmte die Chemie zwischen uns, aber eine Beziehung konnte niemals funktionieren. Nicht, solange sie es nicht mal fertigbrachte, mich ihrer Familie vorzustellen, ohne auszusehen, als müsse sie sich gleich übergeben.

Mein Lächeln erstarb, denn die Realität drückte mich nieder wie ein zentnerschwerer Stein. Wir hatten keine Zukunft, doch wir waren Partner, und ich hatte ihr auf mehr als nur eine Weise unrecht getan. »Ich hätte mich nicht so auf dich stürzen sollen. Das bedauere ich am meisten von allem.«

Sie zog die Augenbrauen zusammen. »Dass ich dich jetzt richtig verstehe. Du bedauerst, dass du … mich verführen wolltest?«

Die Frage war womöglich eine Falle. Das spürte ich instinktiv.

»Ja?«

Ihre Augen wurden schmal. »Ist das eine Antwort oder eine Frage?«

Ja, es war definitiv eine Falle. Ich stützte die Unterarme auf die Schenkel und zerbrach mir den Kopf, wie ich meine Lage erklären konnte, ohne noch größeren Schaden anzurichten. »Ich bin ein großer Kerl mit jeder Menge Kraft. Ich habe nicht um Erlaubnis gefragt, war nicht vorsichtig genug. Ich habe dich einfach … genommen.«

Sie summte leise. Keine Ahnung, was das zu bedeuten hatte, also preschte ich weiter voran, wobei mir deutlich bewusst war, dass ich mich immer weiter reinritt. »Ich hätte dich nicht so grob behandeln dürfen.«

Parker wandte sich ab und kehrte wieder zu ihrem Aussichtsposten am Fenster zurück. Die Nachmittagssonne fiel schräg herein und verlieh ihrer Haut einen zarten Bronzeton. Ich wusste nicht, ob sie sauer, dankbar, enttäuscht oder sonst irgendetwas war. Sie hatte sich komplett abgeschottet.

Dieses Pokerface wäre bewunderungswürdig gewesen, wenn sie es nicht ausgerechnet für mich aufgesetzt hätte. Ich erhob mich und rieb mir erneut den Nacken. »Und besonders falsch war es, weil wir nur …« Ich konnte es nicht aussprechen. Mein Mund weigerte sich, die Worte zu sagen.

Parker sah sich nach mir um, die Augenbrauen zu einer grimmigen Linie zusammengezogen. »Nur was?«

Die Erinnerung an ihr totenblasses Gesicht, als sie ihren Eltern erklärt hatte, dass ich ihr Freund sei, kam mir in den Sinn, und so stieß ich nun doch hervor: »Geschäft. Wir sind nur Geschäftspartner, Parker.«

Sie gab ein Geräusch von sich, fast so etwas wie ein Schnauben. Dann legte sie den Kopf in den Nacken und blinzelte zur Decke empor. Eine schreckliche Sekunde lang glaubte ich, sie würde in Tränen ausbrechen. Aber dann lachte sie so bitter auf, dass es mich überraschte. »Willst du mal was Lustiges hören?«

Sie klang so düster und distanziert, dass ich nicht einschätzen konnte, ob das wirklich als Frage gemeint war. Ich kam aber auch gar nicht dazu, zu antworten, denn da sah sie mich auch schon wieder an, und ihre tiefbraunen Augen durchbohrten mein Herz.

»Dass du mich geküsst hast und ich dich, die Art, wie du mich auf der Couch berührt hast … das war der schönste Teil dieses ganzen entsetzlichen Tages.«

Der Boden gab unter mir nach, und Hitze durchflutete mich. »Parker …«

»Ich finde dich anziehend«, fuhr sie fort, als hätte ich kein Wort gesagt. Ihre Stimme wurde sicherer. »Trotz allem. Ich begehre dich. Ich fürchte mich davor, auf diesem Bett neben dir zu schlafen, weil ich es äußerst schwer finde, dich nicht anzufassen.«

Heilige Scheiße. Meine Knie wurden weich, dafür aber wurde mein Schwanz hart wie ein Spieß.

»Was wirklich einfach nur … ätzend ist«, sagte sie jetzt wilder, und ihre Stimme klang schrill. »Denn du konfrontierst mich ja ständig mit der Wahrheit. Dass uns nichts weiter verbindet als ein Deal, eine finanzielle Vereinbarung, die uns beide zum Ziel führen soll. Und ich komme mir so …« Sie blickte sich hektisch um, als suche sie nach dem richtigen Wort. Doch dann platzte es aus ihr heraus. »So blöd vor. So *fucking* blöd.«

Gott, was war sie mutig. Wahnsinn. *Meine mutige, wunderschöne Frau.*

Ich musste sie in die Arme nehmen. Ich brauchte das. Ich wollte auf sie zugehen, aber sie hielt die Hand in die Höhe. »Nein. Du wirst mich jetzt *nicht* berühren«, stieß sie beinahe knurrend hervor. »Nicht nachdem du deutlich gemacht hast, wie du mich siehst. Nicht nachdem du so ein totales *Arschloch* warst.«

Sie fluchte mit wahrer Inbrunst, als gäbe es ihr Kraft. Das liebte ich. Eigentlich hätte ich mir vorkommen müssen wie ein geprügelter Hund, aber ihr Wüten schürte mein Verlangen nur noch mehr. Ich war der glückliche Mistkerl, vor dem sie ihre ganze Kraft entfaltete.

Langsam rückte ich näher, hielt kapitulierend beide Hände in die Höhe. Denn das tat ich. Ich kapitulierte. Ich gehörte nur ihr, und sie konnte mit mir verdammt noch mal machen, was sie wollte.

»Ich werde dich nicht berühren«, versprach ich, als sie erstarrte. »Aber lass uns jetzt mal ein paar Dinge klarstellen. Ich habe diesen blöden Scheiß, dass wir nur Geschäftspartner sind, nur gesagt, weil ich glaubte, dass du das von mir hören willst. Ich wollte mich professionell und kontrolliert verhalten.«

Ich blieb vor ihr stehen, zeigte ihr sämtliche Gefühle, die ich so verdammt angestrengt versucht hatte, vor ihr zu verbergen. »Aber an meinen Gefühlen für dich gibt es nichts Kontrolliertes, Parker. Ich will dich so sehr, dass es schmerzt.« Ich ballte die Hände zu Fäusten, um sie nicht nach ihr auszustrecken. »Viel zu oft denke ich an deinen Mund. Alles an dir berührt mich. Du fürchtest dich vor dem Bett? Na ja, ich auch. Denn neben dir zu liegen und dich nicht spüren zu können, wäre die absolute Folter.«

Parker schluckte schwer und öffnete die Lippen. Dennoch runzelte sie die Stirn. »Warst du deshalb so verschlossen? Denn das ergibt irgendwie alles keinen Sinn; du warst auf der Party ja geradezu wütend auf mich.«

Eine Sekunde lang wollte ich nicht antworten. Ich wollte ihr meine innere Unsicherheit nicht zeigen. Doch der Stachel in meinem Herzen saß nun mal tief. Und das hier konnte niemals funktionieren, wenn ich nicht ehrlich zu ihr war.

»Na gut, ja. Ich war sauer.« Ich hielt ihrem Blick stand. »Als ich mich anfänglich auf den Deal einließ, wusste ich ja, was du von mir hältst. Ich kam damit klar, denn schließlich war es nur ein Job. Aber ich dachte, dass deine Meinung von mir sich ändern würde, wenn wir uns näher kennenlernen. Meine hat sich jedenfalls geändert. Aber deine offensichtlich nicht.«

Parker starrte mich mit offenem Mund an, als spräche ich Chinesisch. Dann leuchtete ein wütender Funke in ihren Augen auf.

»Warum um alles in der Welt glaubst du denn so was? Denn ehrlich gesagt, Rhys, das macht mich echt stinksauer.«

Im Ernst jetzt? Ich schnaubte. »Red keinen Unsinn! Du sahst aus, als würdest du gleich über deine Pennyloafers kotzen, als deine Eltern aufkreuzten. Und vorher auch schon. Zum Teufel, du bist vor der Freundin deiner Eltern beinahe weggelaufen. Wenn es wichtig ist oder wir jemandem begegnen, der dir wirklich etwas bedeutet, dann schämst du dich, mit mir zusammen gesehen zu werden.«

Sie wich nicht zurück. Das musste man ihr lassen. Im Gegenteil: Sie stemmte die Hände in die Hüften und ging zum Angriff über. »Ich hab mich deiner nicht geschämt! Ich könnte nie jemanden attraktiv finden, den ich nicht als Mensch respektiere und mag. Ich habe mich geschämt, meine Eltern belügen zu müssen, du Riesen-Hohlkopf!«

Ich war so verblüfft, dass ich zurückzuckte, als habe sie mir einen Kinnhaken versetzt. In meinen Ohren rauschte es. »Du … äh … was?«

Angesichts meiner brillanten Antwort bebten ihre Nasenflügel.

»Dazu fällt dir nichts mehr ein, hmm?« Sie schüttelte den Kopf und schnaubte noch einmal. »Meine Familie ist mein Ein und Alles. Hast du allen Ernstes geglaubt, dass es mir leichtfällt, ihnen ins Gesicht zu lügen?«

»Obwohl ich sie ja nur ganz kurz getroffen habe, habe ich gesehen, dass sie nur dein Bestes im Sinn haben. Warum sagst du ihnen nicht einfach die Wahrheit? Du weißt doch, dass sie dir verzeihen werden.« Eigentlich hätte ich gern noch mehr gesagt, aber mir schwirrte der Kopf. Ich hatte alles falsch verstanden und war vollkommen durch den Wind.

»Weil …« Hilflos zuckte sie mit den Schultern. »Dann müsste ich zugeben, dass ich einen Mann dafür bezahlt habe, meinen Freund zu spielen. Und das ist eigentlich zu peinlich, um es überhaupt in Erwägung zu ziehen. Sorry, wenn du dafür zu zart besaitet bist und dich das beleidigt.«

Zart besaitet?

Meine Lippen zuckten, und eine Woge der Zärtlichkeit erfasste mich. »Parker.« Ich streckte die Hände nach ihr aus.

»Nein …«, sagte sie kopfschüttelnd.

»Doch.« Sanft drückte ich sie an mich und legte ihre Handflächen auf meine Brust, dort wo mein Herz heftig und schnell schlug. »Parker, es tut mir leid. Ich war ein Schwachkopf. Ein Idiot.«

Sie sah zur Seite, und der Anflug eines Lächelns huschte über ihre Lippen. Aber sie entzog sich mir nicht. »Du hast Arschloch vergessen«, sagte sie.

»So hast du mich auch genannt?«, murmelte ich. Wärme breitete sich in meinem Körper aus, mein Verlangen nach ihr wuchs. »Das habe ich dann wohl überhört.«

»Im Geiste schon.«

Ich grinste, und nach einem kurzen beleidigten Schniefen lächelte sie auch. Ich beugte mich hinunter und gab ihr einen federleichten Kuss auf die Schläfe. »Es tut mir leid, dass ich ein Arschloch war, Tinker Bell. Meine einzige Entschuldigung ist wohl, dass mir wirklich was an dir liegt. Ich hab wohl ein bisschen den Verstand verloren.«

Sie seufzte und lehnte die Stirn an meine Brust. »Na ja, im Vergleich zu anderen Entschuldigungen kann ich diese hier womöglich annehmen.«

Ich massierte ihren Nacken mit dem Daumen, um die Verspannung zu lockern. »Sicher? Denn als Entschädigung wäre ich durchaus bereit, ein wenig körperlich zu arbeiten. Ich könnte dir zum Beispiel eine Rückenmassage anbieten.«

Sie lachte auf und schmiegte sich an mich. »Dagegen hätte ich nichts einzuwenden.«

Wir verstummten und hielten einander fest. Ich hatte ja keine Ahnung, wie gut es sich anfühlen konnte, eine Frau einfach nur im Arm zu halten. Dann regte Parker sich.

»Das habe ich nicht erwartet«, sagte sie.

»Ich auch nicht. Eigentlich hatte ich eine versnobte reiche Frau mit fragwürdigen Moralvorstellungen hinter dir vermutet.« Ich lachte, als Parker mich in die Seite stach, und zog sie noch dichter an mich heran. »Nicht eine fantastische schrullige Umweltaktivistin mit einem hervorragenden Geschmack in Sachen Motorräder.«

»Mein Geschmack ist in allem hervorragend«, erwiderte sie. »Und dich hätte ich eher für einen unzivilisierten geldgierigen Rüpel gehalten.«

Abgesehen von der Sache mit dem Geld lag sie gar nicht so sehr daneben. Aber so dumm, das auszusprechen, war ich nun auch wieder nicht. Stattdessen vergrub ich die Nase in ihrem Haar und nahm ihren Duft in mich auf. »Nur weil wir das hier nicht geplant haben, ist es nicht weniger real, oder?«

»Nein.« Sie schlang mir die Arme um die Taille, und ich war im siebten Himmel.

»Ich nehme kein Geld von dir«, sagte ich in ihr seidiges Haar hinein.

»Dann ist es ja gut, dass ich nie dazu gekommen bin, dich zu bezahlen.«

Ich lachte leise und lehnte mich weit genug zurück, um ihr ins Gesicht zu schauen. Sie lächelte zu mir empor, etwas zögerlich, aber nicht mehr wütend. Ich ließ die Fingerspitzen an ihrem Kinn entlanggleiten. »Ich werde kein Geld nehmen, aber ich helfe dir trotzdem. Wir sind immer noch Partner. Nur eben welche, die aufeinander abfahren.«

Ihr Gesicht wurde heiß. »Na gut.«

Ich legte ihr die Hand auf die Wange. »Du bedeutest mir etwas, Parker.« Denn das musste sie verstehen, und ich wusste nicht, wie ich es sonst hätte formulieren sollen. »Ich will dich kennenlernen.«

Sie senkte die Lider und schmiegte sich in meine Hand. »Weißt du, was das Verrückte ist? Du kennst mich jetzt schon besser als die meisten.«

Zum Teufel. Mein Herz machte einen Satz, und mir schnürte sich die Kehle zu.

»Du mich auch«, antwortete ich heiser und legte ihr die Hand in den Nacken.

Bislang hatte ich sie nur geküsst, wenn mein Geist vor Lust vernebelt war oder wir so taten, als würden wir üben. Doch jetzt gab es nur noch uns. Keinen Scheiß-Fake mehr. Nur Verlangen.

Ich küsste sie zärtlich, sog ihre Seufzer in mich auf, erkundete sie. Bedächtig ließ ich meine Zunge über ihre Lippen streichen und zärtlich in ihren Mund hinabgleiten, um sie zu schmecken. Ein heißer Blitz der Lust zuckte durch meinen ganzen Körper.

Ich beugte mich tiefer hinab, hob sie hoch, presste sie an mich. Parker war zierlich, und so wie sie war, war sie perfekt. Unser Kuss wurde inniger, heftiger. Ich spürte ihn überall: in den Kniekehlen ebenso wie in meinem Herzen, das immer schneller schlug. Ihre Küsse machten mich schwach, steigerten mein Verlangen auf eine Weise, die gleichermaßen beängstigend wie erfrischend war.

Ich taumelte rückwärts, und mein Hintern stieß gegen eine Bank. Dann lag Parker plötzlich auf mir und lachte in meinen Mund hinein. Ich hatte das Gefühl, durch ihr Lachen von innen heraus erleuchtet zu werden. Grinsend knabberte ich an ihrer Unterlippe.

»Du bist wunderbar«, sagte ich und vergrub die Hände in ihrem Haar.

Wieder lachte sie, ein kehliger Laut. Auch sie erforschte mich, ließ ihre Hände über meine Schultern und an meinen Armen entlangstreichen. »Und du bist der Wahnsinn. Ich könnte dich stundenlang berühren.«

»Das klingt wie ein guter Plan.« Ich ließ die Lippen an ihrem Hals hinabwandern. »Fuck, das klingt wie ein verdammt guter Plan.«

Das hatte ich noch nie getan – gelacht und mit einer Frau gescherzt, während ich mit ihr knutschte. Übrigens traf es mich wie ein Schlag in die Magengrube, dass ich eigentlich überhaupt noch nie mit einer Frau herumgeknuscht hatte. Wir waren immer gleich zur Sache gekommen. Parker jedoch hätte ich den ganzen Tag küssen oder die duftende Linie ihres Nackens liebkosen können. Selbst das wäre die reine Glückseligkeit gewesen.

Eine glühende Woge ergriff Besitz von mir, und wieder fand ich ihren Mund. Diesmal war unser Kuss heftiger. Ein wenig fieberhaft. Ein wenig wild. Die Welt um uns herum verblasste. Es gab nur noch sie. Und mehr. Und das Jetzt. Und oh, fuck, ja, genau da.

Es war so gut, so heiß, dass ich beinahe aus der Haut gefahren wäre vor Schreck, als die gedämpfte, etwas weinerliche Stimme eines Mannes in mein Bewusstsein drang. Hastig schob ich Parker zur Seite, wie um sie zu beschützen, und sah mich hektisch um.

Aber wir waren allein.

»Mr. Morgan?«, wiederholte die Stimme. Andrew. »Ms. Brown?«

»Anscheinend gibt es ein Haustelefon«, erklärte Parker und deutete auf eine Stelle neben der Minibar, die in einen Alkoven eingelassen war. »Er benutzt die Gegensprechanlage.«

Dieses verdammte Haus.

Meine Spannung ließ ein wenig nach, dennoch schnaubte ich verärgert. »Der kleine Mistkerl hat hoffentlich nicht rumspioniert«, murmelte ich, stand auf und stampfte zur Telefonanlage hinüber, ohne Parker herunterzulassen, die erschrocken aufschrie. Ich schlug auf den Sprechen-Knopf. »Ja?«

»Äh …« Andrew machte eine Pause. Anscheinend beunruhigte ihn mein Ton. Pech gehabt! Ich würde ihn noch viel mehr aufmischen, wenn sich herausstellte, dass man uns über die Gegensprechanlage gehört hatte. »Gerade werden im Wohnzimmer die Drinks serviert.«

Wir wurden also aufgefordert, herunterzukommen.

»Danke«, sagte ich. »Wiedersehen, Andrew.«

»Oh – äh … Auf Wiedersehen, Mr. Morgan.«

Kaum war wieder Stille eingekehrt, kicherte Parker und schmiegte den Kopf an meine Schulter. Das gefiel mir. »Er hat mich zu Tode erschreckt«, meinte sie.

Ich lächelte schwach. »Ja, mich auch. Erst dachte ich, er stünde mitten im Zimmer.«

Wir lachten beide leise, die Spannung ließ langsam nach. Aber dann löste Parker sich von mir. »Ich glaube, wir sollten jetzt besser hinausgehen, bevor er höchstpersönlich hier auftaucht.«

»Wenn er das tut, werfe ich ihn aus dem Fenster.« Ich stöhnte und vergrub das Gesicht an ihrem Hals, beschrieb einen bedächtigen Pfad aus Küssen über diese samtweiche Haut – einfach so. Weil sie so verdammt gut duftete und sich sogar noch besser anfühlte. »Fuck it. Bleiben wir einfach hier. Sie können sich denken, wieso.«

Sie erschauerte, als ich eine besonders empfindliche Stelle liebkoste, und erfreut stellte ich fest, dass sie sich an mich schmiegte. Trotzdem legte sie mir gleichzeitig die Hand auf die Schulter, um mir Einhalt zu gebieten. »Du weißt doch, dass Fairchild nicht so leicht aufgeben wird.«

Seufzend setzte ich sie wieder ab und fuhr mir mit der Hand durchs Haar. »Ja. Fuck, wie sehr ich den Kerl hasse.«

Parker strich ihren pinkfarbenen Kaschmirpullover glatt. »Ich auch. Aber es ist nun mal nicht zu ändern.«

»Ich hatte eigentlich nur vor, ihn ein bisschen zu bezirzen. Aber jetzt muss ich ihm offenbar einen ständigen Box-gasmus bescheren.«

Parker stieß ein ersticktes Lachen aus und grinste. »Sei vorsichtig mit deinem Charme, Morgan. Er ist sehr wirkungsvoll.«

Ich gluckste, beugte mich zu ihr hinunter und küsste sie. »Ab sofort spare ich mir den ausschließlich für dich auf.« Als sie zufrieden summte, lehnte ich mich zurück und sah ihr in die Augen. »Keine Ahnung, wie, aber eines schönen Tages, wenn er dir nichts mehr anhaben kann, dann sorge ich dafür, dass er sein Fett abkriegt.« Mir schwebte da ein kräftiger Arschtritt vor.

Sie lächelte breit, und ihre Augen funkelten boshaft. Ein wunderbarer Anblick. »Aber achte darauf, dass ich dabei bin und zusehen kann.«

»Darauf kannst du wetten, Sweetheart.« Ich gab ihr einen Kuss auf die Nasenspitze, dann hielt ich ihr die Hand hin. Sie nahm sie, und irgendetwas in meinem Innern machte klick.

Bevor wir das Zimmer verließen, blieb ich noch einmal stehen. Die Gegensprechanlage gab einen höchst befriedigenden Laut von sich, als ich sie aus der Wand riss und in der Hand zermalmte. Parker kreischte auf und lachte.

»Rhys!«

»Ging nicht anders.« Ich warf den Hörer beiseite und grinste. »Dann mal los.«

16. Kapitel

Parker

Zum ersten Mal kam ich mir nicht wie eine Schwindlerin vor, weil ich Hand in Hand mit Rhys den Raum betrat. Oder befürchtete, dass jeden Augenblick jemand aufspringen, auf uns deuten und schreien würde: »Aha! Haltet ein, ihr Scharlatane!«

Nicht, dass jemand im wahren Leben jemals so gesprochen hätte.

Und obwohl ich in Fairchilds Haus festsaß, war mein Schritt beschwingt. Rhys Morgan und ich waren nun offiziell zusammen.

Ich wusste nicht, wie es dazu gekommen war oder was in Zukunft auf uns wartete – ich wusste nur, dass ich mich darauf einlassen musste, um es näher zu erkunden. Unsere gegenseitige Anziehungskraft konnte man einfach nicht ignorieren.

Ja, ich fühlte mich von Rhys unglaublich angezogen, mehr als von jedem zuvor, aber es war noch mehr als das. Er war wirklich ein guter Mann. Ich hatte das Gefühl, ihm vertrauen zu können.

Und das war für mich ein Riesenschritt.

Er war der erste Mann seit Theo, bei dem ich den Mut aufbrachte, mich auf eine richtige Beziehung einzulassen. Mir war nicht einmal der Gedanke an Flucht gekommen. Eigentlich hätte ich jetzt erst grübeln und dann ausflippen müssen, aber glücklicherweise war ich dazu viel zu abgelenkt.

Wir betraten das Hauptwohnzimmer von Franklin Fairchilds Haus, und Rhys' Hand schloss sich fester um meine. Ein paar meiner Kollegen und ihre Partner und Partnerinnen hatten sich bereits hier eingefunden. Sie alle hielten Drinks in der Hand. Fairchild stand vor dem Kamin und unterhielt sich mit Jackson.

Sein Haus war … interessant.

Ein riesiges Renaissance-Gemälde hing über dem gigantischen gemauerten Kamin. Darum gruppierten sich diverse Sofas und Sessel, auf denen meine Kollegen Platz genommen hatten. Über ihren Köpfen hingen enorme runde schmiedeeiserne Kronleuchter mit elektrischen Kerzen.

Sie hätten allerdings eher in einen mittelalterlichen Bankettsaal gehört als hierher.

An der gegenüberliegenden Wand hing ein Wandteppich; in diversen Ecken hielten Ritterrüstungen Wache. All das lenkte den Blick der Gäste von dem gewaltigen Panoramafenster ab, das sich im Neunziggradwinkel zum Kamin befand und den Blick freigab auf die atemberaubende schneebedeckte Landschaft.

Zwei kleinere Fenster zu beiden Seiten fingen die Szenerie ebenfalls ein.

Doch dieser fantastische Blick verblasste hinter der übertriebenen Inneneinrichtung, die demonstrierte, dass Franklin Fairchild sich als eine Art Feudalherr betrachtete.

Kaum waren Rhys und ich über die Schwelle getreten, näherte sich uns ein Diener. »Etwas zu trinken, Sir? Madam?« Er deutete auf eine kleine Bar in der äußersten Ecke des Raumes.

»Tink?«, fragte Rhys.

»Äh … ich nehme ein Bier.«

»Machen Sie zwei draus.«

»Export oder Import?«

Ich presste die Lippen aufeinander, um nicht über Rhys' Gesicht in wildes Gelächter auszubrechen. Er überspielte seine ungläubige Miene jedoch und antwortete. »Wir folgen Ihrer Empfehlung.«

»Flasche oder Fass?«

Rhys sah mich an. Ich zuckte mit den Schultern. Wieder wandte er sich an den Bediensteten. »Flasche passt.«

Der Diener nickte, ging zur Bar hinüber, wo ein weiterer Angestellter wartete, und kehrte zwei Sekunden später mit zwei geöffneten eisgekühlten Flaschen eines deutschen Bieres zurück, von dem ich noch nie gehört hatte.

»Mein Gott.« Rhys trank einen Schluck und sah dann auf mich herab. »Bereit?«

Ich war schließlich nicht diejenige, auf die Fairchild es abgesehen hatte und die er zur Weißglut trieb. »Ob ich bereit bin? Bis du es denn?«

»Morgan, da sind Sie ja!«, dröhnte Fairchilds Stimme durch den Raum.

Rhys schenkte mir ein angespanntes Lächeln. »So bereit wie nur irgend möglich.«

Ich drückte seine Hand, um ihm zu zeigen, dass ich hinter ihm stand, und wir atmeten beide tief aus, bevor wir uns Fairchild zuwandten.

Wir traten weiter ins Zimmer, und ich lächelte meinen Kollegen zur Begrüßung zu, wobei ich mich allerdings fragte, warum nur ich, Jackson, Michael, Xander und Evan mit ihren jeweiligen Partnern und Partnerinnen eingeladen worden waren.

Hatte Fairchild damals nicht betont, dass die Anwesenheit eines *jeden* Angestellten verpflichtend sei? Kein Wunder, dass Pete in der letzten Woche noch mal besonders unfreundlich gewesen war. Bei jeder Begegnung hatte er mich wie Luft behandelt.

Was für ein überaus charmanter Typ.

Was Fairchild anging … igitt, was für ein Lügner. Offensichtlich führte er etwas ganz anderes im Schilde, und es war ihm egal, *wie* offensichtlich das war. Was mutmaßlich der Grund zu sein schien, warum Jackson aussah, als habe er gerade an einer Zitrone gelutscht.

Armer Jackson. Er liebte Horus Renewable Energy. Wahrscheinlich war er frustriert ohne Ende, weil er von den Investitionen eines Mannes wie Franklin Fairchild abhängig war.

Fairchild grinste, ein hinterhältiges Funkeln in den Augen, das mich misstrauisch machte. »Morgan, ich muss Ihnen allen jetzt etwas vorführen, das Ihnen sicher gefallen wird.« Er wandte sich an meine Kollegen. »Nehmen Sie Ihre Drinks mit, oder lassen Sie sie hier – wie Sie wollen. Im Theater befindet sich eine Bar. Gehen wir.« Er kam auf Rhys zu und legte ihm den Arm um die Schultern. »Hier entlang, Sohn.«

Mannomann … na ja, der Typ, von dem ich nicht wusste, ob er mein Freund war, blickte über die Schulter, als Fairchild ihn aus dem Raum führte. Ich hätte ein schlechtes Gewissen gehabt, weil ich seine Hand losgelassen hatte, wenn Rhys mir nicht beruhigend zugenickt hätte.

Er war ein erwachsener Mann. Er konnte selbst auf sich aufpassen.

Also warum hatte ich dann das Gefühl, ihn im Stich zu lassen, während ich ihn doch eigentlich vor Fairchild beschützen sollte?

»Komm, Parker«, sagte Jackson mit sanfter Stimme. Ich sah auf. Er und Camille standen neben mir, und sie wirkten besorgt. »Wird schon gut gehen.«

Ich runzelte die Stirn. »Ihr wisst, was er vorhat?«

Jackson warf Camille einen Blick zu, dann sah er wieder mich an. Er senkte die Stimme, während die restlichen Kollegen dem Big Boss aus dem melodramatischen Wohnzimmer hinausfolgten.

»Ich weiß es nicht genau, aber es ist ziemlich offensichtlich, dass es hier ausschließlich um Rhys geht.«

Ich nickte seufzend. »Tut mir echt leid. Uns beiden.« Ich hätte mich nicht für Rhys entschuldigen müssen, aber ich kannte ihn gut genug, um zu wissen, wie stinksauer er wahrscheinlich darüber war, dass Fairchild meine Kollegen in dieses lächerliche Spielchen mit hineingezogen hatte.

»Warum entschuldigst du dich?« Jackson runzelte die Stirn und sah zum mittlerweile leeren Türrahmen hinüber. »Ich bin schließlich derjenige, der euch mit ihm bekannt gemacht hat.«

Camille drückte Jacksons Schulter und flüsterte: »Liebling.«

Offensichtlich hatte ich mich nicht getäuscht: Jackson hatte auch seine Probleme mit Fairchild. Ich wünschte, ich hätte irgendetwas tun können. Aber Rhys musste nun mal oberste Priorität für mich haben. Erst wenn ich ihn ein für alle Mal aus Fairchilds Fängen befreit hatte, konnte ich mich darauf konzentrieren, wie Horus Renewable Energy diesen egomanischen Milliardär loswurde.

Da wir die anderen aus den Augen verloren hatten, musste einer der Diener uns zum Theater führen. Es hätte mich eigentlich nicht überraschen sollen, dass es sich um einen richtig großen Kinosaal handelte. Dort stand eine teure Bar mit Mahagoni-Theke, Zapfhähnen aus Messing und unzähligen Glasregalen dahinter, auf denen jeder denkbare Alkohol vorrätig war. Am anderen Ende des Raumes befand sich eine Leinwand, die die gesamte Seite einnahm und vor der sich mehrere Reihen richtiger Kinosessel befanden. Der Projektor war diskret in die Decke eingelassen.

Rhys stand mit Fairchild an der Bar, und ich beschloss, dass es an der Zeit war, mich nicht mehr vom Big Boss in den Hintergrund drängen zu lassen, während er versuchte, Rhys zum Boxen zu überreden. Also ging ich zu ihnen hinüber. Ich sah, wie

Fairchild bei meinem Anblick die Augen zusammenkniff, ließ mich aber nicht beirren.

»Hey«, sagte ich leise zu Rhys, schmiegte mich an seine Seite und schlang ihm den Arm um die Taille.

Er warf mir einen zärtlichen Blick zu, dann legte er mir den Arm um die Schultern, um mich noch näher an sich zu ziehen.

Sein vertrauter Duft, erdig und würzig, weckte in mir das Bedürfnis, ihn sofort hinauszuzerren und mit ihm ins Gästezimmer zurückzukehren. Ich hatte Schmetterlinge im Bauch bei der Vorstellung, mit ihm in jeglicher Hinsicht zusammen zu sein, auch wenn ich mir so lange vergeblich einzureden versucht hatte, dass ich das nicht wollte.

Sein heißer muskulöser Körper an meinem trug nicht gerade dazu bei, diese beharrlichen Gedanken zu vertreiben.

Ich zwang mich, mich auf die vorliegende Aufgabe zu konzentrieren, und sah Fairchild in die Augen. Er war eindeutig verärgert. »Also … was schauen wir uns an?«

»Das ist eine Überraschung. Kommen Sie, Rhys, setzen wir uns.« Fairchild warf mir einen abweisenden Blick zu. »Warum setzen Sie sich nicht zu den anderen, Ms. Brown?«

Zu spüren, wie Rhys sich neben mir anspannte, gab meiner Entrüstung zusätzliche Nahrung. Ich besann mich auf meine jahrelange Übung im Umgang mit ungerechtfertigtem Snobismus und antwortete in freundlichem Ton: »Ich werde bei Rhys sitzen, aber trotzdem vielen Dank.« Bevor Fairchild noch Einwände erheben konnte, wandte ich mich ab, nahm Rhys mit mir und führte ihn zu zwei Sitzen im hinteren Bereich.

»Nehmen Sie doch vorn Platz«, forderte Fairchild uns auf, der plötzlich vor uns stand.

»Wir fühlen uns hier durchaus wohl.« Rhys würdigte ihn nicht einmal eines Blickes. Der Muskel an seinem Kinn zuckte. Er griff nach meiner Hand und legte sie auf sein Knie.

Einen Augenblick lang rechnete ich mit Fairchilds Widerspruch, denn er blieb länger vor uns stehen als nötig. Doch schließlich kehrte er zur Bar zurück.

»Fucking Psycho!«, murmelte Rhys leise.

Ich drückte seine Hand. »Was glaubst du, worum es geht?«

»Das ist nicht schwer zu erraten.« Er warf mir einen düsteren Blick zu. »Wir werden uns einen Boxkampf ansehen.«

So langsam dämmerte es mir, und ich bekam schon wieder die Wut. »Einen von deinen?«

»Ich würde mein Geld darauf verwetten.«

Igitt! Dieser Kerl! Mir wurde ganz heiß vor Zorn. »Es tut mir so leid.«

Ich spürte, wie Rhys an meiner Hand zog und sie auf seine Brust legte. »Nicht entschuldigen. Das meine ich ernst.«

Ich sah ihm ins Gesicht. Er wirkte so aufrichtig, dass ich nickte. Trotzdem löste sich mein schlechtes Gewissen deshalb noch lange nicht in Luft auf.

»Ladys und Gentlemen«, rief Fairchild vom hinteren Rand des Raumes nun. »Einige von Ihnen wissen vielleicht, dass heute einer der erfolgreichsten Boxchampions dieser Generation anwesend ist. Rhys Morgan.«

Genau wie meine Kollegen sah ich mich nach Fairchild um. Rhys jedoch blickte unverwandt nach vorn. Als Fairchild zu klatschen begann und damit alle anderen zwang, ebenfalls zu applaudieren, wünschte ich mir, der Boden täte sich auf und verschlänge Rhys und mich, um der Peinlichkeit dieses Augenblicks zu entgehen.

»Fuck Jesus«, murmelte Rhys.

»Stimmt auffallend«, flüsterte ich. »Wahrscheinlich fragt Jesus sich gerade: Was zum Teufel hat Vater sich dabei gedacht, diesen Kerl zum Milliardär zu machen? Das heißt … wenn man an all das Zeug glaubt.«

Rhys grinste mich an, und ein angenehmes Ziehen machte sich in meiner Brust breit.

»Also will ich nicht länger fackeln«, ruinierte Fairchilds schreckliche Stimme den Augenblick. »Ich habe Filmmaterial von Morgans denkwürdigstem Kampf gegen Cal Davis beschafft. Machen Sie es sich bequem und genießen Sie die Show.«

Im Saal wurde es dunkel, und die Leinwand erwachte flackernd zum Leben.

Wenn nicht so viel Anspannung von Rhys ausgegangen wäre, hätte ich es sogar genossen, ihm beim Boxen zuzusehen. Doch da ich von seinem besten Freund wusste, seine tiefgreifende Furcht kannte, jemand anderem das Leben zu nehmen oder seinen Bruder ganz allein auf der Welt zurückzulassen, verging mir das Vergnügen auf der Stelle.

Stattdessen versuchte ich Rhys von dem Geschehen auf der Leinwand und dem Mann hinter uns abzulenken, der einen hinterlistigen mentalen Krieg anzettelte, um Rhys dazu zu bringen, sich seinem Willen zu beugen.

Ich lehnte mich an Rhys und sagte leise, die Lippen ganz dicht an seinem Ohr: »Ist beinahe unfair, wie heiß du bist.«

Er verkrampfte sich etwas, rückte aber nicht von mir ab. Also fuhr ich fort. »Das könnte ich ja noch ignorieren – dass du so heiß bist, meine ich –, wärst du nicht so witzig, charmant, süß, freundlich und loyal. Das macht dich so heiß, dass es schon überkocht. Oh, und das Bike. Das Bike, das …« Sein Mund schnitt mir das Wort ab.

Ich umfing sein Gesicht mit beiden Händen, spürte das Kratzen seiner unrasierten Wangen, während er mich dort, im hinteren Teil des Saals, hart und innig küsste. Die Geräusche des Boxkampfes verblassten, und wir knutschten in aller Öffentlichkeit.

Und es war mir egal.

Solange ich ihn von Fairchilds hinterhältigen Spielchen ablenken konnte, kümmerte es mich nicht, was die anderen von meinem Verhalten hielten.

Rhys unterbrach den Kuss. »Ich bin nicht süß, *Dahlin'*«, flüsterte er, »aber fuck, *du* bist es auf jeden Fall. Kann man schmecken.«

Mit einem Mal erwachten die Lichter wieder zum Leben, und wir blinzelten. Unsere Kollegen murmelten etwas vor sich hin, und uns wurde klar, dass der Kampf beendet war. Ich spürte ihre Blicke auf uns, doch Rhys und ich waren vollkommen ineinander versunken.

Er strich mir mit dem Daumen über die Lippen. »Danke.«

Ich verstand, was er meinte, und lächelte. »Ist mir nicht unbedingt schwergefallen, dich abzulenken.«

Rhys lachte leise, gab mir einen liebevollen Kuss auf die Nase und erhob sich, wobei er auch mich auf die Füße zog. Ich schaute mich um. Mein Eindruck hatte mich nicht getäuscht – meine Kollegen starrten ihn an, vollkommen fasziniert.

Sie hatten durchaus schon vorher gewusst, dass er ein ehemaliger Schwergewichtsboxer war, aber es zu wissen und es mit eigenen Augen anzusehen, waren zwei verschiedene Paar Schuhe.

»Na, was sagen Sie nun?«, rief Fairchild allen Anwesenden zu und kam zu uns herüber. »Nun, da dieser vergnügliche Abstecher in die Vergangenheit beendet ist, sind meine Gäste sicher hungrig. Meine Leute haben ein erstklassiges Buffet im Esszimmer vorbereitet. Folgen Sie Andrew.« Er deutete zum Ausgang, wo Andrew, der Concierge, wartete. »Er zeigt Ihnen, wo es langgeht.«

Rhys und ich machten uns auf den Weg zur Tür, doch Fairchild stellte sich uns in den Weg. Er hielt eine Hand hoch, um uns zu stoppen, und wartete, bis alle gegangen waren, bevor er den Mund wieder aufmachte. »Morgan, Sie und ich müssen reden.« Sein Blick streifte mich, und seine Miene wurde hart. »Ich muss mit

Rhys unter vier Augen sprechen. Bitte folgen Sie den anderen ins Esszimmer, Ms. Brown.«

Ich wollte Rhys nicht allein lassen und signalisierte das mit einem Händedruck. Rhys funkelte Fairchild ein paar Sekunden lang wütend an, dann sah er auf mich herab. Seine Züge wurden weich. »Baby, du solltest gehen. Ich bin bald wieder bei dir.«

Bei dem Kosewort »Baby« regten sich mehr als nur ein paar Schmetterlinge in meinem Bauch. Das war neu. Und es traf mich so unvorbereitet, dass ich automatisch nickte. »Okay. Ich sichere dir etwas zu essen.«

Er grinste zwar, jedoch ohne dass es seine Augen erreichte. »Mach das.«

Ich hatte das Gefühl, ihn im Stich zu lassen, und war richtig frustriert, als ich in den Flur hinaustrat. Überrascht stellte ich fest, dass Jackson dort auf mich wartete.

»Er ist ein erwachsener Mann«, sagte er. »Er kommt mit Fairchild schon klar.«

Dankbar für seine sensible Art schenkte ich meinem Boss ein zittriges Lächeln und ließ mich von ihm ins Esszimmer begleiten.

Franklin Fairchild war ein schleimiger, gedankenloser, unausstehlicher Bulldozer von einem Mann.

Er belegte Rhys den gesamten restlichen Abend lang mit Beschlag.

Als mir klar wurde, dass er von vornherein vorgehabt hatte, Rhys allein zu erwischen und ihn endlos lange zu piesacken, wurde ich immer zorniger. Ich hatte miese Laune, saß missmutig zwischen meinen Kollegen herum, die sich über die Arbeit, das Leben und die Skifahrt am darauffolgenden Tag unterhielten. Als mein Freund (wenn er das denn war) nicht wiederauftauchte, kapierten sie dann endlich doch, welche Bedeutung Rhys für Fairchild hatte. So langsam befürchtete ich sogar, ihm könne irgendetwas zugestoßen sein.

Schließlich zogen sich alle für die Nacht zurück, und ich bat einen der Hausangestellten, eine kalte Platte für Rhys vorzubereiten; man informierte mich, dass Rhys bereits mit Mr. Fairchild gespeist hatte.

Immerhin etwas. Zumindest versuchte er nicht, ihn durch Aushungern zum Nachgeben zu bewegen.

Mehr als drei Stunden nachdem ich von Rhys getrennt worden war, tigerte ich ruhelos in unserem Gästezimmer auf und ab und wurde mit jeder Sekunde nervöser. Dann hielt ich meine Wut nicht mehr aus, durchquerte den Raum und ging auf die Tür zu in der Absicht, mich im Haus auf die Suche nach Rhys zu machen.

Ich riss die Tür auf und blieb ruckartig stehen.

Rhys.

Gott sei Dank.

Vor Erleichterung sackte ich förmlich in mich zusammen und trat beiseite, um ihn einzulassen.

Rhys wirkte total erschöpft. Er kam ins Zimmer, ging aber nicht an mir vorbei, sondern wandte sich mir zu. Sein seelenvoller Blick hielt meinen fest. Mir stockte der Atem, als er meine Oberarme umfasste und mich langsam zur Tür schob, bis sie hinter mir zuschlug. Dann ließ er einen Arm los, um uns einzuschließen.

Mein Herz raste vor Vorfreude auf die köstlichen intimen Freuden, die mich erwarteten.

Statt sich aber auf mich zu stürzen, umfing Rhys mein Gesicht mit seinen großen Händen, beugte sich zu mir herab und gab mir den allersüßesten, sanftesten Kuss auf die Lippen. Dann ließ er mich los und atmete aus. Sein Atem kitzelte meinen Mund, bevor Rhys sich aufrichtete und mir den Arm um die Schultern legte.

Ich wandte mich ihm zu, schlang die Arme um seine Taille und ließ meinen Kopf an seiner Brust ruhen.

»Geht es dir gut?«

Rhys schwieg so lange, dass ich schon glaubte, er werde nicht antworten.

Aber dann: »Ich denke, ich werde kämpfen müssen.«

Vor Schreck war ich wie gelähmt und verkrampfte mich in seinen Armen. »Rhys, bitte sag mir, dass du nicht für einen Kampf zugesagt hast?«

»Noch nicht.«

Oh, Gott sei Dank. Ich löste mich aus seinen Armen und legte ihm die Hände auf die Brust. Er sah mich an, erst neugierig und dann überrascht, als ich ihn sanft nach hinten stieß.

Er ließ mich gewähren.

Natürlich.

Als hätte ich einen Mann seiner Größe bewegen können, ohne dass er mich *gewähren* ließ.

Ich schob ihn bis zum Bett zurück. »Setz dich.«

Ein erschöpftes Lächeln umspielte seine Lippen. »Okay, Boss.«

Wie konnte er nach drei Stunden aggressivstem Verhör, das offensichtlich gewirkt hatte, noch irgendetwas amüsant finden?

Ich musterte ihn. Wir hatten gerade erst beschlossen, zu erkunden, was da zwischen uns war. Ihn also zu drängen, sich mir anzuvertrauen, war ein großes Risiko. Doch ich wusste, dass noch mehr dahintersteckte, wenn er sich bereiterklärte, zu kämpfen, obwohl er doch eine tief verwurzelte Aversion dagegen hatte.

Um seinetwillen musste ich Mut aufbringen. Ich durfte nicht egoistisch sein, nur weil ich befürchtete, dass er sich von mir abwandte.

»Okay … keine Ahnung, was er in den drei sehr langen Stunden, die er dich gefangen gehalten hat, zu dir gesagt hat …« Rhys zog bei meiner Wortwahl eine Augenbraue hoch, doch ich ließ mich nicht beirren. »… aber was ist los? Wenn du wirklich einen Kampf in Betracht ziehst, muss mehr dahinterstecken als nur die finanziellen Probleme des Gym. Hat Fairchild dir gedroht?«

»Nein, aber er hat angedeutet, dass du eine Festanstellung bekommst, wenn ich für ihn kämpfe.«

Ich kochte vor Zorn fast über. »Ich kann mir einen neuen Job suchen. Er wird dich dadurch nicht zu diesem Kampf bewegen.«

Einen Augenblick lang wirkte er verblüfft.

Erst da wurde mir klar, was das über meine Gefühle aussagte … Ich war bereit, einen Job aufzugeben, den ich liebte, um Rhys vor Fairchild zu retten. Ich errötete.

Rhys musterte mich eindringlich, und seine Miene wurde immer liebevoller. »Das bedeutet mir verdammt viel, Parker. Aber wir haben diese Sache gemeinsam begonnen, weil dir dein Job so viel bedeutet. Ich will nicht erleben, dass du ihn deshalb verlierst.«

Als ich den Mund aufmachte, um ihm zu widersprechen, hielt er eine Hand in die Höhe. »Und es gibt noch etwas. Der Kampf bringt jede Menge Geld.«

Obwohl ich erleichtert war, dass Rhys nicht noch intensiver auf das einging, was ich unabsichtlich über meine Gefühle für ihn enthüllt hatte, machte ich mir Sorgen, was dieser Kampf ihm emotional antun könnte. »Ich habe dir diese Frage schon einmal gestellt, und ich stelle sie wieder – ist das Gym diesen Preis wirklich wert? Oder ist mir noch etwas entgangen? Rhys – was weiß ich noch nicht?«

Rhys' Gesichtsausdruck verhärtete sich, und er wandte den Blick ab. »Nichts, Tink.«

»Es ist nicht nichts. Da ist definitiv irgendetwas. Ich weiß, dass das zwischen uns noch ziemlich … frisch ist … aber bevor wir uns küssten und so unglaublich heiß berührten … na ja, Rhys, ich bin deine *Freundin*. Rede mit mir.«

Seine Lippen zuckten. »Unglaublich heiß, hmm?«

Ich konnte mein Lächeln kaum unterdrücken. »Wechsele jetzt nicht das Thema.«

Er sah mich eine Weile stumm an, dann stieß er einen tiefen, schweren Seufzer aus. »Ich werde das Gym verlieren, wenn ich nicht langsam anfange, meine Schulden bei der Bank zu begleichen. Da gibt es einen Typen, der mir ein Kaufangebot gemacht hat, und es sieht immer mehr so aus, dass ich tatsächlich verkaufen muss.«

Mir sank das Herz. Ich wusste, wie viel ihm das Fitness-Studio bedeutete. »Rhys …«

»Bevor mein Dad starb, erzählte er mir, dass das Studio in Schwierigkeiten steckt und er mit den Zahlungen im Rückstand ist. Außerdem hat er mein Vermögen heruntergewirtschaftet. Er hat gezockt … und es war beinahe alles futsch.«

Oh mein Gott. Alles, was er verdient hatte. Alles, was er im Ring erkämpft hatte … alles war letzten Endes umsonst gewesen.

Mir war ganz elend zumute, und ich taumelte zum nächsten Sessel. »Oh Gott, Rhys.«

»Ich habe es vor Dean geheim gehalten.«

Ich runzelte die Stirn. »Aber er macht doch jetzt die Buchhaltung, dachte ich?«

Er schnaubte. »Ich habe ihn verarscht, hab ihm eine beschissene Tonne Papier gegeben, die er durchgehen muss, und ihm die tatsächliche Buchhaltung – die digitalen Unterlagen – nicht gezeigt.« Rhys sackte nach vorn, stützte den Kopf in die Hände und starrte auf seine Füße. »Als ich begann, mit der Boxerei das große Geld zu verdienen, erkrankte Mom an Krebs. Ich wollte verhindern, dass meine Eltern Schulden machen, also habe ich ihre Arztrechnungen bezahlt.«

Das Herz tat mir weh. »Rhys …«

»Dad hatte das Gebäude für das Gym damals nur gemietet. Ich habe es für ihn gekauft. Habe Deans Studiengebühren bestritten.

Aber ich habe meinem Dad auch die Verwaltung meiner Finanzen überlassen und zu spät festgestellt, dass das ein Fehler war. Er hat zahlreiche Fehlinvestitionen getätigt, gezockt … und was übrig war, ging nach Dads Tod für seine Beerdigungskosten drauf. Außerdem habe ich einen Batzen der Schulden bei der Bank durch den Verkauf meiner Eigentumswohnung abbezahlt. Aber jetzt sind wir mit der Hypothek ein paar Monate im Rückstand …«

Meine Nerven vibrierten. Die ganze Zeit über hatte er unter diesem schrecklichen Druck gestanden. Kein Wunder, dass er gleich die Chance ergriffen hatte, sich mit jemandem anzufreunden, der so mächtig war wie Fairchild.

»Weiß Fairchild davon?«

»Nicht dass ich wüsste, aber ich würde ihm durchaus zutrauen, dass er Nachforschungen über meine Finanzen angestellt hat.«

»Manipulativer Hund. Du darfst nicht zulassen, dass er dich dazu überredet. Ernsthaft … ich hoffe, den Kerl fressen die Sandnattern.«

Rhys runzelte die Stirn, aber dann grinste er. »Warte mal … hast du nicht so was auch bei unserem ersten Treffen gemurmelt?«

Oh-oh.

»Kann schon sein. Du hast mich genau in dem Augenblick angesprochen, als mein Boss kam. Vielleicht habe ich mir also tatsächlich gewünscht, dass sich eine Tür zu einer anderen Dimension öffnet, durch die du fällst, um furchterregenden Nattern zum Opfer zu fallen.«

»Wie in *Beetlejuice*?«

Ich warf ihm ein flüchtiges Grinsen zu, erstaunt, dass er mich immer noch aufheitern konnte, obwohl ich so wütend auf Fairchild war. »Ja. Aber zurück zum Thema …«

Ein Augenblick der Stille entstand zwischen uns, während ich meine Gedanken zu dieser neuen Information zu ordnen versuchte. Schließlich sagte ich: »Du musst es Dean sagen.«

»Nein.« Rhys lehnte sich auf dem Bett zurück; seine Miene war hart wie Granit. »Auf keinen verdammten Fall.«

»Ich weiß, dass du ihn beschützen willst. Aber, Rhys, er hat es verdient, die Wahrheit zu erfahren. Er ist jetzt ein erwachsener Mann, und wenn du ihm das vorenthältst, ihn mit falschen Büchern abspeist, dann beschützt du ihn nicht, sondern du stempelst ihn zum Dummkopf.« Ich ignorierte seinen brennenden Blick. »Dein Bruder ist sehr klug. Vertraue dich ihm an. Gib etwas von dem Druck, der auf deinen Schultern lastet, ab. Zu zweit könnt ihr vielleicht einen Plan entwickeln, wie weiter vorzugehen ist.«

»Ich *habe* einen Plan. Ich steige in den Ring.«

Ich erhob mich, und wieder packte mich unbändiger Zorn auf Fairchild. »Du wirst nicht für diesen Mann kämpfen.« Ich deutete auf die Schlafzimmertür. »Das wird er von dir nicht kriegen, Rhys. Wenn du für ihn kämpfst, dann trifft dich das mehr als nur auf eine Weise. Bitte ... bevor du irgendetwas unternimmst, versprich mir, dass du mit Dean redest. Und ich bin hier. Ich kann dir helfen ... du weißt, dass ich Spezialistin in Sachen Problemlösungen bin. Immerhin gehört das zu meinem Job.«

Als er keine Antwort gab, flüsterte ich: »Bitte, Rhys. Vertrau Dean. Vertrau mir. Tu das alles nicht länger allein.«

Rhys' Blick wurde warm, und er ließ die Schultern sinken. Dann nickte er und antwortete mit heiserer Stimme. »Okay, Sweetheart. Ich rede mit Dean.«

Dieser Schmerz, dieser süße Schmerz, den ich eben schon einmal in der Brust gespürt hatte, breitete sich auch jetzt wieder in mir aus. Ich war voller Zärtlichkeit. Ich stand auf und ging langsam zu Rhys hinüber.

Die Wärme in seinem Gesicht verwandelte sich in lodernde Hitze, als ich mich zwischen seine Beine drängte und ihm die Hände um den Nacken legte. Er streckte die Arme aus und umfasste meine Taille, um mich noch dichter an sich zu ziehen.

»Mein Abend war ziemlich beschissen, Tink«, sagte er leise. »Bist du vielleicht daran interessiert, ihn besser zu machen?«

Ein Schauer lief mir über den Rücken, und ich spürte ein vertrautes Ziehen tief im Unterbauch. Ich streifte mit den Daumen über die Bartstoppeln auf seinen Wangen und beugte mich vor, um an seinem Mund die Antwort zu wispern. »Ich bin daran interessiert, ihn phänomenal zu machen.«

Er grinste, und seine Augen sprühten Funken. Dann ließ er eine Hand unter mein Shirt gleiten, und ich erzitterte, was weniger zu meinem forschen Angebot passte. »Große Worte, Sweetheart.«

»Du glaubst also nicht, dass ich deinen Abend phänomenal machen kann?«

Geschickt öffnete Rhys meinen BH, und meine Pupillen weiteten sich. Sein Grinsen wurde weich und verwandelte sich in ein sinnliches Lächeln. »Als ich zur Tür hereinkam, war ich erschöpft. Aber du musst nur ...« Er zog die Hände wieder unter meinem Shirt hervor und griff nach dem Saum. »... diesen wundervollen kleinen Körper an meinen pressen ...« Er streifte mir das Shirt über den Kopf, und ich hob die Arme, um ihm behilflich zu sein. »... und schon bin ich härter ...« Rhys hielt inne und beobachtete, wie ich die Träger meines BHs herunterschob. Während ich mich vor ihm auszog, wurde ich langsam nervös.

Ich hatte keinen üppigen, sinnlichen Körper.

Gar nicht.

Eine Millisekunde lang machte ich mir Sorgen, dass es ihm nicht reichen könnte. Nur eine Millisekunde, denn beim Anblick meiner Brüste stieß Rhys buchstäblich ein kleines Knurren aus. Sein Blick wanderte wieder nach oben. Er schaute mich an und ließ die Hände an meinen Armen hinaufwandern. »Als ich das letzte Mal so hart war, war ich ein verdammter Teenager. Mein Abend ist also jetzt schon phänomenal, Sweetheart.«

Ich keuchte leise, da er meine kleinen Brüste in die großen Hände nahm, erschauerte an den köstlichen rauen Schwielen seiner Finger, stöhnte, als seine Daumen meine Brustwarzen umkreisten. »Rhys.«

Sekunden später schmolz ich förmlich an ihm dahin, denn Rhys zog mich an sich und nahm meine linke Spitze in den heißen Mund.

Die Lust fuhr mir direkt zwischen die Beine. Ich legte ihm die Hand auf den Hinterkopf, wand mich an ihm, während er meine Brüste mit seiner Zunge anbetete. Ich seufzte voll glühendem Verlangen, während er einen Pfad aus heißen Küssen bis zu meinem Hals hinauf beschrieb. Ich lehnte mich zurück, bot ihm meinen Mund dar, den er mit einer Gier nahm, die mir jegliche Selbstbeherrschung raubte.

»Zu viel an«, brachte ich keuchend nah an seinem Mund hervor und drückte ihn an den Schultern zurück.

Ich spürte sein leises Lachen und quietschte leise auf, da ich mich plötzlich rücklings auf dem Bett wiederfand.

In Rhys' Augen loderte eine Begierde, die mich bis ins Mark erschütterte. Er griff nach dem Knopf meiner Jeans. »Du zuerst«, verlangte er ungeduldig.

Ich zog an meiner Hose, half ihm, als er sie an meinen Beinen hinabschob. Nachdem er sie auf den Boden geworfen hatte, hielt er meinen Blick fest und widmete sich meinem Slip. Mir stockte der Atem, als er die Finger darum schloss. Ich spürte, dass er auf meine Erlaubnis wartete, versuchte mir das Lächeln über diese süße Geste zu verkneifen, und nickte. Langsam streifte er ihn herunter, ohne meinen Blick loszulassen, bis ich mehr als bereit für ihn war und mir ein leises Stöhnen entfuhr.

So lag ich vor ihm auf dem Bett, und er sah sich an mir satt. Ich biss mir auf die Unterlippe. Meine Brustwarzen zogen sich vor Vorfreude schmerzhaft zusammen.

»Fuck«, stieß Rhys erstickt hervor. »Fuck, Parker, wie kann man nur so schön sein?«

Seine zärtlichen Worte brannten mir in der Kehle, und plötzlich machte ich mir keine Sorgen mehr und verglich mich auch nicht mehr mit den anderen Frauen, mit denen Rhys zusammen gewesen war.

Dies war so viel mehr.

Für uns beide.

Das wusste ich einfach.

Mit Rhys' Selbstbeherrschung schien es nun vorbei zu sein. Er entledigte sich seiner eigenen Klamotten viel schneller, als er mich ausgezogen hatte. Ich beobachtete ihn voller Ehrfurcht, musterte Licht und Schatten auf seinem wunderschönen Körper. Nie war ich mit jemandem wie ihm zusammen gewesen. Ich hatte erwartet, dass seine Größe mich einschüchtern würde … aber nun erregte mich die Vorstellung, ganz und gar von ihm umfangen zu sein, umgeben von seiner glatten Haut, seinen harten Muskeln. Mein rauer Boxer mit dem riesigen Herzen und der insgeheim so sanften Seele.

Ich erkundete ihn, ließ den Blick an seinem Sixpack hinabgleiten bis hin zu …

Oh Gott.

Ich schluckte schwer, als ich ihn das Kondompäckchen aufreißen sah. Er streifte es sich über, und mich beschlichen Bedenken wegen seiner Größe.

»Glaubst du, das passt?«, platzte ich heraus.

Rhys blinzelte, als ihm die Bedeutung meiner Frage aufging. Dann grinste er und stöhnte gleichzeitig, während er sich zu mir aufs Bett legte. »Dafür werden wir schon sorgen.«

»Hmm …« Ich sah ihn unverwandt an. Er war hart und sehr, sehr groß. Nicht nur lang, sondern auch von einem enormen Umfang … oh mein Gott. »Rhys, wirklich … ich bin sehr klein, und du bist sehr groß.« Er senkte sich auf mich herab, und wie von selbst spreizte ich die Beine, um ihn in mich aufzunehmen. »Du kannst kein großes Objekt in ein winziges, unbewegliches kleines stecken – das ist physisch unmöglich. Und wissenschaftlich belegt.«

Rhys presste das Gesicht an meinen Hals, und sein Körper bebte vor Lachen.

»Rhys?«

Schließlich hob er den Kopf wieder, und seine wunderschönen Augen waren voller Belustigung und Begierde. Er pulsierte zwischen meinen Oberschenkeln, und seine Hitze wogte meiner entgegen. »Zum einen«, antwortete er leise lachend, »bist du nicht unbeweglich, Sweetheart. Tatsächlich wirst du bald schon so bewegt sein, dass du glaubst, die Erde würde unter dir erbeben.«

Mir stockte der Atem. »Nun … wenn du dir da so sicher bist.«

Er wurde über mir ganz still. »Es geht nicht darum, ob *ich* mir sicher bin. Bist du dir sicher?«

Ich spürte ihn über mir erzittern, sah den Muskel an seinem Kinn zucken, während er sich zurückhielt und sich das versagte, was er sich wünschte. Seine Augen waren dunkel vor Verlangen, aber gleichzeitig vom Licht der Zuneigung erfüllt, ja sogar der Sorge.

Ich schmolz dahin. »Du hast recht. Ich bin nicht unbeweglich. Sondern dehnbar. Also auf geht's.«

Nun bebte er wieder vor Glucksen. »Ich liebe deinen Dirty Talk.«

Mein Lachen verstummte, als er sich an mir bewegte, mich reizte. Begierde durchflutete mich.

»Rhys, jetzt, bitte – oh!«, schrie ich auf, umfing seine Taille. Er drang in mich ein, und lustvoller Schmerz vibrierte in meinem Innern, während ich mich seiner überwältigenden Fülle anpasste.

Rhys stützte sich über mir auf die Arme, das Gesicht angespannt vor Lust. »Fuck«, stieß er hervor. »Du hast nicht gelogen.«

Instinktiv bewegte ich die Hüften, wollte, dass auch er sich bewegte.

Er umfasste meine Taille, liebkoste die Außenseite meines Schenkels. »Warte.« Er schüttelte den Kopf, schloss eine Sekunde lang die Augen. »Ich brauche nur einen Moment.«

Aber ich konnte nicht anders. Wieder bäumte ich mich ihm entgegen, spürte, wie er noch tiefer in mich eindrang, sodass eine Woge der Lust in mir emporbrandete.

Rhys schüttelte den Kopf. »Geduld, Baby«, sagte er lachend. »Ich will das hier ganz langsam angehen, und wenn du so was machst, wird das nichts.«

Ich sah die Aufrichtigkeit in seinen Augen, erkannte, dass er zärtlich zu sein versuchte, und wieder drohten die Gefühle mich zu überwältigen. Ich schlang ihm die Beine um den Rücken, zog ihn sanft zu mir heran, sodass unser Atem sich miteinander vermischte, bevor wir einander küssten. Zu bedächtig, zu süß. In vollkommenem Widerspruch zu seiner Größe.

Ich kam mir zerbrechlich vor und umsorgt.

Es war wunderbar.

Aber ich wollte mehr, etwas, das mir das Gefühl gab, dass ich mehr war als nur eine süße, zierliche Frau. Ich wollte mich sexy fühlen, so sexy, dass er nicht anders konnte, als mich bis Sonntag noch sechs Mal zu vögeln.

»Okay«, stimmte ich atemlos zu. »Aber beim nächsten Mal machen wir es hart und schnell.«

Ich spürte, wie Rhys erschauerte. »Sie will mich umbringen«, murmelte er nah an meinen Lippen.

Schon möglich. Aber mein Gott, was für eine Art, dahinzuscheiden.

17. Kapitel

Rhys

Langsam. Ich musste es langsam angehen. Parker Brown lag wie ein Festmahl vor mir ausgebreitet. Eine winzige Fee, zierlich und wunderschön. Noch nie hatte ich so zarte Haut berührt, weicher als Satin, honiggolden und süß. Ich hatte beinahe Angst, sie zu zerbrechen. Zum Teufel, ich drang mit meinem Schwanz in ihre feuchte Enge ein, versuchte bei klarem Verstand zu bleiben, um sie möglichst langsam und behutsam zu vögeln.

Gott, aber sie fühlte sich so gut an. So verdammt eng. So verdammt heiß. Sie lachte leise, dicht an meinem Mund, und ließ ein wenig die Hüften kreisen, während ich in ihr versank. Lust loderte über mich hinweg, erfasste meine ganze Haut. Tief in ihr hielt ich inne. Mein Schwanz pulsierte. Ich zitterte am ganzen Körper vor Anstrengung, denn ich wollte unbedingt stillhalten, während Parker sich unter mir regte.

»Rhys.«

Ich knabberte an ihrer wohlschmeckenden Unterlippe und holte mühsam Luft.

»Wirst du dich wohl benehmen?«, fragte ich, denn ich wusste, dass es ihr gefiel, wenn ich herrisch war.

In ihren leuchtenden braunen Augen lag ein Lächeln, als sie mich ansah. »Ja, Rhys.«

Oh zum Teufel. Sie wollte mich tatsächlich umbringen. Meine Nasenflügel bebten, als ich mich zurückzog und dann hart zustieß. Parker seufzte, und ihre süßen kleinen Brüste erbebten. Fuck. Ja. Dann tat ich es wieder. Hart und tief. Langsam.

Die Geräusche unserer aufeinanderprallenden Körper erfüllten das stille Zimmer. Ihr Atem ging nun keuchend, und unter gesenkten Lidern beobachtete sie, wie ich in sie hinein- und herausglitt. Ich vergaß alles um mich herum, hörte auf zu denken, machte mir keine Sorgen mehr. Nichts spielte mehr eine Rolle. Nicht das Gym. Nicht mein Bruder oder die Rechnungen. Auch Fairchild nicht.

Es gab nur noch das hier. Nur noch Parker. Sie erleuchtete mich von innen, erweckte mich wieder zum Leben – erschuf in mir etwas Gutes. Ich stöhnte, fand ihren Mund, verschlang ihn. Meine Stöße wurden immer leidenschaftlicher. Keine Finesse mehr, keine Kontrolle, nur noch dieses Verlangen, in sie einzudringen, ihrer Haut so nahe zu sein, dass sie mich ganz und gar in sich aufnehmen konnte.

Meine Gedanken wurden wirr, mein Atem ging stoßweise und rasselnd. Ich brauchte mehr.

Ihre Haut wurde feucht von Schweiß, während ich ihre Schenkel weiter nach oben zog, sie stärker spreizte.

»Ja«, brachte sie keuchend hervor, bäumte sich auf, presste die Brüste gegen meinen Oberkörper.

Ja. Das schönste Wort. Ja. Und mehr. Und Fuck.

Ich stöhnte, nahm sie hart. Meine Lippen fanden die zarte Wölbung ihres Halses. Ich saugte an ihrer Haut, bewegte die Hüften, vögelte sie mit aller Macht.

Parker schrie auf, umschloss mich fester. Ich fühlte, dass sie kurz davor war. Ihre Haut gerötet und mit weit aufgerissenen Augen sah sie mich an. »Rhys.«

Ich hörte das Flehen in ihrer Stimme. »Was brauchst du, Tink?«, fragte ich heiser.

»Reibung«, antwortete sie rau seufzend. »An meiner Klitoris.«

Gott. Wie sehr ich ihre Art zu denken liebte. Meine Hüften stießen gegen ihre, dann hielt ich inne, drängte mich an ihre geschwollene Klit. Sie stöhnte, schloss die Augen, warf den Kopf in den Nacken.

Es war wunderschön. Und ich war der verdammte Glückspilz, der es erleben durfte.

»Lass los.« Ich glitt erneut in sie, trieb sie weiter an. »Gib es mir, Parker.«

Ihre Finger krallten sich in meine Schultern. Sie kam mit einem lauten Schrei, und ihr Körper nahm alles von meinem Schwanz, so heftig, dass ich Sterne sah. Das brachte mich endgültig um den Verstand. Ich verlor jegliches Zeitgefühl, spürte nur noch, wie ich mich in Parker bewegte und ihre weichen Lippen an meinem Mund.

Ich stöhnte in sie hinein, während ich kam. Ich gab ihr alles, und in diesem Augenblick hätte ich mich nicht mal mehr an meinen eigenen Namen erinnern können. Nur an ihren.

Ich gehörte ihr mit Haut und Haar.

»Und diese kleine Schönheit ist ein echtes Samurai-Schwert eines japanischen Offiziers aus dem 2. Weltkrieg.« Fairchild hob die Waffe aus der Aufhängung und hielt sie in die Höhe. »Man beachte die Klinge. Gefertigt von Yoshimichi.«

Seine Gäste bemühten sich, interessiert dreinzublicken, und Fairchild strahlte.

»Man erzählt sich, dass die US-Streitkräfte nach der Besetzung Japans am Ende des Krieges dieses Schwert konfiszierten und es einem Offizier als Belohnung für seine Verdienste bei der Unterwerfung der Japaner überreichten. Hat mich dreißigtausend gekostet, aber das hab ich gern bezahlt.«

Dieser verdammte Kerl.

Ich fing Parkers Blick auf. Nicht mal die leiseste Andeutung war nötig – sie verstand mich auf Anhieb. Und auch ich wusste genau, was in ihrem Innern vor sich ging, wie viel Kraft es sie kostete, ihren Widerwillen zu verbergen. Fairchild war schon eine ganz besondere Nummer. Nicht nur, dass er über keinerlei soziales Bewusstsein verfügte, er rümpfte sogar die Nase über andere, die es hatten.

Während des gesamten trübseligen Dinners mit ihm hielt mich nur eins aufrecht: Ich stellte mir die verschiedenen Schläge vor, die ich ihm verpassen konnte, einen Right Cross, einen Uppercut, eine Links-rechts-Kombination. Kindisch vielleicht. Aber definitiv befriedigend. Eines Tages, so schwor ich mir bestimmt zum tausendsten Mal, würde ich dafür sorgen, dass er bekam, was er verdiente.

Auf keinen Fall würde ich ihn damit davonkommen lassen, dass er sich Parker gegenüber wie ein Drecksack benahm.

Parker.

Zum Teufel. Sogleich brach mir der Schweiß aus, und die Lust überflutete mich wie eine Hitzewelle.

Wir hatten die ganze Nacht im Bett verbracht. Vögelnd. Lachend. Wieder vögelnd. Dann schliefen wir ein, einer von uns wachte wieder auf, streckte die Hand nach dem anderen aus, und dann begann alles wieder von vorn.

Noch nie hatte ich eine perfektere Nacht erlebt. Nie hatte ich dermaßen viel im Bett gelacht, einfach nur, weil es Spaß machte. Parker machte mich glücklich. Sie machte mich auf eine Weise frei, wie ich es nie gewesen war. Außerdem war sie die köstlichste, sinnlichste kleine …

»Du guckst schon wieder so«, murmelte sie neben mir.

Ich verwob die Hände mit ihren und strich ihr über die Fingerknöchel. »Wie denn?«

Sie senkte sittsam die Lider und schürzte den Mund. Wie gern hätte ich diese Lippen jetzt geküsst, meiner Zunge Einlass in ihren heißen, süßen Mund verschafft. »Das weißt du.«

Ja, ich wusste es. Es war der »Ich will dich so sehr vögeln, dass es schmerzt«-Blick. Ich war mir ziemlich sicher, dass ich schon die ganze Zeit so dreinsah. Ich verkniff mir ein Grinsen und versuchte, mich auf Fairchild zu konzentrieren, der jetzt über eine weitere Waffe vor sich hin schwadronierte.

Um keine Missverständnisse aufkommen zu lassen – es waren wunderschöne Stücke. Und bei jedem anderen hätte ich vielleicht mehr Interesse aufgebracht. Aber wie die Dinge nun mal lagen, wollte ich einfach nur hier raus. Wenn ich schon nicht mit Parker ins Bett gehen konnte, würde ich mich auch mit einem gemeinsamen Spaziergang und etwas frischer Luft zufriedengeben.

Alles, wenn wir nur allein wären.

»Und das«, fuhr Fairchild nun fort und schritt zu einem großen mit Sand gefüllten Glaskasten hinüber, »ist die neueste Errungenschaft in meiner Sammlung.«

Jackson und seine Verlobte folgten ihm langsam und offensichtlich zögernd. Er warf mir einen kurzen gequälten Blick zu. Mir ging es nicht anders: Auch ich saß hier fest. Es war die Hölle. Ich hatte keine Ahnung, was für eine Art von Waffe Fairchild im Sand verbarg, aber gehorsam führte ich Parker nun dorthin. Als ich dann das fragliche Objekt vor Augen hatte, stutzte ich.

»Ist das …« Parker verstummte, und ihr gedämpftes Flüstern klang belustigt.

Ich betrachtete die gestreifte Natter, die sich in dem Terrarium zusammenrollte, und meine Lippen zuckten. »Das ist eine Sandnatter.«

Fairchild hörte mich und grinste breit. Nun, da ich ihm versichert hatte, ernsthaft über einen erneuten Kampf nachzudenken, war er nachgiebiger geworden. Keine aggressiven Taktiken mehr. Keine wütenden Blicke in Parkers Richtung. Fairchild kam sich vor wie der Kaiser von China und liebte das Leben. Dieses Arschloch.

»Genau genommen handelt es sich um eine Amerikanische Seitenwinder-Klapperschlange«, erläuterte er. »Aber keine Sorge, Shani hier ist venomoid – was so viel heißt, dass ihr Giftapparat entfernt wurde.«

Was das anging, machte ich mir nun wirklich keine Sorgen. Schließlich hatte ich nicht vor, dem Vieh allzu nahe zu kommen. Fairchild hingegen schien es für eine großartige Idee zu halten, den Deckel vom Terrarium zu heben.

Camille gab einen entsetzten Laut von sich, dann lachte sie kurz auf, um ihre Angst zu überspielen, schmiegte sich aber fest an Jackson. Fairchild genoss die Show und lächelte wie ein Idiot, während er sich geradezu poetisch über die Majestät der Schlange ausließ.

Parker kuschelte sich dichter an mich heran, und ich legte den Arm um ihre Schultern. »Meinst du, wenn wir jetzt drei Mal *Beetlejuice* sagen, taucht er auf und frisst Fairchild?«, flüsterte ich ihr ins Ohr.

Sie stieß mich liebevoll an und presste die Lippen aufeinander, um sich das Lächeln zu verkneifen.

Fairchild griff ins Terrarium.

»Halten Sie das für eine gute Idee?«, fragte Camille.

Er lachte. »Die Ladies sind bei Schlangen immer so nervös.« *Ja, kein Scheiß, Kumpel, sie wissen nämlich, was du vorhast.* »Keine Sorge, Honey, Shani und ich sind dicke Freunde.«

Ich verdrehte die Augen und ließ Parker nicht los. Die Schlange jagte mir zwar keine Angst ein – nicht viel jedenfalls -, aber ich hatte nun mal einen gesunden Respekt vor Raubtieren, und – ob giftig oder nicht – eine Klapperschlange war nun mal nichts zum Spaßen.

Shani, die Schlange, hatte im Sand ein Nickerchen gemacht, und Fairchild hatte sie aufgeweckt. Sie hob den diamantförmigen Kopf und verfolgte Fairchilds Hand mit kleinen starren schwarzen Augen.

»Shani liebt Ratten«, erklärte Fairchild. »Besonders die großen – ah!«

Sein Schrei ließ uns alle zusammenfahren. Shani hatte sich so schnell bewegt, dass keine Zeit zum Reagieren blieb. Sie grub die Zähne in Fairchilds teigige Hand, einmal, zweimal. Fairchild schrie noch einmal und zog die Hand hastig zurück.

Fluchend stürzte ich vor und schlug den Deckel aufs Terrarium, bevor das Tier entwischen konnte. Dann brach die Hölle los, denn Fairchild heulte wild herum, und jede Menge Bedienstete stürmten herbei.

Während Fairchild stöhnte und zu Boden sackte, wobei er seine verwundete Hand umklammert hielt, fing ich Parkers Blick auf. Mein Gott, es war nicht lustig, wenn ein Mann von einer Schlange gebissen wurde.

Bestimmt nicht.

Nein, wirklich nicht.

Meine Lippen zuckten.

Ihre Augen blitzten, und ihre Nasenflügel bebten. Scharf atmete sie ein.

Um uns herum schrien die Leute hektisch und eilten Fairchild zu Hilfe. Shani rollte sich wieder im Sand zusammen. *Im Sand.*

Parker hielt meinen Blick fest. Ich konnte ihre Gedanken förmlich hören: Gebissen von einer Sandnatter.

Ein Lachen brodelte in mir empor, wollte sich unbedingt durch meine geschlossenen Lippen hindurch Bahn brechen. Auch Parker entfuhr ein gurgelnder Laut. Gleich würde sie die Beherrschung verlieren. Mit zwei Schritten war ich bei ihr, schlang die Arme um sie.

»Sie hat Angst vor Schlangen«, sagte ich in den Raum hinein. Aber wahrscheinlich hörte mich sowieso keiner.

Beinahe im Laufschritt flohen wir aus dem Zimmer. Kaum waren wir draußen, konnten wir uns nicht mehr zurückhalten. Parker krümmte sich vor Lachen. Tränen rannen ihr die Wangen hinab; sie schnaubte geradezu. Mir ging es nicht anders. Ich musste mich gegen die Wand lehnen, denn mir blieb fast die Luft weg.

»Oh Gott.« Sie wischte sich die Augen. »Ich komme bestimmt in die Hölle! Aber sein Gesicht. Hast du sein Gesicht gesehen, als die Schlange zubiss?«

»Die *Sandnatter*?«

Ihre Augen leuchteten vor Entzücken. »Eine *Sandnatter*!«

»Shani liebt Ratten«, dozierte ich und lachte noch lauter.

Parker sah mir in die Augen. Sie sprühte nur so vor Heiterkeit.

»Besonders die großen«, sagten wir unisono und verloren schon wieder die Beherrschung.

Erschöpft zog ich sie in die Arme und hielt sie fest, während wir uns weiter kaputtlachten. Schließlich seufzte Parker glücklich und erschöpft. In ihren braunen Augen schimmerten Lachtränen, und ihr Haar war zerzaust. Sie war fantastisch. Ich legte die Hand auf ihre weiche Wange, beugte mich zu ihr hinunter und küsste sie.

Sie schmiegte sich an mich. Perfekt. Ein verdammtes Geschenk inmitten des Chaos. Ich küsste sie noch einmal, und die Welt um uns herum verschwand. Wir küssten uns, bis unsere Lippen geschwollen waren und mein Körper hart vor Verlangen. Parker gab ein leidenschaftliches Stöhnen aus den Tiefen ihrer Kehle von sich und schlang mir die Arme um den Nacken.

»Ich will dich noch einmal«, sagte ich.

»Dann nimm mich wieder«, antwortete sie leise sinnlich seufzend.

Beängstigend, wie verfallen ich dieser Frau war.

Ich umfing ihren Hintern, und sie legte mir die Beine um die Taille. Als ich sie wieder in unser Zimmer zurücktrug, grinste sie breit. »Das Dinner ist also vorbei?«

»Spielt keine Rolle.« Ich knabberte kurz an ihrer Unterlippe. »Ich habe Andrew hundert Dollar zugesteckt, damit er uns was zu essen aufs Zimmer bringt.«

Sie riss die braunen Augen auf. »Und darauf hat er sich eingelassen?«

Wie schön, dass sie diese Aussicht so glücklich machte. »Glaub schon, denn unsere Mahlzeit kommt um sieben.«

Parker küsste mich hart und schnell, dann knabberte sie an meinem Ohrläppchen. »Ich liebe deine Art zu denken, Rhys Morgan.«

»Ach ja? Denn ich habe wirklich scharf darüber nachgedacht, was ich mit dir machen will, wenn wir wieder auf unserem Zimmer sind. Willst du es hören?«

Sie wollte. Und ich schilderte es ihr. Detailliert.

Ich war nicht an Glückseligkeit gewöhnt. Aber jetzt spürte ich sie, so stark, dass ich mir vorkam wie im Traum. Vielleicht war es ja auch einer. Nichts an diesem Ort oder an der Tatsache, dass ich mit Parker hier war, schien real zu sein. Ich verdrängte die Befürchtung, dass sich alles womöglich veränderte, sobald wir wieder in die Realität zurückkehrten. Nichts würde sich verändern. Das durfte einfach nicht sein.

Nach allem, was wir durchgemacht hatten, hatten Parker und ich unser Glück verdient.

Aber selbst als ich endlich wieder in sie eindrang und sie diesen Laut absoluter Befriedigung von sich gab, konnte ich das Gefühl nicht abschütteln, dass nur eine einzige falsche Bewegung genügte, um das Zusammensein mit Parker wieder zu zerstören.

18. Kapitel

Parker

Wie verstörend, dass ich mich gar nicht von Rhys lösen wollte, als er mich vor meinem Wohnhaus absetzte.

Ich klammerte mich an ihn, als er mich küsste, und wünschte, er würde uns beide zurück zu seiner Wohnung fahren. Das Wochenende mit ihm zu verbringen hatte total die Preise verdorben. Und mich überrascht. Und das nicht nur, weil der Sex so absolut fantastisch gewesen war.

Obwohl man sagen musste, dass es der beste Sex war, den man überhaupt jemals haben konnte.

Ich hätte nie gedacht, dass mich Sex dermaßen berauschen würde.

Mein Appetit auf Rhys Morgan war … sagen wir mal … *überraschend.*

»Aber es geht um viel mehr als nur um die Erotik«, berichtete ich Zoe, während ich mit einem Glas Wein in der Hand an unserer Küchentheke stand.

Ich hatte meinen Bericht über das Wochenende bei Fairchild gerade beendet. Und ihr erzählt, dass Rhys und ich beschlossen hatten, näher zu erkunden, worauf unsere gegenseitige Anziehungskraft beruhte, und uns aufeinander einzulassen. Danach schilderte ich ihr die Machenschaften des schrecklichen Milliardärs. Wie sie zu einer wundervollen Nacht voller Sex und Lachen geführt hatten. Wie sehr wir uns amüsiert hatten (und ja, es war wirklich falsch, darüber zu lachen), dass Fairchild *buchstäblich* von einer Sandnatter gebissen worden war und wie das zu noch mehr hervorragendem Sex geführt hatte. Tatsächlich hatten wir uns den ganzen Abend und die ganze darauffolgende Nacht auf unserem Zimmer versteckt.

Ich war ziemlich erschöpft.

Allerdings auf bestmögliche Weise.

Am nächsten Tag hatten wir Fairchild nicht zu Gesicht bekommen. Andrew hatte das Frühstück beaufsichtigt und uns verabschiedet. Anschließend waren wir in unsere Autos gestiegen und zum Flughafen gefahren. Im Flugzeug hatte ich mit dem Kopf an Rhys' Schulter geschlafen, zufriedener denn je.

Zoe saß auf einem Hocker an der Theke mir gegenüber und hatte das Kinn in die Hand gestützt. Sie wirkte nachdenklich. »Bist du sicher, dass es nicht nur der Sex ist? Denn Sex, so wie du ihn beschreibst, würde jede Frau davon überzeugen, dass sie auch Gefühle für den Betreffenden hegt.«

Ich verdrehte die Augen. »Ich glaube, ich bin durchaus in der Lage, meine sexuellen Empfindungen von meinen Gefühlen zu unterscheiden. Und das ist auch der Punkt. Bei Rhys kann ich das nicht. Der Sex ist nicht nur einfach deshalb fantastisch, weil der Mann wunderschön und athletisch gebaut und sehr, sehr großzügig ist. Er ist fantastisch, weil da eine gewisse Verbundenheit existiert. Ich spüre sie. Wir bringen einander zum Lachen. Bei ihm fühle ich mich sicher, und das, obwohl ich während unseres Zusammenseins immer das Gefühl habe, mich im freien Fall zu befinden. Es ist beängstigend und aufregend … aber ich vertraue ihm.«

Die Augen meiner besten Freundin glänzten. »Oh, Park. Honey. Ich freue mich so für dich.«

»Jetzt werd nicht gleich emotional, Dummerchen«, neckte ich sie, denn wenn ich jetzt nicht ironisch reagiert hätte, wäre ich glatt in Tränen ausgebrochen.

»Ich weiß. Ich finde nur … seit Jahren hast du dich auf niemanden mehr eingelassen. Dabei waren ein paar wirklich nette Kerle dabei. Männer, die bereit waren, deine Einzelteile wieder aufzulesen, die verstreut auf dem Boden lagen, nachdem du Theo verloren hattest.«

»Es war einfach zu früh.«

»Es war dreizehn Jahre lang zu früh – bis Rhys aufgekreuzt ist«, stellte sie klar.

Ich biss mir auf die Unterlippe, um nicht dümmlich vor mich hin zu lächeln – aber vergebens. »Am liebsten wäre ich immerzu mit ihm zusammen, was vollkommen untypisch für mich ist. Du kennst mich. Ich brauche grundsätzlich Freiraum von möglichen romantischen Interessenten.« Jetzt grinste ich. »Bei Rhys brauche ich den nicht. Im Gegenteil: Ich habe Freiraum offiziell für reizlos erklärt.«

Zoe grinste. »Dann hat es dich ziemlich erwischt.«

Ich wollte nicht weiter erörtern, wie schlimm es mich erwischt hatte, also fuhr ich fort: »Du und Dean, ihr beiden seid die einzigen Menschen, die wissen, dass unsere Beziehung als Fake begonnen hat. Ich bitte dich – und hoffe, dass auch Dean sich dazu bereiterklärt -, das für dich zu behalten. Niemand muss erfahren, dass es am Anfang nicht real war.«

»Einverstanden. Meine Lippen sind versiegelt.« Zoe legte nachdenklich den Kopf schief. »Darf ich fragen … weiß Rhys von Theo?«

»Ja. Ich habe es ihm erzählt.«

»Findet er es nicht seltsam, dass du dich seit der Liebe deines Lebens nicht weiterbewegt hast?«

Plötzlich war ich verärgert, obwohl ich wusste, dass sie es eigentlich nicht böse meinte. »Ich *bewege* mich doch weiter. Theo war meine erste Liebe, Zoe, und er wird es immer sein. Aber ich weiß nicht, ob er die Liebe meines Lebens war.«

Sie machte große Augen. »Oh, Park. Dich *hat* es schlimm erwischt. Muss ich mir Sorgen machen?«

Ich wurde rot. »Ich sage damit ja nicht, dass *Rhys* die Liebe meines Lebens ist. So weit sind wir noch nicht. Ich sage nur ... mit Theo hat mich etwas anderes verbunden. Es war süß und wunderbar. Es war die erste Liebe. Die Liebe zwischen zwei unerfahrenen Teenagern.« Jetzt lächelte ich, erstaunt, dass es gar nicht mehr so wehtat. »Wahrscheinlich habe ich so lange an ihm festgehalten, weil ich Angst hatte, wieder verletzt zu werden. Noch einmal einen solchen Verlust zu erleiden. Das mit Rhys ... ich habe gar nicht die Wahl. Ich muss mich einfach weiterbewegen und das Risiko eingehen.« Ich zuckte mit den Schultern. »Ich kann einfach nicht anders. Mein Verlangen nach ihm ist größer als meine Angst, ihn zu verlieren.«

Das Schweigen zwischen uns wog schwer. Dann kippte Zoe den Rest ihres Weins hinunter und verkündete. »Ich muss diesem Mann ein riesiges gottverdammtes Geschenk kaufen, denn ich habe dich noch nie so glücklich erlebt, und ich bin begeistert. Ich liebe dich, Park.«

Jetzt klang meine Stimme doch tränenerstickt. »Liebe dich auch, Zo.«

»Aber eins sag ich dir ...« Sie beugte sich über die Theke, und ihr Blick wurde hart. »Wenn er dich in irgendeiner Form verletzt, dann sorge ich höchstpersönlich für seinen körperlichen, finanziellen und emotionalen Untergang.«

Ich lachte. »Gut zu wissen.«

»Apropos: Will er wirklich kämpfen?«

Die Vorstellung, dass Rhys gegen seinen Willen wieder in den

Ring stieg, verursachte mir Übelkeit. »Ich hoffe nicht. Morgen spricht er mit Dean über die finanzielle Situation des Fitness-Studios. Er hat mich gebeten, hinterher vorbeizukommen. Er hat es nicht offen ausgesprochen, aber ich vermute, er braucht ein wenig moralische Unterstützung.«

»Natürlich.«

»Hoffentlich habe ich recht, wenn ich darauf vertraue, dass Dean Rhys unterstützen wird.«

»Das hoffe ich auch, Honey.«

Ich atmete scharf aus. Dann deutete ich mit der Hand zwischen uns hin und her. »Genug von mir. Was gibt es bei dir so Neues?«

»Nicht viel.« Sie schlug die Augen nieder, und eine kleine Falte bildete sich zwischen ihren Brauen. »Ich hab mich einverstanden erklärt, auf ein Blind Date zu gehen, das mein Produzent letzten Freitag arrangiert hat.«

»Und?«

Schließlich richtete sie ihre schönen dunklen Augen wieder auf mich. »Er hatte sich über mich informiert. Und ausschließlich über Richard geredet.«

Zoe bezeichnete Richard Bancroft niemals als ihren Vater.

»Inwiefern?«

»Typischer Fall von Geldgier.« Sie verzog den Mund. »Etwas anderes hatte der Typ nicht im Sinn.«

Es verblüffte mich immer wieder, dass jemand, der so liebenswert und witzig und umwerfend schön war wie Zoe Liu, immer noch keinen Partner gefunden hatte. Leider neigten die Männer, mit denen sie sich einließ, entweder dazu, sich von ihrem ererbten Reichtum einschüchtern zu lassen, oder sie waren zu offensichtlich *interessiert* daran. Es hatte durchaus ein paar gegeben, die Zoe um ihrer selbst willen mochten, aber die hatten dann auch wieder alles kaputtgemacht, indem sie sie wahlweise betrogen oder sich über ihre langen Arbeitszeiten für die Talkshow mokiert hatten.

Dabei hätte sie durchaus gern eine romantische Beziehung geknüpft. Mein eigenes Widerstreben, mich auf Dates einzulassen, war in den letzten Jahren teilweise auch darauf zurückzuführen gewesen, dass ich immer wieder erlebt hatte, wie meine fantastische beste Freundin scheiterte.

Das alles nur mitanzusehen erschöpfte mich.

Trotzdem glaubte ich fest daran, dass es da draußen jemanden für sie gab. Jemanden, der sie gleichzeitig herausfordern und erregen würde, so wie Rhys es bei mir tat.

»Dann solltest du keinen weiteren Gedanken mehr an ihn verschwenden«, sagte ich in Bezug auf ihr Blind Date.

Sie lächelte müde. »Hey, vielleicht hat Rhys ja einen Freund.«

Oh, ich hatte die gutaussehenden Typen durchaus gesehen, die in Rhys' Fitness-Studio arbeiteten, und sie wären wahrscheinlich auf die Knie gefallen, wenn sie auch nur die gleiche Luft wie Zoe Liu hätten atmen dürfen. Bei dem Gedanken musste ich grinsen.

»Vielleicht.«

»Möglicherweise wäre ja auch der Bruder etwas für mich.«

Bei dem Gedanken an Dean runzelte ich die Stirn. »Über Dean Morgan habe ich mir noch kein abschließendes Urteil gebildet. Rhys mag der Ansicht sein, dass Dean nichts beweisen muss, aber der Meinung bin ich nicht. Rhys hat eine Menge für ihn getan. Ich hoffe nur, dass Dean das erkennt und Verantwortung übernimmt. Aber bis dahin hältst du dich von Dean Morgan besser fern. Vielleicht sogar für immer. Ehrlich gesagt wird es nicht leicht sein, einen Typen zu finden, der deiner würdig ist.«

Zoe lachte. »Okay, *Mom.*«

»Oh, bitte. Ich bin überzeugt, dass dir die Sonne aus dem Arsch scheint – und das findest du doch toll.«

Meine beste Freundin riss erstaunt die Augen auf. »Hast du da gerade unflätige Worte benutzt?«

Meine Lippen zuckten. »Möglicherweise.«

Lachend warf sie den Kopf in den Nacken. »Oh Mann, wenn das so weitergeht, spendiere ich dem Kerl noch eine Harley.«

Rhys

»Du hast mit ihr geschlafen, oder?«, drang Deans Stimme durch den Nebel meiner Gedanken. Ich lag auf der Couch, und er beugte sich über mich. Ein albernes Grinsen breitete sich auf meinem Gesicht aus.

»Was?«, fragte ich ausweichend. Dann gab ich es auf und schüttelte lachend den Kopf. »Wie zum Teufel hast du das nur erraten?«

Dean umrundete die Couch und ließ sich auf den Sessel daneben fallen. »Durch dieses behämmerte Grinsen, das du ständig auf dem Gesicht hast, und die Tatsache, dass ich deinen Namen drei Mal rufen musste, bevor du auch nur geblinzelt hast.«

»Shit.« Ich grinste. Denn ja, dazu hatte ich allen Grund.

»Fuck«, murmelte Dean. »Die hat dich ja so was von flachgelegt. Arschloch.«

»Warum bin ich denn ein Arschloch?« Brüder. Eigentlich sollte Dean sich doch für mich freuen. Ich jedenfalls wäre durchaus froh, wenn er eine gute Frau fände, die seine Welt aus den Angeln hob. Zum Teufel, ich wäre begeistert; vielleicht würde er sich dann ein wenig mehr um seine Zukunft kümmern.

»Weil ich derjenige hätte sein können«, antwortete er augenzwinkernd.

Ich stieß ein Knurren aus und sprang auf. Dean war immerhin

so klug, sich aus dem Sessel zu erheben und außer Reichweite zu tänzeln.

»War doch nur ein Witz.« Er hob in scheinbar unschuldiger Geste die Hände.

»Ach ja? Dann überdenk deine Witze mal, denn ich kann nicht lachen.«

Um seine Lippen zuckte es. »Nicht mal ein bisschen?«

»Immer noch nicht lustig, Scheißkerl.«

Es war beunruhigend, wie sehr dieser »Witz« mich aufwühlte. Das Problem war nämlich, dass er recht hatte. Wenn ich Dean nicht in meinem Büro eingeschlossen hätte, *wäre* er es gewesen. Dean wäre derjenige gewesen, der mit Parker Dates gehabt hätte. Dean, der genauso klug war wie Parker. Und obwohl ich letztendlich die bessere Wahl gewesen war, um ihren Boss zu umgarnen, passte Dean definitiv besser zu ihren richtigen Freunden – zu ihrem Leben.

Etwas, das tiefer ging als Eifersucht, nagte an mir. Wenn ich Dean nicht im Bad eingeschlossen hätte, hätte sich Parker dann mit ihm eingelassen? Hätte sie ihn geküsst? Mit ihm geschlafen?

Diese Unsicherheit war unerträglich. Wie gern hätte ich dieses Gefühl zum Teufel geschickt. Parker mochte mich um meiner selbst willen. Das sollte reichen. Aber sie hatte mal einen Kerl wie Dean geliebt – leichter, süßer. Nicht so ein großer Schlägertyp mit ungehobeltem Mundwerk. Vielleicht war ich für den jetzigen Moment ja durchaus Mr. Good, aber deshalb noch lange nicht Mr. Right fürs Leben.

Mein Gott, kaum zu glauben, dass mir solche Formulierungen in den Sinn kamen. Ich klang doch tatsächlich wie so ein Artikel aus der Sexkolumne der *Cosmopolitan*.

Deans bescheuertes Lächeln verblasste. »Hey, du weißt doch hoffentlich, dass ich das nicht ernst gemeint habe, oder? Es ist offensichtlich, wie vernarrt sie in dich ist, Rhys.«

»Ich will diese Unterhaltung nicht weiterführen.« Wütend funkelte ich ihn an. »Wann war es offensichtlich?«

Mist, diese Frage klang aber jetzt verdammt bedürftig.

Glücklicherweise ging mein Bruder einfach darüber hinweg. »In der Bar. Sie konnte den Blick ja kaum von dir abwenden. Ich wusste damals schon, dass ihr beiden zusammenkommen würdet.«

Ich seufzte, setzte mich wieder auf die Couch und massierte meine Nasenwurzel. »Sie ist toll. Ich mag sie. Sehr sogar. Aber …«

»Sie hat die Krätze?«

Ich ließ die Hand sinken und warf ihm einen Blick zu. »Weißt du überhaupt, was das ist?«

»Das ist eine Krankheit, bei der …«

»Vergiss meine Frage. Sie hat nicht die Krätze. Dafür aber eine tote erste große Liebe.«

Seine Augen funkelten. »Lass mich raten – sie hat ihn umgebracht, und nun fürchtest du um dein Leben.«

Perverserweise hätte ich am liebsten laut aufgelacht. Aber stattdessen sah ich ihn nur grimmig an. »Würdest du das bitte lassen? Nein, Deanie, ein Verkehrsunfall. Fahrerflucht. Und seitdem war sie mit niemandem mehr zusammen.«

Dean erbleichte und ließ sich wieder in den Sessel fallen. »Mein Gott. Das ist … krass. Und eine ganz schöne Hypothek, hmm?«

»Wem sagst du das.« Ich schüttelte den Kopf. »Wie soll ich mit jemandem konkurrieren, den sie zum Inbegriff junger Liebe hochstilisiert hat?«

»Na ja, ich meine, guter Sex soll ja bei so was durchaus helfen.« Er kniff die Augen zusammen. »Du hast ihre Welt doch aus den Angeln gehoben, oder? Sie voll und ganz befriedigt?«

»Wofür hältst du mich? Bin schließlich kein Dummkopf.« Ich erinnerte mich liebevoll daran, wie Parker dieses Wort neulich noch benutzt hatte. Beim Gedanken an sie musste ich lächeln. »Meine Frau war definitiv befriedigt.«

Denn sie war meine Frau. Zumindest vorläufig. Ich war nicht bereit, sie einem Geist zu überlassen und aufzugeben. Wenn Parker irgendwann die Nase voll von mir hatte oder ihren Weg ohne mich fortsetzen wollte, konnte ich nichts dagegen tun. Aber bis dahin würde ich das mit ihr verdammt noch mal in vollen Zügen genießen.

»Sie hat also hinterher gehumpelt?«, fragte Dean.

Ich warf ihm ein Sofakissen an den Kopf.

Lachend schlug er es fort. »Dachte ich mir.«

»Mach weiter so, und ich nehme dich in den Schwitzkasten.« Als wir jünger gewesen waren, hatte das als Drohung am besten gewirkt. Mom war immer ausgerastet, wenn ich zu grob mit Dean umging.

Der Gedanke an meine Mutter wirkte ernüchternd. Parker hatte gesagt, dass ich Dean zum Dummkopf abstempelte, wenn ich ihn im Dunkeln ließ. Sie hatte recht. Ich hatte mich meinem Bruder gegenüber wie eine Oberglucke benommen, die sich ständig überall einmischte. Shit, trotzdem war es mir verhasst, über die Angelegenheit zu reden.

Mein Magen krampfte sich zusammen, während ich nach den richtigen Worten suchte.

»Ich habe dich angelogen.« Okay, den Einstieg hatte ich schon mal vermasselt.

Dean runzelte die Stirn. »Du hast Parkers Welt doch nicht aus den Angeln gehoben? Ich könnte dir ein paar Tipps …«

Dieser Typ.

»Mein Gott.« Ich schnaubte belustigt. Ich liebte meinen Bruder schon sehr. »Nein. Das nicht. Dean … Shit. Es geht um Dad und darum, wie er alles hinterlassen hat.«

»Du meinst, dass das Gym womöglich wieder in den Besitz der Bank zurückfällt?«

»Was?« Ich blinzelte. »Wie …«

Er lächelte schief und mehr als nur ein bisschen verärgert. »Tja, es mag dir vielleicht entgangen sein, aber ich bin nicht völlig verblödet. Und wie du mir die Sache verheimlicht hast, ist megaätzend, Bro.«

Na, zum Teufel.

Ich seufzte noch einmal. »Es steckt mehr dahinter als nur das …« Dann erzählte ich ihm die ganze elende Geschichte, von Moms Arztrechnungen, Dads Zockerei, seinen unzähligen beschissenen Fehlinvestitionen, mit denen er meine Honorare in den Sand gesetzt hatte. Am Ende berichtete ich ihm von Kyle Garrets Angebot, das Studio zu kaufen, und von Fairchilds Versuchen, mich wieder in den Ring zu drängen.

Er musste ein paar Mal schlucken und schwieg mehrere Sekunden lang. »Warum hast du … fuck, ich weiß, warum du das alles vor mir geheim gehalten hast.« Er blickte so wütend drein, als wolle er mir im Geiste einen Schlag mitten ins Gesicht verpassen. »Das ist verdammt beleidigend, weißt du, dass du mich wie ein Kind behandelst.«

»Ich weiß.« Ich rieb meine schmerzende Brust. »Tut mir leid. Ich hatte mir nur einfach angewöhnt, auf dich aufzupassen, und wollte nicht, dass du dir Sorgen machst.«

Er gab keine Antwort, sondern nickte nur knapp.

»Ich hätte das nicht tun sollen«, fügte ich hinzu.

»Nein, hättest du nicht. Aber immerhin hast du es mir *jetzt* erzählt. Ich schätze, das ist ein Anfang.« Er atmete scharf aus und schüttelte den Kopf, als wolle er ihn wieder klar bekommen. »Du hast wegen Jake mit dem Boxen aufgehört.«

Der Schmerz in meiner Brust wurde heftiger. »Ja.«

Deans blaue Augen, die genau die gleiche Farbe hatten wie die unserer Mutter, waren auf mich gerichtet. Leid und Sorge waren darin zu lesen. »Diesem Fairchild gehört hinterher ein Stück deiner Seele, wenn du das tust.«

»Ja«, sagte ich wieder, denn auch das wusste ich. Das machte mich dabei am wütendsten.

»Dann mach es verdammt noch mal nicht.«

»Wir brauchen dieses Geld, Dean. Entweder gehe ich in den Ring, oder ich verkaufe das Gym.«

»Es gibt immer Möglichkeiten, um an Geld zu kommen. Ich suche mir einen Job.« Er beugte sich vor. »Einen richtigen Job. Keine Flausen mehr. Ich finde schon was Gutes.«

Ich schenkte ihm ein schwaches Lächeln. »Das wird nicht ausreichen. Uns läuft die Zeit davon.«

Dean wollte noch etwas sagen, aber ich hob die Hand. »Außerdem geht es nicht nur ums Geld. Dieses Arschloch hat es sich in den Kopf gesetzt, mich unbedingt kämpfen zu sehen. Der Saftsack ist ein Psycho. Er wird kein Nein gelten lassen. Und er hat keinen Zweifel daran gelassen, dass er mir übel mitspielen wird, wenn ich mich nicht darauf einlasse.«

Dean sprang auf die Füße und ging im Zimmer auf und ab. »Dieser Hurensohn. Aber es muss doch einen Weg geben, ihn zu umgehen.«

Ich seufzte und beobachtete Dean.

»Das … das …«

»Fuck?«, soufflierte ich ironisch.

Dean grinste breit. »Ja.« Sein Lächeln verblasste wieder. »Er behandelt dich wie ein verdammtes Tier im Zoo. Kaufen Sie eine Eintrittskarte, und schauen Sie sich an, wie der große Rhys Morgan in den Ring steigt. Fuck, verdammte Hacke.«

Da plötzlich kam mir der zündende Gedanke. »Warte. Stopp.«

Dean blieb stehen und wandte sich zu mir um. »Was?«

Die Idee tanzte in meinem Kopf herum, wuchs. »Ein Tier im Zoo, sagtest du.«

»Ja, äh, was?« Er schnaubte lachend. »Ich kann dir nicht folgen.«

Ich stand auf und begann nun ebenfalls, auf und ab zu schreiten.

»Das hat mich auf einen Gedanken gebracht. Was, wenn ich tatsächlich einen Schaukampf veranstalte?«

»Ist das nicht genau das, was Fairchild will?«

»Ja – nein. Ich meine, was, wenn wir …« Ich deutete zwischen uns beiden hin und her. »… einen Kampf organisierten? Einen Schaukampf zu wohltätigen Zwecken.«

Dean kaute auf seiner Unterlippe herum und sah mich aufmerksam an. »Zu wohltätigen Zwecken? Aber wie könnte uns das helfen?«

»Keine Ahnung …« Ich ging weiter auf und ab. »Vielleicht gar nicht. Aber wenn ich einen Kampf ansetze, dann ziehe ich diesen Flachpfeifen den Boden unter den Füßen weg. Wenn wir es zu wohltätigen Zwecken machen, finden wir auf diese Weise vielleicht gleichzeitig einen Sponsor für das Fitness-Studio. Dann helfen wir nicht nur uns selbst, sondern auch der Allgemeinheit.«

Langsam heiterte Deans Miene sich auf. »Das könnte funktionieren.« Er ging in die andere Richtung. Wenn wir so weitermachten, hatten wir gleich eine Rinne in den Bodendielen. Vor Aufregung wurden seine Schritte jetzt schneller.

»Es könnte tatsächlich funktionieren, Rhys.« Jetzt war er begeistert. »Aber ich habe keine Ahnung, wie man so was aufzieht. Du etwa?«

Neben der Küchentheke blieb ich stehen. Vor meinem geistigen Auge sah ich noch immer Parker dort stehen, hübsch wie das Morgenrot, die Augen leuchtend, während sie mir bei den Vorbereitungen fürs Abendessen zusah. Ich war ihr von Anfang an verfallen gewesen. Sie gab mir Hoffnung, weckte den Wunsch in mir, nach den Sternen zu greifen, den Kopf ein wenig höher zu tragen.

Ich hatte keinen blassen Schimmer, wie man so eine Wohltätigkeitsveranstaltung organisierte, war aber ziemlich sicher, dass sie es wusste. Also sah ich meinem Bruder in die Augen und lächelte. »Wir brauchen Parker.«

Ich brauchte sie. Definitiv. Und zwar auf mehr als nur eine Weise.

Ich griff nach meinem Handy und rief sie an, voller Glückseligkeit, dass ich das mittlerweile so ohne Weiteres tun konnte. Shit, ich vermisste sie jetzt schon. Ich wollte sie. Und wenn sie fort war, schien mir etwas zu fehlen.

Sie antwortete mit atemloser Stimme. »Hey, du.«

Ein idiotisches Lächeln umspielte meine Lippen, und schon wieder war mein Kopf wie benebelt vor Lust. »Hey, Tink. Was machst du gerade?«

»An dich denken.«

Mein Gott. Ich war dieser Frau vollkommen verfallen.

»Gute Antwort.« Ich grinste, dann zwang ich mich zur Konzentration. »Kannst du vorbeikommen? Ich brauche dich.«

»Ach ja?« Ihre Stimme klang frech und verdammt sexy.

Ich lachte. »So ist es in Bezug auf dich immer, Baby.«

Hinter mir gab Dean Würgelaute von sich. Ich warf ihm einen tadelnden Blick zu, dann konzentrierte ich mich wieder auf Parker. »Ähem. Aber davon abgesehen ist Dean gerade hier.«

»Du hast es ihm erzählt, oder?« Sie war stolz. Stolz auf mich.

»Ja. Und wir haben über den Kampf geredet. Ich habe einen Plan. Willst du mir dabei helfen?« Sie zögerte keine Sekunde lang. »Ich bin gleich da.«

Denn sie war meine Frau. Für den jetzigen Moment zumindest. Und der jetzige Moment war mir genug.

19. Kapitel

Parker

Zoe war eine miserable Lügnerin.

Ich beäugte sie misstrauisch, während wir die Treppenstufen zu Rhys' Gym erklommen. Mit ihrem intelligenten Blick aus den dunklen Augen musterte sie zunächst das Äußere des Gebäudes und wirkte dann sehr nachdenklich, als wir eintraten.

Unter dem Vorwand, dass sie bei dem Meeting zwischen Rhys und der Eventmanagerin Fiona dabei sein wollte, die Zoes Wohltätigkeitsveranstaltung für die Street Warriors organisierte, hatte sie mich zum Lights Out begleitet.

Normalerweise ließ Zoe Fiona grundsätzlich freie Hand. Wir wussten also beide, dass Zoe eigentlich nur Rhys in Augenschein nehmen wollte. Doch da Ren und die Jungs meinen Freund (ja, so nannte ich ihn im Geiste jetzt) bereits kennengelernt hatten, konnte ich meine beste Freundin wohl kaum daran hindern.

Trotzdem war ich verflixt nervös. Zum einen war ich gespannt, was sie von Rhys halten würde, zum anderen wollte ich ihn auch nicht unter Druck setzen. Er hatte momentan schon mehr als genug Stress.

Vor zwei Wochen hatte er mich nach dem Gespräch mit seinem Bruder in seine Wohnung gerufen. Natürlich war Dean auf die Hypothek gestoßen, als er sich mit den Finanzen des Fitness-Studios näher befasst hatte. Nachdem er sich ein Bild über das Ausmaß der Schulden und den Schuldner gemacht hatte, erwies er sich tatsächlich als guter Bruder. Sofort hatte er zusammen mit Rhys begonnen, Lösungsmöglichkeiten für das Problem zu erörtern, und schließlich hatten sie die Idee eines Schaukampfes zu wohltätigen Zwecken gehabt.

Der Gedanke, dass Rhys doch in den Ring würde steigen müssen, war mir verhasst, aber er schien mit der Idee ganz zufrieden zu sein, denn der Kampf würde schließlich zu seinen Bedingungen stattfinden. Sie brauchten meine Hilfe, also machte ich mich mit Feuereifer daran, einen entsprechenden Schlachtplan zu entwickeln.

Rhys hatte sich bereits einmal in den Räumlichkeiten der Street Warriors mit Fiona getroffen; dies war ihr zweites Meeting, um die Details festzuklopfen. Da wir nicht allzu viel Zeit hatten, hatte ich auch Easton und meine Mutter um Hilfe gebeten. Meine Schwester und meine Mom kannten die High Society wie ihre Westentasche. Also wählten wir ein Datum in ihrem Kalender, an dem, wie wir wussten, die meisten Leute würden kommen können. Das Event sollte in Rhys' Gym stattfinden. Die Idee dahinter war, dem Studio einen gewissen Bekanntheitsgrad zu verschaffen in der Hoffnung, dass sich jemand von den besonders begeisterten Gästen als Sponsor hervortun würde. Aber zu unserer großen Freude hatten ein paar Freunde meiner Eltern, die in Gemeindeentwicklungsprojekten engagiert waren, das Gym mit meiner Mom zusammen bereits besucht und angeboten, eine Patenschaft zu übernehmen.

Der Kampf hatte noch nicht mal stattgefunden, und schon war eine große Last von Rhys' Schultern genommen.

Um Zuschauer anzulocken, hatte Rhys einen Gefallen eingefordert und einen ehemaligen Schwergewichtsweltmeister, Jarrod »The Thunder« Johnson gebeten, gegen ihn zu kämpfen. Jarrod war etwas älter als Rhys, und obwohl sie befreundet waren, waren sie nie gegeneinander angetreten. Dieser Schaukampf war also ein Riesenmagnet für sämtliche Fans des Elitesports. Wir hatten bereits Tickets an Diana Crichton Jones – die Milliardärin, die ich auf Fairchilds Gartenparty kennengelernt hatte – und ihren Verlobten verkauft, ebenso wie an Adriana Bellington, die Besitzerin von Sportsbox.

Sie wollte den Schaukampf in ihrem Sender ausstrahlen. Die Erlöse aus dem Verkauf der Rechte sollten den Street Warriors zugutekommen. Die kostenlose Werbung würde uns hoffentlich noch mehr Sponsoren einbringen.

Easton und meine Mutter waren Profis im Organisieren von Empfängen, also hatte ich sie damit betraut, das Catering für die Party nach dem Kampf im Fitness-Studio zu organisieren. Meine verhandlungsgeschickte Mom hatte einen Caterer und Partyplaner überredet, Zeit und Arbeitskraft als Spende steuerlich geltend zu machen, sodass wir auch dafür nichts bezahlen mussten.

Fiona kümmerte sich um den Verkauf der Tickets, weshalb sie sich heute mit Rhys traf, um ihm diesbezüglich ein Update zu geben. Der Kampf sollte in drei Wochen stattfinden. Obwohl Rhys und ich uns an den vergangenen Wochenenden durchaus gesehen hatten, hatte ich nicht so oft mit ihm zusammen sein können, wie ich wollte, denn er trainierte fleißig.

»Dieses Studio ist ganz schön deprimierend«, murmelte Zoe, während wir durch das glasverkleidete Atrium und die Doppeltüren in den Trainingsbereich gelangten. Nur wenige Leute waren anwesend. »Alles müsste dringend renoviert werden.«

»Deshalb ja der Schaukampf«, erinnerte ich sie. »Hier entlang.«

Seit ich wirklich mit Rhys zusammen war, war ich schon ein paar Mal im Gym gewesen und kannte mich aus. Ich führte Zoe zur hinteren Treppe, über die man direkt auf den Korridor im ersten Stock gelangte, wo sich Rhys' Büro befand.

Auf mein Klopfen hin rief er: »Herein.«

Bei seiner Stimme lief mir ein Schauer über den Rücken, und ich griff nach der Türklinke.

Zoe stöhnte, und ich hielt inne.

»Was?« Stirnrunzelnd sah ich sie an.

»Ist ja schon widerlich, wie verliebt du bist«, flüsterte sie grinsend.

Bei diesem Wort machte mein Herz einen Satz. »Nimm das zurück.«

»Niemals.« Sie schüttelte den Kopf und stieß Rhys' Tür auf. »Ich sage lediglich die Wahrheit.«

Ich versuchte, der Hitze, die mir bei ihrer Bemerkung in die Wangen gestiegen war, wieder Herr zu werden, und sah sogleich zu Rhys hinüber, der mit Fiona neben seinem Schreibtisch stand. Dean und Carlos waren ebenfalls anwesend. Bei meinem Anblick grinste Rhys breit.

»Hey, Tink.«

Ich ignorierte Zoes verstörende Bemerkung, durchquerte lächelnd das Zimmer und reckte mich auf die Zehenspitzen, während Rhys sich zu mir herabbeugte, um mir einen Kuss zu geben. Sein Lächeln, der zufriedene Ausdruck seiner Augen, wenn er mich ansah, sein Eau de Cologne, das Gefühl seiner Muskeln unter meinen Händen, das alles verursachte ein köstliches Ziehen in meiner Brust. Er legte mir den Arm um die Taille und zog mich an sich.

»Hey.«

Er grinste mich ausgiebig an, dann blickte er auf. »Willst du uns nicht vorstellen?«

Oh verdammt.

Ich sah zu meiner besten Freundin hinüber und wurde bei ihrem Gesichtsausdruck schon wieder rot.

Dort stand in Leuchtschrift ein deutliches: »Siehst du? Ich hab's ja gesagt.«

»Stimmt. Rhys, das ist meine beste Freundin und Mitbewohnerin Zoe. Zoe, das ist Rhys. Fiona kennst du natürlich schon.« Ich lächelte der blonden Studentin zu, die kurz vor dem Examen stand und nur so strotzte vor Energie. Dann wanderte mein Blick zu Carlos und Dean hinüber, die meine beste Freundin deutlich zu eindringlich musterten. »Das ist Dean, Rhys' Bruder, und das Carlos, Rhys' bester Freund. Er arbeitet ebenfalls hier.«

»Hey.« Rhys nickte ihr kurz zu. »Schön, dich kennenzulernen.«

»Ja, finde ich auch. Ich hab schon eine Menge von dir gehört.«

»Ich vermute mal nur Gutes.«

»Richtig geraten.«

Während des Gesprächs behielt ich Rhys genau im Auge. Ich brauchte einen Augenblick, um zu erkennen, dass ich gespannt war, wie er auf Zoe reagierte. Meine Freundin war der Hammer, aber ich wollte nicht, dass Rhys das registrierte.

Natürlich würde er das trotzdem tun; sie war nun mal eine Schönheit – innerlich wie äußerlich.

Ich war stolz darauf, mit Zoe befreundet zu sein.

Doch in dieser Phase erster Verliebtheit wollte ich Rhys' Aufmerksamkeit ganz und gar für mich. Diese Erkenntnis ärgerte mich. Wie konnte ich nur so unsicher und besitzergreifend sein.

Rhys begrüßte meine Freundin mit freundlicher, wohlwollender Miene, aber ansonsten war nicht die Spur von Interesse an ihr darin zu entdecken.

Ganz anders Dean und Carlos, die Zoe gleichzeitig die Hand schütteln wollten.

Dean funkelte Carlos wütend an und stieß ihn beiseite. »Ich bin der Bruder.«

Meine Freundin ergriff seine Hand. »Ich bin die Mitbewohnerin.«

»Und ich bin Carlos.« Er presste eine Hand auf Deans Brust und schob ihn wie ein kleines Kind nach hinten. »Zoe, Bonita, ich freue mich, dich endlich kennenzulernen. Danke, dass du meinem Kumpel bei diesem Event zur Seite stehst.«

Angesichts von Carlos' verführerischem Schlafzimmerblick tanzten Funken in Zoes Augen. Sie schüttelte ihm die Hand. »Nun, die Sache hat Vorzüge für beide Seiten.«

Carlos grinste, sodass seine gefährlichen Grübchen auftauchten. »Na, wenn Sie an Vorzügen für beide Seiten interessiert sind, sollten wir uns definitiv mal etwas intensiver unterhalten.«

Meine Freundin lachte und entzog ihm ihre Hand. »Oh, ich neige nicht dazu, Vorzüge mit jemandem zu teilen, dessen Pool an Bettgefährtinnen wahrscheinlich so groß ist, dass man eine ganze Siedlung damit füllen könnte.«

Carlos war so verdutzt, dass ich Mühe hatte, nicht laut loszuschnauben. Offensichtlich war er daran gewöhnt, dass die Frauen schon beim ersten Anblick seiner Grübchen dahinschmolzen.

»Kommen wir wieder zur Sache.« Rhys drückte meine Schulter und wandte sich an Fiona. »Erzähl ihnen von den Ticketverkäufen.«

Fiona strahlte uns an. »Wir sind ausverkauft.«

Alle jubelten, und schon bald waren die gescheiterten Flirtversuche vergessen, denn wir diskutierten darüber, was wir bislang erreicht hatten und was noch zu erledigen war, um dieses Event zum Erfolg zu führen.

Etwa eine Stunde später verabschiedete sich Fiona. Nachdem sich die Tür hinter ihr geschlossen hatte, seufzte Zoe. »Ich muss auch wieder zurück.« Sie deutete auf mich. »Kommst du mit, oder bleibst du?«

Ich schüttelte den Kopf. Rhys saß auf seinem Bürostuhl und ich vor ihm auf dem Schreibtisch, während seine Finger der Gänsehaut hinterherjagten, die seine Liebkosungen auf meiner linken Wade hinterließen.

Sie grinste vielsagend. »Na gut. Dann bis später.« Ihr Blick wanderte zwischen mir und Rhys hin und her. »Und nicht, dass es eine Rolle spielte, aber meinen Segen habt ihr.«

Rhys stieß ein leises Grunzen aus, während ich meine beste Freundin anstrahlte.

Mir war es durchaus wichtig, was sie von Rhys hielt. Nicht genug, dass ich die Beziehung ohne ihren Segen beendet hätte, aber dennoch. Ich war froh, dass sie sah, wie glücklich er mich machte.

»Ich begleite dich nach draußen«, bot Carlos an.

»Oh, nicht nötig …«

»Ist mir aber ein Vergnügen.« Er öffnete die Tür und bedeutete ihr, vorauszugehen.

Kaum hatten sie das Zimmer verlassen, wandte ich mich Rhys zu. »Vielleicht solltest du ihm sagen, dass er keine Chance hat. Zoe erkennt Spieler meilenweit gegen den Wind und hat keinerlei Interesse an ihnen.« Ich sah mich nach Dean um. »Für dich gilt das ebenso.«

»Keine Sorge.« Dean verzog nachdenklich die Lippen. »Sie ist der Hammer, aber ich stehe eher auf beziehungsgestörte Frauen. Schade eigentlich. Denn sie ist wirklich eine Augenweide.«

»Sie ist mehr als nur ein hübsches Gesicht, weißt du.«

»Ja, ihr Hintern und ihre Beine sind ebenfalls verdammt fantastisch.« Dean lachte, als ich eine Grimasse zog, und stand auf. »War nur ein Scherz, Parker. Und jetzt lasse ich euch Turteltäubchen wohl besser allein. Aber du« – er deutete auf seinen Bruder – »hast heute Nachmittag noch Training.«

Ich spürte, wie Rhys' Hand weiter an meinem Bein hinaufwanderte. »Ich kriege meinen Work-out schon hin, keine Sorge.«

Die Verheißung in seiner Stimme ließ mich erschauern, sodass ich nicht mal ein Lachen zustande brachte, als Dean ein angewidertes Gesicht zog. »Sexuelle Anspielungen verstehe ich durchaus, Fuckface.«

Rhys gluckste vor sich hin. »Wolltest du nicht gehen?«

»Ich habe jede Menge Scheiße zu tun, also ja.«

»Ich hoffe, zu dieser Scheiße gehört auch, dass du dir einen anständigen Job suchst.«

»Hey, wer ist der Klügste hier im Raum?«

»Parker.«

Ich lachte, und Dean verdrehte die Augen. »Ich meinte von uns beiden.«

Aber Rhys lachte keineswegs. »Ich meine es ernst, Dean. Höchste Zeit, dass du dich dahinterklemmst.«

»Hab dir doch schon gesagt, dass ich mich bemühe.« Und bevor Rhys ihm eine Standpauke halten konnte, verließ er das Büro.

Ich runzelte die Stirn. »Du machst dir immer noch Sorgen um ihn?«

»Das mache ich so lange, bis er endlich einen guten Job ergattert hat und sesshaft wird. Können wir jetzt endlich aufhören, über meinen kleinen Bruder zu reden, und ins Loft gehen?«

Bevor ich noch antworten konnte, schob er mir die Hände unter den Hintern und hob mich hoch, sodass ich mich nur an ihn klammern konnte wie ein kleines Äffchen.

»Das war eine rhetorische Frage.« Mit verhangenem Blick fixierte er meinen Mund. »Wenn ich nicht innerhalb der nächsten fünf Minuten in dir bin, werde ich noch wahnsinnig.«

Normalerweise hätte ich ihn wegen so einer melodramatischen Äußerung getadelt, doch in diesem Augenblick vibrierte sein Mobiltelefon auf dem Schreibtisch.

Ich sah mich danach um und runzelte die Stirn.

»Wer ist denn das?« Ich drehte den Oberkörper, um genauer aufs Display schauen zu können. »Wer ist Colonel Vollpfosten?«

»Fairchild.«

Ich schnaubte und grinste ihn an. »Geschmackvoll.«

Rhys lachte nicht. »Das ist seit gestern schon sein dritter Anruf.«

»Er hat von dem Kampf gehört«, vermutete ich von bösen Vorahnungen heimgesucht. »Geh dran. Bring es hinter dich.«

Der Muskel an seinem Kinn zuckte. »Ich bin gerade schwer beschäftigt.«

»Ich kann mich nicht konzentrieren, solange wir nicht wissen, was er zu sagen hat.«

Rhys seufzte tief und setzte mich sanft auf dem Boden ab. Sein Mobiltelefon hörte eine Sekunde lang zu vibrieren auf und begann dann sofort wieder von Neuem. »Colonel Vollpfosten ist aber auch allzu freundlich«, murmelte er leise und griff nach dem Handy.

Ich schmiegte mich an ihn, legte ihm eine Hand ins Kreuz, die andere auf den Bauch, um ihm durch Körperkontakt zu signalisieren, dass ich hinter ihm stand. Rhys legte mir den Arm um die Schultern und ging ans Telefon, wobei er den Lautsprecher einschaltete. »Fairchild.«

»Morgan«, antwortete Mr. Fairchild kurz angebunden. »Ist Ihnen klar, dass dieser gottverdammte Schaukampf, den Sie angesetzt haben, mein Interesse an meinem eigenen Fight nur noch steigert?«

»Nun, das spielt eigentlich keine Rolle, denn ich habe mich nie einverstanden erklärt.«

Stille. Dann: »Sie hinterhältiger kleiner Scheißkerl.«

Ich verkrampfte mich genauso wie Rhys, und ein leises Knurren stieg in meiner Kehle auf.

Rhys hörte es, streichelte meine Schulter und schüttelte den Kopf. »Es interessiert mich einen Scheißdreck, wer Sie sind, Fairchild. Keiner darf es wagen, so mit mir zu reden.«

»Oh, es wird Sie schon noch kümmern, Sohn, wenn ich mit Ihnen fertig bin. Haben Sie allen Ernstes geglaubt, Sie könnten mir ungeschoren eins auswischen und es überleben?«

»Sie drohen mir?«

»Nicht so, wie Sie glauben. Es gibt Mittel und Wege, das Leben eines Mannes zu zerstören, ohne ihm auch nur ein einziges Haar zu krümmen. Und jetzt will ich Ihnen sagen, was Sie tun werden. Sie werden mit diesem idiotischen Wohltätigkeitskampf weitermachen, aber Sie werden auch für mich in den Ring steigen.«

»Sonst *was*?«

»Sonst fange ich mit dieser kleinen Bitch an, die meinen Mitarbeitern zufolge so gern gefickt wird.« Rhys' Finger krallten sich in meine Schulter, und seine Miene verdüsterte sich. »Nun ja«, fuhr Fairchild fort. »Ich werde sie ebenfalls ficken, nur auf andere Weise. Und mit ihrem Job fange ich an. Ich sorge nicht nur dafür, dass sie nie wieder für Horus arbeitet, ich sorge sogar dafür, dass sie auch in ganz Boston keine Stelle mehr findet. Ich gehe sogar noch weiter und werde es so einfädeln, dass sie nie wieder auf dem Fachgebiet erneuerbarer Energien arbeiten kann. Jeden Schritt, den sie auf beruflicher Ebene unternimmt, werde ich ihr vermiesen.«

Mein Herz pochte wie wild, und mir wurde übel, denn ich wusste, dass Fairchild durchaus in der Lage dazu wäre.

»Und wenn das nicht ausreicht, um Ihnen meine Sichtweise nahezubringen, kümmere ich mich auch noch um Ihren Bruder. Es wäre doch eine Schande, wenn jemand, der so intelligent ist wie Dean und der eine so glänzende Zukunft vor sich hat, sich als nicht vermittelbar erweist.«

Rhys erschauerte an mir, und ich umfing ihn fester, als könnte ich seinem Zorn damit Einhalt gebieten. Er öffnete den Mund und schloss ihn wieder. Ich sah, wie er mit sich rang, strich ihm über die Wange, zwang ihn, mich anzusehen.

Ich schüttelte den Kopf und formte mit den Lippen: »Wir können uns gegen ihn zur Wehr setzen.«

Seine Augen fragten: »Wie?«

Ich dachte an die Verbindungen, die meine Familie zu mächtigen Vertretern der High Society unterhielt. Und obwohl mir nicht wohl dabei war, diese Verbindungen zu nutzen, war mir jedes Mittel recht, das uns aus dieser prekären Lage wieder heraushalf. Fairchild hielt sich zwar für unbesiegbar, aber für mich selbst, für Rhys und für Dean würde ich alles tun, um ihn eines Besseren zu belehren.

»Wie ich sehe, habe ich nun Ihre Aufmerksamkeit«, sagte Fairchild jetzt in selbstgerechtem Ton. »Gut. Ich melde mich wegen meines Kampfes wieder, Morgan. Wenn ich also das nächste Mal anrufe, gehen Sie an Ihr verdammtes Handy.« Er legte auf.

Rhys krampfte die Finger um sein Mobiltelefon. Ich sah, wie seine Knöchel weiß hervortraten, und entwand ihm das Gerät, bevor er es noch quer durchs Zimmer schleudern konnte. Ich legte es auf den Schreibtisch, dann sah ich ihn an. »Wir können uns gegen ihn zur Wehr setzen. Meine Eltern haben jede Menge einflussreiche Freunde, und obwohl ich sie nie so gesehen habe: Mit Charles und Marion Brown sollte man sich definitiv niemals anlegen.«

»Ich dachte, du hast damals unter anderem deshalb diese Fake-Beziehung angeleiert, weil du die Hilfe deiner Eltern *nicht* in Anspruch nehmen wolltest.«

Ich verkrampfte mich. »Nun ja, der Gedanke, mich an sie zu wenden, macht mich auch nicht sonderlich glücklich, aber ich finde, wir dürfen diesem Typen nicht erlauben, uns wie eine Dampfwalze zu überrollen. Es ist besser, Menschen, denen wir etwas bedeuten, um Hilfe zu bitten, als uns von Colonel Vollpfosten erpressen zu lassen.«

Rhys blickte mir eine gefühlte Ewigkeit lang forschend in die Augen. Dann atmete er langsam aus.

»Parker, du hast dich damals an mich gewandt – na ja, genau genommen an Dean, aber das tut nichts zur Sache -, weil du Hilfe brauchtest. Dieser Job bedeutet dir so viel, dass du damals bereit warst, einen Kerl dafür zu bezahlen, deinen Freund zu spielen, um fest angestellt zu werden. Ich kann nicht zulassen, dass du das alles jetzt aufs Spiel setzt.«

Ich ließ meine Hand an seiner Brust hinaufwandern und legte sie auf sein hämmerndes Herz. »Ich will es ja auch gar nicht aufs Spiel setzen. Es macht mir Angst. Große Angst sogar. Aber die Vorstellung, dass Fairchild dich benutzt und was das mit dir machen wird und mit Dean – das alles jagt mir ebenfalls Angst ein. Lass uns den Schaukampf jetzt erst mal hinter uns bringen. Noch steht in den Sternen, was dabei herauskommt. Wenn wir dann wissen, wie unsere Karten stehen, können wir uns um Fairchild kümmern. Vorläufig müssen wir einfach nur eine Methode finden, um ihn uns vom Hals zu halten.«

Rhys legte noch immer die Stirn in Falten. »Ich will nicht, dass du mir oder Dean den Vorzug vor deinem Job gibst. Du hast dir dafür den Arsch aufgerissen. Er 'ist wichtig für dich.«

»Du bist auch wichtig für mich, Rhys.«

Abrupt legte Rhys mir die Hand in den Nacken und zog mich zu sich empor, um mir einen harten Kuss zu geben. Ich keuchte überrascht auf, und kurz hob er den Kopf, um knurrend hervorzustoßen: »Du hast echt keine Ahnung, was, Tink?«

Bevor ich eine Antwort geben konnte, nahm er mich wieder auf den Arm und küsste mich mit atemberaubender Leidenschaft. Keine Sekunde lang löste er den Mund von meinem, während er versuchte, mit mir den Raum zu verlassen. Wir stießen gegen eine

Wand oder gegen zwei – und unser Lachen, unser Stöhnen, sein Knurren und mein Seufzen hallten im Korridor wider, während er mich zum Aufzug trug, der in sein Loft führte.

Nachdem sich die Lifttüren geschlossen hatten, presste er sich an mich, rieb sich an mir, küsste mich, bis ich vor Erregung kaum noch Luft bekam. Mein Körper stand in Flammen.

»Bist du feucht?« Er küsste mich unter dem Ohrläppchen auf den Hals.

»Das weißt du doch«, erwiderte ich seufzend und klammerte mich an ihm fest. Wieder drängte er sich an mich. »Rhys!«

»Wenn ich dich vögeln soll, musst du's sagen, Tinker Bell.«

Bebend vor Verlangen wandte ich den Kopf und flüsterte ihm ins Ohr. »Ich will, dass du mich vögelst, Rhys.«

Er erschauerte, und kaum hatten die Türen sich wieder geöffnet, taumelte Rhys ins Loft und setzte mich auf dem nächstbesten Möbelstück ab – dem Esstisch.

Seine wunderschönen grünen Augen loderten vor Begierde. Er ließ die Hände unter mein Kleid gleiten, um mir den Slip auszuziehen. Ich stützte mich rücklings auf den Händen ab, und die Innenseiten meiner Schenkel prickelten, während ich beobachtete, wie er hastig ein Kondom aus seiner Brieftasche holte, den Reißverschluss seiner Hose öffnete und Jeans und Boxershorts gerade weit genug herunterschob, um sich zu befreien.

Kaum war das Kondom am Platz, umfasste Rhys meine Hüften und zog mich zur Tischkante, sodass ich die Beine um seine Taille schlingen konnte. Ohne weiteres Vorspiel drang er mit einem tief zufriedenen Stöhnen in mich ein. Mit der einen Hand hielt ich mich an seiner Schulter fest, die andere stützte ich auf die Tischplatte. So stemmte ich mich keuchend seinen kraftvollen Stößen entgegen, während sich die sexuelle Spannung in mir – aufgebaut nur durch unsere sinnlichen Reibungen im Aufzug – dem Höhepunkt näherte.

Ich liebte es, wenn er zärtlich war … aber du meine Güte, ich liebte es auch, wenn er ein wenig von dieser Beherrschung verlor und mich nahm, als hinge sein Leben davon ab.

Rhys kannte bereits meine Vorlieben, verstand, was ich brauchte, also schob er die Hand zwischen meine Beine und ließ den Daumen über meine Klit kreisen.

Mein Innerstes schien zu explodieren, und mein Schrei der Lust hallte im Loft wider. Rhys trieb weiterhin in mich hinein, und Welle um Welle meines Höhepunkts trieb auch ihn immer weiter zum Orgasmus. Schließlich hielt er kurz inne, die Anspannung spiegelte sich in seinem Gesicht, als sich sein Griff um meine Schenkel verstärkte. Und dann zuckten seine Hüften wild, bis sein heiserer Schrei der Erlösung meinem folgte.

Rhys entspannte sich, glitt aber weiterhin langsam und bedächtig in mich hinein und wieder heraus, die Stirn auf meiner Schulter.

Ich hielt ihn ganz fest, legte ihm die Arme um den Oberkörper, streichelte ihn durch sein Shirt und wünschte mir, wir wären nackt. Er wandte den Kopf und liebkoste meinen Hals, wobei ich die Beine instinktiv fester um seine Taille schlang.

»Weißt du«, flüsterte ich sanft, »dass manche Leute der Überzeugung sind, Sportler sollten auf Sex verzichten? Dass ihnen die Aggression vom sexuellen Frust Energie und Kraft im Wettkampf gibt?«

Rhys hob den Kopf, und abgesehen von seinem Blick war er entspannt. »Worauf willst du hinaus, Tink?«

»Ich wollte nur klarstellen, dass ich dein Training nicht sabotieren will.«

Er zog eine Augenbraue hoch. »Weißt du auch, was ich darauf antworte?«

Ich schüttelte den Kopf.

Rhys umfasste meine Taille und glitt aus mir zurück. Sofort wünschte ich, er wäre noch in mir. »Wir werden uns jetzt waschen. Erst du, dann ich. Und wenn ich aus dem Bad komme, liegst du nackt im Bett und wartest auf meinen Mund. Dann wirst du umgekehrt mir deinen Mund ebenfalls geben, denn ich träume schon seit dem allerersten Tag davon, wie sich deine Lippen um meinen Schwanz schließen. Ich werde dich so lange in meinem fucking Bett behalten, bis wir beide nicht mehr können und uns das Gehirn rausgevögelt haben.«

Wieder schoss mir ein heißer Blitz geradewegs in die Mitte. »Das ist eine sehr, sehr gute Antwort.«

Er grinste, und dann kreischte ich vor Vergnügen, als er mich vom Tisch hochhob und in sein Badezimmer trug.

Den restlichen Nachmittag verbrachten wir damit, uns das Gehirn rauszuvögeln.

Und es war fantastisch.

Irgendwann lag ich befriedigt und verschwitzt in seinem Bett, die Beine mit seinen verwoben. Ich streckte die Hand nach ihm aus, fuhr mit den Fingerrücken seine schweißfeuchte Brust hinab. »Wir müssen uns einen Schlachtplan für Fairchild überlegen.«

Rhys seufzte zutiefst entnervt. »Ich will im Bett nicht über ihn reden. Mit diesem Thema kannst du mich für den ganzen restlichen Tag abtörnen.«

Frustriert stöhnte ich auf. »Er stellt aber ein Problem dar, das so schnell nicht verschwinden wird.«

»Ja, und ich erkläre ihn zu *meinem* Problem. Unter gar keinen Umständen wird er *dir* das Leben schwermachen. Deshalb will ich nicht, dass du dir Sorgen um diesen ganzen Mist machst.« Rhys setzte sich auf und schwang die Beine aus dem Bett.

»Er ist *unser* Problem. Und wo gehst du hin?«

Er stand bereits, stützte aber jetzt noch einmal das Knie auf die Matratze, um sich vorzubeugen und mir einen schnellen Kuss auf die Lippen zu geben. »Muss trainieren, Tinker Bell. Kannst gern hierbleiben. Würde gern mit dir duschen, aber wir wissen beide, wohin das führt, also verzichte ich lieber drauf.«

Plötzlich spürte ich ein nervöses Flattern im Magen, als er sich auf den Weg in sein Bad machte und dort die Tür hinter sich schloss. Ich war beunruhigt, weil er nicht über Fairchild reden wollte, obwohl wir doch sonst über alles andere sprachen, das ebenso persönlich und wichtig war.

Und plötzlich beunruhigte es mich auch, dass er seinen Frust durch Sex losgeworden war, statt über Fairchild und den Kampf zu reden. Okay, der Sex war nun alles andere als beunruhigend gewesen, aber … nun ja, jetzt kam ich mir irgendwie vor, als habe er mich beiseitegeschoben.

Die plötzliche Mauer, die er zwischen uns errichtet hatte, verwirrte mich.

Ach. War es denn überhaupt eine Mauer?

Oder grübelte ich einfach nur zu viel?

Die Dusche ging an, und während ich auf Rhys' Bett saß, um darauf zu warten, dass ich an der Reihe war, machte ich das, was ich immer tat – ich dachte viel zu viel nach.

20. Kapitel

Rhys

Das Leben war schon seltsam. Der eine Teil lief hervorragend, während andere Ebenen die Hölle waren. Zum ersten Mal seit Jahren war ich glücklich. Es war merkwürdig. Sie machte mich wirklich auf eine Art glücklich, mit der ich gar nicht umgehen konnte. Noch nie war ich so mit einer Frau zusammen gewesen. Ich lief wie ein verträumter Idiot durch die Weltgeschichte, bekam das Grinsen nicht aus dem Gesicht und vibrierte förmlich den ganzen Tag vor Vorfreude, sie wiederzusehen. Sie dann irgendwann zu berühren war Glückseligkeit. Reine, verdammte Glückseligkeit.

Das Zusammensein mit Parker machte Spaß. Sie brachte mich zum Lachen. Und sie machte mich so verdammt scharf. Ich hatte mich in einen dauergeilen Dichter verwandelt. Dean amüsierte sich über meine »Verwandlung«.

Ich nahm seine Hänseleien mit Humor – wie gesagt, ich war viel zu glücklich, als dass sie mir etwas ausgemacht hätten.

Aber dann gab es da noch den Rest meines Lebens. Ich hatte einen Plan. An diesen Plan würde ich mich halten. Aber ich fühlte mich dabei nicht unbedingt glücklich. Dafür hatte es zu viel mit der Vergangenheit zu tun.

Immer wenn ich in den Ring stieg, um zu sparren, überkam mich ein verwegenes Hochgefühl, als wäre ich genau am richtigen Ort, was mein Selbstvertrauen ordentlich boostete. Gleichzeitig wurde mir immer leicht übel. Der Geruch von Schweiß vermischt mit Blut und der widerliche Gestank der Boxstiefel erinnerten mich sofort wieder an Jakes Gesichtsausdruck, die plötzliche Leere in seinen Augen, den verfluchten Schock, ihn so zu sehen.

Ich hatte mir die Rippen gebrochen, das Nasenbein, hatte aufgeplatzte Knöchel gehabt und zwei Gehirnerschütterungen. Schmerz gehörte zum Leben. Der wahre Schrecken des Todes bestand im Grunde in der totalen Leere. Nichts brachte Jake zurück. Er war nicht mehr da.

Wie ein Refrain begleiteten mich diese Worte beim Seilspringen, während ich immer und immer schneller wurde.

Er ist nicht mehr da.

Er ist nicht mehr da.

»Doppeltes Tempo, Morgan!«, stieß Jimmy knurrend hervor und holte mich ruckartig wieder in die Realität zurück. Sein zerfurchtes Gesicht war grimmig. »Du bist nicht hier, um deinen Tagträumen nachzuhängen.«

»Ich mache das in meinem eigenen Tempo, Boss«, antwortete ich lächelnd. Mit Jimmy trainierte ich bereits seit meinen Anfängen als Profisportler. Als ich ihn gefragt hatte, ob er bereit sei, einen Schaukampf zu wohltätigen Zwecken zu unterstützen, waren dem alten Mann die Tränen gekommen. Anscheinend wartete er schon seit Jahren darauf, dass ich zurückkehrte.

Schuldgefühle waren ätzend.

»Wenn du schon träumst«, sagte er, »dann wenigstens davon, deinen fetten, faulen Arsch zu bewegen. Meine Herren, hast du etwa gar nichts für deine Fitness getan?«

Jimmy war ein verdammter Spaßvogel.

»Anscheinend nicht, Boss.«

Jedenfalls nicht nach seinen Standards. Eigentlich hatte ich geglaubt, ganz gut in Form zu sein. Es ging doch nichts über die Rückkehr zum Profisport, um einem Mann zu zeigen, wie sehr er sich in die Tasche gelogen hatte.

»Wenn du so lächeln kannst«, meinte Jimmy jetzt, »dann kannst du auch das Lied singen, wenn du schon mal dabei bist.«

Ich war entsetzt. Oh fuck.

»Ach komm schon, Jimmy«, bat ich. Ja, ich *bat*. »Hab Mitleid mit mir.«

Seine schwarzen Knopfaugen unter den grauen buschigen Augenbrauen glitzerten. »Sing. Es.«

Fuck.

Seufzend begann ich: »I am the very model of a modern major general, I've information vegetable, animal, and mineral …«

Der sadistische Mistkerl wedelte mit den Händen wie ein gottverdammter Dirigent, während ich das Seil schwang und den Song aus *The Pirates of Penzance* anstimmte.

Schweiß rann mir den Rücken herab, und meine Beine waren weich wie Nudeln. Aber meine Brust war frei, mein Blut pumpte heftig durch meine Adern, und meine Stimme blieb laut. »I'm very well acquainted too, with matters mathematical, I understand equations both the simple and quadratical …«

Ich hatte eigentlich keine Ahnung, wie man quadratische Gleichungen löste. Vielleicht hatte ich das auf der High School gelernt. Parker wüsste das sicher.

Gott, Parker. Wenn sie mich jetzt sähe, würde sie sich schlapp lachen. Ihr hübsches Gesicht würde leuchten vor Vergnügen. Und diese pinkfarbenen Lippen würden sich zu einem Lächeln verziehen.

Mein Gott, diese Lippen. Die hatte sie neulich tatsächlich um meinen Schwanz geschlossen. Sie hatte so eine Technik drauf, ein leichtes Flattern der Zunge über die Spitze, wenn sie sich zurückzog, das mich in den Wahnsinn trieb. Danach hätte ich ihr beinahe lebenslange Treue geschworen.

Die Erinnerung an Parkers Blowjob ließ mich den Song und das Aufwärmtraining überstehen. Aber Jimmy, dieser boshafte Kerl, wusste trotzdem ganz genau, dass ich mit den Gedanken woanders gewesen war.

»Du bist nicht bei der Sache«, grummelte er später, während er meine Hände bandagierte. Ich hätte das auch selbst machen können, aber er bestand darauf, es richtig zu machen. »Das bringt dich im Ring nicht weiter.«

Ich sah auf meine Hände hinab. Die Haut war jetzt weicher und weniger zerschunden. »Ich weiß. Ich kann nicht …« Ich zuckte mit den Schultern. Eigentlich wollte ich es nicht zugeben, aber ich vertraute Jimmy genug, um zu wissen, dass ich es musste. »Ich versuche es ja. Aber es ist schwer.«

Er hielt inne und beäugte mich. Jimmy war klein und gebeugt wie ein Gnom, weshalb ich oft gedacht hatte, dass er zumindest in Teilen so etwas wie ein Zauberer sein musste. Jeder Boxer, den er unter seinen Fittichen gehabt hatte, schien erheblich besser zu sein als die anderen. Ich konnte verdammt noch mal von Glück sagen, ihn an meiner Seite zu haben.

»Du bist nicht mit dem Herzen dabei.«

»Nicht mehr wie früher. Ich habe etwas verloren, als Jake …« Ich beendete den Satz nur mit einem Kopfschütteln.

Jimmy hatte meine Hände jetzt fertig bandagiert. »Auch ich habe an jenem Abend gesehen, wie das Licht in deinen Augen verlosch. Ich wusste, was es für dich bedeutet.« Er setzte sich auf den Fersen zurück und rieb die grau-schwarz gesprenkelten Stoppeln an seinem Kinn. »Sieh mal, Junge, das hier ist eine gute Sache. Und wenn es dir hilft, dir die Bank und dieses Milliardärsarschloch vom Hals zu schaffen, umso besser.«

Das wusste ich. Ich hatte es Jimmy ja schließlich selbst erzählt. Seltsamerweise tat es trotzdem gut, es noch einmal zu hören. Ich nickte und bog die Finger, testete die Bandagen. Getaped zu werden war irgendwie tröstlich, gut und vertraut.

Ich machte mit beiden Händen eine Faust und stand auf.

Jimmy folgte meinem Beispiel. Sein Kopf reichte nur bis zu meinem Brustbein. Ich hatte das merkwürdige Gefühl, den alten Mann beschützen zu müssen, als könne auch er eines Tages einfach so verschwinden, wenn ich nicht auf ihn aufpasste.

»Jedenfalls bist du nicht mit dem Herzen dabei«, wiederholte er kurz angebunden. »Das ist ein Problem.«

»Ich weiß.« Ich hatte nur keine Ahnung, was ich dagegen unternehmen konnte. Die Vorstellung, den Kampf zu verlieren, nagte an mir. Der Wettkämpfer lag mir eben allzu sehr im Blut. Außerdem wäre es demütigend gewesen, ausgerechnet vor Parker zu verlieren. Das hätte ich nicht ertragen. Ich wollte, dass sie mich in Höchstform erlebte und nicht als Schatten meiner selbst. Ich wollte, dass sie sah, wozu ich fähig war.

Jimmy nickte, als hätte er meine Gedanken erraten. »Du musst etwas finden, wofür du kämpfst, entweder für deine Frau oder dein Gym. Was immer es ist, konzentrier dich drauf und halt dran fest, ja?«

Etwas, wofür ich kämpfte. Verdammt, das war der Haken. Ich hätte ja für Parker gekämpft, aber sie gehörte mir schon. Ich spürte es in sämtlichen Knochen. Ob ich nun gewann oder verlor, sie würde es mir niemals vorwerfen. Ja, sie wäre enttäuscht, wenn ich verlor, aber ich würde *sie* nicht *verlieren*. Diese instinktive Gewissheit machte es unmöglich, dort die richtige Motivation zu finden.

Für das Gym kämpfen? Das hatte ich die ganze Zeit schon getan. Warum also war es jetzt so schwer, den nötigen Adrenalinschub aufzubringen? Wenn ich früher in den Ring getreten war, hatte ich mich einfach mit den Gegnern gemessen, weil ich Spaß daran gehabt hatte, weil ich den Nervenkitzel geliebt hatte. Damals war das genug gewesen, heute nicht mehr. Das mochte der Grund sein, denn meine Freude auf den Fight war nur noch ein schwacher Abklatsch des Gefühls von früher.

Ich brauchte einen Grund, um zu kämpfen. Fuck, ich musste mir dringend was überlegen.

Ich ließ den Kopf kreisen, um die Verspannungen zu lockern, und schaffte es, Jimmy einen hoffentlich beruhigenden Blick zuzuwerfen. »Ich werde drüber nachdenken.«

Er schnaubte und brummelte sich etwas über saublöde Boxer in den Bart. Ich lächelte.

Wütend sah sich Jimmy im Gym um. »Wo ist Carlos?« Er war mein Sparringspartner. Unser Kräfteverhältnis passte, allerdings war ich schneller. Carlos jedoch war ein verschlagener Mistkerl, der es verstand, meine Konzentration zu fesseln, wenn ich keinen heftigen Schlag ins Gesicht bekommen wollte.

»Wahrscheinlich schaut er sich im Büro Pornos an«, meinte ich, um Carlos eins auszuwischen.

Jimmy murmelte weitere Kraftausdrücke vor sich hin und stapfte davon, um ihn zu holen. Ich sagte nichts; so dumm war ich nun auch wieder nicht, dass ich Jimmy bei seinen Standpauken in die Quere kommen wollte.

Ich lachte leise vor mich hin und ging zu dem kleinen Boxsack hinüber, den ich als weiteres Aufwärmtraining bearbeitete.

Etwas, worum es sich zu kämpfen lohnte.

Ich hatte das Gym.

Ich hatte Dean.

Und … Parker. Ich hatte Parker.

Eigentlich hätte ich mich gut deshalb fühlen müssen. Geradezu ekstatisch. Aber irgendetwas war immer noch nicht ganz richtig, setzte mir zu. Ich brauchte … Vergebung. Ich musste das Gewicht der Schuld und Angst von meiner Brust herunterheben.

Der Sex mit Parker hatte einen Großteil meiner Anspannung vertrieben. Wenn ich mit ihr zusammen war, fühlte ich mich ganz. Aber eine Sühnemaßnahme war das nicht. Vergebung konnte ich in ihren Armen nicht finden.

Dafür brauchte ich jemand anderen. Eine ungestüme Sekunde lang erwog ich, es Parker zu erzählen, ihr alles zu beichten. Aber das konnte ich nicht. Ich musste diesen Gang auf mich nehmen, sonst würde ich nie mehr richtig kämpfen können. Sie würde es verstehen. Auch wenn sie danach vielleicht weniger von mir hielt.

Sie musste. Denn diesen Kampf konnte ich nicht anders überstehen.

21. Kapitel

Parker

Ich war froh, dem Büro in der Mittagspause zu entkommen. Bis zu dem Schaukampf blieb nur noch eine Woche, sodass ich jede Menge zu tun hatte. So beschäftigt, dass ich nicht bemerkt hätte, wie ungewöhnlich still Jackson in den letzten Tagen geworden war, war ich allerdings auch wieder nicht gewesen. Er verbrachte viel Zeit in Meetings, die er nicht näher erläuterte, oder führte Telefonate hinter geschlossener Bürotür.

Überdies machte mir Creepy Pete mit seiner bockigen Art nach wie vor zu schaffen. Er kam nicht mehr an meinen Schreibtisch, wenn er eine Frage zu Gehaltsabrechnung und Überstunden hatte, sondern ich erhielt eine E-Mail von ihm. Und wenn die Kollegen sich unterhielten, verhielt er sich bewusst so, als würde ich gar nicht existieren.

Der Mann benahm sich wie ein Fünfjähriger.

An diesem Morgen hatte er eine mathematische Frage gestellt, die ich beantwortet hatte.

Er reagierte, indem er sich suchend im Großraumbüro umblickte. »Weiß das jemand?«

Da riss mir der Geduldsfaden. »Ich habe deine Frage gerade

beantwortet, Pete.« Wütend funkelte ich ihn an. »Ich bin deine Haltung mir gegenüber, der einzigen *weiblichen* Angestellten hier, mittlerweile leid. Wenn das nicht aufhört, werde ich darüber nachdenken, ob ich dieses Problem vielleicht melden müsste.«

Es war beinahe witzig, wie schockiert Pete aussah. »Nicht nötig. Es gibt kein Problem hier.« Er hielt kapitulierend die Hände in die Höhe und kehrte an seinen Schreibtisch zurück.

Xander warf mir einen Blick zu, der zeigte, wie stolz er auf mich war, dennoch war die Spannung, die danach in der Luft lag, beinahe unerträglich. Ich beschloss also, die Überstunden, die sich bei mir angesammelt hatten, für eine längere Mittagspause zu nutzen, und seufzte erleichtert, als ich dem Büro entkommen war. Ich verließ das Gebäude und versuchte, Rhys zu erreichen, hatte aber nur die Mailbox am Apparat. Also schickte ich ihm eine Textnachricht, bevor ich aufs Fahrrad stieg.

ParkerB: *Ich mache eine längere Mittagspause. Hast du Zeit, mit mir essen zu gehen?*

Rhys trainierte mittlerweile noch intensiver, und wenn wir uns sahen, verbrachten wir die Zeit vornehmlich im Bett. Soweit ich wusste, hatte sich Fairchild bislang nicht wieder gemeldet, und Rhys konzentrierte sich voll und ganz auf den bevorstehenden Kampf.

Deshalb war unsere Kommunikation gerade nicht sehr intensiv. Er fragte mich natürlich, wie mein Tag war, und schien sich auch durchaus für das zu interessieren, was ich zu sagen hatte, aber immer wenn ich das Gespräch auf ihn brachte, hatte ich das Gefühl, dass er mich mit Sex ablenkte.

Und ich hatte einfach nicht die Willenskraft, dem zu widerstehen, denn der Sex war fantastisch.

Ein paar Sekunden später, als ich von der Devonshire Street in die Spring Lane abbog, pingte mein Handy. Ich hielt an und holte es aus meiner Handtasche.

HotHarley: *Sorry, kann nicht. Bin ziemlich beschäftigt. Wir reden später?*

Ich war enttäuscht, schrieb aber zurück.

ParkerB: *Natürlich. Bis bald xx.*

Ich wandte mich um und beschloss, mir bei diesem herrlichen Wetter eine Mahlzeit bei Boston Common Coffee Company zu holen, um anschließend in den Boston Common Park zu fahren und sie dort zu verspeisen.

Das Essen im Fahrradkorb und das tolle Wetter hoben meine Laune wieder, und so fuhr ich über den Fußgängerstreifen der Summer Street auf den Common Park zu. Als ich aber kurz nach rechts sah, entdeckte ich einen Kopf und ein Paar Schultern, die mir bekannt vorkamen, und wurde langsamer.

An den Tischen vor dem Café Nero saß ein breitschultriger Typ mit langen Beinen dicht neben einer fantastisch aussehenden Blondine. Er hatte ihr den Kopf zugeneigt, und seine Hand lag auf ihrer. Sie sah ihm mit absoluter Zärtlichkeit auf dem hübschen Gesicht in die Augen.

Ich hielt an. Mein Herz raste. Nun wandte er den Kopf, und ich erkannte sein Profil.

Verwirrung und Schmerz fuhren mir in die Brust, als mein Verdacht sich bestätigte.

Rhys.

Der »ziemlich beschäftigt« war.

Mit einer schönen Blondine, deren beeindruckendes Dekolleté man in dem engen Mieder kaum übersehen konnte. Sie hatte eine üppige Mähne und war zwar stark, aber dennoch perfekt geschminkt. Sie war braun gebrannt, und ihre langen nackten Beine berührten unter dem Tisch die von Rhys.

Sie war alles, was Rhys sich meiner Vermutung nach bei einer Frau wünschte.

Mir war übel, und ich schüttelte mich.

Dafür gab es eine Erklärung. Ganz sicher.

Es musste eine geben.

Aber dann rückte sie mit dem Stuhl sogar noch näher an ihn heran und schlang die Arme um ihn. Ihr Kopf ruhte nun an seiner Brust.

Er gab ihr einen liebevollen Kuss auf die Stirn und hielt sie im Arm, als hätte er das schon eine Million Mal vorher gemacht.

Das war's. Mehr wollte ich nicht sehen.

Meine Brust war eng, heiß glühender Schmerz blendete mich beinahe. Ich riss mein Fahrrad herum, wollte nicht, dass er mich entdeckte, und schaltete den elektrischen Motor an, um verdammt noch mal schnellstens hier wegzukommen.

An die Rückfahrt zum Büro konnte ich mich gar nicht mehr richtig erinnern. Das Nächste, was ich wahrnahm, waren meine zitternden Hände, mit denen ich mein Fahrrad im Untergeschoss des Parkhauses abschloss.

Rhys würde mich nicht betrügen. Oder?

Und was ich gesehen hatte, war kein Betrug.

Doch er hatte mir nicht erzählt, dass er sich mit einer fantastisch aussehenden Blondine heute zum Mittagessen treffen wollte.

So etwas erzählte man seiner Freundin doch, oder?

Mir war immer noch übel, und ich lehnte mich kraftlos an die kalte Betonmauer. Wir hatten seit der Nacht in Fairchilds Landhaus nie über den Status unserer Beziehung gesprochen. Offensichtlich hatte ich irgendwo, irgendwann angefangen, mehr in unserem Verhältnis zueinander zu sehen, als da war.

Obwohl auch das nicht zutraf.

Selbst Rhys hatte zugegeben, dass uns etwas verband.

Oh Gott.

Vielleicht war ihm ja aufgegangen, dass diese Verbindung nicht über das Körperliche hinausging, und die Blondine war viel eher seine Kragenweite.

Wenn das stimmte, musste ich doch annehmen, dass Rhys alles ehrlich zugeben würde, oder?

Immerhin war er ein ehrlicher Mann.

Zumindest hatte ich ihn bislang dafür gehalten.

Plötzlich piepte mein Handy in meiner Tasche. Mit zitternden Fingern holte ich es heraus.

HotHarley: *Hey, Tink. Wollen wir uns heute Abend treffen?*

Ich starrte Rhys' Nachricht an, war total durcheinander. Wollte er sich mit mir treffen, um mir zu sagen, dass es aus war? Oder würden wir uns treffen, und er würde kein Sterbenswörtchen über die tolle Blondine verlieren?

Was immer im Augenblick los sein mochte, ich war nicht sicher, ob ich heute bereit war, mich ihm zu stellen. Also schrieb ich zurück:

ParkerB: *Sorry. Muss heute Abend Überstunden machen.*

Ich hatte mich emotional sehr auf diese Beziehung eingelassen, aber nun ließ ich die letzten paar Wochen Revue passieren. Mir wurde klar, dass Rhys mich emotional ausgeschlossen hatte, auch wenn er mich körperlich nicht von sich stieß.

Er würde mir das Herz brechen.

Ich wusste es.

Die einzige Möglichkeit, um den Schmerz abzumildern, bestand darin, zu Rhys Morgan auf Distanz zu gehen.

Tränen brannten mir in den Augen, und ich versteckte mich in der Ecke des Parkhauses so lange, bis ich sicher sein konnte, ins Büro zurückkehren zu können, ohne gleich in Tränen auszubrechen.

Rhys

»Danke, dass du mich zum Abendessen eingeladen hast. Diese Lasagne ist köstlich. Hast du die selbst gekocht, Rosie?«

»Rose, bitte.« Große Augen, im gleichen hellen Braun wie die von Jake, warfen mir einen warnenden Blick zu. Mein Gott, sie hatte auch sein freches Mundwerk geerbt.

»Tut mir leid, Rose.«

Sie schnaufte leise, als widerstrebe es ihr, mir den Ausrutscher zu vergeben, dann neigte sie huldvoll das kleine Kinn. Jake hatte diese Geste unzählige Male gemacht. Einen Augenblick lang tat mir jeder Atemzug weh. Es schmerzte dermaßen, dass meine Augen brannten.

Wie konnte man einen Menschen nur so sehr vermissen? Das war ätzend. Ich wollte diesen Schmerz nicht spüren. Nie ließ er so ganz nach. An manchen Tagen war er dumpf, aber in Augenblicken wie diesen war er wieder so frisch wie am ersten Tag. Am liebsten wäre ich aufgesprungen und aus dem Haus geflohen.

Aber ich blieb auf meinem Arsch hocken und aß die verdammte Lasagne.

»Also«, begann ich, als ich wieder etwas sagen konnte, ohne zu schluchzen anzufangen wie ein Baby. »Hast du die gemacht?«

Rose zog die Nase kraus. »Das war Mommy. Ich hasse kochen.«

Sie war zwar ziemlich altklug, trotzdem bewunderte ich die erst Fünfjährige wegen ihrer unverblümten Art und tippte ihr ans Kinn.

Auf der anderen Seite des kleinen Küchentischs lachte Marcy. Aufrichtige Liebe und Glück leuchteten aus ihren Augen. »Sie hasst es auch, ihr Zimmer aufzuräumen und ihre Hausaufgaben zu machen. Was für eine Überraschung, oder?«

»Sie hat Hausaufgaben?« Ich blinzelte erschrocken. »Sie ist verd… äh, sie ist fünf.«

»Ich bin kein Baby mehr«, erklärte Rose auf diese Jake-typische Leck-mich-Art. »Große Kinder bekommen Hausaufgaben.«

Marcy grinste, während sie mit dem Stiel ihres Weinglases spielte. »Sie haben Arbeitsblätter für Mathe und Leseübungen.«

Ich persönlich war damals froh gewesen, dass man sich in meinem Kindergarten darauf konzentriert hatte, uns die Buchstaben beizubringen, und ansonsten eher vorgelesen hatte. Das sagte ich auch, und Rose runzelte die Stirn, während Marcy lachte.

»Darauf ein Amen«, meinte Marcy und hielt ihr Weinglas in die Höhe.

Ich stieß mit ihr an, und obwohl der Schmerz wegen Jakes Abwesenheit noch nicht ganz verebbt war, tat es gut, hier zu sein. Diese beiden kostbaren Frauen waren eine Familie. In diesem Haus, das ich vor vielen Jahren mit Jake zusammen restauriert hatte, wohnte die Liebe. Zufriedenheit.

Hierherzukommen war genau richtig gewesen; viel zu lange hatte ich mich von ihnen ferngehalten. Eigentlich hatte ich Parker dann doch fragen wollen, ob sie mich begleiten wollte, aber auf meine Nachricht hatte sie nur kurz angebunden geantwortet, dass sie beschäftigt wäre.

»Weshalb machst du jetzt so ein nachdenkliches Gesicht?«, riss mich Marcys Frage wieder in die Gegenwart zurück.

»Mach ich das?« Ich griff nach der Salatschüssel. Seit ich wieder regelmäßig trainierte, hatte ich ständig Hunger. Die ganze verdammte Zeit. Hunger auf Essen. Hunger auf Sex.

Nein. Nicht bei Tisch an Sex denken. Schlechte Idee, Morgan.

Marcy neigte den Kopf und musterte mich. »Na ja, eigentlich war es eher eine Schmollschnute, aber von dieser Beschreibung wärst du wahrscheinlich nicht allzu begeistert gewesen.«

Ich lachte. »Nein, bestimmt nicht.« Seufzend lehnte ich mich zurück. »Ich habe im Moment viel am Hals, das ist alles.« Ich sah zu Rose hinüber, dann hielt ich den Mund.

Marcy war das nicht entgangen. »Rose«, sagte sie zu ihrer Tochter, die nur noch mit der Gabel im Essen herumstocherte, aber nichts mehr aß. »Wenn du fertig bist, dann darfst du deinen Teller ins Spülbecken stellen und spielen gehen.«

Sofort sprang Rose auf, wobei sie beinahe ihre Milch verschüttet hätte. Ich hielt das Glas fest, und sie schnappte sich ihren Teller und wollte gerade gehen, als sie noch einmal stehenblieb. »Wenn du damit fertig bist, mit Mommy zu reden, spielst du dann *Minecraft* mit mir?«

Mir wurde ganz warm ums Herz. »Klar. Aber du musst versprechen, dass du mich vor diesen hohlköpfigen Zombie-Typen beschützt.«

Sie zog die Nase kraus und lächelte. »Du bist schon ein komischer Kauz.«

»Kann nur einer beurteilen, der selbst einer ist, Kleine.«

Wir schnitten ein paar Grimassen, dann flitzte sie ins Wohnzimmer.

»Gott«, sagte ich. »Sie ist wie …«

»Wie Jake?«, beendete Marcy den Satz traurig. Aber ihre Augen leuchteten vor Liebe. »Ich weiß. Und mit jedem Tag sehe ich mehr von ihm in ihr.«

Ich hatte plötzlich einen Kloß im Hals und schluckte schwer.

Eben, als ich mich mit Marcy auf einen Kaffee getroffen hatte, hatte ich ihr eigentlich schon alles erzählen wollen, hatte es aber dann doch nicht über mich gebracht. Die Worte waren mir im Hals stecken geblieben, und ich hatte das Gefühl gehabt, Watte im Mund zu haben. So hatten wir nur in Erinnerungen an Jake geschwelgt und waren uns in die Arme gefallen, als es uns zu überwältigen gedroht hatte.

Aber hier, in Jakes Haus? Hier war die Situation eine andere. Lieber hätte ich mir mitten ins Gesicht schlagen lassen, als ihr alles zu beichten. Doch mein Entschluss stand fest.

»Also«, fragte sie. »Was ist los?«

»Ich habe jemanden kennengelernt.« Okay, ich war also doch nicht bereit, ihr von dem bevorstehenden Kampf zu erzählen.

»Du?« Marcy zog die Augenbrauen hoch.

»Ja, ich. Warum machst du so ein Gesicht?« Aber eigentlich wusste ich, wieso. Marcy, Jake und ich waren zusammen aufgewachsen. Sie war für mich die Schwester gewesen, die ich nie gehabt hatte. Marcy las in mir wie in einem zerlesenen Buch.

Sie lachte, gleichzeitig unbehaglich und hoffnungsvoll. »Es ist nur … Du bist's, Rhys. Du hast dich noch nie richtig auf eine Frau eingelassen.« Sie hielt inne und sah mich scharf an. »Wir reden doch von einer Frau, oder? Du willst mich doch jetzt nicht nur aufziehen, und hinterher stellt sich heraus, dass du eigentlich meintest, du hättest einen guten Buchhalter kennengelernt und willst ihn mir empfehlen, oder?«

»Mein Gott, Marse.« Ich lachte und rieb mir den verspannten Nacken. »So sehr zweifelst du daran, dass ich mich an jemanden binden könnte? Und ja, ich spreche von einer Frau.«

Sie zuckte mit den Schultern und grinste breit. »Also hat sich der allmächtige Rhys verliebt.«

Diesmal fühlte sich mein Lächeln ebenfalls hoffnungsvoll an. »Ich glaube schon.«

»Erzähl mir von ihr.« Marcy unterstrich die Aufforderung mit einem Kniff in den Arm, und ich schrie auf.

»Langsam, Frau.« Ich rieb mir die Stelle, konnte mir das Lächeln aber einfach nicht verkneifen. »Was gibt es da zu erzählen …?« Ich tippte mir ans Kinn, zögerte die Antwort hinaus, aber als Marcy Anstalten machte, mich noch einmal zu kneifen, hob ich kapitulierend die Hände. »Okay, okay. Sie heißt Parker. Sie ist … anders.«

»Anders«, wiederholte Marcy.

»Sie ist schrullig. Süß. Sie trägt so adrette Klamotten, die vom Hals bis zu den Knien alles bedecken.« Törnte mich aber trotzdem an wie niemand zuvor; aber diese Information behielt ich für mich. »Sie ist megaklug. Harvard-klug halt. Beziehungsweise eigentlich MIT-klug. Sie scheißt mich wegen allem zusammen, hat aber vor Kurzem angefangen, das Fluchen für sich zu entdecken. Kannst du das glauben? Die Frau konnte noch nicht mal so was wie ›verdammt‹ sagen.«

Ich lachte bei der Erinnerung daran, wie Parker jeglichen Fluch vermieden hatte, auch wenn sie sauer gewesen war. »Sie ist Umweltaktivistin. Recycelt einfach alles. Hasst mein Auto, obwohl ich mir ziemlich sicher bin, dass das nur Show ist. Aber dass sie mein Bike liebt, kann sie nicht verleugnen. Und wenn sie lacht, zieht sie die Nase kraus, und ihre Wangen werden rund wie bei einem Backenhörnchen …«

Verdammt, es war so süß, wenn Parker aus vollem Halse lachte. Besonders, wenn sie in meinem Bett lag. Shit, ich vermisste sie.

»Oh mein Gott.« Marcy legte sich die Hand auf die Brust und starrte mich mit offenem Mund an. »Du bist verliebt!«

»Was?« Ich zuckte heftig zusammen. »Nein. Ich … wir sind ja gerade erst zusammengekommen. Es ist … sie bedeutet mir etwas, ja, aber …«

»Nichts aber«, unterbrach mich Marcy voller Entzücken. »Sieh dich doch an. Du erzählst mir pausenlos von ihrem Backenhörnchen-Lächeln und ihren Klamotten. Ihren *Klamotten*, Rhys. Und dabei bist du weit davon entfernt, so was wie ›Sie trägt sexy Kleider, die mich total heiß machen, Bro‹ von dir zu geben.«

»Bro?« Ich schnaubte. »Und ihre Klamotten *sind* sexy.«

Ich warf ihr einen langen, bedeutungsvollen Blick zu, fiel aber dann wie ein Kartenhaus zusammen. »Na gut. Ich bin in sie verknallt, okay? Ich mag diese Frau wirklich sehr. Aber Liebe?« Nein. Nein. Nein. Liebe bedeutete … Schmerz. Verlust. Deine Eltern. Deinen besten Freund.

Mein Gott. Allein bei der Vorstellung, dass Dean etwas zustoßen könnte, ging meine Atmung flacher und schneller.

Ich durfte Parker nicht lieben. Ich durfte die Zeit mit ihr genießen. Aber Liebe? Nein. Denn eines Tages ging es mir womöglich wie Marcy. Dann saß ich allein an meinem Küchentisch, wünschte von ganzem Herzen, Parker wäre bei mir, und …

Fuck.

Ich rieb mir die Brust und schluckte schwer. Als ich eine sanfte Berührung auf der anderen Hand spürte, blickte ich auf und sah Marcy in die Augen. Sie verstand mich.

»Gut, dass du jemanden gefunden hast, der dir etwas bedeutet.« Dass sie das Wort bedeuten so betonte, entging mir keineswegs. Sie warf mir einen Knochen hin. Ich fing ihn auf und nickte, als ob mir nicht beinahe gerade das Herz aus der Brust gerissen worden wäre.

»Wie habt ihr euch kennengelernt?«

Da. Jetzt konnte ich nicht länger ausweichen. »Seltsame Geschichte …« Ich holte tief Luft und begann, Marcy alles zu erzählen. Ihre Augen wurden immer größer.

»Du wirst das Gym verlieren?«

»Entweder das, oder ich muss es verkaufen. Und das ist beides nicht besonders erfreulich.«

»Aber … warum? Du bist doch sonst so verantwortungsbewusst bei allem?«

Ich wandte den Blick ab. Aus dem Nebenzimmer erklang das Knallen und Klirren von Roses Videospiel. Ich konnte ein kleines Stück von der Couch sehen und wie ihre kleinen Beine beim Spiel hin und her schaukelten. Sie schien vollkommen sorglos zu sein. Aber ich wusste, dass sie hin und wieder unter Albträumen litt. Dann schrie sie nach ihrem Daddy, obwohl sie bei seinem Tod erst zwei Jahre alt gewesen war. Es hätte mich beinahe umgebracht, als Marcy mir das erzählt hatte.

Wieder rieb ich mir die Brust. »Mein Dad. Er …« Ich zwang mich, ihr in die besorgt blickenden Augen zu sehen. »Du weißt doch, dass er gespielt hat.«

Langsam dämmerte es ihr. »Oh Gott, Rhys. Er hat alles verloren, als er auf Jake gesetzt hat, stimmt's?«

Genauso gut hätte sie mir einen Tritt gegen die Brust verpassen können. Ich zuckte zusammen, und sämtliche Luft wich aus meinen Lungen. »Du wusstest davon?«

Mir wurde übel. Ich schob meinen leeren Teller zurück, verbarg das Gesicht in den Händen und versuchte, tief durchzuatmen.

Ihre sanfte Stimme durchdrang das Dunkel. »Dein Dad hat mir vor seinem Tod einen Besuch abgestattet. Er hat mir gebeichtet, was er getan hat, und sich entschuldigt.«

»Fuck.« Ich rieb mir das schmerzende Kinn und sah auf. »Es tut mir so leid, Marse. Ich wollte dir das einfach nicht auch noch zumuten.«

»Aber wieso?« Sie wirkte aufrichtig verwirrt. »Es war schließlich nicht dein Fehler.«

»Jake war mein Freund. Mein Dad hat das ausgenutzt. Ich …« Ich atmete heftig aus. »Es fühlt sich an, als hätte auch ich ihn verraten.«

Plötzlich stand Marcy neben mir und legte ihre schlanken Arme um mich. »Nein, Rhys. Nein, es war nicht deine Schuld.«

»Ich hätte mitbekommen müssen, wozu Dad fähig war.«

»Er war dein Dad«, beharrte Marcy. »Du warst nicht für ihn verantwortlich.«

Ich nahm ihre Hände und hielt sie fest. »Marcy, du verstehst nicht. Jake, er wusste an jenem Abend, dass Dad auf ihn gewettet hatte. Er wusste, dass Dad alles auf ihn gesetzt hatte.« Marcy verschwamm vor meinen Augen, und ich blinzelte heftig. »Er wusste Bescheid, und ich glaube, dass ihn das abgelenkt hat.«

Marcy atmete tief aus und legte ihre Stirn an meine. »Rhys. Es war ein schlimmer Schlag. Das hätte jedem passieren können. Bitte«, flüsterte sie. »Bitte tu es für mich. Gib dir nicht die Schuld an diesem Unglück. Lass es hinter dir.«

Nach allem, was sie hinter sich hatte, konnte ich ihr nichts abschlagen. Aber es hinter mir zu lassen, war nicht leicht. Meine Schuld wollte einfach beharrlich auf meinen Schultern sitzen bleiben. Dort saß sie schon seit Jahren, und die Bürde war zu einem recht eigensinnigen Untier herangewachsen. Marcy wollte mich davon befreien. Dean wollte ebenfalls, dass ich es loswurde. Genauso Parker. Für sie konnte ich es schaffen – aber auch für mich selbst.

Ich schloss die Augen und spürte, wie es sich langsam auflöste. Der Druck in meiner Brust ließ nach, ich hob die Schultern. Dann drückte ich Marcys Hand, so verdammt dankbar, dass Menschen wie sie zu meinem Leben gehörten. Nicht zum ersten Mal wünschte ich mir, Parker wäre hier, um sie kennenzulernen. Ich hatte so ein Gefühl, dass die beiden Frauen Freundinnen werden könnten.

Eine ganze Weile saßen wir so da, bis sie ein wenig von mir abrückte und mir in die Augen sah. »Wenn du Geld brauchst …«

Ich wich zurück. »Nein, das nun wirklich nicht.«

Energisch presste sie die Lippen aufeinander. »Ich habe noch etwas von der Lebensversicherung übrig.«

»Nein!« Ich stand auf und schritt ruhelos auf und ab, versuchte, ruhig zu bleiben. »Nein, Marcy. Ich weiß dein Angebot zu schätzen, aber ich würde niemals Geld von dir nehmen. Und ich brauche es auch nicht.« Als sie protestieren wollte, erzählte ich ihr auch die restliche Geschichte, von dem Fight und den Sponsoren, die wir dadurch an Land ziehen konnten. »Das ist auch der Grund für meinen Besuch«, schloss ich. »Ich wollte dir mitteilen, dass ich wieder in den Ring steige. Damit du … keine Ahnung …«

Ich sah auf meine Füße hinunter, kam mir plötzlich töricht vor.

»Damit ich dir meinen Segen gebe?«, fragte sie mit leichtem Lächeln. »Den brauchst du doch gar nicht.«

»Es fühlte sich einfach falsch an, wieder zu kämpfen, ohne vorher mit dir zu sprechen. Jake habe ich nicht mehr an meiner Seite. Du bist so was wie seine Repräsentantin oder so.«

Sie lachte entspannt. »Du bist echt süß, Rhys Morgan.«

Ich funkelte sie wütend an, aber sie lächelte nur noch breiter.

»Wirklich. Du machst dir so viele Gedanken und hast ein unglaublich großes Herz.« Marcy umarmte mich. Hölzern und unfähig, mich zu rühren, stand ich da. Aber auch das schien ihr nichts auszumachen. Sie umarmte mich nur noch fester. »Du gibst alles, um die Menschen, die du liebst, zu beschützen. Aber du hast keine Ahnung, wie du das hier beschützen kannst, oder?« Sie legte die Hand auf meine Brust, direkt über mein wild pochendes Herz.

Ich konnte nur auf sie herabblicken und dumpf den Kopf schütteln.

Marcy sah mich forschend an. »Was liegt dir bei dieser Sache tatsächlich auf der Seele, Rhys?«

»Ich habe Angst«, brach es unwillkürlich aus mir hervor. Ich zuckte zusammen, schämte mich dieser Wahrheit.

»Angst wovor?«, fragte sie leise.

Ich konnte mich einfach nicht mehr zurückhalten. »Angst, einen ähnlichen Schlag wie Jake einzustecken, Dean allein zurückzulassen, und jetzt auch Parker …« Ich biss mir auf die Lippe, um den Wortschwall aufzuhalten, und wandte den Kopf, um Marcys vielsagendem Blick zu entgehen. Boxer durften keine Angst haben. In diesem Sport war das zutiefst verpönt und schädlich.

»Also«, sagte sie nachdenklich. »Du bist hergekommen, um dich davon zu überzeugen, wie Rose und ich ohne Jake klarkommen, nicht wahr? Um zu sehen, ob wir genauso sehr leiden, wie du befürchtet hattest.«

Das Blut rauschte in meinen Ohren, und ich nickte, wobei ich sie immer noch nicht ansehen konnte.

»Uns geht es gut, Rhys. Ja, wir vermissen Jake. Aber der Tod ist ein Teil des Lebens.« Sie legte ihre Finger an mein Kinn und zwang mich, sie anzusehen. Mit glasklaren blauen Augen sah sie zu mir auf. »Irgendwann trifft er uns alle. Aber wenn du niemanden in dein Herz lässt, dann wirst du dein *Leben* niemals wirklich genießen können.«

Ich atmete aus, innerlich so zerrissen, dass ich keinen Ton herausbrachte.

»Was wünschst du dir vom Leben, Rhys?«

»Was Jake hatte. Eine Familie. Ein Heim.«

Ich wollte mich um mein Gym kümmern, Kindern den Boxsport nahebringen und dann nach Hause kommen und das Abendessen für diese fantastische Frau mit den größten, hübschesten braunen Augen, die ich je gesehen hatte, zubereiten.

Diese Erkenntnis blieb mir im Halse stecken und setzte mir zu, bis ich einen gequälten Laut von mir gab. Marcy drückte mitfühlend meinen Arm. »Dann hol es dir, Morgan.«

Als ich Marcys Haus verließ, hatte ich das Gefühl, bis zum Zerreißen gespannt zu sein. Eine falsche Bewegung, und ich würde zerspringen. Normalerweise pflegte ich zu laufen, wenn ich mich so fühlte – egal, um welche Uhrzeit oder bei welcher Witterung. Ich rannte, um meine Probleme hinter mir zu lassen, trieb meinen Körper bis an den Rand der Erschöpfung und fiel dann in tiefen Schlaf, wie tot für die Welt.

Aber das wollte ich jetzt nicht. Ich wollte Parker sehen.

Das Problem war nur, dass sie nicht ans Telefon ging. Und auch auf Textnachrichten nicht antwortete.

Nagender Zweifel regte sich in meinem schmerzenden Magen. Sie antwortete doch eigentlich immer. Immer. Meine Zweifel verwandelten sich in Furcht, denn ich dachte an den Mann, den ich mir zum Feind gemacht hatte. Würde dieser Mistkerl Fairchild ihr wirklich etwas antun? Mein Magen gefror zu Eis, und ich sprang auf mein Bike und fuhr zu Parkers Wohnung.

Es regnete in Strömen, und als ich ankam, war ich nass bis auf die Knochen. Ich rieb mir den Regen aus den Augen, um wieder etwas sehen zu können, und rannte zum Treppenhaus, mied den Aufzug, musste laufen, musste so schnell wie möglich zu ihr gelangen. Als ich an die Tür klopfte, antwortete niemand. Meine Furcht steigerte sich zur Panik.

»Parker!«, schrie ich. »Bist du da? Mach auf!« Meine Rufe hallten im Flur wider und klangen vollkommen verzweifelt. »Parker! Mach mir doch nicht solche Angst. Ich muss wissen, ob es dir gut geht.«

Irgendetwas bewegte sich auf der anderen Seite der Tür, und endlich – endlich – machte sie auf. Vor lauter Erleichterung sackte ich förmlich in mir zusammen. Dann stürmte ich hinein, zog sie an mich und umarmte sie fest.

»Mein Gott, Tink«, sagte ich heiser. »Du hast mich zu Tode erschreckt. Warum bist du nicht ans Handy gegangen? Und hast die Tür nicht aufgemacht?« Sie machte sich ganz steif. Wahrscheinlich fror sie in meinen nassen Armen. Ich trat einen Schritt zurück, hielt ihre Oberarme aber weiter fest. »Hast du geschlafen?«

Ihre Augen waren verquollen, und ihr Gesicht fleckig. Aber sie schüttelte den Kopf und stand steif wie ein Stück Holz da, wobei sie mich anstarrte, als hätte sie mich noch nie zuvor gesehen. »Ich war … abgelenkt«, sagte sie schließlich.

Abgelenkt? Erneut regte sich in meinem Magen der unangenehme Stachel des Zweifels.

»Ich tropfe deinen Boden voll«, sagte ich.

Das Wasser rann mir aus den Haaren und über mein Gesicht. Trotzdem ließ ich Parker nicht los. Irgendwie befürchtete ich, sie zu verlieren, wenn ich es täte. Eine lächerliche Idee, aber ich konnte sie nicht abschütteln. Zumal sie mich so kalt und distanziert ansah.

»Warum bist du hier, Rhys?« Ihre Stimme war belegt und klang gekünstelt.

»Was meinst du mit *warum*? Du bist meine Freundin.« Mir schnürte sich die Kehle zu. Dieser ganze Abend war allzu merkwürdig, viel zu emotional, voller Gefühle, denen ich mich doch eigentlich gar nicht hatte stellen wollen. »Ich musste dich sehen.«

Als sie sich von mir löste, ließ ich sie gehen. Nie wollte ich bei ihr meine Kraft ausnutzen. Aber es juckte mich in den Fingern, sie festzuhalten.

»Kein guter Abend«, sagte sie dumpf.

Und wie um ihre Äußerung zu unterstreichen, zuckte ein Blitz über den Himmel, gefolgt von grollendem Donner.

Ich rieb mir das Wasser aus dem Gesicht. »Ich weiß. Aber der heutige Tag war echt … hart.« Ich wollte meine Schwäche nicht zugeben. Absolut nicht. Trotzdem brach es auch jetzt aus mir heraus. »Ich brauche dich, Parker.«

Aber das war anscheinend genau das Falsche. Parker atmete scharf ein, und ihr teilnahmsloser Blick wurde hart. »Für Sex? Brauchst du den?«

Ich wusste nicht, was ich von dieser Antwort halten sollte. Nichts an diesem Abend war mehr normal. »Ja. Nein«, berichtigte ich mich, als sie die Augen zusammenkniff. »Mein Gott, Tink. Ich bin nicht gut darin.«

»Darin?«

»Im Kommunizieren«, erklärte ich.

Sie zog eine zarte Augenbraue hoch. »Oh, ich finde, dass du ganz gut kommunizierst, was du brauchst.«

Ihre Verachtung traf mich wie ein Peitschenhieb. »Nicht, wenn das deine Reaktion ist, Sweetheart. Ich hatte einen ziemlich heftigen Abend, Parker. Und ich wollte einfach nur zu dir, mit dir zusammen sein. Es geht nicht nur um Sex.«

Sie stand regungslos da, aber ihre Unterlippe zitterte, bis sie heftig daraufbiss. »Du hast recht. Sex könntest du dir auch anderswo holen. In einer Beziehung muss es um mehr gehen als um Sex, nicht wahr?«

Ich machte einen Schritt auf sie zu, ballte die Hände zu Fäusten, um nicht wieder nach ihr zu greifen. »Was ist zum Teufel denn nur los, Tink? Du bist offensichtlich stinksauer, aber ich habe keine Ahnung, weshalb.«

Plötzlich wurde ihr Gesicht wieder kalt und distanziert. Ich wehrte den Schauer ab, der mir über den Rücken lief. »Unsere gemeinsame Zeit war … unterhaltsam. Aber ich denke, wir wünschen uns unterschiedliche Dinge.«

Meine Haut prickelte am ganzen Körper. Total schockiert starrte ich sie an. Jeder unerwartete Schlag, den ich im Ring eingesteckt hatte, hatte weniger wehgetan. Wollte sie sich von mir trennen? »Unterhaltsam? Unterschiedliche Dinge?«

»Würdest du bitte aufhören, alles zu wiederholen, was ich sage.«

»Ich kann nicht anders.« Ich hatte Mühe, nicht loszuschreien. »Denn was du sagst, ergibt keinen verdammten Sinn.«

Wieder kniff sie warnend die Augen zusammen, und ich holte tief Luft. »Willst du mir vielleicht erklären, warum gestern noch alles gut zwischen uns war und du mich heute wie einen Fremden ansiehst? Denn ich kapier's einfach nicht.« Ich breitete beschwörend die Arme aus. »Rede mit mir, Liebling. Ich bin hier.«

Parker atmete aus, straffte die Schultern, aber die Tränen, die in ihren Augen schimmerten, verrieten sie. »Ich will mehr, okay?«

Unwillkürlich wich ich einen Schritt zurück, rieb mir mit zitternder Hand übers Gesicht. Dann plötzlich wusste ich, woran es lag. Während ich meine Gefühle und Gedanken neu sortiert hatte, hatte Parker ganz allein vor sich hin gegrübelt. Mir wurde schwindelig, der Boden unter mir schwankte. »Ja, jetzt kapier ich. Ich bin nicht *er*. Werde es verdammt noch mal auch nie sein.«

»Du glaubst, dass es um Theo geht?«

Ich wollte den Klang seines Namens auf ihren Lippen nicht hassen. Aber ich tat es. Gott stehe mir bei, ich tat es. »Du bist verliebt in einen Geist. Damit kann ich nicht konkurrieren.«

Ihr Lachen war ziemlich dünn, und sie schloss die Augen, als ringe sie um Geduld. Na ja, willkommen im Club, Honey.

Als sie die Augen wieder öffnete, glitzerten sie vor Zorn. »Es geht nicht um Theo. Ja, ich habe ihn geliebt. Aber er ist fort. Ich schmachte ihm nicht hinterher.«

Ich wollte erleichtert sein. War es aber nicht. Irgendetwas stand zwischen uns, aber verdammt wollte ich sein, wenn ich eine Ahnung hatte, was. »Dann was zum Teufel? Wenn du so einen Scheiß verzapfst, dass wir uns verschiedene Dinge wünschen, dass es vorbei ist, dann solltest du auch den Mut aufbringen, mir zu sagen, wieso.«

»Bezeichnest du mich etwa als Feigling?«

»Wenn du dir den Schuh anziehst, Sweetheart.«

Sie schlug hörbar die Zähne aufeinander. »Wage es nicht, ausgerechnet diese Karte auszuspielen. Immerhin bist du derjenige, der den Kopf einzieht, wenn es allzu emotional wird.«

Die Wucht ihrer Worte brachte meine sämtlichen Abwehrmechanismen zum Einsturz, und ich blinzelte, sackte in mich zusammen. »Du hast recht. Das ging unter die Gürtellinie. Tut mir leid, ja? Aber Shit, Parker, ich weiß echt nicht, was los ist.«

»Ich habe dich heute mit dieser Blondine gesehen«, sagte sie abrupt, die Augen groß und rund vor lauter Schmerz. »Beim Mittagessen. Du hast sie umarmt.«

Da wurde mir alles klar. Fuck. Sie hatte es total in den falschen Hals bekommen. »Du glaubst, dass ich dich betrüge?«

»Nein.« Sie lachte tonlos. »Nicht mehr, nachdem ich eine Minute drüber nachgedacht hatte. Das ist nicht deine Art. Das weiß ich auch.« Sie tippte sich an die Schläfe. »Du würdest nicht betrügen. Dazu bist du zu ehrenhaft. Aber als ich dich eine andere Frau in den Arm nehmen sah, stand nicht mein Verstand an vorderster Front. Sondern mein *Herz*. Und das brach.«

Ihr Schmerz traf mich wie ein Peitschenhieb, und ich streckte die Arme nach ihr aus. Aber sie hielt die Hand in die Höhe und hinderte mich daran. »Nein. Nicht … lass mich ausreden.«

»Na gut.« Meine Stimme klang heiser, so sehr schnürte es mir die Kehle zu.

»Ich hatte vor dir nur eine einzige richtige Beziehung …«

»Immerhin eine mehr als ich«, warf ich unwillkürlich ein.

Parker nickte. »Das habe ich verstanden. Aber selbst du müsstest wissen, dass eine Beziehung nicht ausschließlich auf Sex basieren kann.«

Ich hatte das Gefühl, festzustecken, und bekam kaum noch Luft. Ich hatte ihr Leid zugefügt und es nicht mal bemerkt. Keine Ahnung, wie. Vielleicht hatte sie ja recht. Vielleicht war ich tatsächlich nicht der Richtige für sie. Aber kaum hatte ich das gedacht, rebellierte nicht nur mein Verstand, sondern auch mein verdammtes *Herz*.

»Es ist nicht nur Sex«, stieß ich noch einmal zwischen zusammengebissenen Zähnen hervor.

Parker starrte mich an, und ihr Blick ging mir durch Mark und Bein. »Das ist es ja, Rhys. Woher soll ich das wissen, wenn du mich jedes Mal, wenn ich mit dir über deine Gefühle reden wollte, abgelenkt und mich zum Sex verführt hast? Versteh mich nicht falsch, ich beklage mich nicht darüber – ich kann ja auch kaum die Finger von dir lassen.« Ein sanftes, wehmütiges Lächeln umspielte ihre Lippen, erreichte aber ihre Augen nicht. »Aber wir haben uns seit Fairchilds Landhaus nicht mehr richtig unterhalten. Damals waren wir einander nah, aber jetzt … du neigst dazu, dich zurückzuziehen und alles mit dir selbst auszumachen, keine emotionale Unterstützung anzunehmen. Und das … tut weh.«

Fuck. »Parker …«

»Heute sah ich dich mit einer anderen Frau … und auch das tat ziemlich weh. Es erinnerte mich daran, wie schmerzhaft es ist, jemanden zu verlieren, der einem etwas bedeutet.« Sie nickte, und nun strömten ihr Tränen die hübschen Wangen herab. »Du … du hast Macht über mich, und ich glaube nicht …« Sie schluckte schwer, »… ich glaube nicht, dass das mit uns funktionieren kann, wenn einer von uns mehr empfindet als der andere.«

Ich ertrug es nicht länger. »Warum zum Teufel denkst du, dass du mehr für mich empfindest als ich für dich? Das ist nicht wahr. Du hast auch Macht über mich.«

»Rhys, ich glaube nicht …«

Ich schlang ihr den Arm um die Taille und zog sie an mich. Sie keuchte bei der plötzlichen Bewegung. »Du hast recht. Es liegt mir nicht, Menschen an mich herankommen oder mir von ihnen helfen zu lassen. Aber bei dir habe ich das getan. Ich hab dir meinen ganzen Mist erzählt, und du hast mich davon überzeugt, mit

Dean zu reden. Ich habe dich gebeten, bei der Organisation des Schaukampfes zu helfen, und du bist sofort in die Bresche gesprungen … wenn ich seitdem distanziert war, tut es mir leid. Ich meinte es nicht so. Aber Parker, ich denke eigentlich dauernd an dich. Du bist das einzig wirklich Gute und Reine in meinem Leben, das mir ganz allein gehört. Ich verspreche dir, mich zu bemühen, über den ganzen Scheiß mit dir zu reden, statt ihn in mir zu verschließen. Aber nur wenn du versprichst, nicht allein über uns nachzugrübeln und die falschen Schlüsse zu ziehen.«

Sie legte mir die Hand aufs Herz, sodass sie mit Sicherheit spüren konnte, wie es raste. Aber dann schürzte sie ironisch die Lippen. »Ich grübele nicht dauernd über uns nach.«

Ich lächelte zittrig – denn, fuck, sie hatte mich mit ihrem Gerede von Trennung zu Tode erschreckt. Ich zog sie noch näher zu mir heran. »Ach ja? Meinst du nicht, dass es besser wäre, mit mir zu reden, bevor du beschließt, dass wir nicht füreinander geschaffen sind?«

Parker seufzte und ließ den Kopf gegen meine Brust fallen. »Das *war* das Gespräch über die Frage, ob wir füreinander geschaffen sind, Rhys.«

»Ah.« Ich räusperte mich. »Wie ich schon sagte, ich bin bei solchen Gesprächen kein Held. Aber ich werde mich bemühen, Parker. Ich schwöre, dass ich mich bemühen werde.«

»Ich weiß«, flüsterte sie. »Wenn du mir etwas versprichst, dann tust du es auch.« Langsam schlang sie mir die Arme um den Nacken, und ich presste die Lider zusammen. Bislang war mir nicht klar gewesen, wie sehr ich diese einfache Berührung ebenfalls brauchte.

So standen wir eine Minute lang da, gewöhnten uns wieder aneinander. Noch nie hatte ich ein Streitgespräch mit einer Frau geführt, dessen Ergebnis das Potenzial hatte, mich zugrunde zu richten. Diese Diskussion hatte mir gezeigt, wie sehr ich an Parker hing.

Sie wollte, dass ich mehr über meine Belange sprach. Also würde ich es tun. Ich würde sie ganz und gar in mein Herz sehen lassen. Ich strich ihr über ihren schlanken Rücken, sanft und beruhigend. »Du fragst noch nicht mal, wer sie war?«

Parker verkrampfte sich, atmete dann aber aus und sah mir in die Augen. »In der Hitze des Augenblicks hatte ich die Frau glatt vergessen.«

Um meine Augen bildeten sich Lachfältchen, obwohl ich immer noch so fix und fertig war wie nach zwölf Runden. »Die Frau, mit der du mich gesehen hast, war Marcy.«

Sie zuckte zusammen, als sei sie gekniffen worden, und wandte ganz leicht den Kopf. Ihre Fingerspitzen vergruben sich in meinem Nacken. »Marcy?«

»Ja, Marcy, Jakes Witwe. Wir sind zusammen aufgewachsen. Sie ist wie eine Schwester für mich. Ich habe auf sie aufgepasst, seit dem Tag, an dem Jake …« Ich schüttelte den Kopf und stieß die Luft aus. »Die Umarmung, die du gesehen hast? Ich habe versucht, sie zu trösten, weil sie ihn noch immer vermisst.«

Stille erfüllte die Luft. Nur das Grollen des Donners war zu hören. Parker blinzelte mich verwirrt an. Dann ließ sie den Kopf hängen, sodass die seidigen Strähnen ihr ins Gesicht fielen. »Also, Shit, jetzt komme ich mir vor wie ein Arschloch.«

Bei so vielen Kraftausdrücken musste ich lachen. Doch dann wurde ich wieder ernst. »Nicht nötig. Wenn ich gesehen hätte, wie du irgendeinen Typen umarmst, hätte ich auch die Beherrschung verloren.«

Parker summte, dann presste sie die Lippen auf die empfindliche Höhlung meines Nackens. »Du musst dir wegen so etwas keine Sorgen machen. Ich gehöre zu den Frauen, die nur mit einem einzigen Mann etwas haben.«

Gott sei Dank.

»Du bist ein guter Freund«, sagte sie, was mich verblüffte.

Ich küsste ihre Schläfe. Sie war noch feucht von Tränen, und mein Herz tat einen schmerzhaften Schlag. »Heute Abend habe ich mit Marcy zu Abend gegessen. Sie fragte mich, was ich mir vom Leben wünsche. Und ich konnte immer nur denken, dass ich dich will.«

Ihr entfuhr ein Schluchzen, und sie schmiegte sich in meine Arme, hielt mich ganz fest. Ich gab ihr einen Kuss aufs Haar. »Ich will dich«, wiederholte ich, »ich will mit dir zusammen sein, zu dir nach Hause kommen, dich lächeln sehen, dich wütend machen. Parker, ich will einfach alles.«

Ihre schlanke Gestalt zitterte, während sie sich noch dichter an mich presste. »Das will ich auch.«

Lange Zeit hielt ich sie nur fest und lauschte auf den Regen. Dann löste sie sich von mir und nahm meine Hand. »Komm mit.«

Ich war schließlich kein Idiot, also folgte ich ihr. Aber mehr als alles andere wünschte ich mir, dass sie mich verstand. »Wir müssen heute nichts miteinander machen. Ich will nicht, dass du glaubst, ich wolle nur Sex von dir.«

Sie wandte sich lächelnd zu mir um, dann führte sie mich in ihr Schlafzimmer und geradewegs ins Bad. Gehorsam und schweigend stand ich da, während sie mir die nassen Klamotten auszog. Seit ich erwachsen war, hatte noch niemand so für mich gesorgt. Ich hatte gar nicht gewusst, dass ich mich danach sehnte, bis sie da stand und mir mit zärtlicher Miene das Shirt über den Kopf zog. Mein Herz zog sich zusammen, und ich atmete scharf ein.

»Setz dich.« Sie deutete auf einen kleinen Hocker neben der Frisierkommode. Ich gehorchte, und sie trocknete mir das Haar mit einem Handtuch. Dann warf sie es beiseite und setzte sich rittlings auf meinen Schoß. Sie hatte zu viele Klamotten an. Ich wünschte sie mir nackt, wollte ihre seidige Haut an meiner spüren.

Mit ernster Miene legte sie mir ihre schlanken, kühlen Hände auf die Wangen. »Verzeihst du mir meine Grübelei? Ich habe nicht allzu viel Erfahrung mit derlei Gefühlen für einen anderen Menschen, und ich bekam Angst.«

Ich umfing ihren knackigen Hintern und zog sie näher zu mir heran. »Und verzeihst du mir, dass ich gedacht habe, dass du immer noch an Theo hängst?«

Da. Ich konnte seinen Namen aussprechen, ohne zusammenzuzucken. Tatsächlich konnte ich ihn nicht mal hassen. Parker hatte ihm ihre Liebe geschenkt. So schlimm konnte er also nicht gewesen sein.

Sie lächelte zittrig. »Er wird immer einen Platz in meinem Herzen haben. Aber jetzt bin ich verrückt nach jemand anderem.«

»Ach ja?«, fragte ich und neigte den Kopf, um ihren Hals zu liebkosen, dort, wo sie besonders empfindsam war. »Ist er denn deiner überhaupt würdig?«

»Oh ja«, sagte sie genüsslich seufzend und schmiegte sich an mich. »Er ist der beste Mann, den ich kenne.«

Gerade hatte ich angefangen, einen Pfad aus Küssen an ihrem Hals hinab zu beschreiben, doch nun hob ich den Kopf. Sie hatte ja keine Ahnung, was diese Worte in mir auslösten, wie sie mich zerrissen und wieder ganz neu zusammenfügten. Mit ihr hatte ich das Gefühl, ein anderer Mensch zu sein, ein besserer Mensch. »Ich bin so verdammt verrückt nach dir, Parker Brown. Du hast gar keine Ahnung, wie sehr.«

Ihr Lächeln erstrahlte hell wie die Sonne.

»Vielleicht ja doch.« Sie berührte mein Kinn. »Küss mich.«

Ich gehorchte, küsste sie voller Inbrunst, legte jegliches Gefühl hinein, das ich nicht in Worte fassen konnte, ihr aber vermitteln wollte. Ich strich mit der Zunge über ihren Mund, labte mich an ihrem Geschmack. Dann stand ich auf und trug sie zum Bett, um ihr dort behutsam jedes einzelne Kleidungsstück auszuziehen.

Sie war ganz und gar Wärme und sanfte Rundungen, zärtliche Liebkosungen und atemlose Seufzer. Ich erkundete ihren Körper, als sei er mir vollkommen neu, nahm mir Zeit, küsste jeden Zentimeter. Und als ich schließlich in ihre feuchte Hitze eindrang, hielten wir beide inne und rangen um Atem. Ich sah in diese braunen Augen, die ich jeden verdammten Tag meines Lebens sehen wollte, und mir stockte der Atem.

Worte formten sich auf meinen Lippen, Worte, die ich nie zu irgendjemandem gesagt hatte. Aber ich war zu überwältigt, um sie auszusprechen. Ich neigte den Kopf und küsste sie innig, hungrig. Ich hungerte stets nach ihr. Und sie stöhnte in meinen Mund, als ich in sie stieß. Ich vergrub die Hände in ihrem Haar, während ich mich langsam und vertraut in ihr bewegte. Sie war zutiefst kostbar, unglaublich schön.

Zum ersten Mal in meinem Leben *machte ich Liebe*. Und es war so verdammt perfekt. Ich wünschte mir, es würde nie enden. Wollte sie nie wieder loslassen.

Und als ich endlich meine Stimme wiedergefunden hatte, konnte ich nur eines sagen.

»Parker.«

22. Kapitel

Rhys

»Rhys.« Parker verwob ihre Finger mit meinen, drückte fester. Ihre Stimme klang flehend.

Schweiß rieselte meinen Rücken hinab. Ich bewegte mich in stetigem Rhythmus in ihr, langsam und tief und oh, so gut. »Nimm ihn ganz und gar in dich auf.«

Sie stöhnte, drehte den Kopf zur Seite ins Kissen. Schimmernde braune Strähnen ihres feuchten Haars klebten an ihren geröteten Wangen. Sie öffnete die Lippen und atmete heftig. Wunderschön. Ich neigte den Kopf und umfing diesen süßen Mund, spürte ihre Hitze, schmeckte ihr Verlangen.

Vor Lust prickelte meine Haut, und ich erschauerte. Oh Gott, das würde ich nicht überleben. So liebten wir uns nun schon seit Stunden, vögelten, küssten und tranken einander unter der dunstigen Hitze der Nachmittagssonne. Aber Boxern sagte man ja nach, dass sie einiges an Durchhaltevermögen hatten.

Parker stöhnte, reckte den Hals, um den Kuss zu intensivieren, und zwar mit einer Gier, angesichts derer mir der Atem stockte. Sie stöhnte erneut und kam, während sie meinen Schwanz so fest umfing, dass ich keinen klaren Gedanken mehr fassen konnte.

»Shit«, stieß ich heiser hervor. Meine sorgsam bewahrte Zurückhaltung war dahin. Ich stieß zu, dann noch einmal. Ich konnte ihr nicht nah genug sein. Ich musste in sie hinein, immer und immer wieder. Parker schlang ihre festen Schenkel um meine Taille und zog mich noch näher an sich.

»Parker.«

Sie krallte ihre Finger in mein Haar. »Gib's mir.«

Lass dich fallen.

Keine Ahnung, wie. Nie im Leben. Ich hatte niemals gewusst, wie. Aber jetzt, bei ihr, da schaffte ich es.

Sie hielt mich fest, zärtlich in ihren Armen, während ich mich mit einem hilflosen Schrei in sie verströmte. Schwach und keuchend lag ich in ihrer Umarmung, meine schweißnasse Haut an ihrer. Dann stöhnte ich auf und rollte mich zur Seite, nahm sie mit mir.

Seufzend legte Parker den Kopf auf meine Brust. Ich zog sie näher zu mir heran, hielt sie fest, konnte sie einfach nicht loslassen. Ich hörte nicht auf zu zittern. Eigentlich hätte doch *ich* derjenige sein sollen, der ihr einen Wahnsinnsorgasmus bescherte. *Ich* hätte derjenige sein sollen, der ihre Welt aus den Angeln hob. Sie aber hatte unsere Rollen vertauscht.

»Alles in Ordnung, mein Großer?«, fragte sie leise.

Nein. Ja.

»Gib mir eine Minute.«

Sie streichelte mich nur, hatte offenbar kein Problem damit, dass ich fix und fertig war. Ich schmiegte mich in ihre zärtliche Berührung. Immerhin hatte sie mich zugrunde gerichtet. Unser Atem ging wieder gleichmäßiger, und das Sonnenlicht, das schräg durch die Fenster des Lofts fiel, wärmte unsere Haut.

Ich presste Parker die Lippen auf den Scheitel, schloss die Augen und döste langsam ein. In diesem Moment klingelte mein Handy. Ich brummte leise und griff nach dem verdammten Ding, um es auszuschalten. Aber dann sah ich, dass es Dean war. Er hatte mir auch eine Textnachricht geschrieben: *Geh dran, Arschloch.*

Da ich wusste, dass er als Nächstes ins Loft kommen würde, gab ich nach.

»Was ist los?« Meine Stimme klang belegt.

»Dieser Garret-Typ ist hier.«

»Sag ihm, er soll sich verziehen.«

Er lachte schnaubend. »Er ist nicht im Gym. Er streicht draußen um das Gebäude herum und hat irgendeinen Typen bei sich.«

Ich rieb mir mit der Hand übers Gesicht und versuchte, mich zu konzentrieren. »Der Bürgersteig gehört uns nicht. Also darf er das, Dean.«

Leider.

»Warum mach ich mir eigentlich die Mühe …« Er stieß einen langen Seufzer aus. »Anscheinend schauen sie sich das Gebäude näher an.«

Was zum Teufel?

»Ich dachte, das willst du vielleicht wissen«, fügte Dean hinzu. »Aber wie dem auch sei, mach einfach weiter mit dem, was immer du gerade tust.«

Sein Ton ließ keinen Zweifel daran, dass er genau wusste, womit ich gerade beschäftigt war.

Ich stöhnte, löste mich von Parker und setzte mich auf. »Ich komme runter.«

Dean grummelte sich etwas Unverständliches in den Bart und legte auf.

Ich warf das Mobiltelefon aufs Bett und erläuterte Parker, worum es ging. »Ich sehe mir jetzt mal an, was zum Teufel da los ist«, sagte ich.

Auch sie setzte sich auf und zog die Knie an die Brust. »Das Gym ist jetzt sicher. Du hast die Sponsoren. Warum lässt er trotzdem nicht locker?«

»Einige Leute haben halt ein Problem mit dem Wörtchen Nein.« Ich griff nach meiner Jogginghose und hielt inne. »Shit, erst muss ich duschen.«

Sie lächelte vielsagend. »Das wäre wahrscheinlich keine schlechte Idee. Nicht dass ich etwas dagegen hätte, wenn du nach mir riechst.«

Mein Herz machte einen merkwürdigen kleinen Satz, und ich beugte mich vor, um sie zu küssen. »Du markierst dein Territorium. Das gefällt mir.« Dann wich ich vor der Versuchung namens Parker Brown zurück und brachte die schnellste Dusche der menschlichen Geschichte hinter mich.

Als ich nach unten kam, war Garret immer noch da. Er lächelte breit und entspannt, als würde er nicht gerade auf meinem Besitz herumschnüffeln.

»Mr. Morgan. Nett, Sie wiederzusehen.«

»Wünschte, ich könnte das Gleiche behaupten, Garret.« Ich musterte den Typen neben ihm, der ein großes iPad in Händen hielt und sich irgendwelche Pläne anzuschauen schien. »Aber eigentlich gilt Ihr Besuch doch nicht mir, oder?«

Garret zuckte mit den Schultern. »Ich stelle nur ein paar Recherchen an.«

Recherchen, von wegen. Er wollte mir ins Gedächtnis rufen, dass er hier war, um gleich zuzuschlagen, falls ich scheiterte.

Bevor ich das Handtuch warf, hatte ich immer erst mal zugeschlagen. In jeglicher Situation neigte ich dazu, zuerst zu handeln und danach erst nachzudenken. Die meisten Menschen gingen davon aus, dass dies das A und O beim Boxsport war – rasende Aggression und harte Schläge.

Aber das war ein Riesenirrtum. Wenn ich eins durchs Boxen gelernt hatte, dann das: Um zu gewinnen, brauchte man eine Strategie. Nachdem ich dem Profiboxen abgeschworen hatte, hatte ich auch diesen Grundsatz vergessen. Aber mein Zusammensein mit

Parker – die mir nichts durchgehen ließ – hatte ihn mir wieder ins Gedächtnis gerufen.

Ich schob also die Hände in die Hosentaschen und lehnte mich an die von der Sonne gewärmten Backsteine meines Studios. »Ich habe ebenfalls ein paar Nachforschungen angestellt, Mr. Garret. Warum kommen Sie nicht herein, und wir unterhalten uns ein wenig.«

Er verbarg seine offensichtliche Überraschung hinter einem weiteren öligen Lächeln. »Klingt gut.« Dann wandte er sich an seinen Lakaien. »Warte hier auf mich, Kevin.«

Ich würde nicht gegen Garret kämpfen, aber mögen musste ich den Kerl deshalb trotzdem nicht. Ich presste die Lippen fest aufeinander, während ich ihn an den Trainingsräumen vorbeiführte, wo die High-School-Kids ihr Ausdauertraining absolvierten, bevor sie in den Ring stiegen. Carlos schrie ihnen ermutigende Befehle zu – wenn man »Hört auf, dumm rumzuhampeln, und bewegt eure faulen Ärsche« als Ermutigung bezeichnen konnte.

»Sonntags bieten wir Anfängerstunden für Erwachsene an, falls Sie Interesse haben«, informierte ich Garret.

Er wandte den Blick von den Kids ab und sah mich wieder an. »Wieso halten Sie mich für einen Anfänger?«

»Ach, sind Sie nicht?« Ich blieb vor einer der Matten stehen, auf der momentan niemand trainierte. »Wollen Sie es mal versuchen?«

Garret grinste widerstrebend. »Nein danke. Mir gefällt mein Gesicht, so wie es ist.«

Lachend machte ich mich auf den Weg ins Büro. Gleichzeitig stieg Parker aus dem Aufzug. Zur Begrüßung gab ich ihr einen Wangenkuss. »Das ist Parker Brown«, stellte ich sie Garret vor und öffnete meine Bürotür.

Er streckte ihr die Hand entgegen. »Kyle Garret. Ist mir ein Vergnügen.«

Parker lächelte höflich und schüttelte ihm die Hand. Aber sie vermied es, ebenfalls von Vergnügen zu sprechen. Ich verkniff mir ein Grinsen.

»Wir wollen nur kurz etwas besprechen«, sagte ich zu ihr. »Willst du dazukommen?«

Sie kniff ein wenig die Augen zusammen und sah mich forschend an. Offenbar fragte sie sich, was ich vorhatte. »Ich weiß nicht, ob ich wirklich etwas zu der Unterhaltung beitragen kann.«

»Bleib trotzdem.« Ich wollte, dass sie zuhörte. Und was noch wichtiger war: Ich wollte, dass sie Teil meines Lebens war. Also ergriff ich ihre Hand und betrat mit ihr das Büro.

»Sie haben jedes Gebäude auf dieser Straße gekauft«, sagte ich zu Garret, als wir alle saßen.

»Das ist allgemein bekannt«, antwortete er mit lässigem Achselzucken.

Ich summte zustimmend und legte die Hände auf meine Bauchmuskeln. »Hier findet demnächst ein Schaukampf statt.«

»Hab ich schon gehört.«

»Durch den Event habe ich genug Sponsoren gefunden, um meine Rechnungen zu begleichen und das Studio aus den roten Zahlen zu bringen.«

Garret kniff die Augen zusammen. »Klar. Aber für wie lange?«

»So lange wie nötig.« Ich beugte mich vor und legte die Unterarme auf Dads alten Schreibtisch. »Ich werde nicht an Sie verkaufen, Garret. Niemals.«

Sein Gesicht nahm einen störrischen Ausdruck an, und ich hielt die Hand in die Höhe, um ihn daran zu hindern, etwas zu sagen.

»Ich hab's kapiert. Mein Gym ist ein Schandfleck und macht Ihren ganzen schönen Bauplan zunichte. Sie wollen die Gegend luxussanieren und dabei ein hübsches Sümmchen einstreichen. Dagegen kann ich nichts unternehmen. Genauso wie Sie nichts dagegen tun können, dass ich hier bin.«

Garret grunzte. »Worauf wollen Sie hinaus, Morgan.«

»Sie können darüber entweder angepisst sein und auf den Bürgersteigen herumlungern, oder Sie können konstruktiv handeln.« Ich hielt seinem Blick stand. »Sie können dieses Studio als Sponsor ebenfalls finanziell unterstützen.«

Parker zuckte neben mir zusammen, sagte aber nichts.

Garret hingegen schnaubte ausgiebig und laut. »Eins muss man Ihnen lassen: Sie sind ganz schön dreist. Warum zum Teufel sollte ich Ihnen helfen, wenn ich doch will, dass Sie verkaufen?«

»Weil Sie damit zur Aufwertung dieses Studios beitragen. Für die jungen Karrieretypen, an die Sie Ihre Wohnungen verkaufen wollen, könnte ein hochmodernes Gym ein zusätzlicher Anreiz sein. Ein Weltklasse-Box-Studio mit Profitrainern genau im Herzen Ihrer sicheren, aber ›urbanen‹ Gegend.«

Der Stuhl unter Garret quietschte, als er sich zurücklehnte und die Fingerspitzen aneinanderlegte. Einen Augenblick lang starrte er mich an, dann breitete sich ein bedächtiges Grinsen auf seinem Gesicht aus. »Und der zusätzliche Vorteil, wenn Sie all diese neuen Mitglieder an Land ziehen, besteht worin?«

»In einer symbiotischen Beziehung, von der wir beide profitieren.«

»Mein Profit wäre erheblich größer, wenn mir das Gym gleich gehören würde.«

Ich starrte ihn nur an, wartete ab. Parker schwieg auch weiterhin, aber ich spürte ihre Anwesenheit neben mir wie einen Magneten.

Schließlich grinste Garret. »Definitiv dreist.« Er erhob sich, und ich folgte seinem Beispiel, schüttelte die Hand, die er mir entgegenstreckte. »Schicken Sie mir Ihren Vorschlag ins Büro. Ich werde ihn von meinen Anwälten prüfen lassen.«

Dann nickte er Parker zu. »Ms. Brown.«

Kaum war er fort, sah Parker mich an. Sie strahlte. »Klingt es herablassend, wenn ich dir sage, wie absolut stolz ich gerade auf dich bin?«

Jahrelang war ich immer nur stolz auf andere gewesen. Und nie hatte ich erfahren, was für ein schönes Gefühl es war, es auch mal umgekehrt zu erleben.

Ich breitete die Arme aus, und sie schmiegte sich hinein. »Hör einfach nie auf, stolz auf mich zu sein, okay?«

Solange sie an meiner Seite stand, konnte ich alles schaffen.

Parker

Einer der Gründe, warum ich lernte, die Wissenschaft und das Ingenieurswesen zu lieben, bestand darin, dass Theorien bewiesen werden konnten und Wissen fassbar war, ohne von Emotionen oder Widersprüchen verkompliziert zu werden.

Das Leben außerhalb der Wissenschaft war chaotisch und definitiv widersprüchlich. Nach Theos Tod wollte ich davon nichts mehr wissen.

Aber um ehrlich zu sein, ist auch die Wissenschaft widersprüchlich. Nehmen wir beispielsweise den Mond. Mit Hilfe der Uran-Blei-Datierung schätzten Geologen Fragmente des Mondes auf ein Alter von etwa 4,51 Milliarden Jahren. Aber wenn man die Geschwindigkeit in Betracht zieht, in der er sich von der Erde entfernt, und diese zurückberechnet, hätte der Mond vor nur 1,55 Milliarden Jahren auf der Erde gesessen. Ein direkter Widerspruch zur Urknalltheorie.

Und derlei Widersprüche fanden sich überall im Leben wieder. Selbst in meiner geliebten wissenschaftlichen Welt. Ich hatte das nur nie zugeben wollen. Ich wollte sicher davor sein. Doch vor dem *Leben* kann man sich nicht verstecken. Es war chaotisch und kompliziert und emotional, und ich war es leid, mich hinter Ausreden zu verstecken.

Das war der Grund, warum ich, nachdem ich mit Rhys über Marcy gesprochen hatte, mit verträumtem Gesichtsausdruck, aber durchaus auch einem gewissen Schuldbewusstsein zur Arbeit radelte.

Seither war das, was zwischen uns passierte, mehr als nur heißer Sex. Rhys zeigte mir seine Liebe, das spürte ich. Wenn er mir tief in die Augen sah, während ich unter ihm lag und er sich in mir bewegte. Es war magisch und überwältigend und raubte mir den Atem. Immer wenn ich daran dachte, musste ich verliebt vor mich hin grinsen.

Trotzdem hatte ich hin und wieder auch vor Augen, wie verletzt er gewesen war, als ich ihm gesagt hatte, dass wir aus verschiedenen Welten stammten. Meine Schuldgefühle deshalb waren real. Ich hätte nicht über unsere Beziehung nachgrübeln und falsche Schlüsse ziehen dürfen, ohne mit ihm zu reden, nur weil ich Angst hatte. Seit diesem Abend hatte ich immer wieder versucht, ihm zu zeigen, dass ich keine Angst hatte, mich auf diese Beziehung einzulassen.

Rhys trainierte immer intensiver, weshalb wir nicht allzu viel Zeit gehabt hatten, uns an dieser neu gefundenen Sicherheit zu erfreuen, aber ich unterstützte ihn, wo ich nur konnte. Ich war da gewesen, als er dem Bauunternehmer Kyle Garret seinen klugen Vorschlag unterbreitet hatte, und ich half ihm bei den letzten Vorbereitungen zu seiner Wohltätigkeitsveranstaltung.

Die nun direkt vor uns lag.

Morgen war der große Tag, und in meinem Bauch flogen deshalb Schmetterlinge von prähistorischem Ausmaß herum.

Rhys hatte Fairchild während der letzten paar Wochen gemieden, und bislang hatte der Milliardär keinerlei Schritte unternommen, um mir beruflich Steine in den Weg zu legen. Kürzlich hatte es einen Beitrag in den Nachrichten über ihn gegeben, dass Ermittlungen wegen Steuerhinterziehung gegen ihn im Gange waren. Den Gerüchten zufolge steckte mehr dahinter als nur das. Das Wort »Betrug« geisterte durch die Medien. Ich hoffte, dass Fairchild viel zu sehr von seinen Problemen in Anspruch genommen sein würde, um uns weiter zu belästigen.

Dennoch war ich krank vor Sorge deswegen, was ich vor Rhys allerdings zu verbergen versuchte. Er hatte schon genug am Hals. Aber er spürte es trotzdem und versicherte mir mehrfach, niemals zuzulassen, dass ich meinen Job verlor.

Ich meinerseits würde allerdings niemals zulassen, dass Fairchild Rhys benutzte und ihm das Gefühl gab, wertlos zu sein.

Was für eine vertrackte Situation.

Chaotisch.

Kompliziert.

Es machte keinen Spaß, darauf zu warten, dass das Damoklesschwert auf uns herabsauste.

Tief in Gedanken fuhr ich an diesem Morgen mein Fahrrad in die Tiefgarage unter dem Bürogebäude. So tief in Gedanken, dass ich eine Sekunde brauchte, um das unbehagliche Prickeln im Nacken zu bemerken. Ich kettete mein Fahrrad am Ständer an und richtete mich auf, verunsichert durch das Gefühl, beobachtet zu werden.

Ich drehte mich um und scannte die Umgebung. Dann drehte sich mir der Magen um.

Franklin Fairchild.

Er stand neben einer schwarzen Limousine, hinter deren Steuer ein Fahrer zu sehen war.

Mein Herz klopfte wie wild. Wie erstarrt stand ich da und

beobachtete, wie er auf mich zukam. Mir brach der Schweiß aus, aber ich zwang mich, ihm in die kalten Augen zu blicken.

Ich erschauerte bei dem Ausdruck, den ich dort sah, und wusste gleich, dass er hier war, um mich zu bedrohen.

Und im Bruchteil einer Sekunde war ich nicht mehr ängstlich, sondern stinksauer.

Ich machte mir Sorgen um Rhys. Und wieder rumorte es in meinem Magen, und zwar nicht nur um seinetwillen, sondern auch wegen der Tatsache, dass dieser Mann meine Karriere in seinen winzigen Händen hielt. Ich hatte die Nase voll davon, nicht mehr Herr meines eigenen gottverdammten Schicksals zu sein.

Wie ätzend, dass dieser sexistische Rüpel mir hier auflauerte und mich einzuschüchtern versuchte.

Der Gedanke daran, was er mir noch immer antun konnte, was er Dean und Rhys antun konnte, jagte mir keine Angst mehr ein. Er machte mich fuchsteufelswild. Als Fairchild näher kam, zog ich mein Handy aus der Tasche und rief hastig eine App auf.

Dann blieb Fairchild vor mir stehen, und ich hob den Kopf, um ihm direkt in die Augen zu sehen.

»Ein bisschen spät, um Hilfe zu rufen.« Fairchild grinste höhnisch.

Ich richtete mich kerzengerade auf. »Und warum sollte ich Hilfe brauchen, Mr. Fairchild?«

Sein Grinsen wurde noch breiter, erreichte aber seine Augen nicht. Diese zeigten eine beunruhigende Gefühllosigkeit. »Vielleicht, weil Ihnen klar ist, wie prekär Ihre Lage ist.«

Mein Magen revoltierte weiter, aber ich drängte das Gefühl beiseite. »Ich habe keine Angst vor Ihnen.«

»Ein bisschen Feuer zu zeigen fühlt sich für Sie vielleicht ganz gut an, ist aber nicht ratsam.«

Ich kniff die Augen zusammen und verzog höhnisch die Lippen, eine Geste, auf die ich stolz war. »Ist es wirklich so wichtig für Sie, Ihren Willen zu bekommen? Ich meine, finden Sie diese Mühen, die Sie für so einen Boxkampf auf sich nehmen, nicht ein bisschen lächerlich?«

»Eine kleine Lektion in Sachen Business, Parker: Der erste Mensch, der Ihnen eins auswischen kann, ist der erste Schritt in den Untergang.«

Oh mein Gott. Dieser Mann war total größenwahnsinnig. »Wissen Sie, was ich denke? Ich halte Sie für einen verzogenen Frauenfeind, der kurz davor ist, seinen Schnuller aus dem Kinderwagen zu werfen, weil er seinen Willen nicht bekommt. Rhys wird auf Ihre Erpressungsversuche nie eingehen, und das wissen Sie.«

Fairchild kam noch einen weiteren Schritt auf mich zu. »Seien Sie vorsichtig mit dem, was Sie zu mir sagen.«

»Oh? Und warum?«

Er sah mich mitleidig an. »Rhys wird für mich kämpfen, und er wird mir dadurch jede Menge Geld einbringen.«

»Und wenn nicht?«, drängte ich.

»Dann werde ich nicht nur dafür sorgen, dass er sein beschissenes Gym verliert, sondern seinen Bruder auch auf die schwarze Liste eines jeden Unternehmens an der Ostküste setzen. Und was Sie angeht, Rhys' kostbare kleine Freundin, die zu vögeln ihn sicher in wenigen Monaten schon langweilt: Ich werde mich um Ihre Familie kümmern. Vielleicht liegt Ihnen Ihre eigene Karriere doch nicht allzu sehr am Herzen, aber Ihre Familie bedeutet Ihnen viel. Die Finanzen der Browns sind an einige Finanzgeschäfte gebunden, die ich mit einem Fingerschnipsen zunichtemachen kann. Überreden Sie Rhys zum Kämpfen, sonst spiele ich auch Ihrer Familie übel mit.«

Sein Tonfall, in dem er mich bedrohte, war eher lässig, es klang eher wie Bemerkungen über das Wetter. Und mir wurde speiübel. Aber glücklicherweise erinnerte ich mich an Rhys' Erzählungen über seine Zeit im Ring. Dass es beim Boxen darum ging, den nächsten Schritt des Gegners vorauszuahnen. Ich kannte Fairchild jetzt lange genug, um zu wissen, dass dieser Mann sich für dermaßen unbesiegbar hielt, dass er verdammt noch mal alles sagte, was ihm in den Sinn kam, ohne sich vor irgendwelchen Konsequenzen zu fürchten. Und genau das hatte ich gerade gegen ihn verwandt.

Ich hielt das Handy, das ich die ganze Zeit über in der Hand gehalten hatte, in die Höhe, klickte auf Stopp, Speichern und schickte eine E-Mail der Aufnahme an mich selbst.

»Was machen Sie da?« Seine Stimme klang nun nicht mehr lässig und überheblich, sondern verärgert und misstrauisch.

Ich drückte auf Play. Unsere Unterhaltung hallte in der Tiefgarage wider.

Fairchild wurde hochrot, und seine Hand schoss hervor, als wolle er mir das Handy wegreißen.

Ich wich ihm aus und grinste trotz meiner Angst. »Ich habe die Aufnahme bereits per E-Mail an eine sichere Adresse geschickt. Sie können nichts mehr tun.«

»Du kleine Bitch.« Er machte einen Schritt auf mich zu. »Du glaubst wohl, dass du …«

»Gibt es hier ein Problem?«, rief jemand. Ich wandte mich um und sah Xander aus dem Auto steigen. Er hatte eine weiße Schachtel mit Donuts in der Hand, kam zu mir und Fairchild herüber und runzelte die Stirn.

Als wäre ihm gerade wieder eingefallen, wo wir waren, wich Fairchild einen Schritt zurück und zupfte seine Rockschöße zurecht. »Das werden Sie bereuen«, versprach er wie der Bösewicht aus einem Comic.

»Glaub ich nicht. Denn wenn irgendjemandem, der mir etwas bedeutet, irgendetwas zustößt, gehe ich mit der Aufnahme geradewegs zur Polizei. Und falls Ihnen das noch nicht genug Angst einjagt: Ich werde die Aufnahme auch den Medien zuspielen.

Wissen Sie, manchmal interessiert es die Welt und alle mächtigen Leute darin durchaus, ob jemand sich als nicht vertrauenswürdig, unehrenhaft, erpresserisch und frauenfeindlich – also insgesamt als Riesen-Arschloch – entpuppt. Für den Betreffenden wird das Leben dann gleich ein wenig schwieriger – sogar für ein milliardenschweres Arschloch.

Zugegeben, manchmal interessieren sich die Menschen natürlich auch *gar* nicht für so etwas, oder jedenfalls nicht allzu lange. Aber wollen Sie wirklich das Risiko eingehen und herausfinden, wie alle Welt darauf reagiert?« Ich lächelte liebreizend. »Und den Berichten der *Tribune* zufolge haben Sie ja schon genug am Hals, ohne sich auch noch mit einer Klage wegen Erpressung herumschlagen zu müssen.«

Seine Wut war beinahe greifbar. »Und was Sie hier tun, ist keine Erpressung?«

»Hmm, alles eine Frage der Perspektive, oder? Aber ich glaube, da *Sie* es sind, halten sich meine Gewissensbisse in Grenzen.«

Er warf mir noch einen weiteren hasserfüllten Blick zu, drehte sich auf dem Absatz um und marschierte zu seinem Auto.

Xander sah mich an. »Okay, was ist mir hier entgangen?«

»Wie ich endlich meine Position vertrete.« Es hatte gutgetan. Auch wenn ich innerlich vor Nervosität bebte und kurz davor war, mich zu übergeben. Xander runzelte die Stirn, und ich atmete zittrig aus. »Meinst du, dass Jackson mich jetzt feuert?«

»Ich glaube, Jackson ist viel eher besorgt darüber, dass der Typ, der seine Firma finanziert, ins Visier der Behörden geraten ist. Aber hey, gut gemacht. War ziemlich beeindruckend.«

Ich hatte Fairchild in der Tat die Stirn geboten.

Heiliger Strohsack.

Xander sah, wie blass ich wurde, und hielt mir die weiße Schachtel hin. »Donut?«

Allein der Gedanke an Essen ließ mich erschauern.

»Gehen wir rauf. Wir sollten Jackson von dem Vorfall erzählen und ihm eine weitere Sorge auf die Schultern laden.«

Ich war zwar normalerweise durchaus clever, aber im Augenblick offenbar deutlich zu abgelenkt von meinem Privatleben, um eins und eins zusammenzuzählen. »Oh mein Gott, ist unsere Firma in der Bredouille? Weil gegen Fairchild ermittelt wird, meine ich?«

»Jackson hat mich gebeten, Donuts mitzubringen. Er hat als Allererstes für heute Morgen ein Meeting angesetzt.« Xanders Miene war besorgt. »Ich glaube, wir werden bald die Antwort auf deine Frage kennen.«

Xander und ich hatten die Räumlichkeiten kaum betreten, da kam Jackson auch schon aus seinem Privatbüro, nickte meinem Kollegen zu und verkündete der Belegschaft: »Konferenzraum, in fünf Minuten. Anwesenheitspflicht für alle.«

Einer nach dem anderen machten wir uns auf den Weg ins Konferenzzimmer. Es war groß genug, dass alle am Tisch Platz fanden. Die Mitarbeiter tuschelten irritiert miteinander.

Evan schlüpfte auf den Stuhl neben mir. »Weißt du, was los ist?«, fragte er leise.

Ich schüttelte den Kopf. Wahrscheinlich sah ich wegen meiner Auseinandersetzung mit Fairchild immer noch aus wie ein Nervenbündel. Unaufhörlich ließ ich das rechte Knie auf und ab wippen und trommelte mit den Fingern ungeduldig auf die Tischplatte. »Nein. Du?«

»Auch nicht. Mein Gott, ich hoffe, es drohen keine Entlassungen. Wir haben uns gerade erst ein Haus gekauft.«

Mein Magen revoltierte. Entlassungen? Vielleicht war das sogar noch das Best-Case-Szenario. Wenn uns der finanzielle Background in Zukunft fehlte, waren wir in vielerlei Hinsicht am Arsch.

Oh zum Teufel.

Ich spannte mich an, als Jackson mit Ben im Gefolge den Raum betrat. Ben war der Leiter der Verkaufs- und Marketingabteilung. Er war das Gesicht von Horus Renewable Energy und Jacksons Vertrauter.

Sie standen am Kopf des langen Konferenztisches, und Jackson fing an zu grinsen. »Ich sehe hier jede Menge beunruhigte Gesichter. Aber eure Sorge ist unbegründet. Ich weiß, dass viele von euch sich Gedanken machen wegen der Anschuldigungen, die in der *Tribune* gegen Mr. Fairchild erhoben wurden. Nicht nötig. Uns betrifft das nicht. In diesem Zusammenhang habe ich gute Neuigkeiten, die allerdings mit Veränderungen in der Firma einhergehen.«

»Veränderungen im Sinne von Entlassungen?«, fragte Evan.

Jackson schüttelte den Kopf. »Im Gegenteil. Es geschieht nicht sofort, aber wir werden expandieren, was mehr Angestellte und neue Büroräumlichkeiten zur Folge haben wird. Und zwar aus dem einfachen Grund, weil wir nicht mehr von Franklin Fairchild finanziert werden. Er ist nicht länger als CEO Mitglied des Vorstandes. Tatsächlich gehört er überhaupt nicht mehr zum Vorstand.«

Mir stockte der Atem.

Was?

»Vorstandsvorsitzende ist nun Diana Crichton Jones von Crichton Investments and Research. Sie hat Fairchild ausbezahlt.« Jacksons Blick richtete sich auf mich. »Ms. Crichton Jones war sehr beeindruckt von unserem Prognosemodell, unserer Belegschaft und unserer Diversität. Außerdem ist ihr das Thema erneuerbare Energien sehr wichtig.«

Mir fiel ein Stein vom Herzen. Die Gartenparty – meine Unterhaltung mit Diana und wie zufrieden Jackson danach mit mir gewesen zu sein schien.

Ich hatte dazu beigetragen, ihr Interesse an Horus zu wecken.

Und sie war … nun ja, sie war sogar noch mächtiger als Fairchild.

Was bedeutete, dass ich von ihm befreit war. Höchstwahrscheinlich war das der Grund gewesen, warum er mir heute Morgen aufgelauert hatte. Ihm war klar, ich würde schon bald erfahren, dass er meiner beruflichen Entwicklung nichts mehr anhaben konnte.

Also versuchte er stattdessen meine Familie zu bedrohen.

Miese Ratte.

Jetzt belastete es mein Gewissen noch weniger, dass ich Colonel Vollpfosten erpresst hatte.

Vor lauter Erleichterung sackte ich förmlich auf meinem Stuhl zusammen.

»Es wird große Veränderungen geben, und einen Vorstand zu haben bedeutet, dass wir immer noch nicht autonom sind. Aber sie wollen dieses Unternehmen zum Erfolg führen, und sie haben sich dem Ziel, umweltfreundliche Technologie zu fördern, genauso sehr mit Leib und Seele verschrieben wie wir. Ich werde euch im Hinblick auf sämtliche Veränderungen, von denen ihr meiner Ansicht nach wissen solltet, auf dem Laufenden halten, aber das wollte ich euch schon mal vorab mitteilen. Glaubt mir, besser hätten sich die Dinge für uns gar nicht entwickeln können.«

»Keine Jacht- und Gartenpartys mehr?«, wagte Xander die Frage.

Ein paar Kollegen kicherten, und Jackson verkniff sich ein Grinsen. »Jedenfalls nicht mit Anwesenheitspflicht.« Dann sah mein Boss mich wieder an. »Für keinen von euch.«

Ein dankbares Lächeln breitete sich auf meinem Gesicht aus. Jackson wusste, dass Fairchild mich wegen Rhys in der Hand gehabt hatte. Er wusste auch, dass Fairchild keinerlei Interesse an erneuerbaren Energien hatte und dass er ein gefährliches, missratenes Riesen-Milliardärs-Baby war. Ihm war klar gewesen, dass Horus und die ganze Belegschaft sich von ihm hatten befreien müssen.

Mein Gott, wie sehr ich meinen Chef liebte.

»Gut, wenn ihr in Zukunft irgendwelche Fragen habt, kommt ohne zu zögern auf mich zu. Ihr wisst ja, wo ihr mich findet. Vorläufig kehrt aber bitte jeder an seinen Arbeitsplatz zurück. Außer Parker.«

Meine Kollegen warfen mir neugierige Blicke zu, verließen aber dann achselzuckend das Büro, viel zu beeindruckt von der Tatsache, dass Fairchild fort war.

Nachdem sich die Tür hinter ihnen geschlossen hatte, war ich mit Jackson und Ben allein im Raum.

»Das sind gute Neuigkeiten.« Mein Lächeln verblasste ein wenig. »Oder?«

Jackson grinste. »Für dich sogar noch bessere. Ich wollte dir schon in dem Moment einen Festanstellungsvertrag geben, als du die Veränderungen an unserem Modell vorgenommen hast. Doch ich brauchte Fairchilds Segen, der als Hauptinvestor zur Bedingung gemacht hatte, als CEO von Horus zu fungieren. Sämtliche wichtigen Entscheidungen, einschließlich der Einstellung von Mitarbeitern, gingen über seinen Tisch. Normalerweise stimmte er immer zu und stellte keine Fragen. Nachdem er Rhys getroffen hatte und aus Gründen, die ich nicht kenne – und wir müssen auch nicht darüber reden -, zögerte er deine Festanstellung hinaus.«

»Das ist illegal, Jackson.«

»Was ebenfalls ein Grund dafür ist, dass wir uns von ihm getrennt haben. Da einerseits Ermittlungen gegen ihn laufen und Diana sich bereiterklärt hat, in unser Unternehmen zu investieren, war der Vorstand mehr als froh, ihn abservieren zu können. Und deshalb wirst du am Ende dieses Tages einen Festanstellungsvertrag in der Tasche haben.«

Ich war ganz überwältigt vor Erleichterung, Aufregung und Freude und grinste wie ein Honigkuchenpferd.

»Wirklich?«

Ben und Jackson tauschten amüsierte Blicke, und mein Boss nickte. »Wirklich. Willkommen in der Horus-Familie, Parker.«

Ich eilte die Treppenstufen hinauf und stürmte in Rhys' Gym. Mein Herz pochte aufgeregt. Ich hatte es den ganzen Tag und die Nacht über kaum erwarten können, ihm von Fairchild zu erzählen, was ich auf jeden Fall persönlich tun wollte. Sein Trainer Jimmy, dieser bärbeißige ältere Mann, den ich trotz seiner ungehobelten Art mochte, weil ihm Rhys offensichtlich eine Menge bedeutete, hatte Rhys total abgeschottet.

Kein Sex vor dem großen Kampf.

Anscheinend waren diese Artikel, die ich über Athleten, sexuelle Frustration und Aggression gelesen hatte, zutreffend. Oder zumindest hoffte Jimmy das.

Das bedeutete, dass ich am Abend zuvor nicht hatte ins Studio kommen dürfen, weil Rhys laut Jimmy die Finger nicht von mir lassen konnte. Keine Willenskraft.

Wobei ich mich über seinen Mangel an Willenskraft nun wirklich nicht beklagte.

Doch durch die Verbannung aus dem Studio hatte ich genug Zeit zum Nachdenken gehabt und mich daran erinnert, dass wir trotz Fairchilds Loslösung von Horus immer noch nicht ganz aus dem Schneider waren. Mir war klar, dass selbst Fairchild nicht dumm genug war, eine offensichtlich lukrative Managementübernahme zu boykottieren, nur um Rhys weiter am Gängelband zu halten.

Doch er hatte nach wie vor etwas gegen Rhys in der Hand. Schließlich hatte Fairchild seine Drohungen auch auf Dean ausgeweitet, was er durchaus durchziehen konnte.

Trotzdem *war* das ein Sieg für uns, der überdies zu keinem

besseren Zeitpunkt hätte kommen können, und zwar genau vor dem großen Kampf.

Ich war sprachlos, als ich das Gym betrat und sah, wie es für das große Ereignis umgestaltet worden war. Im Erdgeschoss sollte nicht allzu viel stattfinden. Trotzdem hatte die Innendekorateurin einen von goldenen Seilen begrenzten roten Teppich ausgelegt, der zur Treppe in den ersten Stock führte. Außerdem hatte sie Blumentöpfe mit Farnen strategisch im Raum verteilt und große Schwarz-Weiß-Fotografien von berühmten Boxern aufhängen lassen, einschließlich eines wunderschönen Schnappschusses von Rhys, als er gerade den Boxchampion-Gürtel im Schwergewicht gewonnen hatte.

Ich sah mich im Eingangsbereich um, beobachtete, wie die Mitarbeiter des Cateringunternehmens elegant gekleidete Gäste bedienten, die gemächlich über den Teppich schritten und ausgiebig die Fotografien bewunderten. Von hier aus konnte ich auch Diana Crichton Jones und ihren Verlobten erkennen, und ich verspürte den plötzlichen Drang, wie ein kleines Mädchen quer durchs Gym zu laufen und ihr vor lauter Dankbarkeit um den Hals zu fallen.

Aber glücklicherweise konnte ich mich gerade noch zurückhalten.

»Parker.«

Ich wirbelte herum, und der kurze Rock meines dunkelgrünen Kleides schwang um meine Schenkel. Vor mir stand Carlos, der in einem maßgeschneiderten Anzug wahnsinnig attraktiv wirkte. »Du siehst fantastisch aus.«

Mit seinen dunklen Augen musterte er mich von Kopf bis Fuß. »Du aber auch. Vielleicht sogar zu gut. Rhys meinte, ich soll dich vor dem Kampf zu ihm bringen, aber angesichts dieses Kleides ist das vielleicht keine so gute Idee.«

Ich sah an mir herab und fragte mich, was falsch an dem Kleid war. Es war von Self-Portrait, ein hübsches Waldgrün mit

Faltenrock, hatte einen herzförmigen Ausschnitt, kurze Ärmel und Cut-outs an der Taille und über der Brust, die mit schwarzer Spitze unterlegt waren. Meiner Meinung nach war mein Outfit durchaus sittsam, bis auf meine schwarzen Plateau-Peeptoe-Sandaletten. Die waren ein wenig sexy.

»Pfft.« Ich wischte Carlos' Kommentar vom Tisch. »Ich will ihn sehen.«

»Okay.« Sanft nahm er mich am Ellbogen, aber ich hörte ihn vor sich hin murmeln: »Dios mio, Jimmy wird mich umbringen.«

Wir nahmen den rückwärtigen Aufzug in den ersten Stock. Es schien eine Ewigkeit zu dauern, sodass ich ungeduldig mit dem Fuß klopfte.

»Nervös?«

Ich sah zu Rhys' bestem Freund auf und wollte es schon abstreiten. Doch die Worte wollten mir nicht über die Lippen kommen. In Wahrheit war ich mehr als nervös, weil Rhys in den Ring steigen würde. Ich hatte vergangene Nacht vor Sorge kein Auge zugemacht.

Nicht nur, weil ich befürchtete, dass ihn sein Gegner zusammenschlagen könnte oder umgekehrt, sondern weil ich immer noch Angst hatte, dass er emotional Schaden nehmen könnte. Ich wusste nun, dass Rhys Marcy besucht hatte, weil er mit seinen Schuldgefühlen ihr gegenüber abschließen musste, bevor er sich wieder auf einen Kampf einlassen konnte. Er brauchte ihre Erlaubnis, die – wie er mir berichtet hatte – sie ihm mit Würde und Mitgefühl gegeben hatte.

Anscheinend war sie ein liebenswerter Mensch, und ich wollte sie kennenlernen. Sie bedeutete Rhys viel, und alles, was ihm wichtig war, war es auch für mich.

Bei diesem Gedanken blieb ich wie angewurzelt stehen, obwohl die Aufzugtüren sich geöffnet hatten.

Nach all den Jahren, nachdem ich immer wieder davongelaufen

war, hatte ich endlich jemanden gefunden, den ich lieben wollte. Von dem ich mir wünschte, dass er meine Liebe erwiderte.

Nein, ich *wollte* ihn nicht lieben.

Ich *liebte* ihn.

Die Erkenntnis brach über mich herein, und ich ärgerte mich plötzlich über mich selbst, dass ich es ihm noch nie gesagt hatte. Ja, ich hatte ihm versichert, verrückt nach ihm zu sein, und hatte so etwas angedeutet … aber ich hatte es niemals wirklich ausgesprochen. Ich liebte ihn. Ich konnte nicht schlafen vor lauter Sorge um ihn. Deshalb waren die Schmetterlinge von prähistorischen Ausmaßen in meinem Bauch auch dann nicht verschwunden, nachdem ich gehört hatte, dass Fairchild nichts mehr mit Horus zu tun haben würde.

Ich liebte Rhys.

Und das musste er erfahren. Nicht morgen oder übermorgen … sondern jetzt.

»Hey, alles okay?« Nun tauchte Carlos' Gesicht vor mir auf.

Nein, bei mir war nicht alles okay.

Ich war verliebt.

Verliebte Leute waren eine Million verschiedener Dinge, aber »okay« gehörte ganz sicher nicht dazu.

Ich lächelte gezwungen und nickte. »Ja.«

Carlos sah nicht so aus, als glaube er mir, aber er bedrängte mich auch nicht weiter. Stattdessen verließ er vor mir den Aufzug und führte mich den Flur hinab zu Rhys' Büro. Er klopfte, öffnete die Tür und steckte den Kopf ins Zimmer. »Habe hier draußen eine Lieferung in einer verdammt süßen Verpackung für dich.«

»Wie wär's, wenn du über den Scheiß in Zukunft die Klappe hältst«, hörte ich Rhys sagen. »Jimmy, eine Minute. Lass meine Frau rein.«

»Kein Betatschen«, hörte ich Jimmy warnen, kurz bevor die Tür sich ganz öffnete und ich den Trainer sah. Sein Blick wanderte über mich hinweg, und er verdrehte die Augen. »Fuck im Himmel.« Er warf mir einen Blick zu. »Für dich gilt das auch.«

Dann ging er davon und nahm den leise lachenden Carlos mit. Ich sah ihnen nach. Als ich mich umdrehte, sah ich Rhys auf der Kante seines Rosenholzschreibtisches sitzen. Er trug lange Boxershorts und Boxstiefel in Schwarz und Gold. Einen Augenblick lang musste ich einfach seinen muskulösen Oberkörper mustern, denn – nun ja – er sah einfach umwerfend aus. Doch dann fiel mein Blick auf seine verbundenen Hände.

Mein Magen schlug Purzelbäume.

Ich durfte ihn nicht an diesen Kampf verlieren. Weder emotional noch sonst wie.

»Kommst du jetzt rein oder nicht, Tinker Bell?«

Ich schluckte schwer und trat ein.

Rhys' Blick glitt an meinem Körper entlang, und er umfasste die Tischkante. Seine Augen schienen zu lodern. »Willst du mich mit diesem Kleid absichtlich foltern?«

Nervös strich ich mir über den Faltenrock. »Ist doch nur ein Kleid.«

Er neigte den Kopf zur Seite. »Machst du dir Sorgen wegen des Kampfes?«

Irgendwie verstörend, wie hellsichtig er sein konnte. »Ich weiß, dass du es großartig machen wirst.«

»Aber Sorgen machst du dir trotzdem. Deshalb stehst du doch noch immer da drüben?« Er stieß sich vom Schreibtisch ab und kam zu mir herüber.

Ich schlang die Arme um seine Taille und legte den Kopf an seine warme harte Brust. Rhys umarmte mich und gab mir einen Kuss auf den Scheitel. »Ich mach das schon, Tink.«

»Ich weiß.« Ich drückte ihn, dann hob ich den Kopf. »Ich habe gute Neuigkeiten.«

Rhys lächelte liebevoll. »Ja? Und welche?«

Ich berichtete ihm von dem Zusammentreffen mit Fairchild und davon, dass der Vorstand ihn ausbezahlt hatte, sodass Horus ihn los war. »Jackson hat mir einen Festanstellungsvertrag gegeben. Fairchild kann mir beruflich jetzt nichts mehr anhaben. Und ich habe etwas gegen ihn in der Hand. Ich glaube … das Schlimmste ist überstanden.«

Sein Lächeln wurde breiter, und diesmal war er es, der mich drückte. »Baby, das sind wirklich gute Neuigkeiten. Fantastische Neuigkeiten sogar.«

Mein Lächeln verblasste. »Ich habe ihn erpresst.«

Rhys wurde wieder ernst und nickte. »Und ich weiß, wie du dich deshalb wahrscheinlich fühlst. Aber ich halte dich für verdammt mutig. Danke. Nicht nur um meinet- und um Deans willen, sondern auch um deiner selbst willen. Bin stolz auf dich.«

Ich hielt die Luft an. »Wirklich?«

Er strich mir über den Rücken und musterte mich eindringlich. »Ja, *wirklich*.«

Ich blickte in sein viel zu gut aussehendes Gesicht und diese wunderschönen grünen Augen, und meine Gefühle übermannten mich dermaßen, dass ich sie nicht mehr für mich hätte behalten können, selbst wenn ich es gewollt hätte. »Ich liebe dich«, platzte ich heraus.

Rhys' Pupillen weiteten sich, seine Nasenflügel bebten, er öffnete die Lippen, und …

»So, Schluss, ihr Turteltäubchen«, platzte Jimmy ins Zimmer.

Mein Freund packte mich fester, als ich versuchte, mich von ihm zu lösen. »Jimmy …«

»Nein, es ist beinahe so weit, und Parker muss auf ihren Platz. Geh schon, Süße.« Er deutete auf die Tür.

»Schon gut«, versicherte ich Rhys, obwohl ich zitterte, weil das, was ich ihm gerade gestanden hatte, so bedeutsam war. »Äh, na gut … dann Hals und Beinbruch.« Ich runzelte die Stirn und warf

Jimmy einen besorgten Blick zu. »Nein, das ist nicht der richtige Spruch. Was sagt ihr zu einem Boxer, wenn ihr ihm vor einem Kampf viel Glück wünschen wollt?«

Die Lippen des Trainers zuckten. »*Viel Glück.*« Er warf Rhys einen spöttischen Blick zu. »Hast du nicht gesagt, dass sie klug ist?«

Rhys war offenbar nicht in der Stimmung, sich necken zu lassen. Zärtlich sah er mich an. »Sie ist die verdammt noch mal smarteste Person, die ich kenne. Aber glücklicherweise ist sie blind, wenn es um mich geht.«

Grinsend schüttelte ich den Kopf. »Stimmt nicht. Ich sehe dich klarer als jeder andere.«

Irgendetwas flackerte hinter Rhys' Augen. Aber in diesem Augenblick wurde ich sanft zum Ausgang geschoben und endgültig von Jimmy hinausgeschickt. »Das reicht. Ich brauche ihn aggressiv, nicht fucking verknallt in seine Frau.«

»Parker«, rief Rhys mir hinterher.

Jimmy ließ mich los, und ich sah mich noch einmal nach meinem Freund um.

»Du bist der erste Mensch, den ich nach diesem Kampf sehen will. Okay?«

Ich nickte und stieß einen nervösen Seufzer aus. »Ja. Viel Glück. Und Rhys?«

»Ja, Baby?«

»Ich bin auch stolz auf dich.« Kaum hatte ich das gesagt, ergriff ich die Flucht, bevor ich mich ihm noch an den Hals werfen und meine Bemerkung Lügen strafen konnte, indem ich ihn bat, nicht zu kämpfen. Mit zitternden Knien eilte ich den Flur hinab auf die Türen zu, die in den Haupttrainingsraum führten.

Ich stürmte hinein, blieb aber sofort wieder stehen. Vor dem großen Ring waren unzählige Klappstühle aufgestellt. Die Angestellten des Cateringunternehmens gingen durch die Reihen der

Gäste, die sich allesamt in Schale geworfen hatten, und servierten Kanapees und Champagner.

»Parker, Darling.« Eine sanfte Stimme übertönte das laute Murmeln und die Musik, die durch die Lautsprecher erklang. Ich wandte mich um – es war meine Mom. Sie stand neben den Stühlen in der ersten Reihe, auf denen mein Vater, Easton und ihr Verlobter Oliver bereits Platz genommen hatten. Sie winkte mich herbei, und eilig setzte ich mich neben sie, nachdem ich allen einen Wangenkuss gegeben hatte.

Meine Mom nahm meine Hand. »Bist du nervös?«

»Ist das so offensichtlich?«

Sie tätschelte meine Finger. »Eine Mutter weiß immer Bescheid.«

»Du brauchst nicht nervös zu sein, Peanut.« Dad beugte sich vor und sah mich an. »Dein Mann ist ein guter Kämpfer.«

»Ja, mag sein, Charles, aber eine liebende Frau pflegt nicht gerade zu jubeln, wenn ein anderer Mann ihrem Freund die Faust ins Gesicht rammt.«

Als von Liebe die Rede war, hob ich ruckartig den Kopf und sah meine Mom an. »Ist das so offensichtlich?«, wiederholte ich.

Sie lächelte, und ihre Augen leuchteten vor Zuneigung. »Wie ich schon sagte: Eine Mutter weiß immer Bescheid.«

Ich schmiegte mich an sie und umklammerte ihre Hand. Ich dachte daran, wie selbstverständlich meine Familie Rhys in meinem Leben akzeptiert hatte. Wie glücklich sie waren, dass ich die Vergangenheit hinter mir gelassen hatte. Es gab zwar durchaus Differenzen zwischen uns und ich hatte den Großteil meines Lebens damit verbracht, mich zu fragen, ob ich sie enttäuscht hatte, aber trotzdem war meine Familie einfach fantastisch. »Eine *gute* Mutter.«

»Wie bitte, Darling?«

»Eine *gute* Mutter weiß immer Bescheid.« Ich holte tief und zittrig Luft und beschloss spontan, aufrichtig zu ihr zu sein. Rhys und ich hatten immer wieder davon gesprochen, meiner Familie über unser Kennenlernen reinen Wein einzuschenken – wir wussten, dass wir das tun mussten, aber wir hatten noch nicht entschieden, wann. Ich musste mich von meiner Sorge um Rhys ablenken, also wandte ich mich auf meinem Stuhl um und sagte: »Du wusstest sogar noch *vor uns*, dass es da eine Verbindung zwischen uns gibt.«

Mom runzelte wegen meiner zitternden Stimme die Stirn, und Dad beugte sich neben ihr näher zu mir heran. »Peanut?«

Sag es einfach.

Bring es hinter dich.

Und hoffe darauf, dass sie dich nicht verstoßen.

»Mein ehemaliger Boss wollte mir keinen Festanstellungsvertrag geben. Er ist ein furchtbarer Mensch und hatte es sich zum Grundsatz gemacht, nur verheiratete Mitarbeiter fest einzustellen oder solche, die sich auch in ihrem Privatleben schon festgelegt hatten. Also solche, die entweder eine langjährige Beziehung, eine Hypothek oder Kinder hatten.«

»Das ist illegal«, fauchte Mom mit vor Zorn blitzenden Augen.

»Ich weiß. Aber es war Franklin Fairchild. Den konnte man nicht so leicht umgehen.«

Die Miene meines Vaters verhärtete sich, aber ich sprach weiter, bevor er ebenfalls seiner Wut Luft machen konnte.

»Ich habe Rhys engagiert, damit er so tut, als sei er mein Freund. Na ja, genau genommen heuerte ich zunächst seinen jüngeren Bruder Dean an, aber Rhys kam dahinter und stellte mich bei einem Dinner mit meinem Vorgesetzten und Fairchild zur Rede. Als ihm aufging, dass sich vielleicht eine Gelegenheit ergeben würde, Fairchild als Sponsoren für sein Fitness-Studio zu gewinnen, einigten Rhys und ich uns darauf, dass er an Deans Stelle meinen Freund spielen würde.«

»Was?« Easton rückte auf ihrem Stuhl nach vorn. Ich war überrascht, denn ich hatte gar nicht mitbekommen, dass sie auch zuhörte. »Du hast *was* getan?«

Peinlich berührt rutschte ich auf dem Stuhl hin und her. »Ich weiß, es ist blamabel …«

»Es war *genial*«, rief Easton und tat meine Bemerkung mit einer Handbewegung ab. »Und offensichtlich bist du jetzt wirklich mit Rhys zusammen, stimmt's?«

Meine Eltern durchbohrten mich mit erwartungsvollen Blicken. »Ja, mittlerweile ist es sehr ernst zwischen uns.« Ich wartete und bemerkte, dass meine Eltern einen Blick tauschten, den ich nicht verstand. »Na ja … könnt ihr mir verzeihen, dass ich euch belogen habe?«

»Hat Rhys Geld von dir genommen?«, fragte Dad.

Ich schüttelte den Kopf. »Nein. Ich sollte ihn am Ende des ersten Monats bezahlen, aber da wussten wir bereits, dass es keine Fake-Beziehung mehr war.«

Als sie weiterhin schwiegen, rutschte ich erneut unbehaglich auf dem Stuhl hin und her. »Nun?«

»Nun, was?« Mom zuckte ihre zarten Schultern. »Ich bin nicht froh über deine Handlungsweise, aber dennoch beeindrucken mich dein Ehrgeiz und deine Beharrlichkeit. Außerdem ist eigentlich nur eines wichtig: dass ihr einander etwas bedeutet.«

»Tatsächlich?« Dad warf ihr einen Blick zu, dann sah er mich wieder an. »Wenn ich herausfinde, dass dieser Mann nur hinter deinem Geld her ist, Peanut, werde ich nicht untätig zusehen.«

Mein Herz zog sich schmerzhaft zusammen. Ich wollte nicht, dass Dad Rhys mit Misstrauen begegnete. »Wenn du ihn einmal besser kennst, wird dir aufgehen, dass Rhys nicht so ist. Er ist der ehrenhafteste Mann, den ich je kennengelernt habe«, verteidigte ich Rhys stirnrunzelnd. Dann sah ich zum Ring hinüber. »Und gleich wird er zulassen, dass ihm ein Fremder die Faust ins Gesicht rammt.«

Spontan drückte Mom meine Hand. »Er macht das schon. Du wirst sehen.«

Keine Ahnung, ob ihre Worte bedeuteten, dass sie unsere Beziehung billigte oder nicht. Aber Easton stand hinter mir, wie ich an ihrem breiten Grinsen erkannte. Dad starrte mit grimmiger Miene zum Ring hinüber. Er konnte sich mit meinem Geständnis also nicht so ohne Weiteres abfinden. Das hatte ich erwartet.

Doch ich musste darauf hoffen, dass er nicht allzu lange brauchen würde, um zu realisieren, dass das zwischen Rhys und mir etwas Ernstes war. Und dass er erkennen würde, was für ein guter Mensch Rhys war. Dass er mich glücklich machte.

Er macht das schon. Du wirst sehen.

Außerdem hoffte ich, dass ich dem ganzen Kampf zusehen konnte, ohne den Blick abzuwenden. Mit jeder Sekunde wurde ich nervöser, klopfte mit dem Fuß auf den Boden, während wir auf den Beginn warteten. So viel zu der Theorie, dass mein Geständnis mich ablenken würde.

Dankbar bemerkte ich, dass Dean, Zoe, Ren, Elijah und Navin nun hereinkamen und sich auf die Stühle neben uns setzten. Ihre Witzchen und ihre Aufregung nahmen mir zumindest ein wenig von meiner Anspannung.

»Ich hätte gern noch ein Glas Champagner«, sagte Mom nun, sodass ich die Aufmerksamkeit wieder ihr zuwandte. Sie sah sich um, offensichtlich Ausschau nach einem Kellner haltend.

Ich brauchte unbedingt etwas zu tun, also bot ich ihr an, ihr etwas zu trinken zu holen, und ging den Gang hinab zum hinteren Teil der Halle, wo die Mitarbeiter des Cateringservice sich um diejenigen Gäste kümmerten, die ihre Plätze noch nicht eingenommen hatten.

Ich hätte beinahe die Stühle umgeworfen, als eine Blondine mit bekanntem Gesicht, die in der Nähe des Ganges saß, plötzlich aufsprang. »Parker?«

Beinahe stolpernd blieb ich stehen und sah zu der fantastisch aussehenden Frau vor mir empor. Obwohl ich Heels trug, war sie viel größer als ich. In ihren hochhackigen Riemchensandaletten maß sie bestimmt eins achtzig. Ihr rotes Kleid umschmiegte jede fantastische Rundung ihres Körpers.

Marcy.

Die Witwe von Rhys' bestem Freund.

Sie strahlte mich an. »Ich habe Rhys gebeten, mir ein Foto von Ihnen zu zeigen. Ich hoffe, Sie haben nichts dagegen. Wow, in Wirklichkeit sehen Sie sogar noch toller aus.«

Ich?

Diese Glamazone hielt mich für gutaussehend? Ich wurde rot. »Äh, danke. Aber Sie auch. Marcy, stimmt's?«

Sie lächelte noch breiter. »Ja, genau.« Sie deutete hinter mich zum Ring. »Ich musste einfach herkommen. Ich wollte Rhys zeigen, dass ich voll und ganz hinter ihm stehe.«

Gott, wie nett sie war. Ich machte einen Schritt auf sie zu. »Das bedeutet ihm mehr, als Sie ahnen. Aber ...« Ich zögerte, zu fragen. Eigentlich ging es mich ja nichts an.

»Aber?«

»Geht ... geht es Ihnen dabei gut? Jetzt hier zu sein?«

Ihre Augen wurden ein wenig feucht und ihre Gesichtszüge ganz weich. »Ich glaube, wir brauchen das beide. Müssen uns beide unseren Ängsten stellen, wissen Sie.« Sie zuckte ein wenig hilflos mit den Schultern.

Ohne nachzudenken streckte ich die Hand aus und drückte ihren Arm. »Warum kommen Sie nicht mit und setzen sich zu uns, meiner Familie und meinen Freunden?«

Marcy lächelte wieder und sah mich forschend an. »Sie sind genau, wie er Sie beschrieben hat.«

»Wie …«

»Aber ich bin mit ein paar Freunden hier.« Sie deutete auf die Stühle neben sich, und erst da bemerkte ich zwei weitere Glamazonen, eine Brünette und einen Rotschopf, die unser Gespräch mitbekommen hatten. Mit zusammengekniffenen Augen hatten sie uns beobachtet und schienen bereit, wenn nötig sofort aufzuspringen und Marcy zu verteidigen. »Sie stärken mir den Rücken.«

Ich nickte. Das war offensichtlich. »Dann unterhalten wir uns nach dem Fight weiter?« Nun, da ich sie kennengelernt hatte, wollte ich mehr über sie wissen. Dass sie sich diesen Kampf trotz des eigenen Kummers ansah, sagte eine Menge darüber aus, was für eine Freundin sie war. Ich bewunderte sie jetzt schon, und meine Unsicherheit kam mir im Vergleich zu dem, was sie durch den Verlust des Vaters ihres Kindes durchgemacht hatte, albern vor.

»Oh, auf jeden Fall. Ich wollte Sie nur schon mal schnell begrüßen, als Sie vorbeigingen.« Sie winkte mir kurz zu und schlüpfte dann graziös wieder auf ihren Stuhl.

Ich lächelte noch immer über Marcy, während ich einem Kellner zwei Champagnergläser abnahm und zu meinem Platz zurückeilte. Mom nahm ihr Glas entgegen und nippte geziert daran.

Ich kippte meinen Champagner hinunter und ignorierte das leise Zungenschnalzen meiner Mutter. Ausnahmsweise war mir gleichgültig, ob ich ladylike war oder nicht. Ich war viel zu nervös, um mich auf irgendetwas anderes konzentrieren zu können als auf Rhys.

Mein Herz setzte einen Schlag aus, als der berühmte Bostoner Sportmoderator Mitch Underwood in seinem maßgeschneiderten Smoking in den Ring trat. Zoe hatte ihre beruflichen Kontakte genutzt, um Mitch für die Unterstützung des Kampfes zu gewinnen.

Der gutaussehende, charismatische Showmaster war bei weiblichen wie männlichen Sportfans gleichermaßen beliebt. Charmant lächelte er in die Zuschauerreihen. »Guten Abend, Ladys und Gentlemen! Ich bin Mitch Underwood, und es ist mir eine Ehre, Sie heute Abend zu diesem einmaligen Ereignis begrüßen zu dürfen. Wie Sie wissen, werden die Erlöse dieser Veranstaltung der Wohltätigkeitsorganisation Street Warriors gespendet, die sich darauf spezialisiert hat, die vielen obdachlosen Seelen, die auf unseren Straßen in Boston leben, mit Nahrung und Kleidung zu versorgen und ihnen ein Dach über dem Kopf zu geben.« Er hielt inne, und alle applaudierten.

Nachdem das Klatschen verebbt war, fuhr er fort: »Langer Rede kurzer Sinn, in der roten Ecke …« Seine Stimme wurde lauter, und er deutete nach rechts. »… mit einem Gewicht von 95,25 Kilo, aus dem fernen New Orleans in Louisiana, heißen Sie mit mir den zweimaligen Champion im Schwergewicht willkommen, Jarrod ›The Thunder‹ Johnson!«

Jubelrufe erfüllten den Raum, und mein Herz pochte wie wild, während ich applaudierte und beobachtete, wie Jarrod Johnson in den Ring stieg. Er war ähnlich gekleidet wie Rhys, wenn auch in Rot und Weiß.

Rhys hatte mir berichtet, dass Jarrod sich zur Ruhe gesetzt hatte und daher nicht mehr in der gleichen Form war wie früher. Das war seiner Meinung nach auch ganz gut so, denn sonst hätte er ihn mit Leichtigkeit k. o. geschlagen. Er war fünf Zentimeter größer als Rhys, und sein optimales Kampfgewicht hatte seinerzeit bei fast 98 Kilo gelegen. Er hatte etwas Muskelmasse verloren, trotzdem war ich beim Anblick seines extrem durchtrainierten Körpers und seiner langen Beine alles andere als beruhigt. Jarrod stieß die Faust in die Luft, was die Zuschauer zu weiteren Jubelrufen anstachelte.

»Und in der schwarzen Ecke …«, fuhr Mitch fort. Mir stockte

der Atem, als er nach links deutete. »Mit einem Gewicht von 97,52 Kilo, aufgewachsen hier in Boston, Massachusetts, heißen Sie mit mir den Schwergewichtschampion Rhys ›Der Witwenmacher‹ Morgan willkommen!«

Ich zuckte zusammen, was meiner Mutter, die meine Hand hielt, keineswegs entging.

»Schon gut, Darling.« Sie tätschelte meine Hand.

Aber das war es nicht.

Wir hatten vergessen, Mitch zu bitten, diesen Spitznamen nicht zu benutzen.

Falls Rhys sich daran störte, zeigte er es jedoch nicht, während er mit seinen langen Beinen durch die Seile kletterte, sich aufrichtete und auf den Zehenspitzen wippte, dann die Schultern kreisen ließ. Die Menge jubelte noch lauter. Die Mitglieder der oberen Zehntausend der Ostküste waren offensichtlich auf Seiten ihres Eigengewächses.

Zusammen mit meiner Familie sprang ich auf die Füße und jubelte meinem Freund zu. Immerhin war das nur ein Schaukampf, und Rhys trat aus eigenem Antrieb gegen Jarrod an, das durfte ich nicht vergessen.

Vom Ring aus fiel sein Blick auf mich, und er zwinkerte mir großspurig zu.

Seinetwegen grinste ich trotz meiner Nervosität und rief mir ins Gedächtnis, dass – was auch geschehen mochte – wir einander hatten. Dann formte ich mit den Händen einen Trichter und jubelte zusammen mit dem Rest meiner Freunde und meiner Familie. Das da oben war schließlich mein Mann.

Wie das Penicillin, die Röntgenstrahlen, der Herzschrittmacher und der Sekundenkleber war das zwischen Rhys und mir ein Zufallstreffer.

Aber im Gegensatz zu den anderen Entdeckungen interessierte unsere außer Rhys und mich und die Menschen in unserem

Umkreis niemanden. Doch während ich zu dem Mann emporblickte, den ich so sehr liebte, konnte ich das ganz und gar nicht nachvollziehen.

Denn was ich in Rhys Morgan gefunden hatte, kam mir wie eine Jahrhundertentdeckung vor.

23. Kapitel

Rhys

Viele Menschen halten Boxer gern für Rowdys, die nur darauf aus sind, sich zu prügeln. Sie halten einen Fight für nichts weiter als eine Schlägerei. Bullshit. Boxen ist wie ein Schachspiel, eine Königsdisziplin. Man braucht einen Plan, muss seinen Gegner verstehen, das Timing, das Tempo – einfach alles.

Beim Boxen ging es nicht nur um das Körperliche; es war genauso ein mentaler Sport. Denn einen Schlag einzustecken, das tat scheiße weh. Und was noch schlimmer war? Sekunden nachdem man eine verpasst bekommen hatte, hörte die Welt auf zu existieren. Man vergaß, wie man hieß, man vergaß einfach alles. Und in diesen kritischen Sekunden musste der Boxer sich auf das Gedächtnis seiner Muskeln und den puren Instinkt verlassen können.

Parker hatte einen heftigen bewusstseinsverändernden Schlag gelandet, als sie mir gesagt hatte, dass sie mich liebte.

Sie liebte mich.

Mich, Rhys »Der Witwenmacher« Morgan. Diese kluge, freundliche, wunderschöne, perfekte Frau liebte mich. Ich war wie benommen, mein Körper vibrierte und war gleichzeitig taub, mir schwirrte der Kopf. Es war reines Muskelgedächtnis, das mich aus der Umkleide führte und in den Ring treten ließ.

Jimmy fluchte ausgiebig vor sich hin und zeterte herum über hübsche Ladys mit beschissenem Timing. Ich hätte ihm vielleicht sogar zugestimmt; es war niemals gut, wenn ein Boxer vor einem Match abgelenkt wurde. Aber sie *liebte* mich verdammt noch mal.

Um mich herum ertönten Pfiffe, Schreie und Jubel. Der Ansager quasselte vor sich hin. Die Luft war feucht und stickig. Sie sangen meinen Namen wie ein Gebet. Ich erblickte Johnson. Er blähte sich auf, die schimmernden Muskeln zuckten, seine Augen waren scharf und konzentriert. Eigentlich hätte ich vor Lampenfieber vibrieren müssen, insbesondere, da es sich um so etwas wie ein Comeback handelte. Aber stattdessen? War ich in Hochstimmung. Fucking unbesiegbar.

Ich wurde geliebt. Nicht wegen dem, was ich für irgendjemanden tun konnte, sondern um meiner selbst willen. Ohne dass es mir bewusst gewesen wäre, hatte ich mein Leben lang darauf gewartet, auf *sie*. Sie war der Grund, warum ich jetzt hier stand. Nur ihretwegen war ich in der Lage, mein Gym zu retten, nur ihretwegen hatten mein Bruder und ich wieder zueinandergefunden, nur ihretwegen hatte mein Leben wieder ein Ziel.

Ich spürte die Veränderung in mir. Wie die Lebensfreude zurückkehrte. Rein und wahrhaftig, wie früher. Ich liebte diesen Sport, liebte das, wozu mein Körper innerhalb der Grenzen dieses Rings fähig war.

Ich grinste übers ganze Gesicht, als ich Johnson in die Augen sah. Er zog die Augenbrauen hoch. Flüchtig, nicht länger als eine Sekunde, aber genauso gut hätte er blinzeln können. Ich wusste, dass ich ihn überrumpelt hatte und dass er sich fragte, was zum Teufel mein Lächeln zu bedeuten hatte.

Dean wartete in meiner Ecke auf mich. »Hey. Alles in Ordnung mit dir? Du schaust so merkwürdig.«

»Parker liebt mich.« Ja, ich grinste schon wieder.

»So ist es.« Er umfasste meine Schulter und drückte sie. »Nicht, dass ich damit konkurrieren könnte, aber eins sag ich dir jetzt trotzdem. Ich liebe dich auch.« Ein Schatten glitt über seine Augen, und er blinzelte. »Das meine ich ernst, Rhys. Du bist ein echter Kotzbrocken, aber gleichzeitig ein verdammt fantastischer Bruder. Warst du immer.«

Ich hatte einen Kloß im Hals. »Shit, Dean. Soll ich jetzt etwa zu heulen anfangen?«

Bevor er mir noch eine gefühlsduselige Antwort geben konnte, zog ich ihn zu mir heran und umarmte ihn. Dann gab ich ihm mit meinem Handschuh einen Schlag auf den Hinterkopf. »Liebe dich auch, Kleiner. Wir kriegen das hin, oder?«

Er löste sich von mir. »Ich bin heiß und Single, und du hast eine Freundin wie Parker, die dich liebt. Außerdem haben wir genug Sponsoren für unser Gym gefunden. Ja, es könnte wohl schlechter kommen.«

Wir lachten, doch dann wurde er wieder ernst. »Ich habe jeden einzelnen deiner Boxkämpfe gesehen, Bro. Sei ganz bei der Sache, dann gewinnst du auch. Weißt du noch?« Seine Augen leuchteten. »Schnelle Beine und …«

»Fixe Hände«, beendete ich den Satz. Das hatten wir jedes Mal gesagt, bevor ich in den Ring gestiegen war, sei es zum Training, zum Sparren oder für einen tatsächlichen Fight gewesen.

Und so war ich mir nichts, dir nichts im Kampfmodus. Ich war bereit.

Johnson war ein Freund, und wir taten das hier zu einem wohltätigen Zweck. Das bedeutete aber noch lange nicht, dass er es mir leicht machen würde oder sich den Sieg nicht genauso sehr wünschte wie ich. Mit hartem Blick wandten wir uns einander zu. Dann ging es los. Die Welt um mich herum versank.

Johnson war etwas größer als ich. Er neigte eher zu einer aggressiven Kampftechnik, machte einen blöd an, und sobald die Glocke erklang, fing er an, die Faust zu schwingen. Das nutzte ich zu meinem Vorteil, tänzelte um ihn herum, ließ mich nicht darauf ein. Ich lockte ihn aus der Reserve, vermittelte ihm den Eindruck, Angst zu haben. Zumal ich normalerweise sonst für meine Powerpunches bekannt war.

Er stürzte sich auf mich, versuchte mich durch einen Jab zu verwirren. Ich tänzelte wieder außer Reichweite. Wieder ein Jab. Ich deckte meine Flanke – Schläge in die Seite taten höllisch weh – und mein Gesicht. Aber dann, als er wirklich schon davon überzeugt war, dass ich es hingeschmissen hatte, blockierte ich einen Schlag gegen meinen Magen und landete meinerseits einen harten Jab, der ihn an der Wange traf.

Er ging erneut in die Offensive, und ich wich ihm aus, umkreiste ihn, nutzte meinen Vorteil und arbeitete weiter daran, ihn zu verwirren. Schnelle Füße. Bewegung, ihn hineinziehen, langsam seinen Widerstand brechen.

Johnson entschied sich für einen rechten Cross. Ich wehrte ihn ab, ließ einen Jab-Hagel auf ihn herabregnen, tänzelte nach hinten. Mein Körper vibrierte wie ein fein gestimmtes Instrument. Ich entdeckte eine Lücke in seiner Deckung und parierte eine linke Gerade in sein Gesicht. Er prallte zurück, Schweiß sprühte in hohem Bogen auf, und sein Geruch vermischte sich mit dem von Blut.

Er hatte eine Platzwunde an der Augenbraue.

Das erste Blut. Johnson kniff die Augen zusammen, und endlich war er voll und ganz bei der Sache.

Von diesem Zeitpunkt an war dieser Kampf schwere, zermürbende Arbeit. Hart. Schmerzhaft. Ich verdrängte den Schmerz und ließ meinen Körper das tun, wozu er ausgebildet war. Dies war ein Psychospielchen, und ich beherrschte es.

Irgendwann goss mir Jimmy Wasser übers Gesicht und tupfte

mir den Schweiß aus den Augen. »Konzentrier dich auf die Stirn. Du drängst ihn in die Defensive – gut so. Links ist er schwächer. Da musst du ihn packen.«

»Yep.« Mehr brachte ich nicht heraus.

»Und er braucht zwei Sekunden länger, um sich von einem Schlag gegen die rechte Seite zu erholen.«

Wusste ich. Aber ich blinzelte nur zum Zeichen, dass ich verstanden hatte. »Werde das Blatt jetzt wenden«, verkündete ich.

Jimmy nickte mit glänzenden Augen. Genauso hatten wir es geplant und daraufhin trainiert.

Johnson erwartete jetzt ein bestimmtes Spielmuster – dass ich auch weiterhin versuchen würde, ihn zum Schlag zu provozieren, indem ich ihm zunächst auswich. Aber als diesmal die Glocke ertönte, flog ich förmlich auf ihn zu. Schnelle Füße. Fixe Hände. Ich stürzte mich mit einer Brutalität auf ihn, die ich mir bis zu diesem Zeitpunkt aufgespart hatte. Erbarmungslose Jabs, Crosses, Uppercuts.

Man nannte mich aus einem bestimmten Grund Witwenmacher. Daran würde er sich erinnern. Als Johnson versuchte, sich von den Seilen abfedern zu lassen in der Hoffnung, den Schwung für sich zu nutzen, entdeckte ich eine Lücke in seiner Deckung. Ich schlug so schnell zu, dass ein Blinzeln genügt hätte, um die Aktion zu verpassen. Aber in meiner Wahrnehmung ging alles in Zeitlupe.

Mein linker Haken sprudelte von meinen Fersen empor, die fest auf der Matte standen, erfüllte meinen Oberkörper und brauste über meinen linken Arm ins Freie. Meine Faust traf ihn mit der Wucht eines Güterzuges. Johnson fiel wie ein gefällter Baum, plumpste auf die Matte. Knockout.

Die Menge raste. Aber ich stand nur da, meine Brust hob und senkte sich krampfartig, mein Körper vibrierte. Manche Boxer lieben den Gedanken an ein k.o., ich früher auch. Es gab nichts

Besseres für mich, als einen Fight mit einem gut getimten, perfekten Schlag zu beenden. Von diesem Hochgefühl zehrte man danach noch Stunden. Doch das war vor Jake gewesen.

Jetzt stieg mir die Galle hoch, als Johnsons Trainer und die Ärzte herbeieilten, um ihn zu untersuchen. Die Welt schwankte, und mir wurde übel.

Steh auf. Steh auf. Steh auf.

Aber er war bewusstlos. Ich wusste es. Er war durch die Schar der Ärzte fast ganz verdeckt – nur seine Beine waren zu sehen, wobei die Spitzen seiner Boxstiefel in entgegengesetzte Richtungen zeigten.

Jemand packte meinen Arm. Jimmy. »Toller Schlag, Kleiner!«

Das Blut rauschte in meinen Ohren. Ich bekam keine Luft mehr.

Steh auf. Steh auf.

Dean trat neben mich. Seine Stimme klang angespannt, aber fest. »Er wird schon wieder. War nur ein harter Schlag.«

Harter Schlag. Gegen den Kopf. Warum hatte ich das getan?

Vor meinem geistigen Auge sah ich, wie Johnsons dunkelbraune Beine heller wurden. Seine rot-weißen Shorts wurden blau. Nun lag Jake dort vor mir, tot.

Gleich würde ich mich übergeben. Die Menge drängte nach vorn. Jemand hielt mir eine Kamera vors Gesicht.

Steh auf.

Aber dann eine andere Berührung, sanft an meinem Unterbauch, ein zärtliches Streicheln. Ich blinzelte und sah hinunter. Parker sah mit großen braunen Augen zu mir empor. »Rhys. Es ist alles in Ordnung.«

Wirklich? Ich bekam keinen Ton heraus.

Sie lehnte sich an mich, achtete nicht auf den Schweiß. »Atme, Baby.«

Atmen. Atmete Johnson?

Aber dann … eine Bewegung. Johnson rührte sich, und ich schwöre, dass meine Beine beinahe unter mir nachgegeben hätten. Langsam halfen sie ihm, sich aufzusetzen. Er war benommen, war eindeutig aus dem Rennen. Aber er war am Leben. Endlich bekam ich wieder Luft, und ein leises Schluchzen entrang sich meiner Brust.

Mir war es verdammt noch mal total gleichgültig, was für einen Eindruck ich hinterließ. Ich trat vor und hockte mich hin. Sein Blick war desorientiert, und ich legte ihm den Arm um die Schulter, um ihn zu stützen. »Hey, Mann. Alles klar mit dir?«

Er brauchte eine Sekunde, doch dann antwortete er langsam: »Guter Treffer. Hat mich abgefuckt.«

Ich lachte, wenn auch schwach und heiser. »Ja. Gutes Match.«

Sein Blick war noch immer glasig, und wahrscheinlich würde er sich an unser Gespräch später nicht mehr erinnern. Trotz seines Zustandes schnaufte er: »Nächstes Mal.«

Ich wusste, was er meinte. Er wollte sich beim nächsten Fight revanchieren. Aber für mich war dies das Ende. Sosehr ich diesen Sport liebte, ich war offiziell fertig damit.

Ich hatte jetzt ein neues Leben. Zum ersten Mal seit Jahren konnte ich es gar nicht erwarten, mich hineinzustürzen.

»Ich weiß, ich sollte eigentlich nicht darüber reden«, sagte Parker am nächsten Tag, während sie sich in meinem Bett an mich schmiegte. Das Sonnenlicht strömte durch die deckenhohen Fenster und verwandelte ihre Haut in glühenden goldbraunen Honig. »Aber dich kämpfen zu sehen, war sexy, so fu…« Sie biss sich auf die Unterlippe.

»Fucking sexy?«, soufflierte ich und wackelte mit den Augenbrauen.

Sie grinste breit und spreizte die Hand über meinen Bauchmuskeln. »Na ja, schon.«

Ich lachte leise, hörte aber sofort wieder auf, als mich heftiger Schmerz durchzuckte. »Shit, du darfst mich nicht zum Lachen bringen.«

»Mein armer Schatz«, murmelte sie und beugte sich vor, um mir einen Kuss auf die Brust zu geben. Ich war übersät mit blauen Flecken und hatte mehrfach in Eis gebadet, um den Schmerz zu lindern. Aber ihre Küsse waren die weitaus bessere Medizin. Sie hatte mich ins Bett gebracht und mich stundenlang liebkost und gestreichelt. Sosehr mein Schwanz sich mehr wünschte, dazu war ich einfach noch nicht imstande, weshalb ich mich damit zufriedengab, einfach nur mit ihr zusammen zu sein.

Ich streichelte ihr seidiges Haar, lehnte mich zurück und seufzte, während sie einen Pfad aus Küssen über meiner Brust beschrieb und dann direkt über meinem Herzen innehielt und dort einen besonders zärtlichen platzierte. Zufrieden lächelnd zog sie sich zurück, als sei die einfache Tatsache, mich berühren zu können, alles, was sie brauchte. Mir stockte der Atem, und von der Stelle aus, an der sie mich geküsst hatte, strahlte Wärme in meinen gesamten Körper.

»Ich liebe dich.« Meine heiseren Worte pulsierten zwischen uns, und Parkers Pupillen weiteten sich. Mit zitternder, zerschundener Hand umfing ich ihre Wange. »Hatte ganz vergessen, dir das zu sagen.«

Von meinem Sieg und der Zeit danach, als alle etwas von mir gewollt hatten, war ich total in Anspruch genommen worden. Aber hier und jetzt konnte ich es nicht länger für mich behalten. Wollte es auch nicht.

Parker leckte sich kurz über den Mund. »Das musst du nicht sagen, nur weil ich es gesagt habe …«

Mit dem Daumen berührte ich ihre Unterlippe. »Ich habe es

gesagt, weil ich es ernst meine. Von ganzem Herzen, Parker.« Ich zog sie dichter zu mir heran. »Ich liebe dich. So verdammt heftig, dass es mir Angst macht. So sehr, dass mich dieses Gefühl voll und ganz erfüllt und ich an nichts anderes denken kann. Dich zu lieben ist wie atmen. Ich kann unmöglich damit aufhören.«

Ihr Lächeln erblühte, und sie schmiegte sich an mich. »Ich liebe dich auch.«

»Manchmal kann ich es immer noch nicht glauben«, antwortete ich leise.

»Warum nicht?«

Ich zuckte mit den Schultern. »Das hat noch nie jemand getan.«

»Dann kennt niemand dein wahres Ich.«

Diese Frau.

»Ich habe mir ja auch noch nie die Mühe gemacht, es jemandem zu zeigen, bis du daherkamst.«

Parker summte, strich mit den Fingern über mein Kinn, wobei sie die verletzten Stellen mied. »Vielleicht hast du ja nur auf mich gewartet.«

Dieser Gedanke gefiel mir, und ich grinste. »Vielleicht.« Ich küsste sie, eine einfache Berührung der Lippen, dann löste ich mich wieder von ihr. »Ich glaube, als du mich damals aus der Bar scheuchen wolltest, wusste ich, dass du die Richtige für mich bist.«

»Ha!« Sie zog die Nase kraus und lachte. »Du konntest mich nicht ausstehen.«

»Das ist nicht wahr. Ich fand dich heiß und wusste, dass du ein kluges Mundwerk hast.« Was ich erneut küssen musste. »Eine perfekte Kombination. Ich habe halt nur ein gutes Pokerface, mehr nicht.«

»Ein gutes Gesicht.« Sie grinste und überschüttete es mit flüchtigen Schmetterlingsküssen. »Ich liebe dieses Gesicht. Ich liebe dich.«

An diese Worte würde ich mich wohl nie gewöhnen. Ich vergrub die Finger in ihrem Haar, umfasste ihren Kopf und sah ihr tief in die Augen. »Es wird unglaublich schön sein, Parker. Nur wir zwei.«

»Ich weiß«, antwortete sie, und die Begeisterung in ihren Augen kam dem Gefühl gleich, das mich in diesem Moment durchflutete. »Denn wir sind ja schon mitten drin.«

Epilog

Rhys

»Du darfst deine Deckung nie aufgeben. Halt die Fäuste hoch und das Kinn runter, Tink.«

Parker blieb auf der Matte stehen. »Wenn ich das tue, kann ich vor lauter Riesenboxhandschuhen nichts mehr sehen!«

Sie hatte mich bekniet, ihr das Boxen beizubringen, und schließlich hatte ich nachgegeben. Aber ich wusste, dass sie mir die Hölle heißmachen würde. Und freute mich darauf.

»Weil du deine Handschuhe immer direkt ans Gesicht presst«, antwortete ich. »Was eine sichere Methode ist, dir deine hübsche kleine Nase brechen zu lassen.«

»Wenn du meine Nase ramponierst, Morgan, ramponiere ich dir die Eier.«

Ich lachte, schwang sie durch die Luft und presste sie an meine Brust. Im Vergleich zu mir selbst war sie so winzig, passte aber trotzdem genau zu mir. Sie funkelte mich wütend an, lächelte aber gleichzeitig und schlang mir die Arme um den Nacken. »Wüstling«, sagte sie.

»*Ich* bin ein Wüstling? *Du* bist doch diejenige, die meine Eier bedroht hat.«

Sie zog die Nase kraus. »Zugegeben, das war ein taktischer Fehler. Ich brauche deine männlichen Schmuckstücke in funktionstüchtigem Zustand.«

Ich neigte den Kopf und liebkoste ihren Hals. »Vielleicht sollten wir mal einen kleinen Materialcheck einlegen, nur um sicherzugehen.«

Sie schnaubte, senkte aber die Lider auf eine Weise, die mir sagte, dass sie bereit für mich sein würde. »Ich würde nie deine Eier schlagen, Rhys.«

»Ich sag es keinem weiter.« Ich ließ die Hände unter ihre Shorts gleiten und legte sie um ihren knackigen Hintern. Ihre Haut war heiß und seidig. »Bist du feucht für mich, Parker?«

Sie summte und schlang die Beine um meine Taille, brandete mir entgegen. »Du bist doch derjenige, der einen Materialcheck vornehmen wollte – warum siehst du nicht selbst nach?«

Ich stieß ein Knurren aus und wollte gerade genau das tun, als die Stimme meines Bruders den Nebel meiner Lust durchschnitt wie eine Kettensäge.

»Meine Augen«, rief er dramatisch. »Hättet ihr beiden vielleicht die Güte, auf die anwesende Jugend Rücksicht zu nehmen?«

Ich hielt inne, setzte Parker ab und wandte mich mit wütendem Blick zu ihm um. »Wir sind in *meiner* Wohnung.«

Da das Gym gerade von Grund auf renoviert wurde, waren unten viel zu viel Staub und Farbdämpfe, weshalb wir uns angewöhnt hatten, in dem kleinen Heimstudio in meinem Loft zu trainieren. In den letzten paar Monaten hatte Parker die meiste Zeit hier verbracht, und ich würde sie schon bald fragen, ob sie nicht ganz einziehen wollte.

Vor einem Jahr hätte ich mich bei dem Gedanken, mit einer Frau zusammenzuleben, noch eingeengt gefühlt. Jetzt konnte ich es kaum erwarten. Ich wollte meine Habseligkeiten mit ihren vermischen, jeden Morgen beim Aufwachen in ihr Gesicht sehen und ihr für den Rest meines Lebens abends einen Gutenachtkuss geben.

»Betrachte dies als pädagogische Maßnahme«, fügte Parker hinzu und klammerte sich an mich wie ein Äffchen.

Ich lachte. »Ja, denk einfach in Zukunft dran, anzuklopfen, bevor du hereinkommst.«

Dean schüttelte den Kopf. »Ihr beiden seid lächerlich. Wirklich.«

Schließlich setzte ich Parker ab. »Hat es einen Grund, warum du unsere Privatsphäre störst, Dean?«

An seinen Augenwinkeln bildeten sich Lachfältchen, und einmal mehr erinnerte er mich an unsere Mutter. »Habe euch leichte Lektüre mitgebracht.« Er warf mir eine zusammengefaltete Ausgabe des *Boston Globe* zu.

Ich fing die Zeitung auf und breitete sie auseinander. Neben mir stieß Parker ein Keuchen aus, als sie die Überschrift las, unter der ein Foto von Franklin Fairchild prangte.

Ich musste grinsen. »Also, der hinterhältige kleine Pisser wurde wegen Betrugs verurteilt, hmm?«

Parker griff nach dem losen Ende der Seite und las über meinen Arm hinweg weiter. »Nicht nur das. Sechzehn Anklagepunkte, einschließlich Unterschlagung, Steuerhinterziehung und Geldwäsche.«

»Eigentlich freut man sich ja nicht über das Unglück eines anderen, aber in diesem Fall …« Ich zuckte mit den Schultern. Sollte er doch in der Hölle schmoren.

Parkers Augen funkelten boshaft. »Ich wette, jetzt wären ihm ein paar Sandnattern lieber, was?«

Wir fingen beide an zu lachen, und Dean runzelte verwirrt die Stirn. »Ihr beiden seid schon ziemlich schräg, wisst ihr das? Wenn ihr jetzt schon mit Gedankenübertragung arbeitet!«

Ich legte Parker den Arm um die schlanken Schultern und zog sie dichter an mich. »Du solltest dich für uns freuen, kleiner Bro.«

Er machte ein Gesicht, als habe er gerade an einer Zitrone genuckelt.

»Jetzt sieht er angewidert aus«, meinte Parker. »Aber eines Tages passiert ihm das auch, und dann werden wir ihn daran erinnern.«

»Niemals«, schwor Dean mit der Zuversicht des Unwissenden.

Ich warf die Zeitung beiseite. »Was haltet ihr davon, wenn wir was trinken gehen und das hier feiern?« Ohne viel Federlesens beugte ich mich hinunter und schwang mir Parker über die Schulter. Sie kreischte lautstark und schlug mir auf den Hintern.

Aber ich wusste, dass sie es liebte, wenn ich sie mir schnappte – das hatte sie mir gesagt, und zwar mehrfach. Ich versetzte ihrem süßen Hintern einen kleinen Klaps und verließ das Zimmer.

Seufzend folgte uns Dean. »Okay, aber zügelt euch ein bisschen, wenn wir in der Öffentlichkeit sind. Eigentlich sollte so viel Glück verboten werden.«

Und genau darin irrte er sich. Verliebt zu sein – und verdammt glücklich deshalb – war etwas, das wir alle verdient hatten. Das war mir allerdings erst klar geworden, als es bei mir so weit gewesen war. Und nun, da ich es hatte, würde ich es nie wieder loslassen.

Danksagung

Ein Buch zu veröffentlichen ist keine einsame Angelegenheit, eines zu schreiben jedoch schon. Deshalb war es einfach fantastisch, jemanden an meiner Seite zu haben, mit dem man sich darüber austauschen kann. Als gegenseitige Fans unserer Romane unterhielten wir uns irgendwann darüber, ob wir nicht zusammen einen schreiben sollten. Schon bald fanden wir diese Herausforderung absolut aufregend und beschlossen, Nägel mit Köpfen zu machen. Da wir die Arbeit der jeweilig anderen zutiefst respektieren und bewundern und unsere jeweiligen kreativen Prozesse kannten, war es ein Riesenvergnügen, zusammen *Forever and ever* zu schreiben. Wir hoffen, dass ihr das nachempfinden könnt und wir euch bei der Lektüre mehr als einmal zum Lachen bringen konnten!

Wir bedanken uns bei unserer Lektorin Jennifer Sommersby Young, die sich auf unsere Zusammenarbeit eingelassen hat und gemeinsam mit uns dazu beigetrug, Rhys' und Parkers Geschichte zum bestmöglichen Ausklang zu bringen. Ein Riesendankeschön geht auch an Tammy Blackwell und Kati D., die als Betaleserinnen unzählige wertvolle Anmerkungen machten. Überdies danken wir auch Melinda Utendorf für ihr Korrektorat, durch das sie dieser Geschichte den letzten Schliff gab.

Natürlich geht unser Dank auch an Dan Eager, der uns nicht nur gestattete, seinen Doktortitel und seinen beruflichen Werdegang als Vorlage für Parker zu benutzen, sondern der auch ein fantastischer Mensch ist, der einen wertvollen Beitrag zur Veränderung dieser Welt leistet. Danke, Dan!

Das Leben von Autorinnen und Autoren endet nicht mit dem Buch. Neben dem geschriebenen Wort gehören auch Marketing, Werbung, Grafik, Social Media Management und vieles mehr dazu. Die Hilfe von Experten trägt viel zum Gelingen bei. Danke an jeden einzelnen Blogger, Instagramer und Bücherfan, der dazu beigetragen hat, den Bekanntheitsgrad unserer Romane zu erhöhen. Wir wissen euer Engagement wirklich zu schätzen! Ein ganz besonderes Dankeschön geht an Nina Grinstead bei Social Butterfly PR, die sich bereiterklärt hat, sich mit uns auf dieses neue Abenteuer einzulassen. Du bist der Hammer!

Wir danken unseren Familien und unseren Freunden, die uns stets ermutigt und unterstützt haben.

Und Hang Le, weil sie dieses tolle Cover entworfen hat, das wir wirklich lieben. Du hast so viel Talent!

Wie immer erwähnen wir an dieser Stelle unsere Agentinnen Lauren Abramo und Kimberly Brower, die sich zusammengeschlossen haben, um uns bei diesem gemeinsamen Projekt zu unterstützen, und die es Leserinnen und Lesern auf der ganzen Welt ermöglichen, unsere Bücher zu lesen. Wir sind euch so dankbar.

Aber der allergrößte Dank gilt euch, unseren Leserinnen und Lesern. Danke, dass ihr euch auf dieses neue Abenteuer mit uns eingelassen habt. Ohne euch würden wir das nicht schaffen.